觉醒日

AWARENESS DAY

4

唐缺◎著

北京联合出版公司
Beijing United Publishing Co.,Ltd.

觉醒日

AWARENESS DAY

4

目录

Contents

序章…………001

第一章　绝不再错一次…………009

第二章　不如不见…………027

第三章　错误的方向…………043

第四章　记忆迷宫…………071

第五章　重逢…………093

第六章　天选者的出生…………115

第七章　各怀鬼胎…………141

第八章　宁溺于渊…………165

第九章　九月鹰飞…………195

第十章　婚礼…………227

第十一章　千年之困…………257

尾声…………285

序章

长谷川里美从来没见过那么可怕的爆炸。

爆炸发生时，她正在一片荒地里寻找野菜，突然，身后的天空像是照相机的镁光灯闪了一样，一瞬间亮得刺眼。她只感到背后好似被人用巨大的木桩重重地撞了一下，甚至都感觉不到痛楚，就昏了过去。

疼痛是从醒来后开始的。里美只觉得四肢百骸没有一处不痛，皮肤却痒得难受。由于已经有其他病人把皮肉挠破甚至见到了骨头，临时医院的医生不得不把她的双手捆起来。

到处都是哀号声和呻吟声，空气里弥漫着焦臭味儿和腐烂的气息，为数不多的医生和护士疲于奔命，几乎要累晕过去，也无法在缺医少药的情况下解救那么多伤员。每一天，都有无数尸体被抬出去掩埋。

“那是原子弹，世界上最可怕的炸弹，”一名病友告诉里美，“几天前，美国人刚刚在广岛扔了一颗，扔在我们长崎的是第二颗。整座城市都被毁了，帝国也要完了。”

里美管不了什么第一颗第二颗，管不了城市是不是被毁，也管不了帝国会不会完。她只知道，自己的身体状况十分糟糕，视线模糊，皮肤上长出可怕的红色斑点，内脏疼痛，发着高烧，恶心吐血，几乎吃不下东西。或许在帝国完蛋之前，她自己就会先死去。

日本宣布投降的那一天，里美迷迷糊糊地躺在肮脏的病床上，耳朵里已经听不清楚广播里天皇到底说了些什么。周围的其他伤员和她的状况相差无几，已经没有谁在意帝国的未来会如何，只有医护人员在忙碌之余还能竖起耳朵听一听。

临时医院的大门又被打开了，几名士兵扭着一个里美有些熟悉的身影走了进来。那个人一路不停地挣扎着，但里美的视力状况让她看不清这到底是个什么人。直到士兵们扭着他走到了里美的身前，她才勉强看清对方的脸。

“哥哥……你……没有受伤？”里美吃力地问。这个正在拼命挣扎的人是她的哥哥——长谷川芳雄。芳雄的脸上和身上看上去并没有什么伤痕，但神情显得非常恐惧，听到里美的声音，他就像是抓住了一根救命稻草。

“妹妹！快告诉他们，我没有疯！我不是疯子！快告诉他们！”芳雄大喊着。

“你在说什么？”里美莫名其妙，“你本来就不是疯子啊。”

“我不是疯子！放开我！救救我！”芳雄近乎歇斯底里，“我真的看见了爆炸！我是从爆炸中心活下来的！我没有死，他也没有死！那只眼睛也没有死！”

他到底在嚷嚷些什么？里美完全听不懂，但也懒得多想。芳雄是一个游手好闲的小混混，即便是在生活艰难的战争时期，也从不为家里出力干活，成天只知道偷鸡摸狗、打架斗殴。里美原本就和他关系很淡，此刻他被当成疯子抓了起来，她反而隐隐有点儿松了口气的感觉。

运气不错，里美最终没有死在临时医院里，但她知道自己也活不了太久。她的身体依旧十分虚弱，时常恶心呕吐、头晕目眩，头发几乎掉光了，这些都是拜那颗叫作“原子弹”的炸弹所赐。当然，比起那些一瞬间化为灰烬的人，比如父母和爷爷，她总算稍微幸运一些，至少可以躺在临时搭建的窝棚里等死。

又过了几天，芳雄也被放回了家，大概是医院不想再在他身上浪费粮食了。他倒是比原子弹爆炸前老实了很多，不再去街上惹是生非，但整个人显得有些不正常，经常一个人躺在地上，神经质般唠叨着些什么。

“你再不出去找活儿干，我们就只能饿死了。”里美艰难地拖着衰弱的身体，把白水煮的土豆放在桌子上。

“我没有骗人、我没有骗人……”芳雄像是没有听到里美的话，仍然在自顾自地念叨着，“我真的就在爆炸的中心，可我没死，那个人也没死……还有那只眼睛、那只眼睛……”

里美很奇怪。这些日子里，她大致了解了原子弹的威力，美国人只扔了一颗下来，整座长崎都被毁了。她距离爆炸点那么远都伤成这样，而芳雄说他在爆炸中心，偏偏半点伤都没有。但看芳雄的样子，和平时胡乱吹牛时的模样似乎又不大一样，尤其是他眼神里的那种恐惧，是没有办法假装的。

她忽然想起了什么，伸手卷起了芳雄的袖子，这一看之下，她不由得目瞪口呆。芳雄的胳膊上光滑平整，没有任何伤疤，可是里美记得很清楚，就在核爆炸之前的一天，芳雄刚刚在街上被人砍了一刀，虽然没有危及生命，但胳膊上留下了很深的一个刀口，在这么短的时间里，绝不可能痊愈到连疤痕都没留下。

原子弹的爆炸，不但没有让芳雄受到伤害，反而好像还治好了他的伤。

“你到底遇到了什么？”里美忍不住问，“‘那个人’又是谁？”

“就是之前住在我们家店里的那个中国人，”芳雄失魂落魄地说，“我们早就盯上他了……”

长谷川芳雄注意那个陌生来客已经很久了。

长谷川家是开旅店的，七月的时候，一个陌生的中年男人住了进来。他自称来自大阪，但说起日语却字正腔圆不带关西腔，芳雄有些怀疑他是个外国人。有一次他装作帮忙打扫房间，翻看了这个旅客的行李，发现了一本全是汉字的书籍。

“那家伙肯定是中国人！”芳雄对父亲说。

“是中国人又怎么样？别找麻烦！”父亲说。现在中日正在交战，如果对方被发现是中国间谍，说不定会给旅店带来麻烦，多一事不如少一事。

但芳雄的想法不一样。如果这家伙真是中国人，那大可以和街上的朋友一道，把他带到偏僻的地方洗劫一空，然后再把他做掉。在这个朝不保夕的混乱时局下，不会有谁注意到一个陌生中国人的消失。

但这个中国人十分警惕，无论芳雄怎么诱骗都不上钩。他每天早出晚归，也从来不和别人交谈，芳雄有些失去耐心了。一个月后，芳雄在一场街头斗殴中被人在胳膊上砍了一刀，这更让他怒气冲冲。

“明天，不管那个中国人去哪儿，我们都跟着他！”芳雄对自己的同伴二阶堂政夫说，“然后找一个合适的地方，把他处理了。”

“早就该这么做了。”凶悍的政夫说。

第二天早上，中国人照例出门而去，芳雄和政夫按计划远远地跟在他的身后。中国人恍若不觉，一路来到靠近市中心的位置，走进了一座已经被炸毁了一半的废屋。两人在外面等了许久，中国人却始终没有出来。

“我们进去看看。”政夫说。

“会不会……有危险？”芳雄有些犹豫，“看这座房子，鬼气森森的。”

“怕什么？”政夫眯缝着他的三角眼，“世上哪儿来的鬼？这房子被炸毁了，平时不会有人进去，我们正好下手。”

芳雄摸了摸身上的匕首，胆气壮了一点。两个人一同走进屋里，只见屋子的一大半都已经在空袭中被炸毁，剩下的部分也破烂不堪、摇摇欲坠，野草正在院子里疯长，野草间有一堆白骨，看来是被炸死的看家狗。

穿过院子，政夫在一间没有被炸塌的房间外发现了中国人在泥土上留下的脚印。两人对望了一眼，政夫抽出双节棍，芳雄也掏出了匕首。他们小心翼翼地走进房里，却发现房间里空无一人，地上尽管布满灰尘，却没有发现任何足迹。

“这是怎么回事？人呢？”政夫有些疑惑。

“糟糕，我们上当了！”芳雄猛地反应过来，一把扯住政夫的手腕。他还没来得及拉着政夫退出去，后脑就被人重重敲了一下，眼前一黑，昏迷过去。

醒来后，他发现自己和政夫在满是尘土的房间地板上，被捆得结结实实的。中国人正站在两人身前，饶有兴味地看着他们。

“快放开我们！”政夫大吼道，“不然我们去警察局告发你！”

“如果我是你，处在这样的境况下，我就会乖乖求饶，而不是发出这种毫无意义的威胁。”中国人微笑着说。

“那……我们求饶，你会放我们走吗？”芳雄怀着一丝希望问道。

“这就得看你们的运气了，”中国人说，“这由不得我决定。”

“那由谁决定？”芳雄问。

中国人没有回答。他向后退了几步，蹲下身来，慢慢地掀起了一块地板，露出地板下方的一个大洞。芳雄听到洞里传来一阵奇怪的声音，像是有什么极为庞大的生物在发出沉重的呼吸声。难道是老虎？他心里一颤。

“下……下面是什么？”芳雄颤抖着发问，“你不是要拿我们喂它吧？”

“你们未必有这样的幸运，”中国人耸耸肩，“还得看它喜不喜欢你们。”

这句话说完后，他就退到了一旁，静静地站立着，也不说话，也不见发布什么命令。芳雄陡然感觉头开始痛了起来，就像是有一把无形的锥子插进了他的脑子，然后用力搅动着。

“好痛啊！”芳雄叫了起来，身旁的政夫也同时发出惨叫，听上去，似乎比他痛得还厉害。

“怪物！怪物！”政夫的叫声撕心裂肺，“怪物在吃我的脑子！它在吃我的脑子！”

“看来，这位先生更加敏感一些。”中国人思索了一会儿，走到政夫的面前，“你说怪物在吃你的脑子，那么，你能不能在脑海里见到这个怪物，能告诉我它的形貌吗？”

“好大……好大的一个大块头……”政夫的鼻子里流出鲜血，看来已经神志恍惚了，“就好像……人脑……上面还有眼睛……”

“政夫，你疯了吗？”芳雄忍不住喊道，“你的面前什么都没有啊！哪儿有什么人脑？哪儿有什么怪物？”

“有的啊，就在我面前。”政夫双眼凸出，眼眶里开始流血。中国人则走到了芳雄跟前，温和地拍拍他的面颊：“别害怕。你看不到，不过是因为你的精神还不够敏感罢了，不过我可以帮助你的。”

他从怀里取出一样东西，芳雄定睛一看，赫然是一把寒光闪闪的手术刀。他不由得惶恐地叫了起来：“你要干什么？”

“稍微调整一下你的大脑而已，放心吧，死不了。”中国人依旧带着温文尔雅的笑容。芳雄拼命挣扎，却始终挣不开绳索，只能眼睁睁地看着中国人举起手术刀，以磐石一般稳定的动作划开了他的额头。

由于脑子里正在接收着那种莫名其妙的痛楚，手术刀造成的外伤反而没有让芳雄感到疼痛，但他还是害怕得浑身发抖，甚至有一点尿失禁，心里懊悔不已：早知道就不打这个中国疯子的主意了。

他绝望地闭上了眼睛，就在这个时候，他感受到了一阵无法言说的剧烈震动，像是地震，却又比地震强烈无数倍。紧跟着，整座房子的墙和屋顶都被掀翻了，一股恐怖的冲击波伴随着巨大的热度把他包围在其中，芳雄在刹那觉得自己能感受到身体是如何化为灰烬的。

发生了什么？美国佬又来轰炸了吗？芳雄想着，也好，一下子被炸死总比被手术刀一点点折磨致死好。但很快，他意识到了有些不对：被轰炸的死亡难道不该是一瞬间就来临吗，为什么自己仍然有知觉？

难道是我已经死了，变成鬼魂了？

芳雄试探着睁开眼睛，这一睁眼，他呆住了。

他的整个身体都被包裹在一团橘黄色的光晕中，悬浮在半空。不只是他，政夫和中国人也都处在这团柔和的黄光中。政夫神情迷离，好像之前那种被吞噬脑子的剧痛已经消失，取而代之的是一种古怪的爽快，就好像吸食了鸦片一样。

中国人则显得十分惊讶，但在惊讶中又带着一些喜悦。他的嘴里喃喃地说着些什么，但声音很低，芳雄只能隐约听到些只言片语，而且都是中文，根本无法分辨。不过，从语气里可以听出，中国人十分兴奋，好像是有了什么重大发现。

芳雄渐渐感到身体有一种很奇怪的反应，就好像整个身子在被某种古怪的力量用力拉伸，然而从外表并不能看出什么异样。与此同时，他的眼睛扫过橘黄色光晕之外的世界，然后无比惊讶地发现：一切都停止了。

从被摧毁的房屋上飞溅而出的碎块停滞在半空中，几十米远的地方，一根铁柱气化到了一半。铁柱附近，一个路人的身体已经有一大半化为了灰烬，双腿却还立在原地。一辆汽车翻滚在空中，四散飞出的轮胎有如点缀的花朵。

更远的地方，一朵状若蘑菇的巨大黑云正在升腾，却已经静止在天际。

这是怎么了？芳雄呆若木鸡。好像整个世界的时间都停止了，只有他们三人能动。他们就像是被从自己一直生活着的世界里摘了出来，陷入了一片无法解释的异度空间。

不对，不止他们三个！就在光晕的底部，在那个先前被中国人打开的地道出口处，一堆软乎乎的充满皱褶的东西正在一点一点朝外爬。由于只是露出了一小角，芳雄并不能看到它的全貌，然而，他可以很清晰地看到，在那个东西的顶端，有一只眼睛。

一只比人的拳头还大的巨大的眼睛，闪烁着暗绿色光芒、充满邪恶的眼睛。

芳雄只觉得自己的心脏猛然抽紧了，这只不属于人类世界的眼睛让他的精神瞬间崩溃，他再次晕厥过去。

“而我醒来之后，已经被人带到远离爆炸点的地方了，”芳雄喃喃地对里美说，“政夫不见了，也许是被那个中国人带走了，也许已经被怪物吃掉了。而我发现，我身上的伤莫名其妙地全好了，甚至前一天被砍得那么深的刀伤都消失了。我不知道这是怎么回事，但我知道我没有发疯，我肯定没有发疯，我胳膊上的刀伤你也见到过的，还是你替我上的药，对吗？”

芳雄的语气近乎乞求，里美一时间有些不知所措。芳雄身上的刀伤的确是她亲手处理的，不可能那么短的时间就变得没有丝毫疤痕。但是，芳雄所述说的故事也太离奇了，什么长满皱褶、眼睛巨大的怪物，什么能够操控怪物还会用手术刀划开人头颅的中国人，什么原子弹爆炸的一瞬间时间忽然停止，已经完全超出了里美对世界的认知。

“也许是你疯了，也许是我疯了，”里美叹息着说，“要不就是这个世界疯了。”

两个月后，长谷川里美去世了，她终于还是没能逃过原子弹爆炸带来的后遗症。不过身体健康的哥哥长谷川芳雄，比她死得还早。就在里美去世前一星期，芳雄投海自尽，没有留下任何遗书。警察通知里美去认领尸体，但里美已经病得不能下床，只能拒绝了。

“就把他当成一个流浪汉烧掉吧，”里美说，“把骨灰撒到海里去，大海就是他最好的归宿。”

◄第一章►

绝不再错一次

一

经过一个小时黑暗中的跋涉，电车停了下来。丰华明从电车里走出来，穿过黑暗的巷道，耳边渐渐响起电机的轰鸣声。这里是他工作了三十年的地方——雾蟒山地下水电站。自从三十年前这里发现了一条水量巨大的地下河并建立起水电站开始，丰华明就一直在这里工作。他是这座水电站的站长，手下管辖着三十余名员工，为附近的几万人口输送电力。

水电站潮湿而闷热，夏天的时候，最高温度可以超过四十摄氏度，由于六台发电机二十四小时不停地运转，站里的噪声大得可怕。在这里工作超过几个月的员工，普遍都会患上神经衰弱或者耳鸣，至于风湿之类的慢性病更是在所难免。

但是丰华明在这里一干就是三十年，从意气风发的青年到弓腰驼背、满面皱纹的老头。在他的身边，受不了恶劣环境和微薄薪水而选择离开的职工，只怕已经超过了一百个，但他始终坚守在这里，从来没有提出过更换岗位。几年前，他被评选为全国劳动模范，还上了电视，一时间俨然成为这座小县城的风云人物。然而浮华过后，一切照旧，他还是每休息几天就要到地下轮值二十四小时，而且作为站长，还要不定期地下来巡查，检修机器。

这座地下水电站，仿佛已经成为丰华明生命中的一部分。

水电站实行轮流值班制，每班三人，要值满二十四小时。今天和丰华明一起轮值的是蒋福昕和杨贵。在进行完例行的仪表检查和给发电机上油之后，三人来到休息区。蒋福昕和杨贵开始玩牌，丰华明则靠在床铺上，打开廉价的山寨影碟机，开始看电视剧。由于水电站里噪声太大，他没法听清声音，基本只能看字幕。

看完第一集，屏幕上正在播放没法听到声音的片尾曲时，丰华明的耳朵忽然微微地抽动了一下，像是听到了某些奇怪的声响。他一下子从床铺上坐了起来，脸上的神情陡然变得严肃，还有一种压抑不住的激动。

丰华明慢慢站起身来，来到蒋福昕和杨贵打牌的桌子旁，像是观战一样把手按在两人的肩膀上。几秒钟之后，两人的脸上现出困倦的表情，趴在桌上，就在那轰鸣的巨大噪声中睡着了。

丰华明看着两人进入梦乡，然后抬起头来，对着身前的虚空说了一句话："可以了，进来吧。"

几分钟后，一个男人走进了水电站，径直来到丰华明的面前。丰华明凝视着对方，眼睛里慢慢地流出了泪水。他忽然双膝一弯，跪倒在地上。

"父亲，"丰华明哽咽着说，"我等了三十年，终于又见到您了。之前您每次来都是直接下去，并没有召见我，今天为什么……"

男人温和地伸手扶起丰华明，眼眶也微微发红："因为我也想来见见你啊。三十年，整整三十年，阿明，让你受苦了。"

丰华明摇摇头："这是我心甘情愿的。只要能完成父亲的愿望，能完成家族的使命，受再多的苦我都无所谓。"

"你受的苦已经快要到头了，"男人说，"那只魔仆，可以运出去了。"

丰华明很是吃惊："可以运出去了？我记得当年您说过，只有这条地下河独特的流速、温度和水质，尤其是其中所含的矿物质能让它一直处于半沉睡状态。所以，即便政府在这里修建了水电站，您也安排我在水电站工作，以便监视它。现在运出去，不担心它会彻底醒过来吗？"

"已经到了需要它彻底醒来的时候了，"男人说，"你听说过那个去年被发现的天选者吗？"

丰华明点点头："嗯，听人说起过，据说他始终没有激发出天选者应有的力量，各大家族反而更加重视他，觉得他拥有独一无二的潜质。"

"事实上，他已经完成了初步的觉醒，虽然离我的要求还有一些差距。不过，已经到了我亲自去指导他的时候了。"男人说，"所以，这些日子你要格外留意魔仆的动向，随时听候我的调遣。我暂时不能确定需不需要把它运出去，总之你做好一切准备。”

“我明白了。”丰华明说，“随时等候您的命令。”

男人离开了。

丰华明静静地站立了一会儿，来到了奔流不止的地下河边。他看着汹涌奔流的河水，忽然笑了起来。

“我还一直担心等不到这一天呢，”他轻声自言自语着，“我担心一直到我死，都无法亲眼见到你醒来。现在，总算盼到希望了。

“让我们一起来改变这个世界吧。”

二

眼前的这个道士长着一双有趣的桃花眼，看面相不过二十来岁，相貌称得上英俊，道袍是经过设计专门定制的，既不失道家风范，又带有几分时尚的色彩，头上长长的道髻更是显得潇洒不凡。

“祝道长，我在网上一直关注着您，像您这样把各种社交网络都玩得这么转的道士真不多，”冯斯带着一脸恭维的神色说，“没想到修道之人也能和现代化接轨得这么完美。”

祝道长谦虚地笑了笑：“要弘扬道法，宣传道门，当然要利用最新的网络手段去贴近年轻人的心理，我只不过是碰巧赶了个先而已，没什么值得夸耀的。”

“显达而不骄矜，难得难得，”冯斯继续拍着马屁，“无论怎么样，十分感谢您和我们公司签约。我们会把您作为头号驻站大师进行推广，您的照片会一直放在首页最醒目的位置。”

“我个人推不推广并不重要，”祝道长严肃地说，“重要的是借助贵公司这个平台，让更多的年轻人了解道教，了解道家的精神。紫微斗数不过是一些微不足道的雕虫小技，只有道法浩瀚如星辰，深不可测。”

“那当然，那当然。”冯斯忙不迭地点头，“那咱们这就签合同吧！”

祝道长离开后，冯斯把身体往转椅上一靠，长长地出了一口气。这是一座位于北京四环边缘的写字楼，冯斯所在的办公室位于第十四层，门脸并不大，门口的招牌倒是做得挺漂亮的，上面是金光灿灿的一行大字：北京天合文德文化发展有限公司。

坐了一会儿，冯斯站起身来，到饮水机前倒了一杯水，一饮而尽，然后他放下杯子，来到落地窗前。十四楼的高度在如今的北京城并不能算太高，一眼望出去，只能看到层层叠叠的高楼大厦，在浓重的雾霾中沉默地矗立着。脚下的行人和车辆小如蚂蚁，来来往往，川流不息。

“美好而繁忙的世界。”冯斯咧嘴一笑。

身后响起了脚步声，冯斯回过头，正看到张圣垠从门外走进来。

“怎么样？那个研究紫微斗数的花花道士来了吗？”张圣垠问。

“来了，合同已经搞定了，”冯斯说，“搞定他就好办了，以他的人气，很快就能帮我们把流量带动起来。”

张圣垠放下手里的提包：“那就好。这个人好打交道吗？”

“满口泱泱大道，一肚子歪门邪道，给钱就能搞定。”冯斯简短地总结说。张圣垠笑了起来：“忍忍吧，我们这一行里，一水儿的都是这种骗子，你父亲当年不也这样嘛。”

“没什么不能忍的，我经营的营销账号不也是骗人的嘛，”冯斯挤挤眼睛，“其实我还蛮喜欢和这些人打交道的，很有趣。而且如你所说，看到他们就能想起我爸，还有些亲切感呢。”

这时候正是草长莺飞的春天，假如忽略掉那些交替而来的沙尘暴和雾霾的话，北京城也算是进入了春意盎然的美好时节。而冯斯，选择从大学退学已经有三个多月了。

刚开始的时候，难免有些不适应，会想念宿舍里的“贱人”们，会想念偶尔去上课时班上女生惊奇的脸，会想念食堂大师傅一勺子下去绝对只见素菜不见肉的惊人技艺，慢慢地也就习惯了。

正巧父亲冯琦州昔日的助手张圣垠生意越做越大，不但在北京设立了分公司，还开始考虑把各种骗钱的算命玩意儿搬到网上去，冯斯便在他的手下入了职，名片上印着“业务经理”，其实就是普通业务员。不过，名义上他是张圣垠的员工，实际上张圣垠完全把他当成合伙人甚至老板一样对待。

“我的一切都是你父亲给的，”张圣垠说，“你要是想做，公司就还给你，我替你跑腿就行了。”

“千万别，千万别！”冯斯把手一摇，“我可不想当大头，那么多事情要考虑，累都累死了。而且我爸是我爸，我是我，既然他把这家公司交给你了，我就没有任何理由再往回拿。你让我在你手下当个小业务员就挺好的，也算是给我找点事做。”

张圣垠拗不过冯斯，只能照他的吩咐做。于是冯斯每天拾掇得西装革履、人模狗样，过上了朝九晚五的白领生活，居然基本没有迟到记录。文潇岚曾十分好奇地问：“你就靠着网络上那些小花招挣钱，赚得也不少啊，为什么非要去上班呢？”

“为了逼一逼自己吧，”冯斯回答，“过去的日子太闲散了，始终没有办法紧张起来，对于将来可能面对的一切，那样的闲适其实是不利的。我得让神经绷紧。”

不过，神经绷紧之后预期的一切反而没有到来。从新年开始，一直到四月份，张圣垠的算命网站都搭建好了，冯斯都拉了好几个紫微斗数、风水、手相、塔罗大师入伙驻站了，无论是守卫人家族还是黑暗家族，都没有发生任何值得一提的新闻，各地也没有诸如魔仆苏醒、妖兽作祟一类的传闻。

魔王世界仿佛进入了冬眠期，变得安静起来，这让在过去一年中疲于奔命的冯斯感到十分不适应。

他通过社交软件对文潇岚抱怨说：“几个月没有麻烦傍身，反而肉皮子发痒了。”

文潇岚发过来一个嘲讽的笑脸：“既然没什么事，过来看看我们啊。小樱最喜欢做菜给你吃了，因为只有你吃完才能表现出那种饿死鬼投胎一样的满足感。你不在，宁哥也挺寂寞的。”

冯斯沉默了一会儿，慢慢在手机上敲出几行字：“我如果还是经常去找你们，退学又有什么意义呢？能听说你们都过得好，我就放心了。”

过了许久，文潇岚发过来一个悲伤的表情。

“对了，最近有没有刘岂凡刘大少的消息？”冯斯不愿意继续这个话题。

“没有，他好像完全人间蒸发了。”文潇岚说，“黎微呢？有没有联系过你？”

“也没有，”冯斯说，“她和刘岂凡都是奇奇怪怪的人，但愿别落到黑暗家族的手里。”

下班时间到了。

尽管张圣垠没有要求冯斯准点上下班，但他依然每天严格遵守公司规章，和以前上学时动不动就翘课大相径庭。此刻等到了五点钟，他才收拾东西离开。

在路边的小吃店吃了一碗米粉和一笼包子之后，冯斯回到了自己租住的一套一居室的房屋。房子装修很简单，不过基本的家具都有，他并不挑剔。

打开门后，他伸手按了小客厅的电灯开关，灯泡闪烁了几下后随即熄灭。看来灯泡坏了，冯斯借着厨房灯的光亮拧下了那个坏掉的灯泡，然后摊开右手，凝神激发出自己的蠹痕。半分钟之后，他的手掌心上出现了一个东西：一枚节能灯泡。

“倒是挺省钱的。”冯斯自嘲地笑了笑，“无本万利啊，我实在该去开家杂货铺。”

经过几个月的不懈锻炼，冯斯对自己的蠹痕掌握得越来越纯熟，能够用精神创造出的实物也变得越来越大、越来越精细。当然，要凭空创造过于复杂的机械物件还是难以实现。比如他曾经尝试过为自己创造一部苹果手机，结果出来的成品只是一个屏幕能发光的壳子，既不能打电话，也无法安装系统。但是像电灯泡、打火机、指甲刀之类的小物件，他已经可以比较熟练地创造了。

此外，他还试图给自己制造食物，但只能造出一些口味简单的类似馒头饼干之类的玩意儿，想要弄点烤乳猪出来，最后却只能得到一块焦炭。

其实这个进度已经不算慢了，但冯斯还是觉得远远不够。只是欲速则不达，他每晚费力地苦练，除了家里多出许多小物件，距离制造那些复杂精密的物品还是差很多，想要制造大型物体更加无能为力。

最让他困惑的在于，他依然不知道自己掌握了这样的能力究竟是为了什么。毫无疑问，这种无中生有、凭空创造的能力能够帮助到魔王，所以他才被选为天选者，可是，魔王到底需要他制造些什么呢？

他又试验了一阵子自己的能力，渐渐感觉疲累，靠在沙发上不知不觉就睡着了。没睡多久，电话忽然响了起来，把他从梦中惊醒。冯斯很不耐烦地抄起电话，发现是文潇岚打来的，立马清醒过来。他知道，如果没有紧急情况，文潇岚不会给他直接打电话。

“怎么了？”他接通电话，直截了当地问道。

“有一件事，我觉得有必要告诉你。”电话里的文潇岚有些吞吞吐吐，这更加显得不寻常。

“到底怎么了？”冯斯问。

“今天晚上我去上晚自习，正好碰到一个班下课，”文潇岚的声音听起来有点儿奇怪，“那个班的学生一多半是白人或者黑人，我猜可能是交换生的班级。我在里面看到了一个人。”

“看到了一个人……等等！你看到谁了？看到谁了？”冯斯的声调陡然提高了八度。他从沙发上站了起来，连鞋子都顾不上穿就蹦到了窗户边，仿佛非得站在窗边有了新鲜空气才能呼吸。

“你也猜到了，没错，我看到的就是姜米。”文潇岚缓缓地说，“她大概是参加了我们学校和美国几所高校的学生交换计划，又来了北京。”

“你……你没有看错？”冯斯追问。

“我很肯定没看错，”文潇岚说，“姜米这样的姑娘，放在什么地方都是最醒目的，怎么可能认错？”

“你说得对，”冯斯对着窗户深深呼吸了几次，“那我明天回学校看看。”

“你上次不是还说，消除掉姜米的记忆，让她永远想不起你来才是最好的选择吗？”文潇岚的语气里隐隐带着点嘲讽。

“我是这么说过，但现在我的肠子都悔青了，”冯斯说，“所以我要食言而肥。”

“不管前路多么险恶，你也不愿意失去她？”

“没错。”

“这才像是你那种浑不吝的本色，”文潇岚听起来颇为欣慰，“回来找她吧，和她重新开始。”

放下电话，冯斯躺在床上，却怎么也睡不着了。他一遍又一遍地回忆着和姜米相遇后的点点滴滴，回忆着两人的第一次拥抱、第一次亲吻，回忆着两人在医院里一起编织美好未来时的憧憬与辛酸，回忆着最终拜托路晗衣消除姜米记忆时的极度悲伤。不知不觉间，眼泪流了出来，浸湿了枕头。

他再次回想起了和姜米的一段对话。那时候两人在青城山下的大观镇即将被吸入异域空间，冯斯下意识地一把拉住姜米，两人一同被吸了进去。

“喂，我问你，”姜米那时候问他，“刚才我被吸进这个奇怪地方的时候，你为什么不把我推出去？”

冯斯的回答是这样的："我就是觉得……有你陪着我心里踏实。对于文潇岚，我不想她牵涉到任何危险里去，只想她能平安，但是对于你，我好像……感觉只要你在身边待着，就什么也不需要害怕。至于平不平安、危不危险，在那么短的刹那，我根本顾不上去考虑。"

"其实你的意思就是说，我对你很重要，重要到你不管死活都舍不得丢开，是不是？"

半年之后，回想起当时的情景，冯斯恨不能高声回答一万次："是！"他意识到，姜米是他心里无论如何都割舍不掉的一部分，为了这个女孩，他可以不顾惜一切，可以抛弃掉一切。对于文潇岚、关雪樱、宁章闻等人，他把他们当作家人，生怕他们受到一丁点伤害，为此宁可不见他们，但对于姜米……

"哪怕我们死在一起，"冯斯轻声对自己说，"我也不要再错一次。"

"我绝不会再错一次。"

三

哈基姆·艾哈迈德身着白色的传统阿拉伯长袍，在阳光下的胡夫金字塔附近游荡着。每当出现外国游客，他就会上去搭讪，吸引游客和自己合影，然后收钱。他也会把一些压根儿不值钱的破石头硬塞到游客手里，然后用半生不熟的英语念叨："Take this，for your mama！"

当然，这些带给妈妈的石头肯定不是免费的。

四月的开罗，阳光还算和煦，哈基姆跑来跑去忙碌了一上午，觉得有些累。中午的时候，他躲到金字塔的阴影里坐下，正准备吃一块带来的面饼，忽然发现前方又来了游客。职业习惯让他放下食物，拿起那堆破石头又迎了上去。

来人是一个相貌俊美的东方少年，看面孔似乎相当年轻，甚至有点像一个中学生，眼神里却有着一种非同寻常的沧桑和成熟。哈基姆迎到他跟前，还没来得及开口，对方却已经冷不丁地发问了。

"你父亲在家吗？"东方人用熟练的阿拉伯语问。

这个问题让哈基姆有些不知所措，他愣了愣才回答说："啊……应该在吧。你认识我？认识我家老头子？"

“不算认识，但阿卜杜拉老头儿一定认识我，”东方人的回答很奇怪，“带我去见他吧，这些算是补偿你的生意。”

他塞给哈基姆一张纸，哈基姆一看，竟然是一张五十美元的钞票。他立即眉开眼笑：“我的朋友。请跟我走吧。”

只要有五十美元，把老头子卖给你都没问题，哈基姆心想。

哈基姆的家离吉萨金字塔群不远，位于开罗的近郊。那是一栋两层楼高的普通民居，像大多数埃及穷人的房屋一样，这栋房子并没有粉刷外墙，而是把砖头刺眼地露在外面。那是因为埃及政府规定，房子修好后要缴纳建房税，而不抹外墙说明房子还未建成，不用缴税，穷人们纷纷用这种方法来避税。

“我家老头子是个很奇怪的人，经常疯疯癫癫的，如果他有什么无礼的地方，您可千万别介意。”哈基姆对东方人说。

“相信我，他不会对我无礼的。”东方人微笑着说。很奇怪，这个东方人虽然年纪轻，身上却有一种令人信服的力量。哈基姆猜来猜去，也判断不出此人的来历，更想不到他为什么会来找自己的父亲，那个既不会赚钱也不早早去死，在家里活脱脱是个大累赘的疯老头子。

“老头子！快下来，有人找你！”哈基姆从自己那辆烂糟糟的八手大众汽车里钻出来，扯着嗓子喊道。

“谁啊？谁急着下地狱了，还敢来找我？”楼顶平台传来一声粗野的吼叫。紧接着，一个人影出现在平台边缘。这是一个头发花白、满脸伤疤的老头，四月的埃及虽然并不冷，他的穿着也显得过于凉快了——什么都没穿，包括裤子。

哈基姆很尴尬，身边的东方人却丝毫也不介意，看上去似乎反而觉得眼前的这一幕很有趣。他仰起头，用并不响亮但很清晰的声音，念出了八个音节。

哈基姆虽然不懂英语之外的其他外语，但常年在金字塔附近和游客们搭讪，勉强能从发音和语调分辨出这个东方人说的是中文，那八个音节就是八个中国字。原来他是个中国人，哈基姆想。

接下来的一幕大大出乎哈基姆的预料。在听完了那八个字之后，老头子的脸色陡然一变，他远远地凝视着楼下的年轻人，忽然转过身离开了楼顶。几分钟之后，老头子来到了楼下，哈基姆惊讶地发现父亲已经穿上了他最贵重的一套长袍，披上了白色头巾，戴上环箍。在哈基姆的印象里，老头子已经有很多年没有这样正式装扮过了。

“请问您是路氏家族的哪一位？”阿卜杜拉·艾哈迈德深深地鞠了一个躬。

“我叫路晗衣。”中国人也先毕恭毕敬地鞠了一个躬，然后回答说。

阿卜杜拉恭恭敬敬地把路晗衣迎进了屋里，同时转身对哈基姆说：“你接着去赚钱吧，太阳落山之前不要回来。”

这句话的语气里充满了威严，完全不像那个已经疯了十多年的糟老头子。在这一瞬间，阿卜杜拉就像是一名举着弯刀的阿拉伯武士，浑身上下散发出逼人的气势。

哈基姆惊呆了。他眼睁睁地看着父亲陪着路晗衣一起进屋，搔了搔头皮，一面转身走向自己的破车，一面回想着刚才路晗衣说的那八个字的发音：“‘觉醒之日，万物俱灭’，这到底是什么意思呢？”

“我真是没有想到，几十年了，你们远在中国的家族竟然还记得我。”阿卜杜拉说。

“守卫人世界不会忘记你的，”路晗衣的语气里充满了敬重，“即便你选择不再为守卫人做事，四十年前狙杀魔仆、阻止帝王谷妖兽觉醒的功劳，也会永远被人们所铭记。”

“是的，我是大功臣，我立下了伟大的功绩，”阿卜杜拉满脸苦涩，“但是在那一战中，我失去了妻子，失去了儿子和女儿。我是守卫人，但我也是个普通的男人，爱着自己的妻子也爱着自己的孩子的普通男人，所以我才选择了像现在这样生活。宁可我唯一还活着的儿子嫌弃我，也不想再回到那个世界了。”

他看了一眼路晗衣：“你今天来找我，目的恐怕是为了让我再回去吧？很遗憾，我无法满足你的要求。不过我能看得出来，你拥有非常强大的力量，如今的世界上，比你强的人或许并不多。你打算杀了我吗？”

“不不不，请别误会，强迫别人干某件事，不是我的作风。”路晗衣摆摆手，“更何况，杀了你对我也没有任何好处。我只是想要告诉你一些消息，然后问你几个问题而已。”

“消息？什么消息？”阿卜杜拉问。

“还记得你的老朋友达乌德·阿齐兹吗？”路晗衣说。

“达乌德？当然记得。四十年前和我一起并肩作战的就有他。”阿卜杜拉说，“不过他和我不一样，守卫人的责任和荣誉他永远也不会扔下。他怎么样了？”

“就在两天前，他和他的家族被血洗了，全军覆没，没有留下一个活口。”路晗衣说。

阿卜杜拉一下子从椅子上站了起来，瞪大了眼睛：“全军覆没？不可能，他的家族几乎是非洲最强的，怎么会……”

“但那是事实，”路晗衣说，“我就是为了这件事才赶到埃及来的。而且，到现在还没有人知道，到底是什么人或者什么东西杀害了阿齐兹家族的那么多人，以至于没有一个人能活着逃出来。”

阿卜杜拉在屋子里来回走了几圈，慢慢地说：“你刚才说……‘或者什么东西’，难道会是直接由魔仆和妖兽下的手？”

“不排除这种可能，因为我还想不到有哪个黑暗家族，甚至哪几个黑暗家族联手，可以把阿齐兹家族一举歼灭不留一个活口。我们中国的四大守卫人家族联手，也很难做到这一点。”路晗衣回答。

“如果真的是什么魔仆干的，那它的力量就非同小可了，”阿卜杜拉表情凝重，“也许比四十年前被我们杀死的那一只更强。”

“自从去年新的天选者身份暴露之后，黑暗家族就开始蠢蠢欲动，一些蛰伏已久的魔仆也……”

“等等，你是说，又有天选者出现了？”阿卜杜拉打断了路晗衣的话。

路晗衣点点头：“是的，就在中国。”

阿卜杜拉叹了口气：“我果然是离开那个世界已经太久了，连天选者出现这样的消息都完全不知道。这个新的天选者怎么样？”

“非常与众不同，”路晗衣说，“战斗的能力几近于无，随便一个最低等的妖兽都能活吞了他，但他似乎总有一些运气护身。而且，就在几个月前，他终于唤醒了自己的蠹痕。尽管只是初级的，却已经足够让人惊讶了。”

“不能战斗，却能够让守卫人世界惊讶……”阿卜杜拉思索了一会儿，脸上流露出难以置信的神情，“无中生有！难道真的是……真的是无中生有？”

“就是无中生有。”路晗衣说，“这样的蠹痕，过去我们也只是听说过，却从来没有亲眼见过。只有当它变成事实的时候，我们才不得不相信。”

阿卜杜拉沉默了一会儿，然后摊开手掌，看着自己手掌中央的一道深深的圆形疤痕：“也许，世界真的到了需要改变的时候。你来找我，是希望我能被这些消息所打动，对吗？”

“我当然是这么希望的，但如果你仍然拒绝重新出山，至少我不会杀你或者伤害你的家人，”路晗衣说，“守卫人世界也许残酷无情，但至少不会为了杀戮而杀戮。”

“是啊，至少你清楚，我即便不帮你们，也绝不会倒向魔王那一方，”阿卜杜拉自嘲地笑了笑，“好吧，我会认真考虑你的建议。请给我一点时间。”

路晗衣从身上取出一部手机交给阿卜杜拉：“如果你改变主意了，请拨打这个电话里存的唯一的号码。”

离开阿卜杜拉家之后，路晗衣步行了一段路，来到公路旁。站立了大约两分钟后，一辆摩托车轰鸣着驶过来停在他身边。摩托车上的人，是路晗衣的老相识梁野。

“看来埃及的这片鱼干还真是够腥呢，”路晗衣笑了笑，“我以为我的速度已经足够快了，没想到你还是紧赶慢赶地来了。”

“我误了航班而已，”梁野说，“出发之前和王璐打了一架，耽误了一点儿时间。”

路晗衣抬起头，打量了一下梁野：“难怪觉得你精气不太足，手背上也有伤痕。这么说来，你和王璐的仇还真是越结越深了。”

“可惜我还是没有足够的力量杀死她。”梁野说。

“我们四个，怎么也是别人口中的四大高手，哪儿有那么容易被杀死？”路晗衣说，“就算是强如范量宇，也没办法轻易杀掉其他三人。对了，他没来吗？”

“范量宇一向不喜欢掺和这种事，”梁野说，“你又不是不知道他的脾气。”

“说得也是，”路晗衣点点头，“怎么样，捎我一程？我想，我们俩想去的是同样的地方。”

梁野拍了拍后座，示意路晗衣上车：“搞不好要打架，多一个帮手总是好的。”

四

时隔几个月，再次回到学校里，冯斯的心里难免有些不是滋味。就在几个月前，他还是一个成天旷课不务正业的大二学生，现在已经退学成为职场白领。尽管不管学生还是白领，都只是一种表面上的身份，无法洗掉他骨子里需要面对的诸多难题，但他还是更喜欢学生的身份。

“怎么说呢，总感觉学校就像是一层保护壳，”冯斯曾这样对文潇岚解释，“当我还有着大学生的身份的时候，就像是缩在这一层壳里，虽然真要遇到点儿什么事它根本不可能保护我，但至少是一种心理上的慰藉。”

但是现在，这层心理上自我安慰的外壳已经没有了。如今的冯斯，是走在大学校园里的一名社会人员。

正是四月好春光，校园的道路上照例走着无数成双成对的学生情侣。冯斯孤单的身影从他们当中穿行而过，最后停在了篮球场旁边。他从篮球场里认出了一些熟悉的身影：都是他过去在系队里的队友。

如果说离开学校会让冯斯产生某些内疚情绪的话，他最感到内疚的人，可能就是篮球队的这帮队友了。从颇具潜力的新人到可以信任的中坚力量，冯斯和队友们一同在球场上挥洒了无数汗水，彼此也有着深厚的情谊，尤其是日漫中毒的队长。虽然他开口闭口总带些日漫腔，偶尔会说出些让人起鸡皮疙瘩的漫画式台词，但他确实对冯斯照顾有加，甚至在冯斯球场打人遭禁赛后都没有把他驱逐出队。

然而，冯斯主动离开了他们。

现在系队似乎是正在打一场随随便便的野球，大家连队服都没统一，有的直接穿一件T恤、脚上套着跑鞋就上场了。对面的球队看起来也是临时拼凑的，有穿着校服青春年少的大学生，有膘肥体壮的中年人，有传说中身怀绝技的球场老大爷，甚至还有一个金发碧眼的白人小伙子。这个小伙子长得高大俊朗，在场上打中锋位置，篮下脚步很扎实，尤其擅长小勾手，系队外号“坦克”的中锋应付起他来都很吃力。

冯斯看得一阵手痒，几乎就想要上场和伙伴们一同比赛，但最后他只是叹了口气，摇摇头准备离开。刚刚迈出两步，他像被电击了一样停住了脚步。

姜米！他看见了姜米。

姜米看上去和几个月前并没有什么两样，仍然像是一道足以把一切阴霾照亮的灿烂阳光。她来到篮球场旁边，站在那里静静地看着这场甚至连计分都没有的野球赛。而冯斯就站在远处，几乎是目不转睛地看着姜米，内心五味杂陈。

他没有想到，事情已经过去了半年，看见姜米时的那种难过和酸楚还是一点没有减轻，反而比以前更加沉重。冯斯并不是一个没有感情经历的毛头小子，过去也有过好几个女朋友，包括去年底在北京意外重逢的黎微。但没有哪个女孩能像姜米这样激发起他如此炽热的情感。不得已，他用理智把姜米推离了自己的生活轨迹，然后用之后的每一天去伤心、去后悔。这样的日子实在太难熬了。现在，他希望能改变这一切，希望能唤起姜米失去的记忆，不管要付出怎样的代价。

教学区的下课铃声响了，篮球场旁边的时钟也指向了中午十二点，打野球的人们停止了比赛，相互点头道别。系队的球员们向和冯斯反方向的出口走去，这让他松了一口气，毕竟和昔日的朋友们见面还是有些尴尬，尤其在他无法说明退学真相的情况下。

等到系队队友们离开后，他才转过身，准备走向姜米。他已经在脑子里想过无数种开场白，但似乎每一种都免不了像街头猥琐男的搭讪。无论如何，他不能再次让姜米从自己身边擦身而过，他决定不顾一切地抓住自己的幸福。

冯斯迈出了第一步，然后，他就僵在了原地。

——姜米正和先前打篮球的那个白人小伙子手拉着手站在一起，看起来十分亲密，姜米甚至还掏出纸巾替白人小伙子擦汗，明白无误地彰显出两人的关系。

冯斯站在那里，就像一尊石像一样，许久都没有动。直到姜米和白人小伙子的背影渐渐远去，他才失魂落魄地迈着步子来到篮球场旁边的一个石凳边，一屁股坐了下去。他的心里一片茫然，忽而回想起和姜米在一起时的点点滴滴，忽然想到刚才姜米和白人小伙子的亲密神态，忘记了自己身处何方，也忘记了时间的流逝。

最离奇的是他并没有吃醋的感觉。这并非因为他是一个心胸博大到不会吃醋的人，事实上他中学时打过的好几场架都和争风吃醋有关，然而现在，在姜米重新出现在他眼前的时刻，他并没有觉得酸溜溜的刺痛，心里更多的是迷惘，如同北京城十二月的雾霾一样浓重的迷惘。

我到底应该怎么办？

“你在这里坐上一年，姜米也不会主动回来的，不是吗？”身后忽然响起一个声音，让冯斯总算回过神来。他回头一看，站在那里的是他的老朋友，来自守卫人世界的何一帆。

“我怎么感觉我做的一切都在你的掌控中呢？”冯斯苦笑一声，“每次有点什么状况，第一个遇到的总是你。”

“这次你可真是冤枉我了，我根本不知道你今天会回到学校。”何一帆说，“不过我来这里的目的和你是一样的。”

“为了姜米？”冯斯问。

“就是为了她，当然说到底肯定还是为了你，”何一帆诡秘地一笑，“她毕竟和你有着非同一般的关系啊，而你求路晗衣帮忙抹去她的记忆，也说明你很看重她。她如果一直在美国乖乖待着，倒是什么问题都不会有，但偏偏她又重新回到了中国，我当然得关注着她可能给天选者造成怎样的影响啊。”

她接着说：“我本来只是想观察一下她现在的情况，没想到你也来了，所以我就改成观察你了。”

“观察我得到了什么结论？”冯斯问。

“非常不妙的结论，你看她的眼光，就像是灰太狼看到了喜羊羊，”何一帆叹息着，“从你的目光里，我就能看出来，劝你从此远离她，假装她并不在北京是根本不可能的。”

“确实不可能，”冯斯涩然地说，“但我也不知道该做些什么。刚才的那些，你也看到了。”

“其实也不是没办法解决，”何一帆说，“你可是大名鼎鼎的天选者，只要发一句话，会有很多家族愿意替你把那个美国小帅哥……”

她没有把话说完，但意思已经再明白不过。冯斯摆摆手：“别闹了，你以为这是山大王抢亲哪？”

“我就知道，在这种事上你总是很古板，因为你始终没有真正融入这个黑暗的真实世界，”何一帆说，“总之，随便你了，女朋友什么的也不至于就让你郁闷到跳楼。我现在也有点了解你了，你骨子里犟得就像一头驴，没有谁能强迫你什么。但是希望你不要因为这件事影响到情绪，毕竟你已经选择了担负起天选者的责任，这是你自己的决定，不要辜负了你自己的决心。”

“不谈这个了，你那么年轻，我倒是有其他问题想问你。”冯斯说。

“我知道你想问什么，”何一帆说，“过去的几个月，魔王世界确实很安静，没有什么特别值得一提的事件发生。但是就在最近这几天，有了一些新闻。在埃及、挪威、委内瑞拉等几个国家，发生了好几起守卫人家族被屠杀的血案。”

“屠杀？整个家族？”冯斯一惊，“能端掉一个守卫人家族，那样的实力可不一般啊。是谁干的？”

“现在还不得而知。”何一帆说，“下手的人几乎没有留下任何痕迹，而且杀人手段十分残忍。那种感觉，就像是有好几个范量宇一起出手一样。”

冯斯哈哈大笑起来：“这个比喻太精当了，我一下子就明白了。发生那么大的事情，梁野他们不可能不行动吧？”

“他们已经行动了，”何一帆说，“除了范大爷照例是不理会别人的事情，四大高手里剩下的三位都直奔埃及而去。”

“为什么都去埃及？”

“因为埃及被屠杀的那个家族实力很强，虽然不如中国的四大家族，但也相差不远。”何一帆说，“如果他们都能被灭族，那四大家族只怕也危险，所以他们几个一定要去调查清楚。”

“听起来，似乎是新一轮的麻烦又来了，”冯斯若有所思，“反正这一年来，每一桩麻烦我都逃不掉，那就等着它落到我头上来吧。”

与何一帆道别之后，冯斯觉得姜米带来的心情烦闷似乎减轻了一点，因为魔王世界发生的变故可以稍稍让他分一点神。但他很快又想到，通过分神减轻对姜米的思念，本质上是自我欺骗，就好比武侠小说里用滥了的桥段——某位大侠陷入了左右为难的三角恋里，无法做出抉择，于是对自己说：“匈奴未灭，何以家为？冯斯啊冯斯，你此刻当以家国大业为重，儿女私情暂时放到一边……”

老子才不要做那种虚伪的大侠！冯斯狠狠地拍了一下额头。他决定了，不管三七二十一，一定要找到姜米，把过去的事情向她说清楚。至于姜米信不信、万一信了会如何做出选择，那是姜米的事，但此时此刻，他一定不要让自己因为口是心非而后悔。

冯斯来到了留学生公寓附近，猜测姜米应该住在这里。他在公寓对面的一个校内咖啡馆坐了下来，点了一杯橙汁，慢慢地喝着。离开学校那么久，他也不愿意再去打扰文潇岚或者宁章闻替他查课表，索性就在这里守株待兔。

慢吞吞喝了两杯橙汁、一杯炭烧咖啡，膀胱都憋得难受了，还是没有见到姜米出现。冯斯想要去卫生间，又担心这一分钟的时间可能会错过姜米，正在左右为难，忽然想起了点什么。

“我怎么这么笨！”他敲敲自己的脑袋。

冯斯想起来了，姜米上一次来中国的时候，自己帮她弄了一个中国的手机卡，那个手机卡后来随着行李一起被她带回了美国。这一次再来，她多半会用那个号码。他蹿进厕所迅速地放了水，然后回到座位上，开始拨打那个号码。

电话果然打通了。响了几声后，姜米接了电话：“Hello！”

终于又听到姜米的声音了。冯斯握着电话，愣了好一会儿，只觉得心脏跳得快要蹦出口腔了。不过他总算回过神了，用尽可能诚恳无害的语气说：“请问是姜米同学吗？我知道这件事说出来有点难以置信，但是……”

“是你？”姜米用诧异的口吻说。

冯斯愣住了。他当然很清楚，在路晗衣手下的帮助下，姜米的脑子里一切和他有关的记忆都消除了，无论是两人在一起的经历，还是他的相貌、性格和声音，但是现在，姜米竟然脱口而出“是你”，这是怎么回事？难道自己的声音还残留在姜米的记忆中？

“你……怎么会听出我的声音？你知道我是谁？”冯斯试探性地问。

“不，我不知道你是谁，但我知道你的声音，”姜米说，“我的手机里有一段起床闹钟，就是你的声音。”

原来是这么回事！冯斯猛然回想起来了。几个月之前，当两个人还在一起的时候，姜米曾经吵嚷着要冯斯替她录一段起床闹钟铃声，冯斯没有办法，只能捏着鼻子怪腔怪调地录了一段。现在他还记得那段录音的内容：“姜小姐，快起床，饲料已经备好，再不起床就被其他猪崽抢光了！”

后来在抹去姜米的记忆的同时，他也小心地检查了姜米的行李，把一切可能和他有关的东西都拿走了，手机里相关的照片、聊天记录甚至通话记录等也全部删除了，唯独这段录音被他忘了。他没有想到，这段录音成为证明他和姜米相识的唯一的证据。

“姜小姐，快起床，饲料已经备好，再不起床就被其他猪崽抢光了！”冯斯对着听筒，缓缓说出了这句话。

“果然是你。”姜米说，“你到底是什么人？为什么我的手机里会有你的录音，而我却完全不记得？”

“我们见个面吧，”冯斯说，“见面之后，我会详详细细地全部告诉你。”

◆第二章◆

不如不见

一

伍立楠对这一次的任务很有信心。从七岁那年移植了附脑之后，他的力量就在不断地迅速增长，几年后就超越了家族中那些带有天生附脑的族员。现在他还不到三十岁，已经是黑暗家族里屈指可数的王牌杀手，死在他手下的人的数量已达到了三位数。

这一次要刺杀的对象确实很强，但伍立楠还是相信自己能够干掉对方，毕竟他的蠹痕十分巧妙，简直就是为了暗杀而生的，而且家族为了增加保险系数，还派了另外两位高手来辅助他，三人合力，基本可以做到万无一失。

现在，他就等在这条河北通往北京的公路旁边。另一个方向的道路已经被他们摆上了施工维修的假牌子，敌人的车只可能接受绕路提示开到这条路上来。而一旦敌人出现在他的蠹痕范围内，就难逃一死。

深夜时分，过往的车辆并不多，伍立楠认真地注意着每一辆通过的汽车的车牌和车型，没有半点懈怠。多年以来，这种一丝不苟的职业精神帮助他避免了许多不应有的失误，甚至救过他的性命。

终于，他要等的那辆车来了。大切诺基2014款，车牌也核对无误，就是它了。伍立楠向两名同伴打了一下手势，三人同时发动了蠹痕。

伍立楠的蠹痕淡得几乎没有颜色，在夜色的掩护下很快在公路中央形成了没有实体的屏障，切诺基仿佛丝毫不察，径直撞进了蠹痕的范围内。伍立楠猛然发力，蠹痕内刹那间闪烁出耀眼的电光，车上的每一块金属元件都迅速导电。车停了，电火花四处飞溅。

在这样的高电压之下，还从来没有人能活着逃生。而两名同伴似乎还不放心，其中一人手指一点，整辆切诺基像被泼了汽油一样，迅猛燃烧起来。火光中隐隐可以看出，在被烈焰吞没的驾驶座上，一个身影一动也不动。

“搞定了，”伍立楠得意地笑了笑，“说得有多么多么厉害，什么守卫人世界屈指可数的高手，也不过如此嘛。”

“那也是你老兄的电实在太厉害了啊。”一名同伴恭维他说。

“走，过去看看。”伍立楠挥了挥手，其余两人跟在他身后，走向仍然烈焰滚滚的汽车。

“这家伙的名气那么大，不也还是变成了一只烤猪？”刚才使用火焰蠹痕的那个人轻蔑地说。尽管负责主要攻击的是伍立楠，但能够亲手放火烧到“这家伙”，看样子他还是很有成就感的。

“这些和魔王作对的守卫人，一个个听起来名头大得吓死我，到了我的蠹痕里，还不是一样被点得……”伍立楠正在说着，突然猛地住口了，两名伙伴也都脸上变色，不禁向后退了两步。

——那个被他们称为烤猪的火焰里的人影，忽然动了起来。就在熊熊的烈焰里，他轻描淡写地伸直胳膊，探出了车窗，清晰地对着三人比出一个手势。

他竖起了中指。

三人这才意识到不妙，转身想逃。伍立楠冲在最前面，除了蠹痕里的高压雷电，他的脚步也十分迅猛，可以保证在一般情况下即便不能杀死对方也可以全身而退。

然而，现在他所面临着的，正是非一般的情况。

火焰里的那个人比出中指之后就不再动弹，好像是有意让三名拦截者先逃。当他们跑出去二十来米后，他忽然张嘴，发出一声狂暴的怒吼。

这一声吼犹若惊雷，竟然连车身上的火焰都被震散了。随着这一声吼叫，伍立楠陡然觉得自己浑身一震，好像被成千上万的钢针一瞬间穿透，而那些钢针似乎留在了他的体内，在五脏六腑和骨头血肉之间穿刺翻搅。那种痛苦超越了常人所能忍受的极限，即便是伍立楠这样的亡命凶徒，也一下子倒在地上，痛得大声哀号起来。他的两名同伴比他还惨，已经忍不住满地翻滚，脸上、手上的皮肤很快被磨烂，一片血肉模糊。

已经在火焰中被烧变形的切诺基车门好像是被硬生生地卸了下来，掉在地上。火光中的那个人影慢慢从车里走出来，走到三人跟前。这是一个可怕的畸形人，长有一大一小两颗头颅，大的那颗头颅脸上布满丑陋的疤痕，尽管刚从火焰里走出来，身上却没有任何新添的伤痕，甚至连衣服都没有破裂。他脸上带着狰狞的笑容，一脚踏在伍立楠的胸口："你算什么东西？就凭你也想搞定我？"

伍立楠紧咬着牙关，强忍痛楚说："你就是范量宇？"

"废话。"范量宇脚底用力。伍立楠胸口的骨头开始咯咯作响，他还试图绝地反击，用最后的力气释放出蠹痕，一道电光劈向范量宇的头顶，但范量宇并没有丝毫躲闪。雷电打在他身上，就好像一阵清风吹过。

"我最讨厌不自量力的人。"他脚上加了点力。咔嚓一声，伍立楠的胸口凹陷下去，他痛叫一声，嘴里涌出一股鲜血。

"不要以为这一年来有不少魔仆慢慢觉醒，你们黑暗家族就有便宜可捞，"范量宇收回脚，"在我眼里，你们始终只是微不足道的渣滓。"

他转过身慢慢走开，家族里的另一辆车已经在公路边等着接他。浅灰色的蠹痕扩散开来，包住了躺在地上痛苦挣扎的三个人。突然，他们的身体四分五裂，化为血淋淋的碎块。

天亮了。

清晨的北京城充满了活力，假如在高空俯瞰，可以看见黑压压的人群蚂蚁般拥向公交站和地铁站，密密麻麻如小火柴盒的汽车，在拥堵的马路上时走时停。

而不需要上班上学的老人们也没闲着，他们早早地占领了各处的公园，散步、晨练、跳广场舞，各得其乐。

范量宇此刻就坐在一个社区公园的喷水池边。他穿着一件带帽兜的风衣，把小头颅藏在帽兜里，外人倒看不到那个骇人的小头。不过即便如此，大头上的那张脸，也足够凶悍了，所以路过的人大多绕着走，生怕一不小心招惹到这个凶神。

倒是麻雀们不会以貌取人，它们并不知道这个孤独地坐在这里的男人手上沾满了鲜血，不知道他手指头一动也许就能把这个公园里的所有活物全部杀死。它们只知道，最近几个月以来，这个男人经常会到这里来坐一坐，还会带来鸟食喂它们。会给它们带来食物的人，自然不会有什么危害。

但是今天，这个男人好像来得有些匆忙，并没有携带鸟食。麻雀们在他身边蹦蹦跳跳一阵子之后，失望地飞走了。

范量宇一直安静地坐着，直到晨练的人群逐渐散去，这才摇晃了一下脑袋，准备站起来。但还没有站起身来，他的动作就停住了，浑身一下子绷紧，布满疤痕的脸上现出一种有些奇怪的神色。

——好像是悲伤和痛悔。

“你还是一直那么警醒啊，”背后响起了一个女声，声线很娇媚，语气却冷冰冰的，“看来想要暗杀你，还真不是容易的事情呢。”

范量宇的嘴角微微抽动了一下，冷冷地哼了一声：“你的进步很快。这一次，居然距离这么近我才发现，似乎你的实力已经和王璐他们几个很接近了。”

“虽然很接近，但还是不如你啊，”女人的语声里充满了遗憾，“我觉得我已经很努力了，可是你的天分毕竟比我高太多了，我到底要什么时候才能杀得了你为我姐姐报仇呢？”

听到“姐姐”这两个字，范量宇的嘴角又微微抽动了一下：“我早就说过了，如果你要我的命，随时可以拿去。”

“那样没劲，”女人摇摇头，“我如果就这样杀了你，说不定你心里还会感谢我。我才不要让你如愿，我要在比你强大的时候彻底摧毁掉你的力量，让你像一条被打断四条腿的癞皮狗一样死去。”

“随便你吧，”范量宇的声音很低沉，“如果你想要公平决战，我也会一直等着你。”

“在那之前，你最好别随随便便被其他人杀死。”女人冷笑一声，转身离去。

范量宇久久地坐在长椅上，一动也不动，就好像在四月温暖的空气中被冻僵了。

二

冯斯已经在心里对自己说了上百遍“镇静”，但当姜米真的出现在视线里并且走向他的时候，他仍然无法完全压抑住内心的激动。姜米走到他面前时，显得很奇怪：“你怎么了？有心脏病吗？”

“没有，没有，”冯斯喘了口气，“谢谢你能来。”

“不用谢，我也很想弄明白，为什么你的声音会成为我的起床闹钟铃声。”姜米说，“你到底是什么人？我们过去见过面吗？”

“三两句话说不清楚，”冯斯说，“如果你愿意的话，我们可以找一个僻静一点的地方，我给你看一件东西……不不不，你千万别误会，我没有任何别的意思，只是……”

“我相信你，”姜米说，“我看得出来你是个很健谈的人，但你在我面前说话结结巴巴，说明你心里真的很激动，我也想弄明白你为什么见了我会激动。”

“嗯，我们去教三的背后吧，”冯斯说，“那里一般人很少，但是很空旷。你离我远一点，如果有危险，随时可以逃跑或者大喊。”

“你想得还真周到，”姜米一笑，“那就去那儿吧。”

两人来到三号教学楼的背后，附近果然没有人。冯斯脱掉外衣扔在地上，身上只留了一件短袖T恤：“我接下来要做的事情，可能很像是变魔术，但那真的不是魔术，希望你看清楚了，不要把我当成跑江湖的骗子。”

姜米一脸好奇：“行啊，就算真是魔术，我也喜欢看魔术啊。”

“真是你的典型风格。”冯斯笑了笑，“来，随便说一个词或者短语，中文英文都行。”

姜米想了想：“乱七八糟。”

冯斯伸出右臂，摊开右掌，他的掌心上慢慢闪烁出光彩。姜米虽然有一些惊奇，但这样的光华，魔术师也可以通过道具变幻出来，所以她仍然只是默默地耐心注视着。

半分钟之后，光华渐渐退去，冯斯的掌心却多了一样东西：一个青铜材质的小雕像。他把雕像递给姜米，姜米小心地拿起来，脸色忽然间变得苍白。

“这是……我妈妈。”她喃喃地说。

这个青铜雕像是一个人像，和姜米的母亲詹莹教授一模一样。

“底座上还有字。”冯斯提醒她。

姜米把底座翻过来，只见下方刻着一行英文字母和数字的混合字符：jennychan19650725。在这行字符的下方，则是四个汉字，刚好就是姜米刚才所说的那个词：乱七八糟。

“这是我妈妈惯用的密码。”姜米说，“看来你不但会变戏法，对我的事情还很熟悉。我相信你了，无论你说什么，我都照单全收。”

“我们找个地方坐着说吧，”冯斯说，“那会是一个很长的故事。留学生公寓对门有个咖啡馆，我今天在那儿坐了一个下午，试图等到你，直到我想起我还留有你的中国手机号码为止。”

一个小时后。

因为长时间讲述而口干舌燥的冯斯已经喝完了一大杯橙汁，又要了第二杯，姜米面前的咖啡沙冰却几乎动也没动。她双手托腮，像是一个考场上的学生遇到了一道解不开的大题。咖啡馆的窗外夜色阑珊，一些情侣成双成对地走过，更多的人则是背着书包去往自习室。这是一个典型的大学校园里的夜晚。

“上一次，我把魔王世界的事情讲给你听之后，你也是这样的表情，”冯斯说，“不过这一次，你接受的信息量比上次大得多。所以你慢慢地想，我不打扰你。”

“不用慢慢地想，”姜米说，“我能看得出来，你说的是实话。因为在你讲的这个故事里，我的一切行为都很像我，我爸爸妈妈的行为也符合他们的性格，那绝不是随便什么人能编出来的，尤其是那些和我生父有关的事，我从来没有对任何人讲过，外人不可能知道。”

她细细打量了一下冯斯：“不错，长得还不错，看来我挑男朋友的眼光还不算差，但是……”

她好像有些犹豫，斟酌着词句，冯斯已经替她说下去了：“但是，一来现在你已经有了新的男朋友，二来你已经有了属于自己的平静的生活轨迹。而且，即便你相信了我所说的都是实话，但现在在你的心里，并没有一丁点和我有关的记忆，你也不可能突兀地对我产生任何感情。”

“就是这样的，”姜米点点头，“看来你的确是个聪明人。我现在很难形容我的心情，既然你曾经喜欢过我，也该知道我是一个爱玩爱闹喜欢新鲜刺激的人，但是你刚才所说的那一切，实在是有些……刺激过头了。我需要时间去好好消化。”

冯斯喝了一口橙汁，慢慢地说：“其实，从今晚和你重新见面的那一刻，从见到你的第一眼开始，我就后悔了。我这个人很奇怪，许多时候觉得自己已经想得很通透很通透的事情，可能发生一丁点儿变化，我就会开始后悔先前的决定。”

“你为什么后悔？”姜米说。

冯斯手里无意识地把玩着吸管：“最开始的时候，我想，我是个没用的天选者，我没有任何能力保护你，可我也知道你的性格，你绝对不会为了危险而离开我，所以我请路晗衣让他的手下抹去了你所有和我有关的记忆，就像你父亲自己的选择一样。但是在机场悄悄看着你们离开回国的时候，我忽然发现，失去你之后，我的心里像是空了一大块，那种难受就像嗓子眼儿被死死堵住了一样，就像是北方的冬夜里顶着大风走路一样，真难受，难受到让人恨不能马上死掉。

“从那个时候起，我开始后悔做了那样的决定。每过一天，后悔就会多一些。所以我总是想，如果时光能倒流该多好，如果能回到那一天，我一定不会对路晗衣提出那个请求。可惜的是，已经过去的事情终究不可能再重来一次了，我以为我会永远失去你。”

“但是现在，你还真找到了挽回这一切的机会。”姜米的语调有点儿奇怪，似乎带有一种冷淡的漠然。

“不，并不是挽回，”冯斯看着窗外的人流，“我刚才也说了，我总是做完一个决定就开始后悔。你居然回到了北京，我很高兴，我希望能告诉你一切，唤回你过去的记忆，重新和你在一起。可是就在刚才，当看到你走向我的时候，我又觉得我再次做出了错误的决定。”

“因为你突然又觉得，我现在的生活也挺好的，比起让我在你身边一起面对各种危险，倒不如让我好好地活着？”

“大概是吧。”冯斯把头往椅子上一靠，“我好像真的是无论做哪种决定，事后都会觉得不对。”

“嗯，我听出来了，你是一个专情的人、一个有责任感的人、一个舍己为人的人，”姜米看着冯斯，“但我不知道你是不是清楚这一点：你是一个浑蛋。”

冯斯没有回答，只是静静地注视着姜米的眼睛，神情黯然。

“我只想告诉你，我很生气，”姜米说，“我是一个人，是一个独立自由、有自己思想的人，而不是你手里的青铜雕塑。你有没有想过，你所做的一切都是为了让你自己感到心安，却从来没有在意过我想要什么，从来没有在意过我的感受到底是什么——我究竟是一条狗，还是一块肥皂，让你觉得可以凭你的喜好来决定我的将来？”

冯斯无言以对。姜米接着说：“我在美国的时候，也读过一些我妈喜欢的中国武侠小说。在那些武侠小说里，我最恶心两个男主角：一个为了所谓的家国大业，把心爱的人让给敌人；另一个为了所谓的兄弟情谊，把心爱的人让给朋友。我读那些书的时候就一直不明白，这些了不起的大侠凭什么把女人当成货物一样让来让去？他们为什么不能问问女人到底想要什么，为什么不能问问女人所希望的未来是什么样的？”

她站起身来，披上外套，一字一顿地说：“现在你在我的心目中，就很像那两个大侠。如果我以前真的爱过你，那或许是我看走眼了吧。

“对了，还有一件事我没有告诉你。我这次选择来中国做交换生，其中一个很大的目的就是找你，找你这个在我的手机里留下起床闹铃的人。我想要知道你是什么人，你和我之间发生了什么，你为什么后来再也没有在我的生活里留下其他任何印记。但是现在，用你的话来说，我很后悔，很后悔知道了这些。”

姜米转过身，头也不回地走出咖啡馆。冯斯一直低着头，似乎连她的背影都不敢多看。过了许久，估计姜米早已走出他的视线范围，他才重新抬起头来。

“我真的是个浑蛋吗？”冯斯轻声问自己。

“大概……大概是吧。”他自己给出了结论。

三

关雪樱在厨房里手脚麻利地洗干净锅碗瓢盆，用抹布擦干净灶台上的污渍，然后清理地面。干完这一切的时候，时钟刚刚走到七点钟。她回到自己的房间里，捧起一本初中生物课本看起来。隔壁房间里，宁章闻仍然对着电脑不停地捣鼓。

一转眼，冯斯已经有好几个月未曾露面了，关雪樱十分想念他。并不完全是因为文潇岚所说的冯斯最喜欢吃她做的菜，而宁章闻对食物并不特别挑剔，有时候会让她有些对牛弹琴的感觉。更重要的在于，对于他们这个小团体而言，冯斯像是一根中轴，把所有人都紧密地联系在一起。有冯斯在，大家才可以经常聚在一起听冯斯吹牛，听文潇岚挖苦冯斯，听宁章闻讲一些他自学制作游戏的心得。而因为冯斯的存在，有时候还能见到范量宇、王璐、何一帆等奇奇怪怪的守卫人。虽然冯斯一再强调“那些人不是我的朋友，反而随时可能变成敌人”，她还是觉得那些人蛮有趣的。

尤其是梁野，对她特别照顾，她也对梁野有一些特殊的亲近感，经常觉得这个冷硬的汉子就像是她的哥哥一样。然而，冯斯走了，文潇岚也很少来了，守卫人更是不见踪影。关雪樱难免有些寂寞。

今晚，她看到的是讲生物遗传的那一章。初中课本讲得很浅显，所以关雪樱也能看得懂其中的基本道理。她只是微微有点走神，不知怎的就想起了自己的母亲。在她模糊的记忆里，母亲和自己长得挺像的，符合遗传学，尤其是充满灵秀的眼睛，不过自己从小过着村姑的生活，母亲却怎么看怎么像城里人，带有一种自己所不具备的优雅气质。

后来知道了母亲可能来自日本，又知道了母亲原来也和魔王世界有着千丝万缕的联系，她不由得对自己的身世更加好奇。可惜的是，可能略微知道一点真相的梁野什么都不说，那几个试图绑架自己的人也并未明言，只有范量宇帮她确认了一点。

“你的脑子里没有附脑，”范量宇说，“你就是一个普通的小哑巴。”

我就是个普通的小哑巴，这倒也没什么不好的，关雪樱想，可是妈妈也和我一样普通吗？她万里迢迢跑到中国来是为了什么？又是什么人杀死了她呢？

这些疑团至今没有答案。好在关雪樱生性开朗，想到母亲的时候难免难过一会儿，难过完了心情很快就能恢复。她看了一阵子生物书，又打开冯斯专门给她买的笔记本电脑，开始跟着教学视频默背日语五十音图。尽管她并不能发声，但还是希望自己有朝一日能听懂看懂这门可能是母亲母语的语言。

专注地学习了一段时间后，她脖子略微有点酸，于是停下视频打算休息一下。这时候，她忽然注意到窗外有一道黑影掠过，速度极快，推开窗户后却又什么都看不见。

又来了，关雪樱想。她扯下一张白纸，在纸上写了几个大字：“请进来吧。”然后把白纸贴在了窗玻璃上，重新关好窗。没过多久，玻璃被敲响了，关雪樱再抬起头，看见窗口伏着一个人，依稀能看出是个女人。

对方既然敲了玻璃，就意味着打算和她面对面了。关雪樱打开窗户，对方敏捷地跳了进来，连桌子都没碰到，却在直起身来的一瞬间胳膊肘碰到了椅子，疼得她差点张嘴叫出来。关雪樱也看清了，这是一个二十多岁的年轻女人，长得还蛮漂亮的，但眼神里充满了狡黠的意味。这样的眼神，关雪樱在王璐和何一帆的眼睛里都曾经见到过。不知道为什么，她并不喜欢这样的眼睛。

陌生女人一边揉着胳膊，一边略带好奇地打量着关雪樱。关雪樱在手机屏幕上敲出几行字递给她：“别夸我胆子大了，每一个来找我的人都这么说。”

女人笑了起来："你还真有意思。不过听上去来找你的人不少，你真的不害怕吗？还有，你没有装一个语音阅读软件吗？这么看字好麻烦。"

"说话的软件冯斯帮我装过，我不喜欢那种假的声音。"关雪樱继续通过手机说话，"害怕也没用，反正你们要抓我去哪儿，我也没有力气反抗。但是我对你们说的话都是相同的：我不知道妈妈做过什么，不知道她藏了什么东西，更不知道藏在哪儿。"

"啊，看来你有些误会，"女人说，"我不是那些想要抓你的人，也不是来问你问题的。事实上，我对你的了解，可能比你对自己的了解还要深一些。"

关雪樱打了个手势表示不解，女人压低了声音，做神秘状："我是你姐姐。"

关雪樱惊呆了，女人却给了自己一记轻轻的耳光："哎呀，说错了，辈分乱了！不是姐姐不是姐姐，是姨妈！"

关雪樱张了张嘴，却无法说话。女人紧接着说："我是你的姨妈，也就是你妈妈的妹妹。"

关雪樱愣了好一会儿，一时间不知道该说些什么。按照道理来说，突然见到一个亲人，心情应该是十分喜悦的。但此刻的她除了震惊，好像并没有什么情绪，或许是因为在家乡的山村里饱受家人欺凌，让她对"亲人"这个词天生就不敏感。

不过，她也能看出来，这个女人并没有骗她。这张年轻的面孔，和记忆里母亲的脸形真的很像。

"我叫上杉舞子，你妈妈叫上杉雪子，"女人说，"所以你的名字里有一个'雪'字。"

关雪樱思索了一会儿，还是在手机上认真地打出三个字："姨妈好。"

上杉舞子歪着头想了想："哎，还不如姐姐呢，姨妈这个称呼一下子让人老了一百岁……不过算啦。"

"你的中文说得很好，不像日本人。"关雪樱"说"。

"啊，因为你的外婆，也就是我和你妈妈的妈妈是中国人。我们从小就学中文说中文。"上杉舞子回答。

"你也是守卫人吗？"关雪樱又问。

上杉舞子摇摇头："我要是守卫人，还用得着爬窗户那么狼狈？我没有附脑，你妈妈也没有，你外公外婆也没有，我们全家都只是普通人。"

她打了个手势："行了，别打字了，我知道你有一肚子话要问。我既然找到了你，自然是要告诉你的，但我不能现在就告诉你。有些话，必须当着天选者的面说。"

关雪樱一惊，在手机上打出"冯斯"两个字，加了个问号。上杉舞子点点头："对，就是冯斯。我想见他，有很重要的理由要见他。"

关雪樱有些犹豫，没有回答。上杉舞子看出了她的心思："我知道，你刚刚认识我，担心我对冯斯怀着什么坏心眼。没关系，我给你时间，你慢慢考虑，想好了给我发短信，这是我的号码。另外，这个小玩意儿送给你。"

她递给了关雪樱一个小东西，关雪樱接过来一看，是一个优盘。

"能让我从大门出去吗？我不是守卫人，爬上你家的窗台真的费了牛鼻子劲，而且还很危险，摔下去真的会没命的。"上杉舞子大大咧咧地说。

关雪樱无声地笑了。她点点头，领着上杉舞子走向大门，宁章闻照例在自己的房间里房门紧闭，充耳不闻。

打开门，上杉舞子走了出去，回头看看关雪樱，眼眶里忽然有了泪花。她轻轻抚摸了一下关雪樱的头："你长得……还真像我姐姐。"

一刹那，原本以为亲情对自己并没有多大影响的关雪樱，莫名其妙地发现自己的眼睛也湿润了。

上杉舞子离开后，关雪樱回到房间踌躇了一阵子，还是把优盘插到了电脑上。优盘里只有一个文件夹，点开之后，里面是上百幅照片。

全部都是关雪樱的母亲上杉雪子的照片。

这些照片全都是上杉雪子年轻时候的，那时候并没有数码相机，所以都是纸质照片扫描的，并不是很清晰，但关雪樱还是专注地看着每一张照片。

没错，母亲真的是在日本长大的，关雪樱想。因为在这些照片里，很多背景都带着日文，比如日式餐厅、日本城市的街道、日本的机场等。还有一些虽然没有文字却易于辨认的日本地标，比如富士山，比如京都和奈良的古老建筑。

她还注意到了一片非常美丽的樱花，和她在网上搜到的"关雪樱"的图片十分接近，她凭直觉猜测，这或许就是她名字的来源。

当然，最大的关注点仍然在母亲上杉雪子身上。和记忆里总是冷冰冰面无表情的母亲相比，照片上的上杉雪子青春洋溢，言笑晏晏，和后来那个山村里的沉默妇人几乎就是两个截然不同的人。

尽管如此，看着母亲年轻时的容貌，关雪樱仍然难以抑制那种从心底深处涌起的思慕之情。她默默地流着眼泪翻完了全部的照片，并且再次确定了母亲和上杉舞子的关系：两人在不少照片里都一起出现，看上去关系亲密，而脸形的近似更加说明了她们的血缘关系。尽管那时候上杉舞子还只是一个稚嫩的小女孩，但那种狡黠的眼神在十多年后并未发生改变。

但是，除此之外，上杉舞子再也没有留下其他任何信息。她没有说明姐妹俩的身世，没有说明上杉雪子为什么会来到中国，没有说明她们这一家“普通人”为什么会和魔王世界扯上关系，更没有说明那个令黑暗家族垂涎的上杉雪子所保守的秘密。

很显然，不见到冯斯，这位眼神狡黠的姨妈什么都不会告诉我，关雪樱想。我当然巴不得立马知道和母亲有关的一切，但是，我真的要替她联系冯斯吗？万一这是一个圈套呢？万一她会伤害冯斯呢？

关雪樱躺在床上，用被子蒙住头，陷入了苦恼之中。看来今晚要睡不着觉了。

四

“你怎么了，看起来像一晚上没睡觉。”张圣垠问，“通宵玩游戏了？”

“没事，偶尔失眠，”冯斯勉强一笑，揉揉自己的黑眼圈，“现代都市人的常见病。”

“回去休息一天吧，”张圣垠说，“最近你的绩效已经非常好了，就算你真要逼我把你当成普通员工来对待，我也总得有点人性不是？”

“多谢你了，老板，”冯斯拱了拱手，“但是我回去也睡不着，倒不如在公司忙活一下，兴许工作累了就困了。”

“那也行，总之别硬撑，你随时可以回去。”张圣垠说。

冯斯是真的睡不着。过去他看到小说或者影视剧里的那句烂俗台词“我一闭上眼，眼前全是她的影子”，总会在心里轻蔑地嘲笑挖苦几句，但是现在，他却真实地体会到了这种状况。

他没有办法入睡，一闭上眼睛就会不由自主地回忆和姜米有关的一切，有时候是那些甜蜜的记忆，有时候是姜米对他冷冰冰的斥责，让他的情绪一会儿高涨，一会儿跌落谷底。

他甚至开始后悔自己压根儿不该去找姜米，光是在心里想想其实没那么糟糕，但真正见到姜米的面，就像是往记忆的冰湖里撒下一张大网，将大鱼小鱼全都网上来了，在脑海里翻腾不休。

爱情这玩意儿太他妈折磨人了，冯斯痛苦地捶着脑袋。

他喝了两杯浓浓的黑咖啡，舌头都感觉要苦得发麻了，精神倒是略微提起来一点。这时候电话响了起来，来电的是前两天刚刚和公司签约的紫微斗数大师、花花道士祝清散。同为网络骗子，冯斯不过是靠营销微博骗点儿钱，这位祝清散不但骗钱，据说还有骗色的劣迹，冯斯对他的人品颇多不屑。然而不屑归不屑，祝清散毕竟有可能为公司带来巨大的流量和影响力，冯斯必须笑脸相迎，不敢有丝毫怠慢。

“祝道长，有什么事吗？”冯斯问。

“我有一位一同修道的道友，虽然从来没有在网络上混迹，但道行其实比我还深。”祝清散说得煞有介事，“我把你的网站介绍给了他，他有些心动，觉得这也是弘扬道法的好机会。”

“我明白了，您介绍的大师，我们当然热烈欢迎。”冯斯说。他当然知道，祝清散完全是在一本正经地胡说八道，无非就是想要自己的网站多接纳一个他的人，多给点钱。这是没有问题的，为了能留下祝清散这块金字招牌，这样的预算早在计划之中。

“那你今天上午有空出来见面叙叙吗？”祝清散说，“我这位道兄难得来一趟北京，今天下午就要赶到外地，他很想和你见面聊聊。”

可是我很想睡觉啊，冯斯想，但他还是让自己在电话里的声音听起来十分愉悦：“没问题，您告诉我地点，我马上就过去。”

好在祝清散报过来的地点离公司也不算远，冯斯又灌了一杯黑咖啡，打上车，十五分钟就到了这家宾馆。

好歹也是大师，居然住快捷酒店，冯斯在电梯里想。看来这位大师的排场也不怎么样，至少比我爸爸冯琦州大师差远了。

直到进了房间，他才知道这位大师的排场到底有多大——刚一进门，一把手枪就对准了他的脑袋。祝清散坐在房间的角落里，被一根绳子绑得结结实实，满脸都是恐惧。不过冯斯已经顾不上去和祝清散计较什么了，他的注意力完全在这个持枪人身上，这是一个他的老熟人。

“魏崇义，魏院长，我听说你被梁野的家族抓走了，是他们放了你，还是你逃出来了？”冯斯镇静地问。

对面的男人狞笑一声：“放了我？你以为守卫人是开慈善基金会的？”

“那你的确很有本事，”冯斯说，“居然能从他们手里逃走。”

站在冯斯对面的这个男人看起来苍老而瘦弱，身躯佝偻，满脸都是皱纹，头发大半都已经白了，正在呼哧呼哧地喘着气。这就是京郊那所废弃精神病院的主人魏崇义，哈德利教授昔日的帮手。几个月之前，冯斯曾经和他有过接触，并且借助魏崇义所养的妖兽黑猫“金刚”的刺激，激发了自己的蠹痕。在那之后，魏崇义被梁野抓走了，但现在，他逃了出来。

“我虽然没有守卫人的力量，甚至连一般人都比不上，但我的头脑可不比任何人差。”魏崇义的语声里隐隐有一丝骄傲。

“那是，光凭着能够驯服金刚，您老就不是一般人……”冯斯一笑，“那么，你现在用手枪对着我，是为了什么呢？”

“我虽然逃出来了，但是梁氏家族的人在追我，其他家族也想抓我，而且我没能把金刚带出来，”魏崇义说，“我要你帮助我藏起来，再从梁野手里把金刚替我偷出来。”

“这么听起来，好像我是万能的一样，”冯斯说，“你以为我是范量宇吗？能从梁野手里偷东西。再说了，我是那么怕死的人吗？你以为一把枪就能威胁我？”

魏崇义阴森地笑起来：“我知道，你不怕死，倒是守卫人们特别怕你死。所以我用来要挟你的，并不是这把枪，而是一样东西。”

说着，他居然真的放下了枪，冯斯有些意外：“一样东西？什么东西？”

“我想，你应该已经听说过袁川江死前的状况吧？尤其是那只木盒。”魏崇义问。

冯斯当然知道。袁川江是一个曾经接近过魔王世界真相的研究者，虽然后来不幸身死，但在临死前，他曾经对一个木盒子十分着迷。那个木盒子里装着一朵冯斯见过的黑色魔花，盒子上刻有几行古怪的符号。可惜的是，那些符号到底怎么解释，并没有流传下来。

然而，就在袁川江死前，木盒被点燃了，火光中透出了暗语的另外一部分，让袁川江豁然开朗，终于猜出了密码的真意，并且把解读方法告诉了他所结交的小友，后来成为大学教师的黎老师。可惜的是，黎老师也在一次事故中丧生，最终那些字符到底代表着什么，至今无人知晓。

“我知道。然后呢？”冯斯问。

魏崇义的笑容变得邪恶：“我知道木盒上密码的内容。”

“你说什么？”冯斯大吃一惊，“你怎么会知道的？”

“那些符号密码是一种古老的文字，那位黎老师也悄悄留下了笔记。哈德利教授得到了黎老师的笔记，也就得到了那句话的真实含义，”魏崇义说，“而在这个世界上，只有我知道有关那句话的记录被藏在哪里。”

“那不过是几行字符，有什么重要的？”冯斯说。

“据哈德利说，那几行字符里包含着很重要的暗示，可能直接指向魔王的身份之谜。”魏崇义说，“那虽然只是一两句话，却有可能是整个守卫人世界和黑暗家族世界都梦寐以求的东西。”

冯斯不吭声了。他知道，魏崇义并没有夸大其词，路晗衣也向他解释过，袁川江虽然并不是守卫人，也不知晓守卫人世界的详情，却通过另一条路径——考古，寻找到了一些连守卫人都没有掌握的东西。尤其是木盒上的那句话，很有可能就是揭开魔王面纱的关键。

“所以，我现在是来和你做交易的，”魏崇义说，“只要你答应我的条件，我就把哈德利藏匿那句话的地点交给你。”

“你知道那句话是什么吗？”冯斯冷不丁地问。

“我倒是很想知道，但是那个地方距离我稍微远了点，还没有机会去，”魏崇义说，“我也老了，不想在这些秘密里钻得太深，只求能带着金刚安安稳稳地离开就好了。”

冯斯判断不出魏崇义说的到底是真话还是假话，凭借对这个身体瘦弱、头脑却异常狡猾的老人的了解，他觉得魏崇义至少没有完全说实话，肯定存在一部分谎言。然而，他也能判断出，至少和木盒上的密码有关的话是真的。魏崇义在鱼钩上挂上了这个诱人的鱼饵，冯斯这条胖头鱼明知有诈，也不得不咬钩。

“我可以答应你的要求，但是，我并不觉得你来寻求我的庇护是明智的，”冯斯说，“我身处各大家族的监视中心，没准儿现在就有人在窗外看着你呢。”

“现在不会，这也是为什么我挑今天和你见面，这可能是唯一的机会，”

魏崇义又是狡黠地坏笑一声，“今天发生了一些事情，他们大概忙不过来。”

“什么事？”冯斯问。

“你先帮我找个地方藏匿，然后我再告诉你，你会感兴趣的。”魏崇义一脸的成竹在胸。

“好吧好吧，你威武，听你的行吗？”冯斯不耐烦地说，“不过，稍微给我几分钟时间，我想和我的朋友聊聊。”

“请便。”魏崇义一摊手，“不过说真的，也不能怪他，谁面对着手枪都难免脚软。”

“我对不起你，”祝清散低下头，嘟嘟囔囔地说，“可我不能死啊。”

“我没有要怪你的意思，祝道长，”冯斯来到祝清散面前，拍拍他的肩膀，“就像魏大爷说的那样，谁对着枪都得脚软啊。”

“你如果从我的酬劳里扣掉一些，我没意见。”祝清散仍然低着头。

“那不行，说好该给多少就是多少，一分钱也少不了你的，”冯斯说，“我只不过是想说，如果你真的心里觉得内疚的话，希望你能帮我一个小小的忙。”

“一定！一定！”祝清散的头点得好像鸡啄米。

“我什么都还没说呢，你怎么就答应得这么痛快？”冯斯说。

“魏先生手里有枪，”祝清散说，“而手里有枪的魏先生都有求于你，我怎么敢拒绝？只要不是要我的脑袋，什么要求我都会尽力而为。”

“你还真是擅长见风使舵啊，怪不得你能混得那么好。”魏崇义嘿嘿笑了起来，“看来我挑选你下手，还真是走了狗屎运。”

“一点微不足道的小长处而已。”祝清散挺了挺胸。

第三章

错误的方向

一

俞翰跟在何一帆身边，不时左右张望做警惕状，何一帆扑哧一乐："行啦行啦，别摆出这种全副戒备的样子了。今天来到这儿的都是远胜你我的高手，你再怎么警惕也没用。"

俞翰的脑袋耷拉下来，显得很沮丧："你说得对，那我们压根儿就不该来。"

"但是不来不行，"何一帆说，"这是两百年来第一只可能会在北京地界内复苏的魔仆，它的背后说不定还藏着一些更强大的同类。这样的场面不亲自目睹一下，未免有点太可惜了。"

"我还是没闹明白，他们是怎么侦测到这只魔仆将会复苏的。"俞翰说。

"每一个大家族都会有一两个特殊的成员，可能自身力量不够强大，却对魔仆和妖兽的气息十分敏感。"何一帆说，"当魔仆复苏时，会带动邻近的妖兽集体复苏，精神力量会辐射到周边地区，他们的身体就会产生各种反应。我们家族人丁凋敝，现在是没有这样的人了。"

"这只魔仆的复苏，意味着什么呢？"俞翰又问。

"魔仆和妖兽不一样，妖兽智慧低下，魔仆却往往具备高度的智慧，绝不会轻易复苏。"何一帆说，"贵州山区的那一只和藏在面猴里的那一只，都是在感知到天选者接近后才复苏的。而这一只挑在这个时候，我感觉和冯斯关系不大，也许是嗅到了其他的气息。"

"其他的气息？你是指……"

“也许是其他的已经觉醒却并没有引起注意的魔仆，也有可能是……魔王本人。”何一帆说。

“魔王本人？”俞翰的嘴巴张大了，“难道魔王真的会出现？”

“谁也不知道啊。”何一帆说，“都说魔王蛰伏了，沉睡了，可谁知道魔王到底在哪儿呢？也许它现在就藏在你我的脚下，也许你是魔王，也许我是魔王。”

俞翰打了个寒战。

何一帆说这个魔仆会复苏在“北京地界内”，稍微有点不准确。确切地说，各大家族所感应到的地点，指向了河北省行政区划里距北京较近的一处居民聚居区——燕郊。经过若干年发展，从行政区划来说只是一个镇的燕郊，已然成为北京的“睡城”。每一年都有越来越多的北漂一族被北京高昂的房价击败，被迫撤退到燕郊买房安家，然后每天在交通工具上挤来挤去从河北挤到北京，只为了心中永不磨灭的梦想。

所以燕郊迅速发展起来了，尽管还有各种各样的不便利，各种各样的配套欠缺，但总体而言，这里已经能让很多人贷款买下一套房，安下一张床——那就足够了。燕郊拔地而起无数高层住宅，并且仍然在不断地盖新楼。

守卫人所侦测到的魔仆复苏的大致地点，就在燕郊的某一片区域，那里有一个已经住人的小区，一个正在兴建的小区工地，还有几家小超市小饭馆。由于精度的原因，他们只能划出这个片区，并不能定位到具体的藏匿地点，所以只能在工地里守候。好在守卫人家族在现实中也有着足够强的力量，建筑工地在他们的活动下暂时停工一天。然而，他们没办法让旁边小区里的人都离家。

“挺麻烦的，”何一帆说，“如果是在建筑工地里复苏，那也许还有可能掩盖一下；要是在居民区里闹起来，那我们一直保守的秘密可能就藏不住了。到时候世界会变成什么样，难以预料。”

“我听说，赶往非洲的三大高手都已经紧急飞回来了，”俞翰说，“没有去非洲的范量宇也会来，那么多高手一起，就算是魔仆也应该能摆平吧？”

“你是没有见识过魔仆的可怕。”何一帆说，“他们四个加上其他人都未必够。何况这一只敢在燕郊这样人口密集的地方复苏，说不定比以前的还难对付。”

已经来了不少守卫人，他们虽然穿着普通人的衣服混迹在人群中，但守卫人之间彼此可以感应到对方的特殊力量。这些人尽管平日里钩心斗角甚至自相残杀，但到了对抗魔仆的时候，仍然会默契地抛下一切恩怨，开始合作。

此刻，梁野梭巡在这片街区上，范量宇已经进入了居民小区，路晗衣和王璐则站在了建筑工地的顶层。从高处看去，整个燕郊密密麻麻地被高层建筑挤满了，而在那些高层建筑中央，能看到不少低矮陈旧的老房子。

“凡人的生活，多有意思。”王璐低头看着下面沙粒一样的人影，“如果他们知道自己其实生活在一个朝不保夕的世界里，不知道还会不会那么拼命呢？”

“我还是挺喜欢凡人的生活的，”路晗衣说，“什么都不知道也是一种幸福。”

“我知道，你以前不是还专门选在上班高峰期去挤过地铁嘛，”王璐挤挤眼睛，“听说还被星探看上了。说真的，如果不需要和魔王作战，搞不好你真能当个电影明星。用现在流行的词来说，叫什么来着？小鲜肉？”

路晗衣哈哈大笑起来：“小鲜肉吗？这个词还真有趣。不过我是没有那种运气的。最可能的结局，还是变成魔王肚子里的一块鲜肉。”

“我真是看不透你，”王璐说，“有时候觉得你的心态是我们四个人里最轻松的，有时候又觉得，你又好像最悲观。”

“无所谓悲观乐观，”路晗衣说，“人总有一死，无非是早晚的事情，多几十年少几十年，区别真的很大吗？”

他似乎并不想继续这个话题，忽然话锋一转：“我听说，你现在和梁野打得死去活来？”

“还好，也算不得真正的死去活来，毕竟我和他谁也杀不死谁，”王璐说，“不过和他打架痛快啊，彼此都不用说什么废话，卷起袖子直接开抡就好了。我也知道在这种形势下，四大高手中的两个再互相撕起来其实并不好，但是没办法，或许就像你说的，多几十年少几十年反正区别不大。一边和外敌作战，一边自己人打得不亦乐乎，这样才是人类的本色嘛。”

路晗衣正想说话，身上的手机响了，他接起来之后，脸色微微一变：“是吗？我明白了。好的。”

与此同时，王璐也接到了一个电话，接完之后，她的脸色和路晗衣差不多。

“咱们收到的应该是同样的消息吧，”路晗衣说，“附近突然出现了大量妖兽的气息。”

“也就是说，这只魔仆不但要自己苏醒，而且会带动大批妖兽。”王璐说，“现在只能希望最终的复苏点是在工地里，如果爆发在居民区里或者是大街上，整个世界都会热闹起来。”

路晗衣没有回答，好像是在凝聚精神探查着什么。过了一会儿，他长出了一口气：“范大爷的力量开始爆发了，但地点已经挪到了工地范围内，我们总算运气不错。”

王璐举起了手机，开始发号施令：“马上把所有人调到工地里，再把工地出入口全部封锁，一只蚂蚁也不许爬进来！”

打完电话，她的浅紫色蠹痕展开，人已经迅速瞬移到了楼下。路晗衣则双足踩在这栋楼房的外墙上，飞快地沿着墙奔跑到地面上。他刚刚落到地面，就看见了梁野飞奔而来的身影。

唯独没有见到范量宇。虽然能感受到他的力量在不断膨胀，却不知道他身处何方。路晗衣正在侦测着范量宇蠹痕的方位，发现王璐已经朝着另一栋楼跑去，连忙紧跟了上去。

刚刚跑出没几步，从这栋尚未建好的楼房的某一层猛地飞出来一个形状近似人形的物体，正向他所在的方位砸过来。路晗衣自然不会被砸中，轻巧地一闪避开了，那样东西重重地落在地上，几滴热血和一些疑似肉块的东西飞向路晗衣，却被他的蠹痕挡住了。

路晗衣低头一看，眉头微微皱了起来。落在地上的这样东西，从体形来看很像是一个人，也有着和人差不多的四肢，但脸形和肤色却甚为怪异，无论色泽还是肤质都像是商店用来展示服装的模特假人。从那么高的地方摔下来，这个“人”依然没有死，只是身体受到了严重损伤，所以无法站起来了。但他的四肢还在拼命挣扎，假人一样的脸上没有丝毫痛楚的表情，双目有如死鱼眼睛一般冷漠，视线从路晗衣脸上扫过。

“你如果老死了，会是什么样呢？”路晗衣轻笑一声，黑色的蠹痕包围住这个人形怪物的躯体。他明显地感到对方的身上产生了一股排斥的蠹痕，对他的蠹痕产生了抵抗。他继续加大力道，终于碾碎了对方的防护，蠹痕侵入对方的身体。

路晗衣的蠹痕的致命之处在于让人迅速衰老，不知有多少敌人被他在瞬间变得老迈不堪，继而化为枯骨。单论威力而言，这个蠹痕对生物身体的伤害要超越四大高手中的其余三人，所以尽管他的绝对力量不如范量宇，却仍然是很多人心目中最可怕的守卫人。然而，蠹痕侵入这个人形怪物的身体之后，对方却并没有显出丝毫的老态，只是身体越来越僵硬，皮肤上慢慢现出木头的色泽，最终变成了一具木像。

“半动物半植物？”路晗衣看着地上这具木质的尸身，“是为了增强妖兽的抗打击能力吗？”

他抬眼看去，梁野和王璐也正在和这样的人形妖兽作战。梁野所操纵的烈焰能够很轻易地点燃妖兽的身体，但妖兽却好似完全没有痛觉，只要手还没有被烧断，就可以继续挥舞攻击，只要双腿还没有被烧断，就可以继续移动。梁野只能加强火焰的热度，争取尽快将妖兽彻底烧为焦炭，这样才能让妖兽停止下来。

王璐则相对游刃有余一些，她似乎在不断尝试有什么最优的办法来应对这些没有痛觉而又生命力强韧的妖兽。她能很轻松地把妖兽瞬移到半空中再摔下来，几次摔打后，妖兽结实的身体也难免要散架。此外，她还不断运用自己瞬间移动的能力，将建筑工地里的一些石块、钢筋之类的物体拆下来，砸在或者刺在妖兽的身上，以此测试妖兽的强韧度。

借着王璐的试验，路晗衣发现，这一批人形妖兽果然非同寻常。它们比过去的妖兽更加强壮坚韧，并且完全没有痛觉，在运动能力被摧毁之前根本不知道停止。而它们的攻击方式也和人类相仿，都是运用拳脚，力量却比普通人类大出许多，往往一拳头就能在水泥墙面上砸出一个坑。它们动作灵活，反应迅速，体能旺盛，现场的守卫人里除了三大高手，只有少部分能力较强者可以与之抗衡，更多的守卫人与之一对一较量都会吃亏。

更糟糕的是，这些人形妖兽的数量相当庞大，不断从工地的各个角落里涌出，已经有不少实力稍逊色的守卫人受伤。在过去，那些旧形态的妖兽往往数量稀少而身躯庞大，但智力并不高，如果有几名高手在场，就可以稳稳地控制住局面。今天的妖兽群反其道而行之，数量多而分散，并且懂得尽量避开路晗衣等巨头，专门向普通守卫人下手，令守卫人的局面有些被动。

“有些不太妙啊！”王璐瞬移到路晗衣身旁，“照这么打下去，恐怕只会剩下我们几个了，其他人都得挂。”

“我们得找到那个发号施令的魔仆，”路晗衣说，“除掉魔仆，这些人形妖兽失去了控制，就好对付了。现在它们采取的这种战术，显然是魔仆授意的。”

“但是魔仆现在把自己的精神力量隐藏起来了，”王璐说，“我已经找了一圈了，也找不到它的具体位置。我们甚至连它的具体形态是什么样都不清楚。”

“好像是有预谋的，”路晗衣说，“我有点怀疑，这只魔仆并不是那种沉睡了许久刚刚复苏的，而是另外一只老早就苏醒了，只是一直没有被我们发现。”

“它的目的就是吸引守卫人到这里，然后给我们造成杀伤，”王璐说，“再想想在埃及等地方发生的事情，这说明它们已经开始有意识地反击。而这样的反击，或许意味着——魔王真的快要重现了。”

“看着这些进化型妖兽的力量，我想那几个被灭门的家族并非巧合。”路晗衣说，“如果今天来到这里的只有一两个家族，被团灭也是说不定的事。当然，现在我们四个同时在场，还有翻盘的可能，尤其是范兄……”

他一努嘴，只见前方又摔落下来七八具妖兽的尸体，每一具都残破不堪，像是遭受到了极度暴虐的打击。

“也只有他老人家最喜欢这种场面。”王璐叹了口气，“我收回刚才的话。他要是杀得兴起，大部分人的命都可以保住。”

二

祝清散这些年看来真是赚了不少钱，竟然能在北京置办下三套房产。现在他带着冯斯和魏崇义来到的，是其中最新的一套，位于北京的某个郊区，开发商自带精装修，不过还没来得及添置家具电器，偌大的房间显得空落落的。

“祝道长真是生财有道，”冯斯感叹说，“这套房子虽然在郊区，也得值个四五百万吧？”

“开发商是我的朋友，打了个很大的折扣，”祝清散有些得意，“最后花了不到三百万。”

“我已经很多年没有住过这样的好房子了，”魏崇义叹息一声，“叨扰了，叨扰了。”

安顿好魏崇义，冯斯和祝清散一起离开。这座小区刚刚交房不久，住进去的人并不多，小区里清清静静的，只有几名物业工人在清扫卫生。

“祝道长，能告诉我你的真实身份吗？”冯斯忽然说。

祝清散愣了愣：“冯经理这话是什么意思？”

“你虽然做出一副被魏崇义胁迫的样子，但我看得出来，你并不是很慌张，甚至可以说是镇定，”冯斯说，“也许，你也有着一些特殊的身份，比方说，来自于某个家族？”

祝清散停住了脚步。他盯着冯斯看了一会儿，忽然笑了起来，而这笑容也让他的气质发生了一些改变。几秒钟前，他看上去还是一个随时准备骗钱骗色的花花道士，但在这一刻，他的身上仿佛突然多出了一些气势，一种令人不敢小觑的气势。不过片刻之后，这股气势迅速隐去，他又恢复了先前的样子。

“哎呀，不愧是天选者，”祝清散说，“我原本希望能多瞒你一阵子。”

“你果然是魔王世界里的人，那么，你是守卫人还是黑暗家族？”冯斯问。

“二者都不是。”祝清散回答得很干脆。

“二者都不是？你这话是什么意思？”冯斯一怔。

“很抱歉，现在暂时还不能告诉你，”祝清散说，“不过，你可以放心，魏崇义的行踪我会替你保密，他的秘密对我并不重要，我不会觊觎的。”

“好吧，再见，”冯斯点点头，“回头别忘了多向你的粉丝宣传宣传我们的网站啊。”

这回轮到祝清散的脸上露出诧异的神情了：“你居然也不多问两句？”

“如果说我在过去的一年里好歹学会了一点什么的话，那就是魔王世界里的人个个都是保密大师，”冯斯说，“虽然我被认定为天选者，但似乎所有人都希望我做一个什么都不知道的天选者，不到万不得已，谁都不愿意向我多透露一个字的信息。所以我早就习惯啦，你不愿意说的话，我也没有任何能力勉强你。除了再见，我还能说什么呢？”

祝清散微微一笑：“我很欣赏你这样的性格。走吧，我开车送你回去。”

冯斯也不推辞，跟随祝清散来到他的车里。祝清散发动汽车，向着城里开去，刚刚开出十分钟，他的手机响了。

“对，我是，”祝清散接通电话，“好，我明白了，马上到。”

“有事吗？”冯斯说，“把我放在路边就行了，我自己打车回去。”

“的确是有事，不过嘛，你要是有兴趣，可以和我一起去瞧瞧热闹。”祝清散说，“正好我也可以借这个机会告诉你，我到底是什么人。”

“那我当然去。”冯斯毫不犹豫地说。

于是汽车掉头开往东面。此时刚过中午，还远远不到交通高峰期，一路畅行无阻，一个小时后已经开到了河北省地界。

“咱们这是要去燕郊？”冯斯问，“燕郊有什么事？”

“有一只魔仆，带了一堆妖兽，在北京买不起房，所以决定到燕郊置业。”祝清散虽然开着玩笑，倒也把事情讲得很明白。冯斯叹为观止：“好家伙！这是要在守卫人的眼皮底下闹事啊！我估计范量宇他们都得到场吧？”

“四大高手，还有一些中小型家族都到了，听说场面很热闹，”祝清散说，“不过，未必打得过。”

“这一年里，四大高手好像都通过不同的方法极大地提高了能力，再加上其他帮手，还干不掉这个魔仆吗？”冯斯问。

“人类在进化，魔仆也在进化，”祝清散说，“而守卫人的力量本来就是魔王赐予的，怎么可能超越魔王本人？”

祝清散这句话别有深意，冯斯听得一愣，希望对方再多说几句，但这位花花道士却不再多说。不久之后，车停在了燕郊的一个建筑工地外。冯斯看见工地的大门已经被封锁了，一辆警车停在那里，严禁任何人进入。他知道四大家族一向背景深厚，能动用警力倒也不足为奇。

两人下了车，走向工地大门。一名警察正准备走上前拦住两人，却被旁边的同伴拉住了。

“那个是天选者，”这名同伴说，“让他们进去吧。”

警察有些好奇地打量了一下冯斯这个传说中的天选者，然后让开了一条道。

“我也算沾天选者的光了。”祝清散拍拍冯斯的肩膀。

两人走进了工地，冯斯的视线立刻被眼前的一切所吸引。到处都在战斗，到处都在拼命，但拼命的双方乍一看竟然都是人，他恍惚间以为这是一场守卫人之间的内斗。观察了一小会儿之后，他也看出来了，其中的一方并不是真人，而是一种形似真人的非人怪物，他猜测这是妖兽的一种。

路晗衣曾经告诉过他，并不是外表恐怖、身形巨大的妖兽就意味着强大，相反，过于庞大的身躯反而意味着笨重孱弱，妖兽的进化方向应该是越来越小，越来越近似于人。现在，路晗衣的预言成为现实，人形的妖兽已经出现，数量巨大、动作灵活，力量也并不弱，而且看上去抗击打能力极强，守卫人与之作战，大多数人都有些吃亏。

他寻找着四大高手的身影，很容易就辨认出了梁野、王璐和路晗衣这三个人，并没有见到范量宇。不过，从某一座在建的楼房里不断地飞出妖兽的尸体，多半是范量宇一个人在里面享受杀戮的乐趣呢。

“我虽然是天选者，但是面对这样的场面，恐怕是无能为力的，甚至自保都困难。”冯斯说，“你呢？你的蠹痕是什么？”

“我没有蠹痕。”祝清散说。

“那你……你的附脑能给你的身体带来什么特殊的变化吗？”

“我也没有附脑。”祝清散回答说，“不过，我有自保的方法。”

“那我就靠你了。”冯斯说着，心里却在猜测，祝清散没有附脑的话，岂不就是一个普通人？那他凭什么自保？难道还能手握桃木剑画符捉鬼不成？

他用蠹痕创造出了一把比瑞士军刀大不了多少的锋利匕首，这已经是他目前能力的极限了。尽管这把匕首在那些体质特异的妖兽身前可能起不到什么作用，但总算是聊胜于无。再看看祝清散，嘴里叼着一个古色古香的烟斗，居然悠闲地抽起了烟。

真是个让人看不透的花花道士，冯斯想。

倒是祝清散似乎对他的蠹痕颇感兴趣：“前一阵子就听说天选者的附脑终于觉醒了，现在看起来，真是个妙不可言的蠹痕啊。如果我也有你这样的本事，就不必成天赚钱那么辛苦了，直接变钱就好啦。”

“遗憾的是，我暂时还没能掌握直接变钱的诀窍，”冯斯叹了口气，“我试过好多次，创造出来的钞票和真钞一模一样，外表完全看不出真假，但就是通不过验钞机。看来附脑不想让我发财啊。”

“慢慢来，总会有进展的，”祝清散说，“魔王把无中生有的力量赐给你，绝不仅仅是为了让你变出一把刀子来打架的。”

这句话似乎又是话里有话，冯斯想，但具体藏着什么样的深意，一时间还揣摩不出来。他也顾不上去思考，因为眼前的战况又起了变化。

范量宇出现了。看来他已经清干净了那栋楼里所有的妖兽，于是离开楼房来到了工地上。他的蠹痕就像是一条正在嚣张怒吼着的巨狼，或者像是一团疯狂肆虐的登陆的台风，沿路被卷入蠹痕的妖兽瞬间就四分五裂，其状惨不忍睹。

“范哥哥，你悠着点儿啊！”王璐移动了一根钢筋，把一个冲到她身前的妖兽穿透后钉在地上，“弄得这么血肉横飞的，一会儿打完了不好洗地的。”

“洗地这种事我管不着，你去负责头疼吧。”范量宇轻松地回答着，顺手揪过一个妖兽，双臂一用力，硬生生把妖兽的身体撕成了两片。

范量宇凶悍的杀戮似乎激发了守卫人的斗志。在四大高手的带领下，守卫人重整旗鼓发动反击，渐渐占据了优势。与此同时，不断有新生力量加入进来，冯斯甚至发现了何一帆和俞翰。俞翰虽然不能激发蠹痕，但附脑令他的身体格外强壮，能和妖兽马马虎虎抗衡一阵子。

“看来我还是有点小瞧了这帮家伙，”冯斯说，“过去我总觉得这帮人满脑子都是各自家族的利益，永远不可能团结起来。现在看起来，团结或许是奢望，但要他们暂时抛开裂痕合力对敌，倒也能合作得像模像样。”

“但可能也就仅限于此了，”祝清散说，“这样的力量，还是无法对抗魔王。”

“我有点明白你的意思了，”冯斯说，“今天你说了好几句话，我都不是很明白，但是现在把这些话组合起来，倒是可以勉强猜到一点。你觉得守卫人千百年来借助附脑提升自己的力量是一个错误的方向，因为这样的力量原本就源自魔王，不管怎么提升，终究还是无法和魔王抗衡。”

“你领会得比我想象中还要快。”祝清散的眼神里有些赞许。

“你还说，你既不属于守卫人，也不属于黑暗家族，我猜测，你应当是属于另外一群人：不愿意借助魔王赐予的附脑来提升力量，而打算另辟蹊径，用其他的方法来对付魔王。那么，那到底是什么方法？”

“你马上就能看到了。”祝清散努努嘴。冯斯抬头一看，一个断了一条胳膊的妖兽大概是发现了两人，正在摇摇晃晃地向他们走来。冯斯握紧了手里的匕首，不确定自己有没有能力应对这样一个力量和速度都超越常人的怪物，尤其对方还不知道疼痛。

他看看祝清散，却并不显得紧张，好像胸有成竹。妖兽一步步地走过来，距离两人只有十几米远了，冯斯盯着妖兽的行动，思考着如果一匕首插入心脏位置，有没有可能起效。

“别忙了，”祝清散说，“一个普通的职业拳击手你都打不过，拿着这把刀子去拼妖兽只能是送死，还是我来吧。”

祝清散说得煞有介事，冯斯想了想，决定相信他——反正如他所言，即便不相信，自己拿着这把匕首冲上去也只能是一盘菜。于是他垂下了手臂，虽然心里忐忑，表面上却毫不服输地表现出一脸淡定，看着妖兽步步逼近。

眼看妖兽再走上几步就能攻击到自己了，冯斯的一颗心提到了嗓子眼儿里。祝清散的唇间发出了轻轻的“噗”的一声，好像是从烟斗里飞出去了什么东西。随着这一声响，妖兽的脸上多了一样东西：一根细细的针。

这根针刚刚插进妖兽的皮肤时，妖兽并没有什么反应，又向前跨出了两步，但两步之后，它的身体忽然颤抖了一下，随即停住不动了，就那么僵立在原地，好像变成了塑料模特。正好背后不远处，梁野的蠹痕制造出了一道灼热的气浪，妖兽被气浪一带，直挺挺地扑倒在地上，姿态都没有变化。

“现在你可以用你的匕首随便对付它，剖腹掏心也可以，凌迟割碎也可以，保证它不会反抗。”祝清散说。

说话间，又有两只妖兽扑了过来，祝清散如法炮制，从烟斗里吹出两根针，分别刺到两只妖兽的身体里。它们也像先前的第一只妖兽一样，两三秒钟后就身体僵硬，停止移动。

“这是什么玩意儿？”冯斯忍不住问，“是‘酒’吗？”

所谓的“酒”，是守卫人用来令附脑平静的一种药物。祝清散摇摇头：“你又不是没有见过‘酒’，‘酒’的效果没有那么快，不可能在两三秒内就停止妖兽的活动。”

“是毒药吗？可是我听路晗衣说过，附脑对毒药有抵抗作用，用毒药来对付魔仆、妖兽还是守卫人，效率都会比较低下。可是你的毒针，只需要两秒钟就能起效，怎么可能那么快？”

“因为它并不是普通的毒针，”祝清散说，“如果这种针射到普通人身上，他们除了皮肤感到刺痛，不会有其他任何不适。”

“你是说……它只对附脑有用？”冯斯一惊，“这种针上面的药物是专门用来克制附脑的？你是怎么做到的？”

祝清散神秘地一笑：“科技改变命运。”

“科技？”冯斯又是一愣。自从被卷入这个诡异难言的魔王世界之后，他的脑子里就很少能想到“科技”这两个字了。魔王、魔仆、妖兽、附脑、蠹痕……这些东西仿佛都超脱了科学的范畴，让他前十九年塑造起来的世界观轰然崩塌。但是现在，竟然有人能使用科学手段来克制强大的附脑，这着实让他一下子回不过神来。

“我没有理会错的话，你是说，这种毒针完全是依靠人类——我是指普通人类的科技力量研发出来的，没有附脑的帮助？”冯斯问。

“我们当然也需要对附脑有足够的研究，但我明白你想问什么，是的，全靠人类的科学能力，没有依靠蠹痕进行任何催化，和‘酒’是截然不同的两种东西。”祝清散说话间又用毒针制住了好几只妖兽。冯斯能感觉到，祝清散的身上果然没有一丝一毫蠹痕的力量。

祝清散真的只是一个普通人。

“有了这种毒针，你应该比守卫人还厉害吧？”冯斯问。

祝清散摇摇头：“不，这种药剂只针对附脑起效，妖兽只受附脑控制，所以一击就灵。守卫人除了附脑，还有人类自然进化的大脑，即便短暂失去了蠹痕，仍然可以用大脑控制身体。何况，他们也可以提前防范，避免被这种毒药伤害到。”

冯斯微微一笑：“我听得出来，你始终更加相信人脑的智慧，而对附脑并不感冒，不管它们能爆发出怎样的力量。那这种毒针对魔仆有效吗？”

“还不得而知，毕竟从某种意义上来说，魔仆本身就是一个巨大的附脑。”祝清散说，“所以有两种可能性，也许会迅速起效，也许会效果大减，但我们最近已经在酝酿一次重要试验了。”

“但是已经很了不起了，”冯斯说，“这是直接针对附脑的本质作战，似乎真的比以暴力抗衡暴力要高明一点。但是如果对付不了魔仆，这一战还是得靠暴力狂们。”

祝清散苦笑一声：“是的，还是得靠那群暴力狂。”

在两人的视线中，妖兽们好像是收到了新的指令，渐渐集合在一处。这是一个很奇怪的决定，因为妖兽们之前就是依靠分散的阵形和灵活的跑位才给守卫人制造了巨大的麻烦的，现在它们聚拢在一起，反而方便守卫人进行杀伤。尤其是梁野的烈焰和范量宇的毁灭之力施展开之后，几乎就是一场屠杀。

“它们好像是故意送死，”冯斯眉头微皱，“这是什么路数？”

“我也弄不太明白，”祝清散说，“如果还是按照之前的战术的话，即便守卫人能取胜，也要付出很大的代价。但现在看起来，妖兽们就像是主动认输。”

妖兽们以这种近乎自杀般的方式聚拢在一起，很快死伤大半，守卫人也不断缩小包围圈，防止有漏网之鱼逃出去。就在所有人的注意力都集中在妖兽身上的时候，冯斯忽然感到了一阵头疼。

非常熟悉的头疼滋味。每一次只要有魔仆的精神力量和他的精神力量发生震荡，他就会剧烈头疼。而在这样的头疼里，他也拥有对他人的附脑进行“催化”的古怪能力——尽管这样的催化时灵时不灵，摸不清起效的规律。不过，自从年初激发出属于自己的蠹痕之后，这种头疼的感觉已经很久都不存在了。但现在，它又出现了。

“你怎么了？”祝清散注意到了冯斯脸色的变化。

“我又开始头疼了。”冯斯说，“一般而言，这意味着我的精神和别人的精神发生了共鸣，有可能是某个强大的守卫人，但更有可能是魔仆。”

“魔仆？”祝清散愣了愣，随即喊了一声，“不好！快走！”

他拉起冯斯就往工地的出口跑去。冯斯虽然不明所以，仍然跟在他身后，他这才注意到，这位成天在网上骗粉丝的花花道士身体相当强健，真要打架的话，自己还未必是祝清散的对手。

可见要在魔王世界里存活下来，不管用什么方法，都得拼尽老命啊，冯斯想。

但两人没跑出几步，冯斯陡然间感到脑子里的痛感加剧了数倍，就像是有一根烧红的铁棍在颅腔里翻搅一样。他脚下一软，摔倒在地上。

祝清散回身拉他，就在这时候，两人所踩着的地面忽然震动起来，紧跟着裂开了一条大缝。一股巨大的吸力从地缝里传来，把两人全都吸了进去。

三

文潇岚也说不清楚自己内心的这种不安来源于何方。自从几天前冯斯告诉她他将要回学校寻找姜米之后，她心里就隐隐约约有些担忧。

当然，不安归不安，担忧归担忧，我们的文小姐仍然是校园社团活动的先锋。她一面惦记着冯斯的事，一面有条不紊地组织着各项活动。今天晚上，就有一场本学期学生会组织的校园活动的重头戏：化装舞会。这场活动自从公布预告之后，反响就非常强烈。那些过去只在万恶的资本主义影视剧里见过化装舞会的大学生，现在有了机会亲身尝试，一个个都显得热情高涨。

宁章闻和关雪樱也被文潇岚硬拉着去参加。关雪樱依旧是好奇中带着欢喜，不忌惮接触任何新鲜事物，宁章闻推托了好几次，最后还是拗不过文潇岚。

“不跳舞也没关系，坐在旁边听听音乐，感受一下气氛也好啊，”文潇岚对宁章闻说，“别忘了冯斯离开前跟你说的：多和陌生人接触，不要只局限于我们几个人身上。”

冯斯的话似乎对宁章闻格外有用，他最终答应了。

在文潇岚撒切尔夫人一般的铁腕掌控力之下，舞会进行得很顺利。校园里的男男女女打扮得环肥燕瘦、光怪陆离，一开始还有些拘谨，后来就慢慢放开了。

由于舞会增设了“最佳造型奖”，所以大家也是铆足了力气装扮，不断有学生的造型引来众人的喝彩。比如有女生穿着露脐装装扮成日漫里的女王形象，妩媚妖娆吸引了无数男生的目光；有人自制蜘蛛侠的服饰，打扮起来居然像模像样；有人用纸板做出了变形金刚的外壳；有情侣装扮成灰太狼和红太狼；甚至还有打扮成图书馆看门老头的，引来大家一片哄笑。

“哎，那图书馆老头简直太绝了，中山装、黑布鞋、厚瓶底眼镜、山羊胡子……也亏他找得齐。”文潇岚的同事——学生会副主席兴致勃勃地说，“看样子，今晚的最佳造型奖非他莫属了……咦？”

她的最后一声“咦”充满了惊奇，文潇岚也敏锐地注意到舞会现场的氛围有些奇怪。她放下手里厚厚的活动文案，转头顺着副主席的目光看过去，然后禁不住“啊”的一声惊呼起来。

看样子，打扮成图书馆老头的那个学生是难以得到最佳造型奖了，因为另一个比他吸引眼球一百倍的造型出现了。此时此刻，一个粗壮的身躯正走入这间充当舞会场地的礼堂，他的脖子上赫然顶着两颗头颅，一大一小，其中大的那一颗头颅的脸上布满刀疤。

这个双头畸形人的造型已经相当骇人了，最为可怕的在于这位扮演者的气质。他的目光中流露出一种冷冰冰的邪恶，浑身上下仿佛能散发出血腥的气味儿，那种气质浑然天成，简直胜过任何一位奥斯卡影帝。尽管都知道这只是化装舞会上的装扮，大学生们也难以压抑内心的紧张与不安，双头人所过之处，人们甚至不自觉地让出一条道来。

“我的妈呀，我收回刚才的话，”副主席喃喃地说，“这位大哥才真叫酷炫，他这一亮相，别人的打扮简直就像小孩儿过家家一样可笑了。”

文潇岚简直忍不住想要大喊出声了。这哪里是什么“化装”“打扮”“造型”——这两颗头颅和满脸的伤疤都是真的！那种仿佛可以随时把整个礼堂里的人全部撕成碎片的杀气也是真的！

这个双头怪物，就是守卫人世界中最可怕的那个人——范量宇。

在人们的注视中，范量宇一步步走向文潇岚。文潇岚过了好一会儿才反应过来该怎么办，她示意DJ放音乐，然后牵起了范量宇的手。

“大家一起狂欢！”文潇岚竭力做出兴高采烈的样子，大声喊道。

劲爆的电子音乐响起来，大学生们纷纷响应文潇岚，开始扭动身体跳起舞来，场面重新热闹起来。范量宇显然没有料到文潇岚会拉上他跳舞，动作微微有些僵，但很快就恢复正常，跟随着音乐节奏踩着步点，居然跳得有模有样。

“你疯了！怎么能就这么跑到这儿来？”文潇岚低声说，但心里倒并不觉得生气，反而在惊诧之余，有一种“太有意思了”的感觉。

“化装舞会嘛，反正他们都会把我当成是化过装的人，有什么关系呢？”范量宇满不在乎地说。

“好吧，算你艺高人胆大，”文潇岚做无奈状，“不过，我真没想到你居然会跳舞。”

范量宇沉默了一会儿，忽然说：“许多年前，有人教过我。就是你见过的相片上的那个女孩。其余的，先别问。”

“我明白，我不问，”文潇岚说，“不过，还是谢谢你告诉我。那你来找我，是有什么急事吗？”

“冯斯那个浑小子又失踪了，”范量宇说，“这一次，他恐怕是落到了魔仆的手里。”

“魔仆的手里？”文潇岚倒吸了一口凉气，“就是你们说的魔王的仆人，比守卫人啊妖兽啊什么的都厉害的魔仆？”

“对，魔仆。”

我的第六感又准了，文潇岚想，难怪这两天老是心惊肉跳的呢。

舞会剩下的环节变得索然无味，不过文潇岚仍然以可贵的敬业精神坚持到了最后，特别是亲手把“最佳造型奖”金灿灿的奖杯颁发给了范量宇。范量宇咧嘴一笑，把奖杯高高举起，欢呼声响彻了礼堂，一大群学生拥上来要和这位神乎其技的化装大师合影留念。

舞会结束后，学生们依然带着他们奇形怪状的装束在校园里横行，路人们见怪不怪了，所以一向胆大妄为的范量宇也索性不加任何掩饰，就那么带着两颗脑袋陪文潇岚走在学校的道路上。

“我真该天天举办化装舞会，”文潇岚喃喃地说，“那样你就可以天天带着这两颗大头招摇过市了。”

“我倒是真不介意平时也这么晃，就怕贵校的校医院塞不下那么多被吓疯的人。”范量宇说。

“还是不要了……”文潇岚扑哧一笑，随即又现出一脸愁容，“你说冯斯被魔仆抓走了，是怎么回事？”

“今天下午，一个位于燕郊的魔仆准备复苏，我们监测到的力量很强大，而且复苏地点在燕郊的中心，所以几大家族和其他一些中小家族一起出动。这样的行动，我们通常称之为‘压制’。”范量宇说，“大概是动静比较大，所以姓冯的小子不知道勾搭了一个什么人——看打扮是个道士，也跑到燕郊去凑热闹。”

“道士？”文潇岚想了想，“冯斯最近不是在一家文化公司做事吗？名义上是文化公司，其实就是搞一些装神弄鬼的算命风水之类的事情。那个道士说不定就是他们请的大师，或许正好是装成道士借机接近他的守卫人。”

“我们和妖兽打了起来，但魔仆一直没有现身，”范量宇说，“冯斯和那个道士到来后一直躲在角落里，那个道士好像也有足够保护他们俩的能力，所以我们都没有太在意。但是到了后来，他们站立的地方突然裂开了一条缝，两个人都掉下去了。”

“掉下去了？后来呢？”文潇岚忙问。

“当时我们已经控制住了剩余的妖兽，所以由路晗衣和梁野盯着那边，我和王璐赶紧跑到裂缝的地方。我们发现，裂缝已经合上了。后来我用蠹痕在地上炸出了一个大坑，发现下方的土地是实心的。”

“实心的？怎么可能？”文潇岚说，“那冯斯和那个道士去哪儿了？”

“我猜测，大概是那个魔仆掌握了某种可以在地壳内自由行动的蠹痕，类似古代神话里的潜地术。它带走了冯斯和道士。”

“难道它的复苏原本就是个阴谋，目的就是抓走天选者？”文潇岚问。

“我觉得不像。”范量宇摇摇头，“我们在那里遭受到了妖兽的猛烈攻击，看得出来，魔仆事先的确是制订了计划，但目标并非是冯斯，而是我们。”

“你们？”

“对，守卫人家族。它想要吸引尽可能多的守卫人到复苏地点，然后用妖兽来对我们造成杀伤。但是，当它发现冯斯也到场之后，它调整了计划，用妖兽把我们吸引到另一侧，然后亲自现身，抓走了冯斯。”

“那现在该怎么办？”文潇岚有些茫然，“能在你们那么多怪物面前把他抓走，这个魔仆应该很厉害吧？”

她又看了一眼范量宇：“不过，我觉得你好像并不担心的样子。”

“我们对天选者的保护本来就是有限的，”范量宇说，“不多经受一些磨炼，他很难成为我们所需要的人。”

“万一他死了呢？”文潇岚问。

“死了的话，或许就是天命注定，”范量宇说，“过去的天选者反正也死了那么多了。尽管冯斯这小子确实有些特殊，和以前的天选者不一样，但谁也无法预料他的结局。总而言之，我们关注他，在必要的时候出手援助他，却不能越俎代庖地替他包办一切，很多事情最后还是得看他的造化。”

“反正最多不过是天选者挂了，魔王复苏，人类完蛋，你们都想得通，”文潇岚叹了口气，“但冯斯是我的好朋友啊，不管他最后会打倒魔王，还是一辈子当一个在网游里打钱的废物，我都不想看到他死。说真的，你有什么办法找到他吗？”

“目前暂时没有，”范量宇说，“魔仆抓走了冯斯之后，就完全收束起它的精神力量，几大家族中对魔王力量较为敏感的那些人正在燕郊附近努力寻找，但未必有用。”

“所以说，一切都得看他的运气了，”文潇岚说，“不过说实话，其实我也不怎么紧张，你说得对，他既然是天选者，总得和命运多掰几次手腕子，怎么也不会轻易就挂掉。”

“小哑巴很喜欢这么晚出来闲逛吗？”范量宇忽然问。

文潇岚一愣，这才发现，就在前方的一条林荫道上，关雪樱正急匆匆地走过。看她行进的方向，是走向校门口。

“不应该，小樱除了买菜，很少出门的，”文潇岚说，“每天晚上没特殊的事情她更是不会出去，一般都待在房间里学习——她学习很刻苦的。她刚刚去参加了化装舞会，现在应该是赶着回家才对。”

“那她现在这么着急朝外走就有问题了，”范量宇说，“走吧，去看看。”

文潇岚有点意外：“一起去？我还以为你要把我赶回宿舍呢。”

“算是奖励你今晚办的这场化装舞会吧，”范量宇哼了一声，“老实说，这么大模大样地走在人群里，不用把两颗大头藏起来，还是挺有意思的。”

“你真是越来越可爱了。”文潇岚眉开眼笑。

范量宇有些恼怒地咳嗽一声。

四

地面裂开了一条缝，冯斯和祝清散一起掉进了地缝里。他的反应倒是快，想要利用蠹痕创造出一根带铁钩的绳子来，可惜脑子里这么转，精神力量却跟不上，蠹痕刚刚发动，身子已经坠落下去了。

不过并没有掉落太久，一股柔和的力量托住了他的身体。这股力量就像是一双大手，近乎轻柔地把他放在了坚硬的地面上。冯斯能听到祝清散的呼吸声，知道对方也没事，心里稍微一宽。只是身边一片黑暗，伸手不见五指，什么也看不到。

“好在老子有绝招。”冯斯嘟囔了一句，利用蠹痕变出了一个手电筒。点亮手电筒后，可以看见他和祝清散正处在一个狭窄的黑暗空间里，像是一个石穴，长宽各有四五米，高大概在两米半，可以供人站立起来。他和祝清散两人正坐在石穴的一端，另一端坐着一个陌生人。

冯斯用手电筒照向这个人，对方毫不闪躲，脸上反而现出一丝微笑，看上去成竹在胸。电筒光中，可以看出这是一个女性，五官很端正，相貌中带有一种凶狠的野性之美。她的身材异常高大，虽然坐在地上，但几乎和祝清散站着差不多高，冯斯猜测她站起来的话身高可能要超过两米三——比姚明还高一点。

“怎么，觉得我的个子太高了？”女巨人问。

“没有，在我见过的魔仆中，你已经是最像人的一个了。”冯斯回答。

“反应很快啊，一下子就猜到了我是什么人，”魔仆赞许地点点头，“而且听你的口气，你已经见过不止一个魔仆了。”

“在你之前还见过两个，”冯斯说，“一个的形象就像是放大了的大脑，那大概是所有魔仆的原始形态吧，不过它自己选择了进化，身上长出了很多触须；另一个蛇身人头，但是头部做得很不好看，比例失调。你虽然块头很大，身材比例却很匀称，脸形尤其不错。可惜你似乎不太懂得人类的审美。”

“我知道，你们不喜欢看大块头的女人，不过我进化成这个模样原本也不是拿给你们看的啊，”魔仆俏皮地一笑，“如果我想要在这个世界上找个男人，我会把身高再控制控制。”

“你和我先前见过的那两个魔仆都不一样，”冯斯说，“它们就算是开玩笑的时候也绷得很紧，也许是身上背负的魔王赋予的使命让它们不敢有丝毫放松，但你好像显得很轻松。”

“如果早些日子遇到我，你会发现我其实也绷得很紧，”魔仆回答，“不过最近一段时间，我放松下来了。”

“为什么？”冯斯问。

魔仆的回答让冯斯一下子跳了起来：“因为我已经感受到了主人的气息。”

“你说什么？”冯斯失声惊呼，“主人的气息？你是指——魔王？”

魔仆点点头：“当然，不然还能是谁？”

冯斯不说话了。尽管他早就有心理准备，自己迟早有一天会和魔王碰面，却没有想到这一天来得那么快。那个一直压在内心深处不敢去想的问题，此时却不得不清晰地浮现于脑海：我到底算是守卫人，还是魔王的“亲人”？如果我见到了魔王，我该怎么办？

“也就是说，魔王已经苏醒了？”祝清散问。他的语声倒是十分冷静，仿佛早就预料到了这一切。

“认为魔王一直在‘沉睡’，只不过是你们人类的想法，”魔仆说，“对于我们而言，魔王只是‘失踪’。”

“你的意思是说，魔王其实一直都苏醒着，只是出于某些原因一直没有暴露自己的存在？”冯斯问。

“没有人知道主人的心思，我所需要做的，只是服从和配合。”魔仆的说辞和冯斯之前在金字塔中遇到的蛇身魔仆几乎一模一样，“主人展露出他的气息，就是一种召唤，我自然要做我应当做的事情。”

冯斯恍然大悟：“我明白了！怪不得前几天我听说，最近一些日子以来，全球各地都发生了守卫人家族被屠杀灭门的惨案。我还在想呢，黑暗家族也没有那么大的力量吧？原来都是魔仆干的。”

魔仆点点头：“感知到主人气息的人，不会只有我一个，它们当然也会采取合适的行动。”

“也就是说，天下大乱的时刻已经到了。”冯斯叹了口气，“你抓我到这里来是为了什么，杀死我吗？”

“不，我并不打算杀死你，”魔仆摇摇头，“天选者是一把双刃剑，也许能帮助守卫人危害到主人，却也有可能帮助主人恢复力量。到底要不要杀死你，是主人才有资格决定的事情。而且，你可能会错意了。”

“会错意了？”冯斯不解。

“不要自作多情了，你只是个添头而已，”祝清散拍拍他的肩膀，“这位魔仆女士真正的目标，可能是我。”

“是你？”冯斯呆住了，“不可否认你在现实中骗到的女粉丝远多于我，但我怎么也看不出你吸引魔仆的理……”

这个“由”字还没有说出口，他却已经猛然醒悟过来：“是你的毒针！魔仆对你用的这种破坏附脑的毒针更感兴趣！”

“是的，其实我原本没有在意你的到来，也并不想对你怎么样，天选者，”魔仆说，“我的原计划就是争取能把四大家族的有生力量都消灭掉。不过，我有些低估了他们的力量，妖兽和他们交手后不久，我觉得想要歼灭他们是不现实的，尤其是他们当中有四个人的能力相当突出。所以我改变了计划，打算设置一个圈套，牺牲所有的妖兽，争取能伤害到那四个人。哪怕能杀死其中的一个，也算是不错的成果。”

“那果然是个圈套，”冯斯说，“但当你发现了祝道长之后，你第二次改变了计划。”

“是的，他的存在让我惊讶极了，”魔仆点点头，“妖兽体质特异，本身对人类常用的各种毒药都有抵抗性，但我发现，他的毒针可以在两三秒钟的时间里就让妖兽完全失去战斗力，而他本身并没有发出任何蠹痕。这样的武器，似乎是直接针对附脑起效的，于我而言是闻所未闻。它可能会对我们造成巨大的威胁。”

祝清散还真说对了！冯斯想，这些小小的钢针，真的比守卫人的蠹痕更加让魔仆感到不安。毫无疑问，这位魔仆正是发现了钢针背后所隐藏的不可小觑的潜在力量，这才把祝清散当成最终目标的。

“祝道长，我都忍不住好奇了，”冯斯说，“你到底从属于一个什么样的组织？守卫人从来没有提到过，连这位魔仆女士都不知道你的底细。”

魔仆笑得花枝乱颤，显然冯斯所用的“女士”这个称呼让它觉得很有趣。冯斯不禁想，这位魔仆当初进化人形的时候，要是把身材按比例缩小个三分之一，搞不好也是迷倒众生的大美女呢。

祝清散并没有回答。他的脸上依然是那副淡然恬适的神情，却和先前故意伪装的那种花花道士的气质大不相同。冯斯能看出来，他的内心有一种真正的平静。

“我没有猜错的话，你是故意让我见到你出手的，是吗？”魔仆发话说，“我不知道你们这个组织到底隐藏了多久，但我不知道你们的存在，守卫人也不知道你们的存在，可见你们平时的保密工作做得无懈可击。但是今天，你出现在了一个危险的场所，还展露了你的毒针，这似乎不能用疏忽大意来解释。”

“是的，并不是什么疏忽大意，”祝清散说，“我的目的就是想要见到你。幸运的是，我如愿以偿了。”

“好吧，听起来像是你们俩的单独约会，我倒成多余的人了……”冯斯说。

“我能感觉到你身上带的探测器，”魔仆说，“它大概已经把发生在这里的一切传递给你的同伴了吧？牺牲一条性命，获取活着的魔仆的资料，这样的交换倒也值得。”

“而你把我带到这里来，无非也是想要证实我们的存在，然后想办法摧毁我们，”祝清散说，“你我各取所需，最终的胜负还是得看天命。你当然也应该料到，我已经提前服下了毒药，以防你刑讯逼供。”

“就算你没有吞服毒药，我也不会对你怎么样的，”魔仆说，“人类的力量虽然渺小，却往往有着令我佩服的意志。”

冯斯静静地听着祝清散和魔仆的对话。双方的语气里不含一丝一毫的敌意，就像是两个老朋友在谈心，然而宿命中的生死对决无法避免。这场对决表面看上去力量悬殊，但祝清散所代表的人群拥有连守卫人都无法掌握的独特技术，能够令魔仆都感到紧张。

可见人类虽然处于弱势，却永远不会轻易屈服。冯斯觉得心里隐隐有一股血气在涌动，同时却也有一些困惑：守卫人所选择的方向真的是错误的吗？只有祝清散所代表的神秘势力的科技之路才是正确的吗？

如果是那样的话，我这个天选者的存在又是为了什么呢？

他还想细细思考一下其中的关窍，肉体却有些支撑不住了。极度疲累之下又奔波了半天，似乎浑身的每一个毛孔都钻进了瞌睡虫。他靠在这个地洞的洞壁上，双腿伸直，很快睡着了。

五

关雪樱一路走出了校园的东门，边走边不停地看着手机，似乎有人通过手机指点她方向。文潇岚和范量宇跟在她身后，来到校门边，范量宇不得不再次把他那颗畸形的小头硬生生缩入体内，然后用帽兜遮住脸。

“还是化装舞会带劲吧？”文潇岚抿嘴笑着说。

“再来一两次，我也能成为校园明星。”

两人一路跟踪关雪樱走在马路上。关雪樱跟随着手机的指示，走向一辆停在路边的SUV，开门坐在了后座上。汽车发动，沿着公路向远处驶去。

“糟糕，这下追不上了。”文潇岚说。

“我干什么事都喜欢独来独往，但这并不意味着在必要的时候我也会拒绝家族支援，”范量宇冷不丁地说，“我刚才在小哑巴身上做了一点印记，她跑不掉。”

文潇岚大喜：“我是真没想到，你这样的怪物也需要别人帮忙呢。”

两分钟之后，一辆摩托车驶到了两人身前。骑车人停下车，摘下头盔，赫然是一个年轻美丽的女子。文潇岚有些好奇地借着路灯打量了一下这个姑娘，心里微微一惊。

她长得很像范量宇项坠里照片上的那个女孩，无论脸形还是眉目都很相似，但是浑身散发出一种拒人于千里之外的冰冷与强硬，和那个女孩和煦而略带羞涩的微笑截然不同。

女子打量了一下文潇岚，轻蔑地摇摇头：“没用……”

她扔下头盔，扬长而去。文潇岚莫名其妙地收获了一句赠言，不由得心头火起，正想反唇相讥，手腕却被人轻轻握住了。扭头一看，范量宇冲她微微摇摇头，目光里似乎有一种深沉的痛苦。

“上车吧。”范量宇把头盔递给文潇岚。

文潇岚愣了愣，最后还是默默地坐在了范量宇身后。她隐隐猜到，这个女人和范量宇相片上的那个女孩，一定有着某些紧密的关系。而范量宇，这个天不怕地不怕、人挡杀人佛挡杀佛的怪物，似乎不愿意招惹她。

真希望你什么时候能把过去的事情讲给我听，文潇岚想。

摩托车发动了。范量宇驾驶着摩托车，远远跟在汽车的视线范围以外，如他所言，他在关雪樱身上留下了特殊的印记，隔得很远就能感知到关雪樱的存在。

文潇岚在范量宇的耳边说了几句话，由于摩托车的噪声和风声，她的话根本传不到范量宇耳中。但范量宇发现了她的意图，回手一甩，一滴血溅到文潇岚的手背上，随即用蠹痕将两人包围在其中，说话声立刻清晰起来。

“他们好像是……在朝着市中心的方向开。”文潇岚说，“这可有点奇怪，我记得之前不管是冯斯还是小樱，遇到点什么事，一般都是在荒僻的地方。”

“因为不管是守卫人还是黑暗家族，都不愿意在世俗的凡人面前暴露自己的存在，”范量宇说，“一切行动的优先原则都是不泄密，所以像这样把小哑巴带到闹市区，有两种可能性。”

“哪两种？”文潇岚问。

“要么对方有绝对的把握不必动手，要么……他们根本就不是魔王世界里的人。”范量宇说。

“不是魔王世界里的人？那么就是普通人了。”文潇岚很纳闷，“为什么人人都对小樱感兴趣？你就不能告诉我吗？”

范量宇犹豫了一阵子，最后开口说：“好吧，我估计这事很快就要包不住了，现在说出来也无妨。你已经知道了，魔王世界里存在着魔王和魔仆、守卫人、黑暗家族这三股势力。但是就在十多年前，守卫人意外地发现，似乎还存在着第四股势力。”

“第四股势力？”

“是的，那是在日本发生的事情。当时有两名黑暗家族的族员被打成重伤后，逃窜到了一个海边的村落里，日本的守卫人家族为了防止泄密，也追了过去。但到了那里之后，他们发现两人已经被杀死了，但杀死他们的并不是蠹痕，而是一种毒剂。毒剂摧毁了黑暗者的附脑，然后他们被普通物理方式杀死。”

“摧毁……附脑？”文潇岚很是诧异，“而且不是通过蠹痕？”

“是的，不是通过蠹痕，就是依靠普通常人所能掌握的物理化学手段。”范量宇说，“日本守卫人把两名死者的附脑切下来，带回去研究，守卫人中的科学家在里面提炼出了一种复杂的化学物质，可以对附脑起到快速而有效的强力抑制作用。然而，以他们的手段，无法分析出这种化学物质是怎么合成的。”

“通过这件事，守卫人也知晓了，似乎存在着另外一股力量，选择用人类的原生科技来和魔王进行对抗。但是我们想尽了各种办法，都没有找到这些人的行踪。他们似乎一直在刻意隐藏自己，不愿意在守卫人面前露面。甚至在各种各样的历史记载中，也找不到与他们有关的只言片语。”

“你们守卫人那么厉害，竟然对他们一无所知，那他们确实藏得很好了，”文潇岚思索着，“后来也一直找不到他们的活动痕迹吗？”

“不，就在日本那起事件发生后不久，梁野所在的家族接到了一条求助的信息。”范量宇说，“信息来自一个身份不明的女人，她说，她手里掌握着和日本事件有关的资料，希望逃到中国得到梁氏家族的保护。梁氏家族对此很重视，派出了当时家族里最强的成员——梁野的叔叔。但是后来，整个事情却出了岔子。”

“什么岔子？”文潇岚问。

“没有人知道具体的经过，但是，梁氏家族派去的人全部死了，包括梁野的叔叔在内，死于蠹痕的伤害。”范量宇说。

文潇岚“啊”了一声：“那……那个女人呢？”

“也消失不见了。”范量宇说，“后来大家只能猜测，也许那个女人的行踪被黑暗家族或者梁氏的敌对家族掌握了，对方也派人来抓她，结果两败俱伤。而对于守卫人世界来说，大家只是确认了一件事：在守卫人和黑暗家族之外，还有另外一股人类势力，拥有通过科技手段摧毁附脑的能力。但这股势力有多大，技术进展到哪一步，他们到底躲藏在哪里，具体又有什么图谋，却始终无人知晓。”

“如果那个女人失踪了的话，小樱又是怎么被认定和此事有关的呢？”文潇岚问。

“因为梁野。他一直执着地调查这件事，希望能为自己的叔叔报仇——梁野自幼丧父，在家族中一直依赖着叔叔的照顾才能成长为四大高手之一。”范量宇说，“他在出事的那个地带四处打探，甚至不惜使用酷刑逼供，终于从一个无意中的目击者那里探查到了蛛丝马迹，获知了当年那个女人大致的逃亡方向，然后在那一片贵州山区寻找了很久，最终发现了小哑巴的下落。”

“梁野啊……表面上看起来冷冰冰的，其实也是一个执着的人。”文潇岚感叹说，“但是他什么也没有告诉小樱。”

“因为除了小哑巴这个人，他什么也没能找到——包括掘开了那个女人的坟墓，而小哑巴连自己的身世都完全不清楚。”范量宇说，“所以守卫人没有其他选择，只能静观其变，倒是黑暗家族憋不住了，已经来找过小哑巴好几次了。但他们就算抓走她也没有用，因为她确实什么都不知道。”

“那这一次呢？你猜……会不会是小樱的妈妈曾经所在的那个组织来找她？”文潇岚忽然浑身一颤，“那他们岂不是要杀小樱灭口？”

“要杀小哑巴灭口还不容易，至于兜那么大个圈子把她带到城里来吗？”范量宇说，“我倒是倾向于认为，小哑巴的母亲带走了组织里某些关键的秘密，所以他们找到她，是想要把这个秘密重新找出来。”

“但是小樱根本就不知道啊！”文潇岚有些焦急，“万一小樱什么都说不出来，他们会不会……”

“我也不知道，”范量宇说，“静观其变吧。”

果然，关雪樱被一路带到了二环与三环之间的闹市区。尽管已经是深夜，路旁仍然灯火灿烂，不少娱乐场所正是生意热闹的时候，门口停满了各种豪车。

“他们要是带着小哑巴去唱歌，倒也算有新意了。”范量宇说。

文潇岚忍不住笑出了声。她发现，范量宇其实在某些方面和冯斯挺像的，毒舌起来半点也不差，不过这样的毒舌似乎只在她眼前才有所施展。而其他时候，即便是路晗衣、梁野等人，都对范量宇保持着相当的忌惮。

SUV最终没有开到这些娱乐场所“带着小哑巴去唱歌”，而是停在了一个有些让人意料不到的地方：一所以丰胸和磨下巴著称的私人整形医院。文潇岚虽然从来不用去考虑整形的问题，却也在铺天盖地的广告中听说过这所医院的名头。

她原本以为范量宇会接着开上几句“小哑巴那么瘦骨伶仃的的确需要丰胸”之类的促狭玩笑，范量宇却没有吭声，只是在路边停下了车。文潇岚跳下车，发现范量宇的脸色阴沉，目光中隐隐跳跃着火花。

“怎么了？”文潇岚问。

范量宇摆摆手：“没什么。带钱了吗？”

“钱？带了。”文潇岚莫名其妙，“你问钱干什么……啊，你是想要我打车回去？”

“没错。”范量宇说，“这个地方比我想象中要危险，你留在这里只会拖累我。”

这是范量宇对文潇岚一贯的说话方式，简单直接，从不拐弯抹角。文潇岚咬了咬嘴唇：“好吧，我先离开这里。但我不回去，刚才路过前面那条街的时候，我看到有一家二十四小时快餐店，我在那里等你。”

她迟疑了一下，又赶紧补充说：“等你们。”

她离开范量宇，快步走进那家二十四小时快餐店。为了舞会的事情忙碌了一晚上，她也真感到有些饿了，要了一份盖浇饭、一杯热豆浆，吃饱喝足之后，又要了一杯橙汁，然后坐在位子上划拉着手机。这当口她居然还顾得上想：唉，早知道今晚是这样，应该把书包背出来……

好在手机上有背单词的程序，让这位学霸不至于虚度时光。但背了一阵子单词之后，她不知怎么的，心里一阵阵烦乱，怎么也背不下去了。她关掉背单词软件，打开一个小游戏玩了一阵子，依然不得要领，往常轻轻松松玩到十多关的游戏，今天第五关就挂掉了。

她索性收起手机，看着窗外偶尔驶过的车辆发呆。快餐店里人很少，不过客源一直没断，出于种种原因在深夜吃饭的人们来了又去，只有文潇岚始终呆坐在那里。最后她终于反应过来了：她在担心范量宇。

这是一个很奇怪的念头，因为范量宇是守卫人世界中最强的，而且身经百战，经验丰富，几乎不可能有人能伤害到他。但不知道为什么，从范量宇驱赶自己的举动，从范量宇忽然变得阴沉的眼神，她意识到这个双头怪物可能是遇上了前所未有的强敌。

“会有人比你这个大头怪物还厉害吗？”文潇岚低声自言自语着，“我怎么会担心你呢？”

她忐忑不安地等待着，只觉得心里越来越慌张，但是一遍一遍地看向窗外，始终没有范量宇或者关雪樱的身影。她开始沉不住气了，虽然耳边不断重复着范量宇各种看似冷酷实则很有道理的警告：“你来了也没用”“你帮不上忙”“你只能拖累我”，脚却不自觉地想要移动。

管他的呢！文潇岚发狠地握紧了拳头，收起手机出门而去。她几乎是小跑着来到那家外表装修得很华丽的整容医院门口，并没有看出丝毫异状。穿着护士裙的漂亮接待小姐在门诊大厅里安静地端坐着，霓虹灯招牌上种种夸张宣传的大字有节律地闪烁着，仿佛这家医院里从来没有进去过一个小哑巴，也从来没有进去过一个长着两个脑袋的凶悍恶徒。

文潇岚在门口转悠了一阵子，忽然又开始有些恨自己只是一个普通人，没有任何能力可以神不知鬼不觉地溜进医院里。这种时候，如果我能运用蠹痕……如果我有附脑……如果……

正在胡思乱想，右手手背上忽然隐隐有些发热，她低头一看，正是先前被范量宇用血溅到的地方。范量宇的蠹痕极具杀伤力，一般人根本无法承受，但他有一种独特的法门可以让人安然待在他的蠹痕内，不过需要先沾到他的血。

到了快餐店之后，文潇岚已经把那点血迹洗掉了，但不知道为什么，现在那处皮肤开始有了发热的感觉，而且越来越热，近乎发烫。

文潇岚猛然醒悟过来：这是范量宇在召唤她！她思索了一会儿，尝试着向不同的方向走动，发现走向其他方向的时候，那滴血都在不断变冷，唯有一个方向，血的温度越来越高。看来，那就是范量宇所处的方位。

“看来你真是遇到麻烦了，”文潇岚嘟囔着，“姐姐来帮你吧。”

第四章

记忆迷宫

一

也许是和魔仆与祝清散同处在一个狭小空间的缘故，冯斯在这长长的一觉里所做的梦也分外诡异。在梦里，他又进入了之前曾经体验过的那种无所不知的幻境，仿佛地球上所发生的一切都在他的掌控之中。他的眼睛和耳朵无限延伸，能够关注到世界上的任何一个角落，甚至可以听到任何微小的声音。

然而，这一次，他的耳朵里总有某些细微的杂音，就像是有细如牛毛的尖针在耳膜里刺来刺去一样，让他十分不爽。他努力捕捉着这些声音的来源，最后终于找到了，它们来自一团黑色的浓雾，雾气十分浓重，根本看不清里面有什么。

冯斯让自己无所不在的“视线”伸入了这团浓雾，发现浓雾的内部也是一片漆黑。他能感觉到有许多生物藏在这片黑暗中，叽叽喳喳地仿佛是在嘲笑他。他很不甘心，追寻着那些声音，却总是扑个空。

这样全知全能、无所不能的力量，为什么也会受到抗拒？冯斯很恼火，大声怒吼着：“你们是谁？你们是什么？”

没有回答。黑暗中传来一阵又一阵近似讥嘲的杂音。冯斯十分不甘心，却始终无法在那一团墨一样的黑暗中搜寻到任何有用的信息，这个世界好像被挖空了一块，一块不属于他的领地。

这是一个巨大的威胁，冯斯想，竟然会有我无法掌控的东西，不可饶恕。

不可饶恕……

醒来时，他不愿意睁开眼睛，仍然沉浸在先前的梦境中。用魔王的思维去思考是很有趣的，他一下子就抓住了其中的要点：魔仆之所以要把祝清散抓到这里来，就是因为他在梦里所感受到的那种威胁。守卫人再厉害，势力再大，终究使用的也是来自于魔王的力量，可以被参透，可以被针对，但祝清散所代表的这股势力，就像梦中的黑洞一样，难以捉摸，无法把握到实质。这一块小小的浓雾，或许就隐藏着足以杀死魔王的力量，对魔仆而言，绝不能掉以轻心。

他慢慢睁开眼睛，看了看躺在一边的祝清散。祝清散早已毒发身亡，身体都已经冰凉，但面容格外平静，唇边仿佛还带着微笑。他不禁想到，自己其实一直在和一个套着假面具的祝清散打交道，那是一个网络红人，巧妙地利用了年轻一代对宗教的好奇，以自己俊朗的外表和活泼的个性吸引了大量粉丝，并借此发了财。而其他的道教人士往往对他很看不惯，觉得他举止轻佻，不符合道门之风。

然而，这一切都只是表象，只是一种伪装。冯斯回想着自己过去认识的许多人，仿佛都戴着各种各样的面具，似乎天选者的宿命就是只能和假面人打交道——其中甚至包括他的父母。

就好像整个生活都只是楚门的世界，就是为了捉弄我一个人而存在的。冯斯感到一阵阵说不出的倦怠，过了好一会儿，他才注意到魔仆走到了他身边。魔仆虽然身材高大，但脚步声很轻，一直走到很近他才察觉。

“祝道长已经死了，你准备拿我怎么办？”冯斯问。

“我早就说过了，送你回去。”魔仆说。

“真的不打算吃掉我，或者把我关起来当小白鼠解剖什么的？”

“那个想要吃掉你的魔仆，并不了解现在的状况，而我不同，”魔仆说，“虽然我在很长一段时间里无法施展力量，但我的意识很清醒，也一直了解着世界的变化。我决定赌一把。”

“赌什么？”冯斯问。

“赌你到底是守卫人的天选者，还是魔王的天选者。”魔仆说。

又来了，冯斯想，其实我心里也从来没有停止过这方面的疑惑。我到底是守卫人的希望，还是魔王的希望？我到底能帮助拯救这个世界，还是会加速毁灭这个世界？

“随你的便吧，”他疲惫不堪地呼出一口气，“如果你既不杀我也不关我，那就麻烦放了我，我饿了。另外，祝道长的尸体……”

“留给我吧。我还是有些不大相信他真的是一个彻头彻尾的普通人，想要再仔细查验一下。”魔仆说。

冯斯被送回了地面。在地下时一直没顾得上看时间，这时候他才发现已经是第二天的清晨了，燕郊人民正排着黑压压的队抢着往公交车里挤。冯斯无心去欣赏这独特的燕郊一景，找了家早点铺子，一口气喝下两碗豆腐脑，吃了五个包子，这才觉得饥饿感被压了下去。

他也没有精力去和如狼似虎的燕郊人民争抢早班车位，索性慢慢溜达到前一天出事的那个建筑工地。工地依然封闭着，没有开工的迹象。他找了一家附近的小卖部买了瓶饮料，顺便问老板：“听说昨天这个工地出事了？”

“是啊，听人说，好像是两个黑社会团伙在里面争斗。”老板做出神秘兮兮的样子，“据说两边人都拿刀带枪的，死了好几十个人呢！而且他们挺有背景的，现在记者都被警告了，一律不许报道……”

看来守卫人的能量果然不小，硬生生把消息压下去了，没有传到社会上，冯斯想。他稍微放心了一些，等到早高峰过去，跳上一辆公交车坐回了北京市区，再打的回到家里。路上他向张圣垠请了半天假，因为现在这一身又脏又臭的实在不适合去上班。

“我说过，你想来坐班就来，不想来就不来，不必请假。”张圣垠说。

冯斯洗了个热水澡，换好衣服，登录邮箱处理了一些公司的商业文件和网站管理事务，不知不觉到了中午。冰箱里空空如也，他又懒得出门，索性叫了一份外卖。

四十分钟后，门被敲响了，冯斯打开门，发现门外送外卖的是一个瘦瘦小小的小男孩，看样子也就十岁左右。他不以为意，以为这是自己配送的商家临时缺人手了，伸左手接过装着打包盒的塑料袋，道了声谢，然后准备用右手握住门把手关门。

小男孩礼貌地回答了一声“不用谢”，脸上还带着客气的笑容。就在冯斯的两只手都被占用的一刹那，他突然从衣兜里掏出一个明晃晃的东西，直刺冯斯的胸口。

那是一把弹簧刀！

冯斯大惊，身体拼命向后一仰，刺啦一声，胸前的衣服被割破了，皮肉也被划伤，所幸躲得及时，刀锋没有刺到肌肉里。他踉踉跄跄地一跤坐倒在地上，小男孩不依不饶，紧跟着扑过来，再次扬起弹簧刀，插向冯斯的咽喉。

冯斯不由得怒从心头起，看准时机狠狠一脚蹬出去，正踹在男孩的腰间。男孩瘦弱的身躯一下子被踹飞了出去，从门洞里摔出门外，晕了过去。

堂堂天选者，居然差点被这么个小破孩杀死，冯斯又是吃惊又是后怕。他费力地站起身来，看见那一袋子外卖因为自己刚才做后仰躲避动作时放手了，在地上摔得汤汁四溢，心里更加恼火。但他毕竟经过了这一年的磨砺，遇事比以前冷静多了，很快想到，这么一个小屁孩竟然会在光天化日之下刺杀自己，而且出手如此凶狠，其中多半有重大缘由。他探头看看，楼道里暂时没有人，连忙把摔晕过去的男孩抱进屋子里，然后关上门。

他把男孩放在客厅的沙发上，检查了一下伤口。男孩毕竟身体没有长大，力量和速度都不足，虽然出手挺狠的，因冯斯躲得比较及时，只是被划伤了表皮，流血不多，对于经常打架打得鼻青脸肿的他实在不算什么，涂点药水、贴块创可贴就没事了。

冯斯把地面打扫干净，然后唉声叹气地给自己泡了一包方便面。吃完面，男孩也醒了。他从沙发上坐起来，毫不避让地和冯斯对视着，目光中充满了仇恨。从面部肌肉的微微扭曲可以看出，被冯斯踢到的腰部还是很疼，但他倔强地强忍着，没有喊一声痛。他的长相还算清秀，但是脸上黑黑的，好像是很久没洗脸了，衣服上也有几个破洞。

这可有些奇怪，冯斯想，想杀我的人倒也不少，但大都是因为自己天选者的特殊身份，不涉及个人私怨。但眼下这个小男孩，分明就是恨自己入骨的态势——他为什么这么恨我？

这个孩子挨打后强忍痛楚不吭声的模样，让冯斯想起了小时候的自己。他虽然打架很厉害，挨打的时候却也不少，但每次挨打，他总是咬紧了牙关，既不喊痛也不求饶。眼前的这个男孩，让他莫名觉得有一种熟悉的亲切感。

“说说吧，我哪里得罪你了，你非要杀我不可？”冯斯手里把玩着那把弹簧刀，“这可是管制刀具，真能杀死人的，要不是刚才我躲得快一点，就被你开膛破肚了。”

男孩不吭声，还是狠狠地瞪着他，忽然，肚子里响起了清晰的咕咕声。他脸上微微一红，冯斯已经笑起来了：“肚子饿了吧？看你这样子，也没力气杀人了，要不要先吃点东西？”

男孩抿着嘴唇，最终还是轻轻点了点头。

冯斯随手把弹簧刀扔到桌上，转身进厨房泡了一包方便面，又拿出两个卤蛋。他注意到，桌上的弹簧刀比先前有些移位，说明男孩曾重新拿起这把刀试图再次袭击他，但最后还是放弃了。

“来，吃吧。”冯斯说着，递给男孩一双筷子。男孩接过筷子，一言不发地大口大口吃起来，他看样子真的是饿坏了，连方便面的汤都喝干净了。最后他放下空碗，虽然脸依然绷得很紧，但冯斯能感觉到对方的敌意减了许多。

“好了，我也请你吃过饭了，你能不能告诉我你是谁，为什么要杀我？”冯斯问。

男孩迟疑了许久，慢慢地开口说话：“我要为我的哥哥报仇。”

“你哥哥？报仇？”冯斯一愣，“我好像从来没有杀过人，谈何报仇？你哥哥是谁？”

“你没有亲手杀死我哥哥，他却是因你而死的。”男孩说。

“我更糊涂了，”冯斯摇摇头，“到底是怎么回事？”

“你还记得去年你们学校的体育馆出过事吗？”男孩问。

冯斯当然记得。那次是一场校内的篮球友谊赛，在比赛的下半场开始之前，一个黑暗者封闭了整个篮球馆，打算抓住刘岂凡。这个欧洲人由于其特殊的修炼方式，脑子有些不太正常，一时兴起试图毁掉整个篮球馆，最后冯斯和刘岂凡合力制住了他。

“还记得，怎么了？那个黑暗者是欧洲人啊，难道会是你的哥哥？”冯斯看着男孩再明显不过的中国人的面孔问。

“不是那个黑暗家族的，”男孩摇摇头，“当时有一个突然出现的守卫人，你还记得吗？”

冯斯回忆了一下，忽然恍然大悟：“啊，你是说那个姓丁的……叫什么名字来着？丁小……丁小什么？”

“丁小齐。”

“对！丁小齐！”

二

手背上被血滴过的地方一直发烫，似乎越接近范量宇温度越高，文潇岚凭着这唯一的指示，离开整容医院，在医院背后的小巷里穿行着。

她想拨打范量宇的手机，这才想起根本不知道他的手机号码。好像和范量宇认识以来，一直都是这个怪物莫名其妙地一次次出现在自己面前，事先也从来不打任何招呼，而自己好像也习惯了那两颗大头突如其来地现身。

我大概是这个世界上唯一不害怕他的人，文潇岚自嘲地想，却也隐隐有些自豪。

现在，似乎轮到自己第一次主动寻找范量宇了。她不知道范量宇到底遇到了什么样的麻烦，但内心深处的直觉告诉她，双头怪物现在的处境一定十分险恶。这是一个罕逢敌手的强人，正因如此，一旦遇到敌手，就绝对不是一般的角色。

她越来越着急，但现在好像是来到了距离范量宇很近的区域，血点的温度不再改变了。她只能凭着眼睛和耳朵去寻找。这里是一片拆迁过后的空地，却不知什么原因并没有开始兴建新的项目，于是成为附近居民的临时停车点。现在空地上停满了各种各样的不同价位、不同大小的汽车，有如一座钢铁迷宫。

文潇岚穿行于迷宫中。她猜想范量宇如果像上次那样受了重伤的话，多半会藏匿于汽车车底，于是打开手机上的手电筒，一辆车一辆车地检查着。当经过一辆奔驰Smart的时候，车里忽然传出一个声音："别看下面了，我在这儿。"

是范量宇的声音！文潇岚急忙直起腰来扭头看去，果然看见范量宇坐在副驾驶位上。她忙问："你怎么样？受伤了吗？"

"算不上受伤，不过可能比受伤更糟糕，"范量宇咧嘴一笑，"我的附脑可能暂时失去作用了，什么时候能恢复不知道。"

"附脑？失去作用了？"文潇岚目瞪口呆，"那你现在……"

"现在我就是个废人，"范量宇说得很轻松，"而且因为大脑多多少少也会被附脑影响，我已经连开车的力气都没有了。你会开车吗？"

"寒假刚拿到驾照，没有正式上过路，"文潇岚一边说着，一边拉开车门坐在了驾驶位上，"今晚就算是第一次吧。"

好在深夜的马路上车并不多，北京的马路也足够宽，文潇岚虽然有新手的紧张，还是沉住气，顺顺当当地把范量宇载到了他的一处秘密藏身之所。

“这家酒店是范氏家族经营的，所以住在这里一般情况下不会泄露行踪。”范量宇说。

“你平时在北京一直就住在这里吗？”文潇岚费力地把范量宇扶出电梯，扶进这个商务套间。房间原本应当陈设豪华，但范量宇好像是故意撤去了其中的沙发、地毯、茶几、电视、带有席梦思的大床等物件。如今宽大的房间里，只有一张单人硬板床，床前放了一张斑驳掉漆的木桌，连椅子都没有，一台笔记本电脑放在床脚的地板上。一个破旧的木头衣柜里叠着一些样式和颜色都差不多的衣服，比如文潇岚见得最多的那种宽大得可以藏起他骇人头颅的连帽衫。整个房间显得空空荡荡的，很不协调，就像是欠债跑路的富商留下的空房子。

“还有另外一两处地方，不过那些地方接收信息不够方便，多数时候我还是住在这儿。”范量宇说。他在文潇岚的搀扶下勉强坐在了床上，仍然显得浑身虚弱无力，抬一下手都很勉强。

文潇岚环顾四周，在套间的角落发现了一个装矿泉水的箱子，取出两瓶来，把其中一瓶拧开盖子，再把瓶口凑到范量宇的嘴唇边。

“看来你可以做一个合格的老妈子。”范量宇怪笑一声，由文潇岚喂着咕咚咕咚喝下去小半瓶水。

“看来你一时半会儿还死不了。”文潇岚板着脸。她也渴了，顺手举起这瓶范量宇刚刚喝过的矿泉水，也喝了几口。

“到底是怎么回事？”文潇岚问，“是黑暗者吗？他们能厉害到把你伤成这样？”

“不是，不是黑暗家族，也不是守卫人，”范量宇说，“是普通人。”

“普通人？”文潇岚瞪大了眼睛，“就是你在车上时跟我说的那个……第四股势力？”

“是的，第四股势力，和你一样的普通人。”范量宇说。

“真的能有那么厉害吗？”文潇岚不解，“我记得你说过，就算是被子弹打成重伤，你的附脑也可以帮助身体迅速痊愈。”

“但是他们直接攻击了我的附脑，”范量宇说，“只是一个一钱不值的小把戏，居然能让我着道。不过，我确实也是第一次见识到这种能让附脑瞬间失去作用的药剂，比我们守卫人用来镇静附脑的‘酒’强出不止百倍。”

文潇岚想了想："我有点明白了，估计是对方用涂抹了毒药的武器攻击你，你故意挨了一下，原本是想吓唬一下敌人，没想到这种药剂连你都扛不住。"

"我还以为你会取笑我一顿，说我故作张狂结果阴沟里翻船什么的。"范量宇说。

"不，你并不是故作张狂，"文潇岚说，"那只是你摧毁敌人战斗意志的心理战术。我们认识很久了，我觉得我对你稍微有了那么一丁点了解，你只是每一战都务求胜利，所以把一切手段都用到极致，以便让敌人未战先怯，以保证你在气势上永远占上风。这一次，只不过是意外。"

范量宇盯着文潇岚看了一会儿，忽然哑然失笑："我还真是小看你了，以为你只有啤酒瓶的智商呢。"

文潇岚毫不客气地在范量宇头上凿了一下："滚蛋！"

她接着又现出愁容："可是小樱现在到底怎么样了呢？你的伤又什么时候才会好呢？"

"我进去之后，根本就没有见到小哑巴，"范量宇说，"不过，至少在我的附脑失效之前，我能感知到她还活着。至于我，恐怕比小哑巴的状况要麻烦得多，这是一种我从来没有遇到过的药剂，而且攻击我的人身上没有丝毫附脑的气息，很有可能就是曾经在日本出现过一次的第四股势力。"

"可是……你不是说，他们以前一直都尽量隐匿行踪，不在外界公开活动吗？"文潇岚问，"这次怎么会拐走小樱，又向你发动袭击？"

"说明他们有了非现身不可的理由，"范量宇说，"这一次，或许守卫人、黑暗家族、魔仆和这第四股势力取得了共识：魔王准备苏醒了。"

"是因为冯斯的蠹痕被唤醒了吗？"文潇岚又问。

"这是唯一的可能性，"范量宇说，"天选者的力量和魔王的觉醒息息相关。他既然初步唤醒了蠹痕，魔王的归来恐怕也快了。"

"在这种时候，你偏偏失去了力量……不过你看起来并不担心。"

"担心有什么用？"范量宇耸耸肩，"最多不过是个死。你应该知道，我对于地球的命运什么的，从来不是那么在乎。"

"你从来不在乎自己的死，和给你送车的那个女孩也有关吗？"文潇岚说完，又摆了摆手，"算了，这个问题你不想说，我不多问。我有另外一个问题，今天一见到那家整形医院，你就着急赶我走，是为什么？"

范量宇沉默了一会儿，缓缓地回答："这家医院的前身，是一家属于范家的私人诊所，后来由于种种原因被放弃了。在我还小的时候，力量被唤醒之前，曾经被人带到过这里。照片上的那个女孩，就是为了我而死在这里的。”

你总算又跟我多说了一点儿，文潇岚欣慰地想。

一提到项坠里的女孩，气氛陡然变得沉重，自己附脑被遏制都显得满不在乎的范量宇，此刻双目凝视着墙外的远方，好像沉浸在往事里难以自拔。文潇岚不禁想，在这间空旷如荒野的房间里，这个外人眼里的杀人狂魔，是否就一天复一天、一夜复一夜地陷在旧事的纠缠中，孤独地度过他的人生呢？她觉得鼻子微微发酸。

两个人长久地没有说话，直到文潇岚感到一阵倦意涌上来，忍不住打了个哈欠。范量宇看了看她，说：“我让人给你安排一个房间，你先去睡觉，天亮之后回学校吧。”

文潇岚还没有答话，范量宇脸色忽然一变。他挣扎着跳下床，趴在地上，耳朵紧贴地板，仔细倾听着。

“怎么了？”文潇岚忙问。

“外面有动静，”范量宇说，“但是我现在附脑不能起作用，没有办法感受别人的蠹痕。”

“这里不是你们范氏家族的地盘吗？”文潇岚问，“还有别人能闯进来？”

“范家在四大家族里本来是最弱的，因为有了我，才成为最能打的，”范量宇说，“但现在我不能打，这里的防御就不算什么了——你干吗？又想找啤酒瓶吗？”

“那总不能等死吧？”文潇岚说着，真的在套间里窜来窜去，最后她从卫生间里拿出一根金属管子，原来是用来晾毛巾的金属架。

“总算比啤酒瓶好一点，不过还是屁用没有。”范量宇哼了一声，“这里楼层虽然高，但外墙装满了空调，可落脚的地方不少。你小心一点，从窗口爬出去，找个地方躲起来，不会有人注意到的——你的运动能力在普通人里还算将就。”

“你刚刚赶了我一次，现在又想赶我？”文潇岚狠狠瞪了他一眼，“以前你还可以找借口说我是累赘，现在你走路都得我扶着，还不是得靠老娘来保护你？”

她想起之前那个女子嘲讽她的话，立即照搬了出来：“没用！”

范量宇仰天大笑起来，笑毕，轻轻摇了摇头：“老子还真拿你没办法，那你就待着吧。”

文潇岚虽然嘴上强硬，但心里难免有些打鼓。她听到外面传来隐约的战斗声和呼喝声，以及伤者垂死的惨叫声，听上去敌人越来越接近这个房间。侧头看看范量宇，仍然是毫不慌乱，她不禁有些佩服：不愧是杀人狂魔，遇到自己可能被杀的时候，还这么镇定自若。

她握紧了手里的金属架，盘算着万一真有人冲进来的话，自己第一下应该往哪儿打。当然，其实她也清楚，别说凭这根破管子，就算发给她一支冲锋枪，她也无力护范量宇周全，自己逃命或许是当前的最佳抉择。然而，她就是不愿意在这种时刻把全然无助的范量宇扔下不管。这个男人在旁人眼里或许是凶徒，是恶魔，是杀戮机器，是人见人畏的怪物，但在她的心里，不过是一个内心隐藏着不为人知的痛苦的凡人。

那个一本正经地陪她上课、陪她坐在池塘边喂麻雀、陪她参加化装舞会的凡人。

我不能扔下他，大不了就是个死，她紧握着金属架，发狠地想着。

门外的喧哗声越来越大，步步逼近，突然，文潇岚的眼前一黑，周围的一切都陷入了黑暗里。已经有过一次经验的她马上反应过来，这是敌人又施展了幻域。

“喂！大头！你在哪儿？”文潇岚喊了起来。

一只粗糙的大手伸过来，握住了她的手：“别慌，这么大惊小怪干什么？”

文潇岚长出了一口气：“你怎么能理解大人找孩子的心情……啊，亮起来了。这是什么地方？”

她睁大了眼睛，看着眼前这一片奇特的幻域，一时间说不出话来。

三

丁小齐。

这是一个在守卫人世界里毫无名气，甚至可以说默默无闻的名字，但冯斯碰巧知道他，而且还和他见过两次面。

第一次见到他是在贵州的山村里，那是冯斯作为天选者第一次出现在守卫人的公开视线中。在一大群守卫人当中，丁小齐穿着民警的服饰，显得多少有些与众不同。

第二次见到他，则是在那场惊心动魄的篮球馆事件中。丁小齐作为第一个到达现场的守卫人，告诉了冯斯敌人的目标是刘岂凡，并告诉了他对付欧洲人的方法。不过在此之前，冯斯狠狠一头撞在他身上，把他的肋骨都撞断了好几根。事件平息后，丁小齐不知所终，冯斯很快就忘记了这个比他大不了几岁的瘦瘦的年轻人。

"我还记得他，丁小齐，"冯斯说，"他好像和我说过，你们家族也是一个势力并不大的小家族，而且碰巧就在'老祖宗'所在的那片贵州山区。可是，你说我害死了他，是因为什么？难道是他被我撞伤之后……"

男孩轻轻地点了点头："受伤之后的第三天，我哥哥离开北京，飞回贵州，但是回到家的时候，已经受了致命伤，他中了别人的埋伏。"

"所以你怪在我身上？"冯斯问。

"不怪你还能怪谁？"男孩突然激动起来，提高了音量，"我哥哥的蠹痕能让他自个儿到处乱闪，虽然不如那个叫王璐的可以让其他东西也动起来那么厉害，但是用来逃命最好用不过。如果不是因为你让他受了重伤，他怎么会逃不掉？你明明知道的，你当时完全可以不去伤他，而且他如果不是为了保护你，也根本不会受伤。"

男孩嘴里的"到处乱闪""让其他东西也动起来"，指的是丁小齐和王璐的蠹痕。丁小齐可以在蠹痕范围内瞬间移动自身，王璐则强得多，可以移动蠹痕内所有的物体。

冯斯的目光黯淡了下去："你说得对，其实他并不算是有恶意，只是我当时……心情不太好，也看出他不想要我死，所以想拿他出出气。对不起，他原本不应该受伤，那是我的错，确确实实是我的错。"

冯斯双手抱着头，心里一阵阵地后悔。丁小齐在守卫人世界里只是一个默默无闻的小人物，他的死对于范量宇、王璐等人来说，或许还不如一只蚂蚁的死。但对冯斯而言，这是一个活生生地和他打过交道的人，因为他一时的冲动戾气而失去了生命。

失去生命，无论已经在魔王的世界里见到过多少次血腥的死亡，这种事还是始终让冯斯感到不舒服，更别提自己是造成丁小齐死亡的重要间接原因。那个和和气气的、喜欢说两句笑话的年轻人，以后再也不会出现在他的亲人面前了。

过了好半天，他才回过神来，看着一直站在一旁默不作声的小男孩，轻声问："你叫什么名字？"

"丁骞，张骞的骞。"男孩回答。

冯斯走到丁骞身前，双手按在他的肩膀上，诚恳地说："丁骞，你听我说，这件事确实是我的错，我对不起丁小齐，对不起你和你的家人。但是我不能因为这件事就让你杀死我，抱歉我做不到这一点。"

"我明白的，"丁骞咬着嘴唇说，"其实我并不是真想杀你，我以为你是天选者，我的刀肯定伤不了你，就是想吓吓你，没想到你那么……那么……"

"那么没用，是吧？"冯斯说，"我本来就是个没用的天选者。不过你那一刀的确够狠的，要不是我打架经验还算丰富，说不定真被你一刀开膛了。话说回来，我也不太了解一个守卫人家族里的成员应当有什么样的生活，但你看起来也不过就十岁上下吧？不需要上学或者练武什么的吗？"

"本来是需要的，但我的家族已经没有了。"丁骞低声回答。

"没有了？怎么回事？"

"我的家族原本就很弱，一直悄悄躲在大山里，过着山里人种田砍柴的生活，很少和其他守卫人打交道。就是自从去年你被发现之后，族长也就是家族里的一位叔公开始不甘心就这样一直躲着，他也想要出去做点事，至于是真的想要帮忙还是想要借机捞一把，那就不知道了。我哥哥一直反对，也没有什么用。"丁骞撇撇嘴，显得对这位族长颇为不屑。

"你们家族原本就一直在贵州山区吗？"冯斯问。

"不是，听说最早是得罪了另外一个家族，因为惹不起，从北京逃到贵州的。"

"难怪你的口音不像西南那一片的，倒像是北方人。所以，这位族长让你们的家族重新出山，然后……你们遇到麻烦了？是守卫人还是黑暗家族？"冯斯问。

"我也不知道，我的附脑到现在还没有觉醒过，没法注意到别人的力量，"丁骞说，"总之是在一天晚上……一天晚上……一天晚上……"

丁骞的神情又是愤恨又是恐惧，看来情绪似乎又要激动起来。冯斯连忙按住他的肩膀，扶着他在沙发上坐下："别想那天晚上的事了。放松点，放松点，深呼吸。"

丁骞深深地吸了几口气，慢慢平静下来。冯斯看着他：“如果不是因为我，你们家族不会出山，也就不会招致灭族。所以你把这笔账也算到我头上了，是吗？”

“我也知道这么想不大对，但是……我不知道自己到底该做什么，”丁骞低垂着头，“我什么也不会，附脑也从来用不上。现在家族只剩我一个人了，那一天正好我翻山去另一个村子上学，遇上大雨没法回来，在校长家留宿了一夜，结果捡了一条命。”

“你已经无家可归了？”冯斯问。

“差不多算吧，”丁骞竭力让自己的语气显得轻松，“我们家族的那起案子被做成了山体滑坡的样子，整个村子都被毁了，政府的福利院收养了我。我在里面待不惯，就跑出来啦。”

“然后你就跑来杀我出气……”冯斯苦笑一声。总算弄明白了这个孩子的来龙去脉，他仍然不知道该拿对方如何是好。他并不喜欢孩子，也不熟悉应当如何与小孩交流，如果是在过去，有一个十岁左右的小孩跑来找他的麻烦，他说不定会一脚把对方踢出门去。

然而，他对丁小齐的死的确抱有深深的内疚。伤害丁小齐是一个毫无必要、完全只是用来泄愤的行为，但这样的泄愤却导致了对方的死亡，他不能欺骗自己说这件事与他无关。那么，面对整个丁氏家族唯一的幸存者，他该怎么办呢？

“你还打算杀我吗？”冯斯问。

丁骞眼神有些呆滞地摇摇头：“杀了你，死掉的那些人也回不来了。算了，我走了。”

他站起身来，走向门口，冯斯伸手拦住了他：“你去哪儿？”

“不知道，到处乱走吧，”丁骞说，“我虽然还小，但怎么也是个守卫人，死不了。”

“我知道，你居然能孤身一人从贵州来到北京，并且找到我的住处，确实比很多成年人都强得多。但是，你毕竟还是个孩子，你没有身份证，连住旅馆都不行，离开这里也只能流落街头。”冯斯说。

“那倒无所谓，习惯了。”丁骞极力做出少年老成的样子。

冯斯喉头动了一下。他想要留下丁骞，让丁骞就在这里暂住，如同将近一年前收留关雪樱时那样。然而，关雪樱是住在宁章闻家，原本不会和他朝夕相处。何况关雪樱已经接近成年，性格也文静，和一个十岁的有本事独自一人从贵州流浪到北京的小男孩还是有着巨大的差别的。稍一犹豫，丁骞已经打开门走了出去。但他的脚踩到了地上一块冯斯刚才没有清理干净的油渍上，身子失去平衡，差点摔倒。就在丁骞伸手扶住门框的一瞬间，从他的裤兜里掉出来一样东西。

冯斯走上前，替他捡起这样东西，无意中瞟了一眼，然后就像过电一样浑身一颤："这张照片……这张照片是从哪儿来的？为什么会在你身上？"

"这是从我哥哥身上找到的遗物，我不明白是什么意思，所以就一直留着。"丁骞说。

"遗物？"冯斯目不转睛地看着这张照片，"你哥哥身上为什么会带着我祖父的照片？"

"你祖父？"丁骞大吃一惊，"照片上的这个人……是你爷爷？"

"我从来没有见过他，大概不会使用'爷爷'这种亲切的称呼，还是叫他祖父吧，没有血缘关系，户口本意义上的祖父而已。"冯斯说。

照片上的画面虽然模糊，但位于画面中央的中年人的脸还能模模糊糊看清楚。这正是曾经与年少的冯琦州合影的祖父的面容。

但是这一次，照片上没有了冯琦州，地点也不再是能清晰看出形状的大山，而是一个既像是天然形成又带有人工斧凿痕迹的山洞，冯斯的祖父就站在山洞口，脸上带着暧昧不明的笑容。山洞两边还挂着一副锈迹斑斑的对联，可以隐隐看到上面的字迹：战天斗地征服自然千军辟易，开山发电造福百姓万民景仰。

这是一副充满了革命老干部体韵味的"对联"，显然带有非常特殊的时代印记。而"开山发电"这四个字，更是让冯斯想到了些什么。

"你先别走，行吗？"冯斯说，"这张照片很重要，非常重要，拜托你多留一会儿，把照片借我多看几分钟，让我想一想。"

丁骞犹豫了一下，最终点了点头，重新走回屋内。冯斯关上房门，对他说："桌上有零食，牛肉干、巧克力、花生米什么的，你随便拿。"

丁骞咽了一口唾沫，最终还是来到桌旁，拆开一袋牛肉干吃了起来。冯斯笑了笑，靠在沙发上看着这张照片出神。这仅仅是他第二次见到祖父的照片，再加上之前在刘岂凡那里听到一些片段式的描述，但总体而言，他还是对祖父几乎一无所知。这是个什么人，有着怎样的身世和家族背景，想要利用天选者干什么，最重要的是，现在在哪里，在做什么，冯斯都无法得到答案。他甚至连对方的姓名——无论真假，都不知晓。

然而，这个名叫丁骞的小男孩身上的照片，却给他带来了意外的线索。如果这张照片是丁小齐的遗物的话，说明丁小齐生前可能和祖父打过交道，或者见过他。那么，如果能弄明白丁小齐或者丁氏家族在灭亡前的最后时段做过些什么，也许就能顺藤摸瓜发现祖父的一些蛛丝马迹。

“你还知道你哥哥临死前最后几次执行任务是做什么吗？”冯斯问丁骞。

丁骞摇摇头：“我年纪太小，他们什么都不告诉我。不过，我哥哥有时候会和我聊聊天。在那一次去北京之前，他好像连着去了几次云南，具体做什么我就不知道了。”

“云南？”冯斯琢磨着，“听上去更熟了。云南……山洞……开山发电……发电？”

丁骞有些好奇地看着冯斯一个人喃喃自语。突然，冯斯拍了拍脑袋，抓起手机，打开了搜索引擎，输入关键词“地下河+水电站”，结果很快出来了。

“我的记性还不错，果然是这里。”冯斯的脸上露出一丝喜色。

这确实是一条他很久以前见到过的新闻，讲述一位全国劳模的故事。冯斯当时注意到那条新闻，纯粹是因为新闻所配的关键词：地下水电站、坚守三十年。

这条新闻的主人公名叫丰华明，已经在云南的一座水电站里工作了三十年的时间。这座水电站非常与众不同，是依托一条地下河修建而成的，整个工作环境都在深深的地下，不但工程难度大，在其后几十年里的运行维护也非常艰苦。根据报道里的说法，由于交通不便，水电站实行轮流值班制，每班三人乘坐电车深入地下，一次必须待足二十四小时。地下潮湿、闷热、噪声极大，长期工作会带来包括风湿、神经衰弱、皮肤病、胃肠功能紊乱等多种疾病，再加上待遇很低，这座水电站向来留不住人。但有一个名叫丰华明的男人，却在这里坚持了三十年，让这座地下发电站可以正常运转三十年，为周边的矿区和相关的几万人提供生产生活用电。所以，他被当成模范典型公开报道了一次，并且获选全国劳模。

照片上的那个山洞，就是水电站的入口。

这条新闻冯斯看过一次也就抛在了脑后，当时只是在心里感慨两句在那样恶劣的条件下坚持工作真不容易。现在，发现祖父出现在水电站的入口，发现丁小齐生前在追查这件事，他却一下子明白过来：这座水电站绝对不一般，里面多半隐藏着什么秘密，而且是和祖父有关的秘密。

不要患得患失，不要犹豫不决。冯斯默默念叨着这十二个字，马上做出了决定：去云南走一趟。

"我要去一趟云南，也许能帮你的家族找到杀害他们的凶手，"他对丁骞说，"不过我是没有能力替他们报仇的，只能看看其他守卫人能不能出手——假如凶手是黑暗家族的话。"

丁骞瞪大了眼睛，看了冯斯好一阵子，忽然低下头，嘟囔了一句什么。冯斯没听清楚："你说什么？"

丁骞看上去很不情愿，但还是提高了音量，含含混混地说："对不起，谢谢！"

冯斯笑了起来。他发现眼前的这个小屁孩其实和他很相像：硬骨头，倔强，却又不会无理取闹，有错还是会认——尽管认错方式很别扭。他恍恍惚惚从丁骞身上看到了自己小时候的影子。

"我给你留一把钥匙，你要是不介意，可以住在这儿。"冯斯说，"如果你实在不想住这儿，我也不勉强，不过我可以借你些钱——别先摆出一副'老子不受人恩惠'的臭脸，以后要还的啊，可不是白给你。"

丁骞左右打量了他一下，想了一会儿，用蚊子一样的声音说："好，我住。"

冯斯把备用钥匙放到丁骞手里，又掏出两张钞票递给他："自个儿去买点洗漱用品什么的。要记账啊，以后你能赚钱了，都是要还的。"

丁骞还没答话，冯斯的电话响了起来，他看了一眼电话号码，脸色微微一变，想了想，还是接了起来："喂，姜米，找我有事吗？"

四

两人正身处一座巨大的建筑物之中。通过透明的玻璃长廊和墙体，可以看出，这座建筑物的内部构造是由无数的房间组成的。它们就像是蜂巢里那成千上万的六角形的巢房，组成了这个看不见边际的建筑物。

"这是什么鬼地方？监狱？艺术中心？"文潇岚上下左右地打量着，"好像以前有一部恐怖片，叫什么什么立方体的，也是类似这样的玩意儿。但是这里的一切都是透明的，而且，每一个房间里看上去什么都没有。”

“不，里面有，只要推门进去就能看到。”范量宇开口说。

“推门进去就能看到？你怎么知道？”文潇岚问。

“你现在走进的，是一座大脑迷宫。”范量宇回答。

“大脑迷宫？什么意思？”文潇岚问。

“这是一种很高深的幻域，直接截取被攻击者的记忆幻化而成，”范量宇说，“这样的蠹痕以前我听说过，不过从没遇到过。”

“被攻击者？那到底是你的还是我的？”

“都有可能，打开一扇门进去看看就清楚了。”范量宇说，“不过我猜测，很有可能是我的。这个袭击者正好赶上了我的附脑失效的时候，机会难得啊。”

“你的记忆或我的记忆，有什么区别呢？”文潇岚不解。

“你的记忆里能有些什么？被爹娘骂了？被同学欺负了？考试的时候猜错了一道选择题没得90分？在学生会里和谁钩心斗角了？”范量宇嗤笑一声，“我的记忆里才有足够恐怖的东西，可以用来对我们造成伤害。”

文潇岚脸上一红，却无法反驳：“那……我们要怎么才能离开这里？那些房间……好像无穷无尽呢。”

“我也不清楚，”范量宇说，“只能走一步看一步，你跟在我后面。”

他迈步走向离他最近的一个房间，伸手推开门，两人一同走了进去。进门之前，文潇岚留意看了一眼，房间里确实是空的，与其说这是一个房间，不如说是一个巨大的透明玻璃柜子。然而，随着范量宇走进房门，房间的中央无中生有地出现了一个黑色的旋涡。旋涡迅速扩散，化为一团多彩的光晕，瞬间填满了整个房间。文潇岚想要躲闪都来不及，却发现这些光线并无实体，从两人身上“穿过”后，四周的环境陡然变化。

房间消失了，文潇岚发现自己正站在一个烟雾缭绕的地方，鼻端却闻不到任何烟味。她试图伸手挥散身边的烟雾，但自己的手臂穿过了这些烟雾，并不能干扰到它们升腾的轨迹。

“这里是我的记忆，你是一个旁观者，”范量宇说，“除了看和听，你什么也不能做。”

文潇岚点点头："这是哪儿？看上去好像是……寺院？"

"这是一座寺院的禅房，"范量宇说，"是我第一次杀人的地方。"

文潇岚一怔。她逐渐适应了眼前的烟雾，看清楚这里果然是一间禅房。五个穿着僧袍的和尚正聚在一起商议着什么，个个显得神色焦躁、坐立不安。文潇岚走到他们身旁，听清楚了他们的对话。

"范家居然能找到这个地方来，真是没想到。"一个和尚说，"我们在这儿躲了十多年都没人能找到。"

"现在该怎么办？和他们拼了吗？"另一个和尚说，"要不还是逃跑吧？"

"没必要，我们未必会输。"第三个和尚说，"范氏家族看起来势力很大，这些年来其实没什么真正的人才，人虽然多，不过是外强中干。凭我们五个，如果能一口气干掉他们的中坚力量，说不定就能摧垮范家。"

听到这里，文潇岚已经大致明白这里将要发生什么。她在心里叹息了一声，没错，在这一时刻到来之前，或许范家真的是人才凋敝，但是马上，一个几十年一遇的凶神恶煞就要横空出世了。

她也懒得再听这些人的商议，目光盯住了禅房的门。她知道，既然这一段场景是范量宇的记忆，就说明那些人商议的时候，范量宇就在现场，看到了他们的身影，也听到了他们所有的对话。而禅房的木门上，正好有一个洞。

果然，没过几分钟，一声巨响传来，禅房的门被掀翻在地上。范量宇迈着不紧不慢的步子走了进来，那张狰狞的面容和一大一小两颗头颅让和尚们都感受到了来者的不同寻常，有一个胆小的甚至悄悄向后退出几步。

"你第一次出道的时候多大？"文潇岚问，"怎么看起来和你现在差不多呢？"

"我天生老相。"范量宇一本正经地说，"再过二十年，如果没被人砍死的话，估计看起来还这样。"

在文潇岚哧哧的笑声中，记忆片段里的范量宇已经释放出了他的蠹痕，五个和尚也急忙用蠹痕对抗，但范量宇的力量有如排山倒海，瞬间压倒了对方五个人的力量，把他们卷入自己的灰色蠹痕中。五个人的脸上立即现出了极度痛苦的神色，瘫软在地上，几声骨骼和肌肉撕裂的声音后，他们的身体骤然四分五裂，化为无数碎块。

四散飞溅的血肉有如血雨，充满了整个记忆空间，文潇岚下意识地用手挡住自己的脸，过了好一会儿才意识到自己根本不会被沾染到。尽管如此，这一幕还是让她止不住地感到恶心。她意识到，虽然和范量宇认识很长时间了，这还是她第一次目睹范量宇杀人。上一次和这个双头怪人并肩作战的时候，消灭的都是幻域里的骷髅，那些骷髅战士并没有血肉，反倒给人一种玩网游似的刺激感觉。但这一次被杀的是真人，那种血肉横飞的视觉效果实在是过于震撼，她几乎忍不住要吐出来了。

“这就是杀人的真实场景，”范量宇说，“并不好看。”

周围的一切颜色开始变淡，逐渐变得透明，最终消失。这一段记忆消失了，房间的四壁不再透明，变得灰暗。

“这就算是走完一段记忆了吧……但我们到底怎样才能离开这座迷宫？难道要把所有的记忆都看一遍？那要不了多久，我们就饿死渴死在这里了。”文潇岚说。

“我也不清楚。刚才我说了，这种幻域很高深，能使用的人很少，而且它本身对于使用者也有危险，难以操纵，因此真正遇到过它的人极少。”范量宇说，“只能继续往前走，看看会遇到什么样的变化。不过你不必担心饿死什么的，这个幻域的时间流逝比真实时间慢得多，你也不会感到饥渴或者肉体上的疲累，真正的危险来自对精神的影响。”

“对精神的影响？”

“这里的一切都来自我的真实记忆，走在这里面，你也会受到我记忆里情绪的干扰。”范量宇说，“刚才你见到的是我第一次为家族执行任务，即便我对自己的力量再自信，也难免会感觉紧张，见到血肉横飞的场面也会有些不适。你感受到了吗？”

文潇岚点点头：“的确，我刚才不是差点吐出来了吗？紧张也是一直都有的。”

“再往后走，你还会遭遇其他不同的情绪，有些微弱，有些强烈，不知不觉中你就会受到感染，很多人因此最终发疯而死，这就是记忆迷宫的可怕之处。”范量宇说，“我现在蠹痕发挥不了作用，帮不了你，只能看你自己的意志力了。”

“我会尽力的，”文潇岚说，“别忘了，我们还一起打过骷髅呢。”

两人继续向前走，打开了第二扇玻璃门。这一次，房间很快变化为一片一眼望不到边际的沙漠，头顶烈日当空，四周还有一些很醒目的巨大的仙人掌。

“仙人掌？好像不是中国？”文潇岚问。

“美国和墨西哥的边境，”范量宇说，“我原本是来这里追杀几个黑暗者的，没想到遇到了一只魔仆，然后我单挑干掉了它。”

“单挑干掉了一只魔仆？”文潇岚捂住了嘴，“也只有你这样的怪物才干得出来！”

“你还真说对了。这一战之后，整个守卫人世界都知道范氏家族出了一个怪物。”范量宇淡淡地笑了笑。

看来范量宇刚才说的是真的，文潇岚想，在这里确实感觉不到饥渴或者疲累，在这样酷热的环境里并不觉得热。然而，她已经感觉到了范量宇的情绪对她的影响。

首先是自信，一股莫名其妙的信心在体内涌动，她很容易猜出来，那是范量宇经过若干次任务的考验后，已经对自己的力量充满了信心。

其次是兴奋，就好像优秀的体育运动员即将踏上赛场时那种恰到好处的兴奋。这样的兴奋让文潇岚感到隐隐的悲哀，她知道，范量宇是真心喜欢上了那种血腥杀戮的感觉，真心享受着把敌人的身体撕得粉碎的乐趣。

他虽然是我的朋友，但还是一架杀人机器、一个人见人畏的怪物，她想，这一点没法改变。

很快，范量宇所叙述的情节在沙漠中再次重演。那些被追逐的黑暗家族的黑暗者，几乎被范量宇不费吹灰之力就撕成了碎片。在这些杀戮的过程中，范量宇的兴奋感也在不断增长。

而当黑暗者们都化为散落在黄沙里的碎块之后，若干年前的范量宇站在这片记忆的空间里，并没有着急离开，情绪里的兴奋愈发高涨，而且掺杂进了些微的紧张。这样的紧张当然不会来自已经死去的黑暗者，而是另一个还没有露面的敌人。

就在文潇岚左顾右盼的时候，前方不远处的沙漠地表忽然塌陷下去，黄沙急速旋转，形成一道旋涡。从旋涡的中心如潮水一般涌出一片黑压压蠕动着的生物，文潇岚仔细一看，一时间有一些寒毛倒竖的感觉。

“我算是知道北美沙漠里的蝎子长什么样了，”她摇了摇头，“我还是太幼稚，以为和中医入药的蝎子差不多呢。这些蝎子足够把我拿来入药了……”

“北美的蝎子其实也长不了那么大，”范量宇说，“这些都是被魔仆感染过的，不但个头大，毒性也增强了许多。”

文潇岚感到一阵毛骨悚然，虽然明知道眼前的一切都是幻境，还是忍不住向后退出了几步。但当时的范量宇完全不在乎，或者说，出现的敌人越是古怪稀奇，他的兴致越高。文潇岚看到，那个年轻许多的范量宇——尽管外貌上看不出来——大步走进了魔化毒蝎的包围圈，然后发动蠹痕，把这些剧毒的半妖兽瞬间化作齑粉，那些噼里啪啦的声响听起来就像是炒豆子。与此同时，文潇岚只觉得自己血液里好像也有什么东西在燃烧，先前的恐慌和恶心消失了，取而代之的是一种奇特的欲望，似乎想要把什么东西抓到手里撕成碎片，又似乎是想要挥舞着一根大斧或是大棒随便找个什么倒霉蛋当头一棒挥下去——比如学生会里那个老是和她作对的学姐……

这就是所谓的杀人冲动！她猛然惊觉过来，继而冒出一身的冷汗。那种让人似乎想要爆炸的戾气，真是太可怕了，范量宇难道随时随地都在受着这种戾气的支配？

那他也太可怜了，文潇岚想。

很快，范量宇把毒蝎消灭干净了，沙子的旋涡里不再涌出新的蝎子。过了一会儿，一大团肉乎乎的东西慢慢从旋涡里钻了出来。

那是一只魔仆！文潇岚的身子微微一颤。虽然已经多次听冯斯形容过魔仆的长相，也在照片上看到过黑白影像，但当真见到魔仆的真容时，她还是无法抑制内心的恐惧。这毕竟是穿越了千万年漫长时光一直活到现在的魔王的仆从，本身所代表的就是来自远古的原始邪恶。

范量宇的情绪里增加了一些紧张，这毕竟也是他第一次和一只魔仆单对单，但先前的兴奋和杀意也成倍地增长。只见他身上的蠹痕缩到了身旁一米左右，那是他积蓄力量的标志。

“真没想到凡人也能拥有这么强大的蠹痕，”文潇岚的耳边忽然响起一个沉稳的男性声音，“你不变成魔王的追随者真是太可惜了。”

记忆幻境中的范量宇哈哈大笑：“谁也不配让我追随。我要先杀掉魔王，再摧毁守卫人世界。”

文潇岚难以置信地侧过头，看着身边的范量宇：“你……这是你内心的真实想法？你真的想要摧毁守卫人世界？”

范量宇面无表情，既没有点头也没有摇头，但从他的目光里，文潇岚能看出这是真的。

她噤若寒蝉，说不出话来。身前的幻境中，范量宇的蠹痕和魔仆的蠹痕激烈地碰撞着，范量宇一次次地倒在地上，浑身上下都是鲜血和伤口，但脸上依然带着狰狞的笑容，一次次重新站起，又重新扑上前去。那副模样，真的像一个仿佛连天地都恨不得毁掉的疯子。

◄第五章►

重逢

一

“我们以前……也曾经一起旅行过，”冯斯说，“坐过飞机，坐过大巴，也有过自驾——你开车。不过一起坐火车还是第一次，去云南的路那么远，你为什么要选火车呢？”

“火车旅行是人生的一大乐趣，”姜米说，“我一直都想在中国坐一次长途列车，再说了……”

“再说什么？”

“火车上没有别的事可做，正好可以稍微多了解你一点，”姜米回答，“好歹你也是我的前男友啊，我不能对你一无所知。”

两天前。

冯斯刚刚动了去云南一趟的念头，就接到了姜米的电话，这个电话让他很是意外。

“我还以为你再也不愿意和我说话了呢。”冯斯说。

“其实我是来向你道歉的，”电话那头的姜米说，“我那天对你说的话，说得太重了，对不起。你所处的是一个极端特别的环境，和在学校里读读书考考试吃吃喝喝根本不一样，在那样的环境，思考问题的角度也必然不一样。虽然我还是很反感你抹去了我的记忆，但是至少……我知道那是你无奈的选择，而且是出于对我的重视。”

“谢谢你的理解。”冯斯轻声说，眼睛有些发热。这才是我喜欢的姜米，他想，虽然看起来大大咧咧甚至有些糊里糊涂，但从来不会蛮不讲理。

“所以我想要补偿你。明天晚上有没有空，我请你吃顿饭。”姜米说，“地方你挑，上次你告诉我的，你以前答应过要带我吃遍北京城。”

“我很愿意实践这个诺言，但是估计得推后了，”冯斯说，“我正准备订机票，今天晚上就要出发去云南。”

“是为了魔王世界的事情吗？”姜米问。

“是的，我是日理万机的天选者嘛。”冯斯说。

“那……能不能带上我？”姜米忽然说。

“带上你？”冯斯很是意外，“你现在已经和这个世界没什么关系了，为什么要去凑热闹？”

“因为我不甘心就这样把那段记忆永久地放弃掉，”姜米说，“如果它曾经存在过，我就要想办法把它找回来。这件事不光和我有关，还牵涉我妈的死，还牵涉我爸的往事——尽管他不是我的亲生父亲，但他对我一向很好。我不想就这么放过它，那样至少对不起妈妈。”

姜米的语气很平淡，好像只是在说着一起吃饭之类的小事，但冯斯很清楚，她打定了的主意就绝不会更改。更何况，他想见到姜米，想和姜米待在一起，想和姜米一同做任何事情，哪怕不是以男女朋友的身份。

他沉默了一阵子之后，开口说：“说实话，我当然很想带上你，但是……你男朋友不会有意见吗？”

“啊，我和他已经分开了。”姜米说得很轻松。

冯斯倒是一愣：“分开了？为什么？”

“我脑子里还想不太明白我和你的关系，”姜米说，“如果同时还拴着他，那对他太不公平了。反正我们是来北京才认识的，总共也没在一起多久——他现在估计已经去追求别的姑娘了。”

冯斯叹了口气，心里并没有欢愉感，文潇岚的前男友周宇玮的影子又在脑海里出现：“好吧，你们美国人民就是这么奔放……你总是有自己的主意。那你什么时候方便出发，我来订票。”

他想了想，又补充说：“不是非要在这一两天出发，你有事要处理的话，可以晚几天。”

“我倒是没那么着急，不过听你的口气，这一趟云南之行好像也不是特别着急，是吧？”姜米的语气里忽然多了几分狡黠的意味。在过去相处的日子里，这样坏坏的小狡猾每每让冯斯心动不已，此刻再听到这种亲昵的语气，更是恍如隔世。

过了好几秒钟他才反应过来：“确实不必争分夺秒，不过，你又有什么坏主意了？”

“这个‘又’字用得很奇怪，不过嘛……”姜米的声音里带有一种懒洋洋的笑意，“既然时间没那么紧，我们坐火车吧。”

“火车？”冯斯一怔，随即明白过来，“你还真是贪玩呢。好吧，不在乎多这一天，我买火车票。现在是旅游淡季，卧铺票应该没问题。”

“硬座都没问题！站票都无所谓！”听筒里传出姜米的欢叫声。

“井底之蛙！等你真正见识过硬座才知道什么叫生不如死！”冯斯恫吓道。

于是两人坐在了开往云南的火车上。冯斯顺利地买到了两张软卧票，一开车姜米就靠到下铺的床铺上，死死盯着窗外。

“没那么夸张，我们还得在华北平原上跑很久，无非是千篇一律的农田和村庄。”冯斯说。

“那也很有趣啊，”姜米回应说，“毕竟是和我平时完全不一样的生活。我在其他国家旅行的时候，就蛮喜欢在途中看着那些当地居民的房子，想象住在里面的人们的生活。”

“那只是你们有钱人的好奇心而已，以前我就跟你解释过，不过你已经不记得了，”冯斯说，“真要你住在这种地方，不出一星期你就要疯的。”

“我只是好奇嘛……”姜米噘起嘴，“听起来，你以前好像经常教训我的样子。”

“因为能够让我教训的笨蛋不多啊，”冯斯坏笑一声，“难得抓住一个，还不赶紧过足瘾？”

“给我讲讲！给我讲讲！”姜米说，“上一次时间太紧，你只讲了个大概，里面好多细节我还蛮好奇的。尤其是那个张献忠地宫里的金字塔，太好玩了！”

冯斯笑了笑，心里有些迷乱，却也有些欣慰。这确实是他最熟悉的那个姜米，无论心里有多少伤感、多少疑团，却总能够转移注意力，用各种开心的想法来让自己的心情阳光起来。他突然意识到，他之所以喜欢姜米，喜欢姜米在身边的感觉，就是因为姜米总能用她的快乐去感染他。文潇岚、何一帆他们都曾经向冯斯指出过，他是一个喜欢把一切负面情绪深藏在心里却又无法消化的人，这让他虽然在人前总是笑口常开，内心却始终涌动着种种暗流。

只有和姜米在一起的时候，他才能短暂地忘却天选者的压力，短暂地抛开各种各样的不如意，真正全身心地享受生活中那些点滴的小小快乐。这样的快乐虽然很短，却深刻入骨，难以忘怀。

“你在发什么呆？”姜米敲敲他的头，“又在想哪个漂亮姑娘了？”

“面前这个。”冯斯一本正经地说。

两个小时后，火车到了第一站，能容纳四人的软卧包厢里又来了两名乘客。冯斯无法再讲述和魔王世界有关的细节，只能挑一些两人旅行途中的趣闻讲一讲。姜米仍然听得饶有兴味，还不时挑一些细节要求冯斯重点解说。

坐火车真好，冯斯想。

窗外的景物渐渐暗了下去，车厢里充斥着各种方便面的气味。姜米的兴奋劲儿过去了，也看不清楚风景了，吃过晚饭后就一脸困倦地缩在床铺上，很快就睡着了。冯斯替她盖好被子，自己却没有丝毫睡意，坐在自己的铺位上发着呆。

时隔半年，终于又能和姜米一同出行了，这一路上两人之间融洽的气氛让他心花怒放。然而，当终于有空闲可以静静地想一想心事的时候，姜米带来的温暖散去了，冰冷的现实浮了出来。

虽然蠹痕被初步唤醒，但他依然不具备保护姜米的能力。那个神奇的无中生有创造物质的蠹痕，或许在未来能够创造出令整个守卫人世界都震惊的事物，但是现在，它最多也就能变出一碗一揉就碎的方便面。如果再遇到心怀歹意的守卫人，再遇到黑暗者，他还是无力抗衡，只能期待运气。

一想到这里，他隐隐又有点后悔，很快，他把这种后悔强行压下去了。不要患得患失，不要患得患失，他在心里发狠地想着，每一次权衡来权衡去，最终的结果都是灾难。顺应本心吧，至少本心不会欺骗自己。

我喜欢这个姑娘，我享受和她待在一起的每一秒钟，这就是我的本心。

睡在上铺的乘客关掉了车厢里的灯。天地间漆黑一片，只有一些遥远的灯光断断续续地透过窗户照进来，从冯斯的脸上飞快地掠过。

二

记忆幻境中的魔仆最终被范量宇生生撕成了两片。炎热的荒漠消失了，这个房间四围的玻璃墙壁也变得灰暗。

文潇岚默默地跟在范量宇背后走出房间，耳畔似乎还萦绕着范量宇和魔仆之间最后的对话。

“我的生命卑贱如蝼蚁，死了也无关紧要，”魔仆用最后残存的力量说，“但是你……真是可惜啊。你是黑暗力量在人间最合适的代言人。”

“快去死吧。”范量宇简短地答道。

然而，当范量宇回答这句话的时候，文潇岚分明能感受到他内心的一丝丝微小波动。一个可以单挑魔仆的强大存在，真的属于脆弱的人类吗？如果我真的成为魔王的同伴，我又能够做些什么呢？

不过，在一刹那的犹豫之后，一股凶猛的仇恨如潮水淹没了一切，范量宇重新变得坚定。这仇恨是无差别不分阵营的，既包含对魔王的痛恨，也包含对人类的蔑视，文潇岚十分好奇：这样的仇恨到底从何而来？

她很快就会知道了。

之后的几个房间，基本都是范量宇各种各样的杀戮，而文潇岚也越来越感觉到自己情绪的波动。范量宇说得没错，一次次进入记忆长廊之后，进去的人都会受到记忆中情感的无形感染。她开始越来越胆大，对那些死尸和鲜血越来越习以为常，甚至已经可以隐隐体会到杀人的快乐。这绝不是什么好迹象，但她无法控制，只能硬着头皮继续往下走。

她甚至还看到了四大高手在贵州山区对抗“老祖宗”的画面。虽然已经听冯斯讲述过，此刻能够身临其境地看着那些狰狞的妖兽和进化得像一只海底巨型章鱼一样的老祖宗，她还是禁不住紧张得手心直冒汗。也还真是冯斯这种浑不吝的货色，才能经受住那样的精神冲击，她想，要是换了我，在毫无心理准备的情况下陷入这样的境地，多半要直接吓瘫在地上了。

恍恍惚惚中，她迈进了下一个房间。一走进去，她就感觉到了氛围的变化：不再有先前那种残酷凶狠的杀意，不再有尸山血海里的陶醉与满足，取而代之的是一种十分奇特的体会。

她找不到一个合适的词来概括这种感觉，像是沉重，像是忧郁，像是麻木，又像是绝望——深沉的不含丝毫侥幸的绝望。

范量宇也会感到绝望？文潇岚感到不可思议。她侧头看了一眼范量宇，发现范量宇的脸色格外阴沉，牙关似乎都咬紧了。

她连忙打量了一下眼前展开的新的幻境，发现这里似乎是一处垃圾场，堆积如山的垃圾带给人种种视觉上的压抑感。幸好幻境里闻不到气味，文潇岚想，不然恐怕要被这里的臭气熏昏了。

“这里是什么地方？”文潇岚发问，却没有得到回答。再一看，范量宇不知何时正背对着垃圾场站立着。她忽然明白了，曾经发生在这里的那一幕，一定是范量宇不想重温的。

她想上前和范量宇站在一起，既然范量宇不看，自己也不看，对方却忽然开口说：“你去看一看也好。有些事情我不喜欢告诉别人，但是你……你可以知道。去吧。”

范量宇的口吻依然平静。文潇岚愣了愣，咬咬牙转过身去，走进那个垃圾场。这段记忆所发生的时间是在黄昏时分，整个垃圾场里一片昏暗，偶尔有金属制品在最后的夕阳光芒下反射出黯淡的红光。她在垃圾场里转了一圈，忽然，视线里出现了一个畸形的身影。

那是一个小男孩，看起来只有四五岁大，浑身脏乎乎的，肩膀上却诡异地顶着一大一小两颗头颅。这毫无疑问就是童年时代的范量宇。

文潇岚心里一颤。她还记得范量宇曾经说过，他的年纪可能在二十七八岁，那么，范量宇四五岁的时候，自己应该还没有出生。眼前的范量宇，身躯瘦瘦小小，两条胳膊细得像面条，一看就是严重的营养不良，和现在这副强壮的体态相去甚远。

她一下子想起了范量宇之前曾和她说过的话：“我被亲生父母抛弃的时候，我在垃圾堆里刨食的时候，我被人关在铁笼子里卖钱展览的时候，我被一群小地痞打得跪在地上讨饶管他们叫爷爷的时候……这些你都没有看到过。”

原来他说的那些都是真的。文潇岚呆呆地看着这个生存于自己还未出生的年代的范量宇，只觉得一种难言的酸楚从心脏部位开始蔓延，一直流遍全身。她看着范量宇拖着瘦弱的身躯，熟练地在垃圾场里翻找着可以入口的东西，包括发霉的馒头、没有啃干净的肉骨头、没有吃完的鱼和烂菜叶子……他的脸上满是污垢，眼神空洞麻木，似乎连任何思想都不存在，这是那个许多年后杀人如草芥的杀戮机器？这是那个让守卫人世界中的每一个人都感到畏惧的疯子、狂人？这是那个让魔仆都垂涎其力量的绝顶高手？现在这个占据了文潇岚视线的，只是一个脆弱无助的肮脏小乞儿，一个也许第二天早上就会饿死的畸形儿。

她不忍心再看下去，只希望这段黑色的记忆赶快过去，正想要转身离开，前方忽然出现了几个人影。仔细一看，走在最前面的是一个和范量宇一样满身污秽的少年拾荒者，而他背后跟着的人，衣着却都很干净。这是几个十多岁到二十来岁不等的年轻人，打扮得流里流气，发形也模仿着20世纪90年代初的流行歌星的发式。他们大概是那个年代的街头小流氓。

“就是他！”少年拾荒者兴高采烈地说，“你们自己看，我没有骗你们！真的是两个脑袋，两个脑袋啊！”

小流氓们两眼放光，吹着口哨围了上去。范量宇听到声音，扭过头看了一眼，眼神依旧木然。他停住动作，默默地坐在地上，一言不发，也不逃跑，即便是为首的小流氓一脚把他踢翻在地上的时候，他也没有躲避。看上去，他对于即将发生的这一切早已习以为常。

但文潇岚却难以忍受眼前的一切。她一时间怒火中烧，冲上前去狠狠一拳打向小流氓的胸口，拳头从对方的胸口穿过，落在空气中。这一切都只是记忆中的幻影，文潇岚无法改变分毫的幻影。

“你们住手……住手！你们这些浑蛋！住手！”文潇岚终于歇斯底里地怒吼起来。她只恨自己不能跳上时间机器，回到二十多年前的这个垃圾场，把这些小流氓一个个碎尸万段。在模糊的泪眼中，幼年范量宇小小的身体在小流氓们的拳打脚踢下在地上滚来滚去，脸上和额头上一片片被擦破，鲜血横流。但这个小小的孩童始终固执地沉默着，没有喊痛，没有求饶，没有掉泪。

就在这时候，一只手放在了她的肩头上，她回头一看，是身边的范量宇。满腔的怒火突然转化为无法遏制的伤悲，文潇岚一把抱住范量宇，失声痛哭起来。

范量宇没有躲开，任由文潇岚靠在他肩头倾泻着泪水。过了几分钟，他缓缓地说：“不必在意这些事，人活着原本就是为了承受一切。走吧。”

文潇岚恍恍惚惚地跟在范量宇身后，接下来几个房间里的记忆，她都没有心思再仔细看。不过，刚才哭的那一场，让她的情绪得到了释放，先前累积的那些负面感觉好像减轻了不少。

“我刚才……总算是体会到了想杀人的冲动了，”文潇岚说，“原来是那样的一种感觉。你每次杀人的时候……都是那样吗？”

“开始的时候是那样，但很快就没有感觉了，”范量宇回答，“就像是溶进了血液里的本能。”

“我宁可你没有这样的本能。”文潇岚摇摇头，跟着范量宇走进了又一个房间。她原本以为，要么会看到一场见惯不惊的范量宇式屠杀，要么会看到让她心里无比刺痛的童年被人欺侮的场景。但刚刚进门，她就体会到了一种在先前的所有记忆里从来没有体会过的情感。

幸福，快乐，满足。就像父母离婚之前，她和父母在一起的幸福？

文潇岚实在感到难以置信。她无法想象，这个承受了世界太多痛苦，又给世界施加了太多痛苦的怪物，竟然会有如此全身心幸福的时刻。她连忙抬眼看向前方，只见这一段记忆幻境所处的环境是一间教室。

真的是一间教室，大约能容纳二十人的普通小教室。教室里摆放着十多张课桌，大多是空着的，只有两张挨在一起的桌旁坐着人。其中一个是范量宇，看年纪比先前流落街头被欺负的时候稍微大一些，可能有七八岁的样子。但此刻的范量宇，身上穿着干净整洁的衣服，脸上虽然布满伤疤，却都是旧伤，并没有新伤痕。而他的脸上，竟然带着笑容。

文潇岚所认识的范量宇，并不是一个不会笑的人，事实上，他经常发笑，但几乎全都是冷笑、怪笑、狂笑、讥嘲的笑、轻蔑的笑。她几乎从来没有见过在范量宇的脸上出现那种真诚的发自内心的笑容。

然而现在，她看见了。八岁的范量宇布满伤疤的面庞上挂着略有些羞涩的笑容，正在和坐在他身边的一个小女孩交谈着些什么。文潇岚心里一动，猜到了这个女孩是谁。

她快步走到两人身边，低头一看，不出所料，果然正是范量宇所珍藏的那张照片上的女孩。此刻的她和范量宇年纪相仿，七八岁，身上带有一种独特的优雅和文秀。

“你看，我早就说过，你不但不笨，而且比其他人都聪明，”女孩说，“这次考试，你的分数比我都高啦。再过几个月，你也许就是家族这一批孩子里的第一了。”

“我一定能拿到第一的。”范量宇说。

女孩凝视着范量宇，缓缓地点了点头：“你确实能拿第一，但是，没有什么用的。”

范量宇的身子轻轻抖了一下，过了一会儿才开口说：“会有用，一定会有用的。这个世界不是光凭武力就能取胜的，还得要智慧。范家需要军师，我可以做这个军师，只要我证明我比其他人都聪明，就可以……”

“你知道那是不可能的，”女孩的手轻轻按在了范量宇的手背上，“爷爷之所以收养你，就是看中了你的蠹痕觉醒后那种足以改变格局的可怕力量。你就算是全世界智商最高的人，他也不会放弃唤醒你的。”

“我不能那么做！”范量宇的拳头握得紧紧的，“那样的话，你会死的！我不能拿你的命换我的命！”

“不是这么算的，”女孩温和地摇摇头，“我们是守卫人，这只是我们的宿命而已。至少，把我的生命放在你身上而不是其他人身上，我会觉得很高兴。”

“但是我不高兴！”范量宇提高了声调，“我的命根本不值钱，早就应该死掉几百次了！但是你不能死！”

“你的生命很宝贵，不要妄自菲薄。而且，不是你，也会有其他人。”女孩说，“我的生命就是为此而准备的。”

范量宇沉默了许久，重重地一拳头砸在桌子上：“我不信命！”

这段记忆结束后，文潇岚看了看范量宇。范量宇的脸上依旧没有什么表情，但脸色苍白，目光里闪烁着奇异的光彩，既像是怀念，又似乎饱含着痛苦。

“我大致听明白了，你后来被范家收养了，那个女孩子也是范家的人。但是，牺牲她的生命来唤醒你的力量，是什么意思呢？”文潇岚问。

“范家人无意间发现了我，并且判断出我就是他们一直想要找的那种人，于是收养了我。”范量宇说，“我的两颗头颅里都带有附脑，两个附脑共同作用，能够激发出比普通的单附脑守卫人更加强大的力量。但是，同样也由于有两个附脑，如果过早觉醒，我的身体可能会难以支撑。所以，我的附脑一直处于休眠状态，需要特殊的力量来唤醒。”

“你所说的特殊力量，是不是就是那个女孩？”

范量宇缓缓点头：“是她。那是一种通过特殊血统遗传的罕见附脑类型，所激发出的蠹痕有点类似于冯斯那种催化的能力，但冯斯的催化是暂时的，她的催化却是永久的，能够在极大提升他人附脑力量的同时，保护脆弱的人体不被吞噬。但是，使用者自己会因此力竭而死。”

“也就是说……用一条人命去制造一个超级杀人机器……”文潇岚神色黯然，“果然就像你们那时候的对话里所说的，要成就你，她就必须死。那后来呢？难道……真的……”

“我想你很快就会看到了。”范量宇说着，推开了下一扇门。

恐惧和愤怒，这是文潇岚第一时间体会到的情感。范量宇好像是处在某种极度的紧张和恐慌中，似乎生怕某些事情发生，但文潇岚知道，范量宇所害怕的事情绝对和他自身无关，这是一个根本不怕死的人。那么，他所担心的是什么呢？

眼前的场景逐渐清晰，看上去像是一间现代化的手术室。手术室的中央是一张手术台，范量宇就躺在手术台上，一动也不动，身边站着一些身穿无菌手术衣医生模样的人。文潇岚走上前去看了一眼，差点惊叫出声。

范量宇四肢被粗大的铁链牢牢束缚住，已经被开膛破肚，但意识却依然清醒。由于范量宇一向不害怕痛楚，她无法判断这个怪物到底有没有打麻药，唯一可以肯定的是，范量宇看上去对自身的境况丝毫也不在意，还能转动的眼珠一直看向手术室的大门方向。他此时的容貌已经和真实世界中的样子差不多了，是一个成年人。

这难道就是范量宇所说的那家私家诊所？

“你再怎么看也没用的，”一个全身笼罩在无菌衣里的人冷笑着说，“舒琳从来都会以家族利益为重，即便你替她策划了逃跑路线，她也绝不会逃的。”

“家族花费那么大的力气，在你的身上消耗了无数的宝贵资源是为了什么？为了把你培养成一个读书人吗？你还想跑，还想带着舒琳一起跑，简直是该死，该死！”

范量宇紧咬牙关，一言不发，目光中的仇恨仿佛能将空气点燃。手术室里一片死寂，一滴汗珠落到地上的声音都可以听到，在这种莫名的紧张氛围里，就连文潇岚也觉得心跳加速，心烦意乱。

突然，手术室的大门被推开了。一个穿着无菌衣的人推着一辆轮椅走了进来，轮椅上坐着一个面色苍白的少女。这正是相片上的那个女孩，也是一直陪着范量宇读书和成长的那个人。

“不！”范量宇骤然发出一声撕心裂肺的绝望怒吼。

文潇岚急忙转身，看向真实世界中的范量宇。这个杀人不眨眼的双头怪物此刻正低垂着头，宽厚的身躯止不住地颤抖，强烈的悲伤情绪仿佛感染了所有的空气。

三

辗转换车后，冯斯和姜米来到了目的地。这是一个典型的依托附近矿山建立起来的小镇，有着为矿山工作人员及其家属服务的各种设施机构，几乎就是一座缩小的城市。和中国众多类似的矿区城镇相仿，这里热闹、喧嚣、肮脏，麻雀虽小五脏俱全。由于能源行业的不景气，整个镇子在喧闹的表象下隐藏着不安与萧条。

两人从布满灰尘的中巴车里钻出来，冯斯伸手拦下一辆拉客的电动三轮摩托车，告诉了司机一个地址。

“十块。”司机眼皮都不抬。

“两块就到的距离，大哥，你以为这里我没来过？”冯斯说。

司机瞪了冯斯一眼，挥了挥手：“上车。”

“你真的来过？”姜米低声问。

“当然没有。”冯斯低声回答，“我在网上订房间的时候已经把路线细节打听清楚了。老板娘专门提醒我，从车站到旅馆，坐电动摩托车只需要两块钱。”

“这样的地方也能网上订旅馆？”姜米一脸惊讶。

“不要小瞧了中国人民的网络依存度，”冯斯说，“小地方的人也是很有商业头脑的，这些年很多贫困地区的年轻人还在尝试利用电商手段把家乡的农产品卖到城市去呢。”

这段路的确很近，两人没说上几句话就已经到达目的地。旅馆还不小，有三层楼，比起周围遍地垃圾的街道和污水横流的地沟，已经算得上干净了，房间里还有Wi-Fi。不过，并没有独立的卫浴，只是每层楼有一个厕所和一个洗澡间。冯斯担心这样的条件会让姜米不舒服，姜米却大大咧咧地摆了摆手。

“这地方已经很好了，”姜米说，“就算没厕所都不是什么问题，以前我和朋友驾车穿越美国西部的时候……”

“行了行了！别说那些影响你光辉形象的话了！”冯斯连忙拦住她，“六点半了，咱们吃饭去吧。”

“我要吃过桥米线！”姜米嚷嚷着。

姜米如愿吃到了热气腾腾的过桥米线。冯斯看着她吸溜着米线笑逐颜开的样子，恍惚间觉得又回到了几个月前陪她奔走于四川公路上的情景。那时候也是这样，自己满怀心事，老是惦记着身边那些无穷无尽的大小麻烦；姜米却浑不在意，一丁点小小的幸福都能让她马上开心起来。

他还记得有一个和眼下差不多的傍晚，饥肠辘辘的两人在四川一个小县城的路边遇到了一个挑着担子卖豆花的小贩。不太能扛辣的姜米先要了一碗不放辣椒的，但看着冯斯的碗里红亮亮的辣椒油，实在禁不住诱惑，也加了一勺。

“好辣好辣！”姜米眼泪汪汪地吸着凉气，恨不能蹦起来，脸上却十分满足，“但是真好吃！好吃好吃好吃！”

那时候看着姜米痛并快乐着的可爱模样，冯斯的心里忽然涌起一股勇气。为了能继续看到这张面容，他不会畏惧任何挑战。然而，到了最后，他自己选择了放弃，而且直到现在，他都无法得出结论，那一次的放弃和这一次的重新开始努力，到底哪一个是对的，哪一个是错的。

又或者，他无论做什么都是错的。他就像是传说中世界上最倒霉的人，无论是深思熟虑还是临时起意，做出怎样的选择似乎都不对。

“喂，就算是过桥米线也会凉的！”姜米用筷子敲敲冯斯的碗，打断了他的思绪。冯斯定了定神：“啊，其实我也不怎么饿，一路上吃了太多零食。”

“我看你不是吃了太多零食，是脑子里想的事情太多。”姜米说，“你这个样子简直像个小老头，成天发愁自己明年要是分不到大房子，子女结婚该怎么办。”

冯斯笑了起来：“说得跟你亲眼见过一样，现在中国人民都是自己掏钱买商品房了。”

“我没亲眼见过，我妈妈亲眼见过啊，”姜米说，“所以她才要坚定地出国念书。但是我没想到，你又不需要愁儿子分房，居然也一脑门子小老头的皱纹。”

“哪儿有什么皱纹……”冯斯下意识地摸了摸额头，“不过，过去你也总这么说我，我知道你说得对，也想要改正，但是总得需要点时间吧。”

姜米若有所思：“看来你和我之前想的还是有点不一样。尽管我到现在还在生气你抹掉了我的记忆，但是，你好像看起来也不是那么专横霸道。你只是太笨了而已。”

冯斯苦笑一声：“没错，我确实笨得惊天动地，这一点我从来不否认。”

他不再多说，低下头开始吃东西。姜米看着他：“吃完之后，陪我四处转转吧。”

“这种地方有什么好转的？”冯斯说，“恐怕治安也不好。”

“我身边跟着一个天选者嘛，有什么好怕的。”姜米说。

“天选者？最大的作用大概是可以在挨揍之后给自己变一包创可贴。”

话虽这么说，他还是陪着姜米在镇上转了一圈。小镇的夜晚很热闹，尤其是夜市一条街上挤满了摊贩。下了工的矿工和家属们在这里吃饭和享受廉价的娱乐，电子游戏室和台球室里不断传出喧嚷声。不远处的小镇广场上，重金属的音乐混合在无处不在的煤灰粉尘里，在空气中传播。

“到中国这么久，还没参观过大妈的广场舞呢，”姜米两眼放光，“快陪我去瞻仰瞻仰。”

“其实你早就瞻仰过了，看完之后心悦诚服。”冯斯做低头认罪状，“只不过那段记忆被我抹掉了，我忏悔。”

“那你现在就陪我去补上。”姜米不由分说，拉起冯斯就走。

冯斯只能跟着她来到广场。那里跳舞的大妈其实并不多，但每一个人都认真投入，形成以一当百的视觉效果，再加上周围摇曳的灯光和劲爆的音乐，倒也别具特色。姜米似乎光看还不过瘾，干脆跑到大妈们的队伍后面，学着她们的动作起劲地晃动着身体，一副陶醉其中的德行。

这个姑娘，总是有让我轻松下来的能力，冯斯想，就好像天塌下来也要先跳一场广场舞。

这一夜他睡得格外安稳，虽然是住在空气污染严重的矿区小镇，在连独立卫浴都没有的路边旅店，但一想到姜米就在隔壁房间的床上肆无忌惮地打着呼噜，他就觉得心里安稳平和。

第二天天亮后，他开始在小镇上转悠，用丁骞给他的丁小齐的照片向人们打听。他原本想直接打听祖父，但一想到在双萍山亮出祖父照片时所引发的事端，实在不敢轻举妄动。想来从丁小齐这样一个无人认识的小人物开始，应当安全系数高一点。

果然，有一些人真的记得丁小齐。他前一段时间的确来过这个小镇，声称是来此地出差的贵州警察，还随身携带着证件。冯斯知道，丁小齐在凡人世界中的身份就是一个正经的乡村警察，而这个身份显然相当好用。

“那您知道那个警察来这儿到底查什么吗？”冯斯问眼前的这个五金店老板。

五金店老板警惕地看了冯斯一眼：“你问这个干什么？”

冯斯从身上掏出一张警官证，在老板面前飞快地晃了一下，然后收起来，一脸讳莫如深的样子，好似在说“你他妈问这么多干什么”。老板不敢多问，嘟嘟囔囔地说：“他问我有没有见到过一个中年人，街坊邻居聊天的时候说起过，好像不只是我，他也问了别人。”

“是不是这样的一个中年人……”冯斯形容了一下照片上祖父的相貌。

老板点点头。冯斯又问：“那你见过这个中年人没有？”

“没有特别留意，不过可能见到过。”老板说，“我有一次去‘疯子明’家的卤菜店买吃的，好像晃眼见到过店里有这么一个人，但是也有可能是看花眼了。”

“‘疯子明’？那是什么人？”冯斯问。

“是我们这里水电站的站长，”老板说，“真名叫丰华明，但大家都喊他‘疯子明’，他也习惯了我们这么叫。”

“他要是个疯子，怎么能当站长呢？”冯斯很好奇。

“啊，疯子的意思是说他干的事太不同寻常，一般人不会那么做。”老板说，“你们外地人可能没听说过，给我们矿区发电的雾蟒山水电站是藏在地下的，工作环境糟糕得不得了，很难有人能在那儿长时间工作。我以前就在水电站工作过，半年之后就辞职了，那根本不是人待的地方……”

老板絮絮叨叨地诉说着水电站的恶劣工作环境以及丰华明如何不可思议地持续坚守，这些冯斯早已在报道中看过了。丰华明在水电站一干就是三十年，从普通员工一直到站长，不变的是勤勤勉勉的工作态度和清贫的生活。这里工资待遇原本就不高，丰华明又命运多舛，妻子在二十多年前怀孕期间遭遇车祸，从此瘸了一条腿，无法上班，只能自己在街边开个卖卤菜的小店铺补贴家用。不知道是不是受到车祸的影响，儿子出生之后始终处在正常智力水平之下，虽然没到智力缺陷的程度，但脑子一直笨笨的不灵光，初中读完就不再念书了，也找不到好工作，干脆就在卤菜店帮忙。

冯斯沉思了一会儿，老板却有些沉不住气了，小心翼翼地说：“警官，您还有别的事情要打听吗？”

“告诉我‘疯子明’的卤菜店在哪儿就行了，谢谢你！”冯斯说着，心里想道，当时从曾炜的尸身上顺手拿走的警官证还真好用呢。

他离开五金店，找到了丰华明的家。那是一排临街的破败平房中的一间，外间被改成了卖卤菜的窗口。根据报道，这一排平房在矿区初建的时候就已经修建好了，而丰华明一直住在这里，娶妻生子，从来没有离开过。

丰华明的妻子就坐在窗口处，身旁的墙上很醒目地靠着一根拐杖。她应该是五十岁左右的年纪，但看上去像六七十岁，头发白了一大半，满面沧桑，显然受了许多生活的折磨。冯斯在附近站了一会儿，思索着应该怎么开口向丰华明的妻子打听，最后决定还是用冒充警察的招数。曾炜警官证上的照片已经换成了他自己的，虽然小处可能有破绽，但一般敢于怀疑警察身份的人并不多，只是拿到眼前晃一晃的话，骗到人的概率还是很高的。

然而，冯斯还没来得及掏出警官证，已经有一个人抢先走到了卤菜店的窗口。那是一个身材有些瘦弱的男人，看背影依稀有些眼熟，但冯斯一下子想不起来这背影到底是谁的。他看着这个男人和丰华明的妻子攀谈，没说几句话，丰华明的妻子现出一脸的警惕，不由分说抄起拐杖，把他赶走了。当他转过身来的时候，冯斯看清楚了他那张无奈的面孔。

“居然是这个小子……”冯斯自言自语，“这倒真是一个意外的惊喜。”

他没有去卤菜店，而是跟在了那个男人身后，跟着他走到一条小巷里。男人好像也觉察到了他的跟踪，突然，猛地一个转身，冯斯来不及躲避，和对方正好打了个照面。男人快步走到了他面前，表情有些惊诧，也有几分喜悦：“冯斯？你怎么也跑这儿来了？”

“我也想问你呢。那么久不见，你干什么去了？”冯斯很亲热地揽住对方的肩膀。他是真没想到，竟然会在远离北京的云南矿区遇到刘岂凡，这个掌握了令时间停止的技能，却又总是害羞而怯懦的奇人。

四

“我不是让你赶紧逃命吗？”躺在手术台上的范量宇喊道，“我给你做好了计划，算到了所有可能的突发情况，你只要依照我的安排，一定可以逃出去的。”

“我知道，我相信你的计划一定不会有问题，你一直都是家族里最聪明的，”女孩温柔地说，“但我不能逃。”

“为什么不能？”范量宇的语声里充满了撕裂般的痛苦，“为什么要让家族决定你的生死、你的命运？你是一个人！一个活生生的人！为什么不能为了自己的命运去反抗？”

“抱歉，我不能，”女孩凝视着范量宇，“我也好想一直过着过去十年里那样的生活，陪着你读书，陪着你做你喜欢做的事情。但是，该来的终究会来，没有人能够反抗宿命。只希望能够有来生，你我都不要再做守卫人。”

范量宇还想再说些什么，但似乎是身边的范家人动了什么手脚，他一下子沉默了，只剩下粗重的呼吸声。轮椅被推到范量宇身边，女孩在和他并排的另一张手术台上躺下，伸出手来，握住了范量宇的手。

“开始吧。”一个范家的长辈说。

女孩点点头，闭上眼睛，身畔激发出淡蓝色的蠹痕，将她和范量宇包围在其中。她的脸上现出了痛苦的神色，范量宇的面孔也变得扭曲，似乎两人都在同时经受着某种折磨。

蠹痕越来越亮，蓝色的光芒近乎炫目，蓝光中的两个人也显得越来越痛苦。女孩的额头上布满了汗珠，呼吸急促，面色时而惨白时而赤红。范量宇的情形更为惊悚一些，浑身散发出蒸腾的雾气，面孔极度扭曲，裸露在外的皮肤好像是在膨胀，血管一根根凸出，就像是有一只只蚯蚓在皮肤下穿行。

这一幕让文潇岚不由得想起了以前曾经见过的俞翰附脑失控的样子。她悄悄地偏头看了看范量宇，范量宇浑身紧绷，紧紧咬着牙关，已经深深陷入了这段记忆所带来的情感冲击里。之前重温那些被殴打、被欺凌的往事的时候，范量宇一直都很平静，连文潇岚都抑制不住要为他感到悲伤，他却没有什么反应。然而，这个女孩掀起了范量宇内心的旋涡，而这旋涡，正在一点点转化为风暴。

文潇岚已经感到了有些不对劲。整个记忆幻境都开始有微微的震颤，先前稍微有点平复的情绪也重新开始搅动。不知不觉中，极度的悲愤和怨憎攫取了她的心，让她心烦意乱，脑子里各种各样的感情搅成了一锅粥。

果然，这个女孩就是范量宇情感上的最大弱点，是这个几乎不可能被击败的巨人的阿喀琉斯之踵。而在这座邪恶的记忆迷宫之中，阿喀琉斯之踵被发现了。

文潇岚陡然明白过来，为什么范量宇要说记忆迷宫极难对付。它能够深入被攻击者的思维深处，找到最能让对方失去理智的记忆片段，就像是一个隐藏的按钮，一旦按下，或让人愤怒，或让人恐慌，或让人焦虑，或让人悲伤。那些潜伏在灵魂深处的负面情绪会像火山一样爆发，摧毁人的精神，让人疯狂。

“喂！大头！大头！”文潇岚摇晃着范量宇的身体，“注意控制一下情绪，不要上当！敌人就是想让你情绪失控，不要上当！”

但这番话并没有起到什么作用。范量宇内心的愤恨与悲哀已经压抑了十多年，就像是一颗毒树的种子，虽然没有长出巨大的躯干，根部却早已深深地钻入地下，盘根错节。现在，当足够的诱因出现时，这些密密麻麻的毒根就迅速发芽生长，没有什么力量能够阻挡。

真实的范量宇对文潇岚的呼唤没有丝毫反应，他只是死死地盯着那段十余年前的回忆。在回忆的幻境里，女孩身上蠹痕的蓝光已经耀眼到几乎让人睁不开眼睛，而范量宇的身躯在蓝光中拼命挣扎。然而，锁住他的铁链应该是特制的，无论他怎么努力也无法挣脱，而且把手腕脚腕都磨出了深深的伤口，鲜血一滴滴落在地上。他的两颗头颅犹如触电般不停地颤抖着，大的那颗头颅上，双目睁大到快要裂开，喉咙里发出的嘶吼已经不似人声，仿佛来自远古的凶兽。

突然，从女孩的头顶升起一个蓝色的光球，缓缓移向范量宇的头部。范量宇的双目就像要流出血来，怒吼着想要躲开这个光球，但他的身体根本无法动弹。最终，光球还是进入了他的体内。

光球刚刚进入，女孩身上蓝色的蠹痕就消散了。与此同时，范量宇爆发出一声震耳欲聋的吼叫，一道灰色的蠹痕从身上激发而出，笼罩全身。原本捆住他的那几根坚固的锁链，一瞬间寸寸断裂，落在地上。

范量宇活动着手脚，慢慢坐了起来。他被剖开的肚腹已经愈合，连同着手腕脚腕上那些刚刚磨出来的伤口，正以肉眼可见的速度飞快愈合。但他并没有在意这些，而是来到了女孩身畔。女孩的脸色惨白如纸，呼吸已经十分微弱，但看着范量宇的眼神里，依然包含着温柔的笑意。

“总算是……成功了，”女孩低声说，“现在你已经是守卫人世界中的最强者了。”

“是吗？”范量宇嗓音嘶哑，看上去没有丝毫的喜悦。他骤然发动蠹痕，把身边那些范氏家族的成员都卷了进去。这些人之前在范量宇面前不可一世，现在却如同一只只脆弱的家禽，不由自主地被卷到半空中，然后悬浮在那里。

“范量宇！你疯了！”一个范家人喊道，“你要和整个家族为敌吗？”

“我一直都在和整个家族为敌。”范量宇淡淡地说，“我要先杀了你们，再杀光范家的所有人，然后摧毁守卫人世界。”

“你不可能做得到的！”

“做不到无非就是一死，很要紧吗？”范量宇发出一声凄厉的长啸，右手一挥，与他说话的人瞬间四肢断裂，继而躯干也分为数截，甚至来不及叫一声，就已经失去了性命。

“很过瘾哪！”范量宇面容狰狞，“怪不得守卫人那么追求力量，把别人的生命捏在自己掌心的感觉，果然是妙不可言。我真得好好感谢你们范家。”

他正准备诛杀下一个人，身边却传来一个微弱的声音：“别杀人……你听我说！”

那是躺在手术台上的女孩。范量宇收住手，重新来到她身边，先前的残忍与狂傲不翼而飞，取而代之的是深沉的忧伤。

“我救不了你，但你等着我，我解决完这边的事情后，会去找你的。”范量宇用文潇岚从未听到过的轻柔语调说。

“不，不是这样的，”女孩说，“我的生命都已经给你了，你再这样轻易舍弃，对得起我吗？”

范量宇的目光暗淡下来。女孩用尽最后的力量，动了动自己的右手，范量宇犹豫了一下，伸手和她握在一起。女孩微微一笑：“许多年前，当我知晓了自己的未来命运之后，我很伤心，哭了好多个晚上，甚至还尝试过自杀。我那时候想，如果我生下来的目的只是为了把生命献祭给别人，活着又有什么意思呢？但是后来，他们把你带回了家族。你虽然……长相有点吓人，却是我所见过的最坚强、最正直的人。”

“是吗？”范量宇神情呆滞。

“所以后来，我慢慢不生气了、不害怕了。”女孩紧紧握着范量宇的手，“我想，也许我会死，但我的生命不会消失，因为你会带着我的生命继续活下去。那样的话，就好像我一直陪在你身边，从来没有离开过。”

“从来没有离开过……”范量宇低声重复了一遍。

“而且，你也不要太恨范家。”女孩说，“他们收留你的确没安好心，但是守卫人家族所做的一切，也并不是全都为了自己。当年发现你并力劝家族长辈收留你的人，是我爸爸，他死在一群妖兽的伏击中，尸骨无存。我小时候，他经常对我说，守卫人不是一群好东西，贪婪、自私、残暴、冷血，如果没有魔王，他们或许就是人类的灾难。可是，他们是真心为了抗击魔王而活着的一群人。你能明白吗？”

范量宇没有说话。女孩的双目慢慢闭上了：“我知道你心里比谁都苦，比谁都愤怒，我只求你守住对抗魔王的这条底线，让我的生命在你身上能够有意义。”

范量宇沉吟良久，终于咬着牙说：“好，我答应你。为了你，我暂时放过范家，暂时放过守卫人。”

女孩欣慰地笑了笑，握在范量宇手掌中的小手无力地松开，呼吸渐渐停止。范量宇凝视着她的面容，眼神空洞，身畔的蠹痕跳跃着凌厉的光芒。

随着幻境中的女孩死去，文潇岚身边的范量宇再也无法控制自己的情绪。他单腿跪在地上，双手握拳捶着地面，身体剧烈地震颤着，咽喉里不断发出奇怪的声响，有如孤狼的咆哮。此时他的附脑仍然由于药物的作用而无法使用，然而两人本来就置身于记忆幻域之中，他根本无须调用真正的附脑，只需要大脑进行精神上的想象，就足以爆发出摧毁这片幻域的力量。而到了那时候，他和文潇岚在现实中也会受到相仿的伤害——那也就意味着两人的死亡。

“你冷静一点！”文潇岚摇晃着范量宇的身体，“敌人就是想要你失去理智，你不能中招！”

但是范量宇好像已经听不到她的话语了，那些深埋在心底的哀恸以一种最激烈的方式被翻搅出来，再被记忆幻域无限放大，终于形成了不可遏制的精神风暴。这一段记忆甚至没有等到结束，就被强行终止，周围的玻璃墙体出现了醒目的裂纹，在刺耳的碎裂声中逐渐崩塌。

文潇岚抬手护住头，害怕被头顶落下的玻璃碎块刺伤，但她很快发现这样的担心是多余的。范量宇的身上不知何时出现了一圈血红色的光晕，就像是一道坚固的壁垒，把所有碎玻璃都挡住了。

文潇岚知道，这并不是范量宇的蠹痕，他的蠹痕是灰色的，并且此刻附脑已被药物抑制失去效用，并不能激发蠹痕。这应当只是幻觉中的产物，但是那种血红色给了她不祥的预感。

“大头，别这样，醒醒啊！”文潇岚喊道，“不要上当！不要屈服！”

还是没什么用。果真如范量宇之前所说的，记忆幻境能够极大地影响深陷其中的人的情绪，就连文潇岚自己都不得不一面向范量宇喊话，一面努力克制自己内心澎湃的愤怒和杀意，更不用提曾亲身经历这一切的范量宇了。他已经沉浸在那些往事所带来的痛苦的刺激中无法自拔，积郁多年的悲愤像决堤一样汹涌翻滚。

红色的幻象蠹痕包裹住两人，令他们悬浮在半空中。四围卷起了龙卷风一般狂舞着的风暴，整座记忆迷宫顷刻被摧毁，化为无数细碎的玻璃残片。在风暴的中央，范量宇双目赤红如血，高昂着那颗狰狞可怖的头颅，像野兽一样号叫着。

文潇岚只感觉到全身都被一种巨大的压力挤压着，压得她呼吸困难，骨头仿佛都在嘎吱作响。她清楚，再这样下去，用不了多久，自己要么被憋死，要么内脏受伤而死，而范量宇也会很快被他自己的力量所撕裂。但她毫无办法。

居然就要这么陪着这个双头怪物一起死在幻域里了，文潇岚想着，真是不甘心啊。不知怎的，她好像也并不是十分后悔卷进这个原本不属于她的凶险的世界、和范量宇这样的凶神恶煞成为朋友。她想起范量宇的记忆中那个女孩所说的话：大概这就是命运的一种吧。有些时候，接受了"宿命的安排"这样的设定，似乎还真能对人有一些安慰的效果。

我不后悔，文潇岚轻声对自己说。

整个幻域都已经被范量宇的风暴所席卷，大大小小的玻璃碎片在暴风中狂飞乱舞，整个天地漆黑如墨，即便有时不时撕裂长空的闪电，也无法望见边际。那股环绕在身畔的压力继续增大，文潇岚已经有了快要窒息的感觉。视线渐渐模糊，耳朵里呼啸的风声也慢慢听不大清楚了，浑身暖洋洋的，就好像是浸泡在温暖的热水里一样。而在最后的视野里，范量宇依旧像野兽一样振臂狂呼，天地随着他的嘶喊而震颤。

看着这个似乎应该很熟悉、细细一想又分外陌生的背影，文潇岚忽然有些明白了那个女孩临死前的心境。这个残忍如鬼怪、疯狂如恶魔的畸形男人，却似乎是最想让人去帮助、去保护的那一个。如果我的死是无法避免的，那么，死就死了吧，但希望至少你能够活下去。

带着我的那一份活下去，就好像我也还在你的身体里存在一样。

文潇岚闭上了眼睛，等待死神的召唤。

就在她的意识即将彻底关闭的一瞬间，耳边突然响起一种不一样的声音，像是有什么东西撕裂了。随着这一声响，文潇岚觉得自己身上的压力陡然减少了许多，意识也一下子清醒过来。她连忙睁开眼睛，只见范量宇身前的黑色空间里出现了一个古怪的圆球，球体直径大约两米，呈现出不均匀的色彩。文潇岚努力分辨着那些色彩，惊讶地在其中认出来了一样东西：范量宇的房间里那张掉了漆的木桌。

这是什么？难道范量宇竟然从这个记忆的幻域里撕开了一个裂口，和真实的世界联通了？可是，他是怎么办到的？

文潇岚正一头雾水，范量宇已经走到她身前，伸手把她扶了起来："走吧，先回去。"

"回去？回哪儿去？"文潇岚依然懵懵懂懂。她已经看清楚了，此刻的范量宇显得疲惫异常，双目仍然是那种骇人的血红色，然而目光却是冷静和理智的，似乎还有一些躲躲闪闪的关怀。他好像压根儿也没有变疯过。

"回真实世界去。"范量宇温和地说。他搀扶着文潇岚跨进了那个彩色的球体，文潇岚只感到有一股巨大的吸力把她往里面扯，眼前一花，视线已经被范量宇那间简陋的宾馆住房所填满。

真的回到了现实世界。文潇岚一屁股坐在范量宇的床上，接过范量宇递过来的矿泉水瓶子，一口气喝下了大半瓶，然后看着之前见过的那个冷冰冰的送摩托车的姑娘从门口拖走一具尸体。那是一个干干瘦瘦的小老头，偏偏头大如斗，身形比例不协调之余，倒是和范量宇有异曲同工之妙。此刻他的脸上凝固着惊恐万状和难以置信的神情，眼睛、口鼻和耳朵里都有血迹。

"没想到你失去了蠹痕还能干掉这个老怪物，我还真是太小看你了。"那个姑娘说话的语气也依然充满嘲讽，却也隐含着一点佩服的意味。

范量宇照例没有搭理那个姑娘。等到她离开后，文潇岚问："到底是怎么回事？记忆迷宫就是刚才那个脑袋大得和你的亲戚似的死老头设置的？可是你明明附脑受制没法用蠹痕了啊，是怎么打败他的？"

"记忆迷宫是和刚才那个老头自己的蠹痕相连的，"范量宇说，"陷入迷宫的人，会因为受到过往负面记忆的刺激而逐渐陷入癫狂，直到精神被完全摧毁。然而，在这一过程中，被困者自身也在吸取着精神力量。如果能在崩溃前的一刹那控制住这种力量，将它反作用于施术者，就能反过来摧垮施术者的精神。所以我故意中招，然后一直在等着那一刻，最后我等到了，如此而已。"

"说起来倒是轻松，"文潇岚叹了口气，"可是那时候，看着你像疯子一样地大吼大叫，我真以为你顶不住了。因为我能看得出来，你很在乎那个女孩，你的悲伤和愤怒都是真的。"

"的确是真的，也的确很难控制，差一丁点就要崩溃，但我一定会控制住。”范量宇转过身，好像是在欣赏窗外的夜景，“如果你也失去过生命中对你至关重要的一个人，你也会有相同的念头的。”

“什么念头？”文潇岚问。

“无论如何，不能再失去另一个。”

文潇岚低下头，用尽了浑身的力气才没有让自己哭出来。

“我差点要把你当成好人了……”她揉着眼睛，嘟嘟囔囔地说。

第六章

天选者的出生

一

刘岂凡这一次是真真正正地让冯斯吃了一惊。他印象里的刘岂凡，似乎一直还是记忆里数月前的那个模样，脸皮比纸还薄，未说话先脸红，胆子比兔子大得有限，几乎没有任何独立生存的能力。可是现在，他居然孤身一人出现在这个距离北京两千多公里的云南矿区小镇上，而且一个人去向丰华明的瘸腿老婆打听消息——尽管被用拐杖赶走了，也算得上是飞一般的进步了。

“看你的样子，好像混得还挺不错嘛！”冯斯夸奖说。

“还好，不过比起以前总算是进步多了。”刘岂凡说。

此时两人站在一家所谓的“台式奶茶店”门外，一人端着一杯卫生状况十分可疑的饮料。冯斯打量了一下刘岂凡，发现刘大少的气质确实有了相当明显的变化，他整个人好像比过去更有精神了，在冯斯面前说话也不再扭捏羞怯，甚至说话时能看着冯斯的眼睛。

“这段时间你都在哪儿？干了些什么？”冯斯问。

“我先回了一趟老家，找到过去的亲戚收拾整理了父母的遗物，”刘岂凡说，“没想到我舅舅这么多年来一直帮我保留着以前住的房子，就因为警方还没有找到我的尸体，他认为我有可能还活着。两年前，房子拆迁了，拿到一笔拆迁款，舅舅也都替我存着，这回一股脑全给我了。”

“所以你也算有钱人了，你舅舅真不赖，”冯斯拍拍刘岂凡的肩膀，“后来呢？”

“我开始试着自己去寻找那个当初抓住我并囚禁我的中年人，也就是你的祖父。”刘岂凡说。

“你自己去找？”冯斯感到不可思议，“你和陌生人说句话都会心跳过速吧？”

“是啊，但总不能一辈子不和人说话啊，”刘岂凡说，“所以我就试着一点点练习喽。每次和人说话，开口后总会很紧张，我就激发蠹痕操纵时间停止，然后到附近转一圈走会儿路，等到头脑稍微冷静点再继续。”

冯斯被一口橙汁呛住了。他咳嗽了老半天才缓过来，笑得上气不接下气：“你居然把宝贵的蠹痕用来干这个，你真是个天才……不过看起来效果的确很好。现在要是再站在黎微面前，你不会像以前那样了吧？”

刘岂凡叹了口气：“总会比以前好的，可是我再也没有遇到过她，再说，遇到了又能怎么样？她和我是完全不同的两种人。”

冯斯摆摆手：“算了，不提她了。你是怎么找到这个镇上来的？”

“说起来也很巧，我有一天无意中在街边看到了几个熟悉的身影，都是以前路晗衣的手下，看他们集体行动的样子，可能是有任务。我一时好奇跟踪他们，发现其实他们也是在执行追踪任务，跟踪对象我见过，是一个以前我待过的家族里的人。那个人很机警，兜了几个圈子之后甩掉了他们，但却甩不掉我。”

“你的蠹痕真是跟踪利器啊，”冯斯感叹说，“好像这世界上，就只有我的蠹痕没有任何作用。”

刘岂凡不知道该如何回应，只能继续说下去：“我跟着他，到了他的藏身之所，利用时间停止的技巧躲在那里，想要找到一些有用的信息。但他是一个很警惕的人，家里没有存放任何有价值的东西，平时也没有什么同伙去和他联络，甚至连电话都没有几个。我等了大半个月，什么消息都没有得到，很灰心，就在打算离开的时候，却发现他订了一张机票，准备出远门。”

“是飞到昆明的，是吗？”冯斯问。

“是的，到昆明。”刘岂凡说，“我不太明白他这次出门的用意，正不知道应不应该跟他一起过去，他却在家里遭到了袭击。”

“遭到了袭击？”冯斯问，“什么人袭击了他？其他的守卫人还是黑暗者？”

“既不是守卫人，也不是黑暗家族，”刘岂凡说，“那几个人根本没有使用蠹痕，而是……”

“是不是一种毒针？”冯斯打断了刘岂凡，“看起来很不起眼，却能极其迅速地让附脑完全失去效力，比守卫人惯用的‘酒’快许多倍。”

“没错，就是那种毒针！”刘岂凡很惊讶，“你也知道那种毒针？”

“亲眼见过，”冯斯点点头，“一会儿详细跟你说。后来怎么样？”

“我不断用时间停止转换自己的藏身之所，并没有被他们发现。他们用毒针击倒那个人之后，毫不留情地用刀割断了他的喉咙，然后很快离开了。我跟踪了他们一阵子，但想到那种毒针的威力，也不敢太过接近，最后只能看着他们坐车离开。但是，从他们只言片语的对话里，我听到了雾蟒山发电站的名字。再一查，这座发电站位于云南，我马上明白了这就是那个死者云南之行的最终目的地，所以就赶过来了。”

“原来是这么回事，你的决断力和行动力真是甩过去的你几条街啊，不简单不简单！”冯斯拍拍刘岂凡的肩膀表示赞许，“走，跟我去见一个人，正好我也把我来这儿的经过和你说一说。”

正好是午饭时间。姜米似乎和旅馆的老板娘关系搞得挺好，这位风韵犹存的老板娘中午特意做了名叫“撇撒”的当地菜肴来招待他们，再配上用巨型马蜂泡的酒，虽然卖相有些惊悚，却是一番隆重待客的诚意。

“只有贵客才能吃得到撇撒！算是你沾了本大爷的光！”姜米十分得意。

“是，大爷您威风盖世。”冯斯随口回应着，把刘岂凡介绍给姜米。

“奇怪，你和我说话为什么不脸红？”姜米很奇怪，“而且你喝了马蜂酒连脸色都不变一下，也不像冯斯形容的那么胆小啊？”

刘岂凡笑了笑：“人总是要慢慢改变的。至于马蜂酒什么的，其实我怕的是人而已，东西倒是无所谓。”

姜米瞪了冯斯一眼：“你瞧瞧你，就跟捧着敌敌畏似的，到底谁胆小啊？”

“你别激我，”冯斯嗤之以鼻，“作为校级灭蟑小能手，我早就过了靠虫子在女人面前逞能的年纪了。”

三人一边吃饭，冯斯一边把之前的经历向刘岂凡讲了一遍。刘岂凡听得眉头紧皱：“照这么说起来，魔王的手下已经蠢蠢欲动，而那群用毒针对抗魔王的人，好像已不打算继续隐藏，而是准备登场了。”

“这样就又多了一股势力，”冯斯说，“热闹非凡啊。而且直到现在我们还不知道，我祖父的家族到底是什么立场，想要做些什么。你刚才是怎么被丰华明的老婆赶出来的呢？”

“我在镇上打听到，有一个疑似你祖父的中年人曾经在水电站站长丰华明家里出现过，而且丰华明看起来对他很尊敬。”刘岂凡说，“但是他老婆坚决否认，我想多问几句，就被她抄起拐杖赶走了。”

“正好省得我去碰一鼻子灰了，”冯斯说，“看来这个丰站长身上大有问题，可以试试监视他。”

接下来的几天里，冯斯和刘岂凡轮流监视着丰华明家，刘岂凡甚至还利用时间停止潜入他家里翻找了一番。

“什么可疑的东西都没找到，”刘岂凡汇报说，“他家是真的不富裕，有点像以前我家的光景，也就是能维持温饱，有一些便宜的老家电，半件奢侈品都没有。”

“如果不是我们弄错了对象，那就是他实在太深藏不露了。”冯斯说。

就在两人监视着的这几天，丰华明依然照常上班。这个头发花白、身躯佝偻的老人，几十年来基本每隔三四天就要下一次电站值一个二十四小时的班，风雨无阻。而在不下电站的日子里，他就在家里的卤菜店帮忙，晚上看看书看看电视，通常很早就睡觉，几乎没有任何社交活动，更不必提离开矿区去外地，日子过得机械刻板，毫无涟漪。

“如果要我这么活上三十年，不如直接毙掉我算啦！”姜米评价说，“这样的生活到底有什么意思？”

“所以说您老是饱汉子不知饿汉子饥，”冯斯说，“他还能每天晚上安坐在家里看看新闻和电视剧，就已经比许多人都强了。”

“我不是这个意思，你以为我没听过‘何不食肉糜’吗？”姜米白了冯斯一眼，“我是说，这个人的人生里好像没有任何目标和任何追求，或者说，没有任何能让他享受的乐趣。这和有钱没钱没关系。”

“没有任何享受的乐趣……”冯斯琢磨着这句话，“果然是愚者千虑必有一得，你这话说得有理。那你觉得他是为了什么而一直忍受这样的生活呢？真的只是为了默默奉献吗？”

“我不太懂你们经常提的什么奉献精神啦，为人民服务啦什么的，但我觉得不大像。”姜米说。

“我以前过的日子，其实比这位丰站长还要枯燥。”刘岂凡忽然插口说，“他好歹还能在这个小镇的范围里转悠，我却只能待在一间房子里。我也想出去，可是家族的人不许啊。”

“你的意思是说，其实丰华明是被迫留在这里的？”

“未必是被迫，也可能是出于自愿，但是，确实很有可能是他有着不得不留在这里的原因，可能是某种任务、某种使命，甚至是信仰。”刘岂凡说。

“使命……信仰？”冯斯皱着眉头，“这倒是让我有点想起了双萍山的那些人。他们就是为了守护住老祖宗的秘密，几百年来安守贫困，拒绝与外界交流的各种机会。你说这个丰华明会不会也在守护着某种和老祖宗类似的秘密？可是这里是一个大矿区，每天在镇子上进进出出的人非常多，完全不像双萍山那么封闭啊。就算这里也有个老祖宗，会藏在哪儿呢？总不能塞在卤水锅里吧？”

“我倒是想到点什么。你想想看，丰华明是干什么的？”姜米说。

“他是水电站站长嘛……啊！”冯斯忽然反应过来，“水电站！你是说那座地下水电站！”

姜米点点头：“我这两天查过资料了，这里原本是没有修建水电站的条件的，后来是在一次无意间的地下勘探中，发现了一条水量巨大的地下河，国家这才拨款兴建了雾蟒山水电站。你觉得，地下河里会不会藏着什么东西？”

“有可能。也许就是因为修建了这座水电站，丰华明才不得不以站长的身份一直在那里守护着，不能离开。”冯斯说，“也许必须到水电站里去看看才能有答案。”

姜米两眼放光：“深藏在地下的水电站！想想都觉得好刺激！”

“当心刺激出幽闭恐惧症！”冯斯哼哼着。

不过，话虽这么说，他们并没有找到潜入水电站的办法。水电站的地址倒是距离小镇不太远，关键在于没法下去。从地面到地下，需要乘坐有轨电车穿过一条长长的巷道，没有经过专业培训是不能驾驶电车的。

“要不然……你试试冒充警察，随便抓个水电站的员工吓唬吓唬，逼他带我们下去？”姜米出主意说。

“大姐！”冯斯没好气地说，“冒充警察找人问问话也就罢了，还要恐吓胁迫，那可是犯了大罪。我还不想把大好青春葬送在监牢里。”

三人一时间没了主意，只能暂时按兵不动。冯斯继续拿着曾炜的警官证招摇撞骗打探丁小齐过往的行踪，但并没有太多收获。见到过丁小齐的人倒是不少，但有谁敢去特别注意一个警察的行踪呢？问到最后，也不过是一些“我看到过他在街口那家饭店吃饭”之类无用的答案。

他甚至爹着胆子询问祖父的行踪，所得信息就更少了。除了曾经在丰华明家现过身，几乎没有人注意到他的存在。冯斯有些沮丧，自然又免不了祥林嫂式的“我真没用”的自怨自艾，姜米毫不客气地踹了他一脚。

“再这么愁眉苦脸死了娘一样的白痴样子，我就找个熨斗把你的额头熨平了，看你还敢不敢皱眉头！”姜米威胁说。

“熨斗不管用，刨子可能还差不多……”冯斯叹了口气，“我自己其实早习惯了，就是委屈你在这种鸟不拉屎的地方干待着，有点过意不去。”

“过意不去什么？我觉得这地方挺好的。”姜米说，“旅馆老板娘都认我当干妹妹啦，还送我东西呢。”

冯斯瞥了一眼姜米手腕上亮晃晃的镯子：“你倒真是到哪儿都能自来熟。不过你说得也有道理，之前我们一起去四川的时候，你也是这么说的，就当是游山玩水了。”

“对啊，游山玩水嘛！”姜米说，“小刘子不也说他一辈子都没怎么出门玩过嘛，正好一起去逛逛。”

“这里不是矿区吗？”冯斯说，“除了矿山，还能有什么东西可看？”

“我已经找我干姐打听过了，从这里往西二十多公里的地方，有一个挺漂亮的河谷，我们可以去撑竹筏。”

冯斯做无奈状摇摇头：“好吧，你连地方都打听好了，我哪儿还敢拂逆上意呢？你等着，我去打听一下怎么坐车。”

“包车司机的名片我都拿到啦！”

“您老真是冲动派……”

一小时后，三人来到了这座河谷，这条河的确很美，而且基本上未经开发，保留着几分原生态的自然味道，河水蜿蜿蜒蜒，水色碧绿清澈，在两岸群山的环抱中流向远方。

姜米已经有些迫不及待地想要跳上竹筏泛舟高歌了，但三人找了一圈，却发现沿岸根本找不到提供竹筏的山民。

“你不会是搞错地方了吧？”冯斯问。

姜米搔搔头皮：“不会啊。我干姐跟我说的肯定就是这儿，司机不也直接把我们带到这儿来了吗？按她的说法，这里每天都有不少山民撑着竹筏候着，就是为了赚旅客的钱啊。这会儿怎么会连半个鬼影子也见不着？”

“我们回去问问司机吧。”刘岂凡说。

三人回到停车地点，都呆住了：司机和车都已经无影无踪，不知去向。

“他不会是个骗子，骗走我们的车费就跑了吧？”姜米说。

冯斯的脸色有些阴沉：“不，可能没那么简单。沿岸出租竹筏的山民都不见了，司机也跑了，不大像是两个孤立的事件。我觉得，我们可能中了什么圈套。”

“恐怕真的是圈套，”刘岂凡伸手一指，“你们看。”

冯斯抬头看去，只见从河谷的入口处走来一群人，大约有二十人。虽然隔得远远的看不清这些人的相貌，但可以看见他们手上似乎都抄着砍刀、铁棍之类的家伙，在阳光下反射出凶险莫测的光芒。

二

摩托车停了下来。文潇岚从车上下来，摘下头盔，对前座上的驾驶者说：“谢谢你送我回来。”

骑车的年轻女子摆了摆手，没有说话。文潇岚犹豫了一下，又说：“我在范量宇的记忆迷宫里，见到了你姐姐。”

女子的身体轻轻颤抖了一下，过了好一会儿才冷冷地开口：“不过是幻象，过去的事情有什么好提的？”

“因为我觉得你还放不下这段过去，”文潇岚说，“你姐姐虽然是因范量宇而死，却也不能怪罪到他身上。他们都只是家族，或者说守卫人世界中的棋子，所做的一切都身不由己。”

“你错了。”女子扭过头来，瞪视着文潇岚，“你以为我是因为姐姐的死才这么恨范量宇的吗？”

文潇岚反倒一怔：“不是吗？”

女子哼了一声：“小人之心。守卫人生存的目的，就是对抗魔王，即便为此付出自己的生命，付出整个家族的存在也在所不惜。姐姐是为了创造出一个强大的战士才牺牲自己的，这是她的光荣和骄傲，我只遗憾我没有遗传到那样的附脑，不然我也会和姐姐一样，死而无憾。”

“可是，要是这样的话，你姐姐已经得偿所愿了，你又为什么那么恨范量宇？”文潇岚不解，“他现在难道不是守卫人世界里最强的那一个吗？他甚至可以单挑一个魔仆啊。”

“他空有力量，而没有心。”女子回答。

“没有心？”

“他从来就不是心甘情愿成为守卫人的。”女子说，“他只是为了遵守对我姐姐临死前的承诺，被迫接受了她的唤醒，被迫为家族服务。这么多年来，他把自己深藏在凶戾残暴的外表下，双手沾满鲜血，杀人如麻，都只是为了掩饰内心的空洞和迷茫。他恨范家夺走了他喜欢的人，更甚于恨魔王。像这样没有真正坚强内心的人，也就是欺软怕硬罢了，一旦遇到真正的强敌，他不会有死战到底的韧性。我宁可杀了他，重新寻找一名可靠的战士。”

文潇岚静静地听女子讲完，然后叹息了一声，虽然没有说话，目光中却隐含着怜悯。女子不觉有火：“你有屁就放！别以为我不敢杀你！”

“你杀我当然很容易，也许小指头都不必动一下。”文潇岚说，“但是就算杀了我，也掩盖不了你的错误。”

“错误？”女子冷笑一声，“什么错误？”

“大头绝对不是你想象的那样，”文潇岚慢慢地说，“他或许不是你理想中那种信仰坚定、心无旁骛的大英雄，但他是一个真正的人，他的内心也绝对比你想象得更坚强。别忘了，不管你们从魔王那里吸取到了多少力量，你们终归还是人。要击败魔王，需要的也是人，活生生的人。”

女子动了动嘴唇，似乎是想反驳，但最后什么也没有说，骑上摩托车扬长而去。

文潇岚看着摩托车的影子逐渐消失，这才转身走上宿舍楼。尽管已经尽量轻手轻脚了，走进宿舍的时候，还是惊醒了一名室友。

“大姐，又和哪儿的风流才子约会去了？”室友揉着惺忪的睡眼，“最近你可越来越有不良少女的风骨了。”

“别瞎说！赶紧多睡会儿，天还没亮呢！”文潇岚不客气地按住室友的头塞回被子里，匆匆洗漱后跳上床，却觉得室友的话其实还蛮有趣的。

“还真的越来越像不良少女了……”文潇岚嘟囔着进入梦乡。

这一天上午没课，文潇岚睡到中午才醒，刚一醒来就连忙给关雪樱留言。关雪樱很快就回复她：“我在家，一切都好。”

文潇岚总算稍微放心了一些，到食堂吃了点东西，去往宁章闻家。关雪樱正在刷碗，看来是给宁章闻做了炸酱面。

等到她忙完，文潇岚把关雪樱拉进房间，直截了当地问她："你昨晚去哪儿了？见到了什么人？"

关雪樱在手机上打了几行字递给她："对不起，我答应了别人，不能说。"

文潇岚气不打一处来："不能说？你知不知道昨天晚上为了找你，我和大头差点连命都没了？"

"很对不起，给你们添麻烦了。可是我还是不能说。"关雪樱"说"。

文潇岚摇了摇头："算啦。没想到连你都有秘密要保守了，我走了。"

关雪樱拦住她，一脸焦急地似乎是想要说些什么，但最后还是什么都没有说出口。她默默地让到一边，低垂着头，看上去楚楚可怜。

文潇岚几乎就要心软了，但想到范量宇至今还没有恢复正常的附脑，一股火气又冒上来了。她轻声说："小樱，我们是好朋友，为了朋友付出什么都是值得的，担惊受怕也好，打打杀杀也好，我都能承受。但是，我不希望你骗我，尤其是在这样一个紧要的关头，守卫人世界都已经乱成一锅粥了，我们更不能自己乱起来。"

关雪樱咬咬嘴唇，在手机上又打了一串字："我没有骗你，如果要骗你的话，我可以撒谎。我只是真的不能说。"

文潇岚不再多说，快步走出房门，离开了宁章闻家。走回宿舍的路上，她忽然感到一阵悲伤，很想肆无忌惮地大哭一场。冯斯选择了远离他们，范量宇附脑受制，此刻几乎就是个废人，这两件事原本已经让她很不痛快了，如今连一向乖巧听话、从不惹是生非的关雪樱，居然也有了不能和她分享的秘密。

这个世界到底怎么了？文潇岚想，为什么每一件事都变得不对劲起来？

下午上课时，文潇岚仍然心不在焉，满脑子都在想着关雪樱的事情。唯一的好消息是，一个自称范量宇手下的人给她发来短信，告诉她冯斯安然无恙，已经回家了。

果然是祸害万年在，不到该死的时候，文潇岚欣慰地想。

毕竟熬了整个晚上，早上没睡够，她的脑袋还是略显沉重。好容易盼到下课，看看天色已经开始变暗，文潇岚收拾好东西，离开教学楼，打算晚上不上自习了，好好补个觉再说。刚走出教学区大门没多远，忽然有人从身后拍她的肩膀。文潇岚回头一看，不觉微微有些吃惊。这个拍她肩膀的人，赫然是冯斯的前女友黎微。虽然两人在学校时几乎不认识，前几个月也只是匆匆见过一面，但文潇岚对黎微的印象还是蛮深的，这是一个相当与众不同的姑娘。

“黎微，你怎么来这儿了？”文潇岚问。

“我有事情找你。”黎微说。

“找我？”文潇岚有些奇怪，“你能有什么事会用到我？”

“其实我本来是想找冯斯的，但后来想了想，那个人……最好暂时别让冯斯见到，说不定他会很难控制自己的情绪。想来想去，还是找你好了。”

文潇岚更加一头雾水。但她知道，黎微不是个随便开玩笑的人，不管她所说的“那个人”是谁，自己最好去见一见。

“好吧，我跟你去。”文潇岚干脆地说。

她跟着黎微走出校门，上了一辆出租车，开往火车站方向，最后停在了一家一望便知专门在火车站拉客骗外地人的小旅馆门口。两人上到旅馆二楼，走进一个小标间。

光线好暗，这是文潇岚的第一反应。她打量了一下，标间里的窗帘全都拉上了，房间里有两张床，其中一张床上躺着一个人，尽管是在温暖的四月里，也依然紧紧裹着被子。除此之外，房间里充斥着刺鼻的中药味儿。

“这就是你让我见的人？”文潇岚问，“这是谁啊？”

黎微还没有回答，床上的人已经听到了她的说话声。这个人有些艰难地翻过身来，轻声说：“小岚，你好啊，我们很多年没有见面了。”

这个声音好耳熟，似曾相识，文潇岚上前两步走到床边，借着窗缝透入的微弱光亮，看清楚了这个人的脸。她不由得惊呼起来：“池……池阿姨？”

这个躺在车站旅馆里一脸苍白病容的女人，竟然是冯斯的母亲池莲。

文潇岚回忆着和池莲有关的往事。她虽然和冯斯是中学同学，但池莲早在冯斯上小学时就已经去世，所以只是小学时在很偶尔的场合碰过面打过招呼，冯斯自己也并不愿意多谈论逝去的母亲。但是文潇岚听其他人谈起过，池莲是一个温婉贤淑的好妻子、好母亲，当初冯斯的父亲冯琦州因为给人喝符水“治病”闹出了人命，然后如丧家之犬般匆匆逃亡，是池莲独自一人撑起了一个家，最后由于操劳过度，在一个暴雨之夜被卷进洪流，意外死亡。冯斯一直都怀念着她，并且为此深恨间接害死了池莲的冯琦州。

然而，时隔十年后，当冯斯已经是一名十九岁的大学生时，真相却残酷地浮出了水面。冯琦州和池莲都不是冯斯的亲生父母，都只是为了他的天选者身份才收养他的，而池莲的死根本就是假死——她一直都活着，并且通过幕后的谋划终于让冯斯一步步知道了自己的身世。她更是收养了冯斯的孪生兄弟——小道士慧心，把慧心也培养成了一名高手，显得心机深沉至极。

至于慧心，由于附脑影响了生长激素的分泌，从小就形同侏儒，而且虽为孪生兄弟，冯斯成为天选者，他却默默无闻，这令他的心态颇为扭曲，一直仇恨冯斯并且渴望变得强大。几个月前的平安夜，慧心突然现身在宁章闻家里，已经移植了第二个附脑，力量变得异常强大，相貌、体格也发生了巨大改变，不再是道士打扮，自称改名叫“池慧”。然而，不管他怎么变化，文潇岚隐隐有种感觉，他这种偏激自卑的性格，很有可能是池莲故意引导培养的。

总而言之，她对池莲的印象并不太好，尤其不喜欢池莲蒙骗了冯斯那么多年。现在，出现在她眼前的池莲却是一个衰弱的病人，看起来病情颇为沉重。面对一个生病的长辈，她不愿意失了礼数。

“你应该只是在小学的时候见过我吧？”池莲说，“居然还能认出我来？”

“我在冯斯那里见过您的照片，”文潇岚说，“您的身体怎么了？找我到这里来有事吗？”

“其实是黎微自作主张把你带过来的，但这样也好，我猜想他心里始终不能原谅我，在我面前也许会失去理性的判断力。”池莲说，“如果通过你传话，或许他的反应会温和一些。”

“传什么话？”文潇岚问。

池莲正想说话，猛然剧烈咳嗽起来。黎微连忙替她倒了一杯水，喂她吞下几粒药丸。池莲喘息了一阵子，呼吸慢慢平复了，对文潇岚说：“冯斯从贵州山区带出来的那个叫关雪樱的女孩子，还在北京吧？”

文潇岚点点头：“对，还住在宁哥家里，怎么了？”

“我需要冯斯说服她，把她母亲从日本带来的秘密资料交出来，”池莲说，“否则的话，我的另一个儿子池慧可能就要没命了。”

三

“我们是不是该跑？”姜米问。

“跑不掉的，我们被夹击了。”冯斯说。他已经看得很分明，河谷的另一个方向也走来了数目差不多的一帮人，首尾夹击，两侧是难以攀缘的高山，三人已经无路可逃。

“那就看他们说些什么吧，”姜米倒是很镇定，“起码看他们舞刀弄枪的样子，不大像是守卫人。”

三人站在原地，等待着这两队人会合，把他们包围在中间。冯斯打量了一下，看出这些人一个个生得相貌凶悍，一看就不像好人。

唯一看起来略微和善一些的，是一个老人。他穿着黑色的中式长衫，手拄拐杖，一头银发，长长的白色胡须也打理得干净整洁，乍一看飘飘欲仙，有几分各大电视台养生节目中的骗子祖传老中医的高人范儿。

冯斯一眼就看出这个老人是这群人的首领，只能向他发话：“这位老先生，你们这是想做什么？”

老人和蔼地笑了笑，用标准的普通话说道：“这位小友，该问问题的似乎应该是我。你来到我的地盘，一路假冒警察，到底想要做什么？是不是章海龙派你们来的？”

活见鬼了，冯斯想，从哪儿冒出个叫章海龙的？他明白这当中一定有什么误会，连忙摇头：“你可能弄错了。我不认识什么章海龙，也不认识你。”

“是吗？”老人依然笑眯眯的，“无妨，每一个想到这里来插一脚的人，都会这么说，这些鬼话我也听厌了。还是请三位小友跟我去一个能帮助你们说实话的地方吧。当然，看在我和章海龙那么多年的交情上，你们的命暂时留着。”

冯斯有点隐隐猜到这个仙风道骨的老头是干什么的了。从“我的地盘”“到这里来插一脚”等只言片语，他估计这是一群毒贩，而这个老头就是毒贩们的首领。眼下，这位星宿老仙式的毒枭，多半是把他当成了竞争对手章海龙派来的奸细，所以纠集人手打算收拾他们。

“真是对不起，姜米同学，”冯斯说，“本来打算陪你好好玩上一天，没想到惹出这么一群凶神。”

“没关系，虽然没能撑到竹筏，但是这里的风景总算很漂亮，也算不虚此行。”姜米说。

“理解万岁。”冯斯点点头，随即对刘岂凡说，“大少，动手！”

随着这句话说出口，刘岂凡的蠹痕迅速发动，把身边这三十余人全部笼罩在其中，蠹痕范围内的时间流逝接近于停止。这个时候，假如有人站在蠹痕范围之外观看，就会发现在一片光晕之中，几乎所有人都像木头人一样不再动弹了，除了刘岂凡和冯斯。虽然暂时还不明白原理，但冯斯是世上为数不多的几个能对刘岂凡的蠹痕免疫的人，另外两个已知的例外是冯斯的前女友黎微和他的哥哥池慧。

毒贩们静立在原地，在时间的桎梏下全然不能动弹。冯斯从一名毒贩的手里抢过一根木棒，挨个儿往毒贩们的后脑勺猛敲过去。片刻之后，刘岂凡收回了蠹痕，姜米眼前一花，只见冯斯和刘岂凡都气喘吁吁地坐在地上，汗如雨下，而毒贩们则全都晕倒在地，一个个头破血流。

“我算是亲眼见识了蠹痕是怎么用来打架的了，”姜米叹了口气，“真是超越常人的想象。”

“我不过是做了一点微不足道的工作，”冯斯咧嘴一笑，“全靠刘大少法力无边。”

“不过，接下来我们该怎么办呢？”刘岂凡问，“现在我们已经和这帮家伙结怨了，继续留在镇子上只怕会惹麻烦。但是，还没打听到你祖父的下落呢。”

“没别的办法了，我们又不能像双头怪他们那样杀人灭口——还是做守卫人好——只能试试去找丰华明，看有没有可能吓唬他一下，逼他说出真相。”冯斯说。

“不必了，我已经来了。”一个声音忽然响起。

冯斯悚然转头，发现河中心站着一个人，正是他想要找的水电站站长丰华明。不可思议的是，丰华明竟然是站立在几米深的河水的水面上，恍如没有重量。

丰华明一步一步地走到岸边，每迈出一步，脚底都只是和河面轻微接触，同踩在地面上几乎没有分别。姜米不由得后退了两步，冯斯轻轻拍了一下她的肩膀，示意她别害怕。

“丰站长，你好，”冯斯说，“既然你能跟踪到这里来，想必我们的身份和来意，你也该清楚了吧？”

丰华明点点头：“你是天选者，来到这里是想要寻找你的祖父。”

“没错，你既然在我面前也丝毫不隐瞒，估计你已经打好算盘了。你愿不愿意告诉我呢？”冯斯问。

“我原来是打算杀了你的，”丰华明说，“但是现在我改变主意了。确切地说，不是我改变主意，而是你祖父向我下达了命令。”

“什么命令？”冯斯问，“是带我去见他吗？”

丰华明摇摇头：“你们祖孙的相见，依然还不是时候。但是他觉得，是时候可以告诉你一些家族的历史了，所以，他要我把你带到水电站里面去。”

“还真猜对了，水电站里果然藏着些什么。”冯斯说，“那就麻烦你带路吧。”

“今天不行，水电站里还有其他员工，需要重新安排一下，”丰华明说，“明天一早，到我家的卤菜店来找我。”

“但是……”冯斯有些为难地指了指地上昏迷着的毒贩们。

丰华明笑了笑：“怕他们找麻烦？那你们赶快回旅店，带着行李到我家住吧。他们从来不敢招惹我。”

在说到“他们从来不敢招惹我”的时候，丰华明的眉宇间隐约现出一丝傲气，那一刹那的傲气让他看起来有几分像一个真正的守卫人。半秒钟后，傲气隐去，他又重新恢复到一个饱受生活磨砺的老工人的气质。

丰华明的家十分窄小，只有两间卧室。冯斯等三人占据了丰华明儿子的小房间。

“你们注意到了吗？丰华明的老婆孩子对我们的到来一点也不吃惊，也没有朝我们多看半眼，说明他家里经常来奇怪的客人。”冯斯说。

“喂，你这句话说得好像我们都很奇怪似的！”姜米瞪了他一眼。

“我觉得他很不容易，”刘岂凡说，“在这样的地方一待就是三十年，人生能有几个三十年啊。而且他明明是个很厉害的人，如果留在大城市，也许会成为路晗衣、梁野那样的风云人物，但他把自己的半生都消磨在了这里。”

“这大概就是他们经常提到的信仰吧。”冯斯说，“我过去总是嘲笑这样的信仰，但当曾炜死了之后，我觉得我对信仰有了一些理解。有些事情，除了信仰，用别的东西解释不通。”

“那你呢？你有信仰吗？”姜米冷不丁地问。

冯斯被问得一愣：“我？我……我还真不知道。按说我是天选者，消灭魔王是我最大的使命，我应该以此作为信仰才对。但是不知道怎么回事，一年的时间都过去了，我还是觉得我和守卫人世界格格不入。我勉强做着他们想要我做的事情，既没有使命感，也没有成就感。”

“也就是说，你根本不情愿对抗魔王喽？”姜米说。

“也不能这么说，”冯斯搔搔头皮，“起码我想要保护我的朋友们，也希望曾炜的死和我爸的死能够有价值，所以需要干什么事情的时候，还是有拼命的动力的。我的意思只是说，这些可能都只能算是私人理由，但要我站在更高的层面上去看，我连魔王到底是什么都不知道，也无法对它产生那种你死我活的仇恨感和对抗的冲动。如果要我像丰华明那样，明明有足够的能力享受更好的生活，却要一辈子待在这样的地方钻地下值班、回地面卖卤菜，那我真的熬不下来。”

“你倒是挺诚实的，算是发掘出了你的新优点吧。”姜米敲敲冯斯的脑袋，转过头看了看刘岂凡，“小刘子呢？你有什么想法？”

“其实我也不明白魔王是个什么东西，但我和冯斯一样，都有着自己的私人理由。”刘岂凡说，“如果守卫人和魔王的战争是没有办法调和的话，那我希望这场战争可以尽快结束。因为不管魔王究竟有多邪恶，我至少可以肯定，守卫人自己未必有多正义，这是一群为了达到目的完全不择手段的人。我不希望再出现更多的刘岂凡。”

话题到了这里忽然变得很沉重。冯斯叹息一声：“睡觉吧。明天要去钻地洞了，估计会很难受。”

姜米得到女性的优待，睡在唯一的单人床上。刘岂凡乖乖地躺在靠门边的地铺上，很快睡着了。冯斯也趴在靠里的地铺上，正打算入睡，忽然觉得头顶有些痒痒，一抬头，发现是姜米从床上伸出手臂，正在用指甲扒拉他的头顶。

“睡不着？”冯斯低声问。

“其实也很困啦，但是有句话一定要和你说。”姜米说。

“什么话？”

“我不怪你了。”姜米说。

“不怪我？你什么事怪我了？”冯斯莫名其妙，接着反应过来，“啊，你是说我抹去你记忆那回事。”

姜米轻轻一笑：“是啊。刚才我们谈到丰华明的生活，让我想到了很多。一直以来，我只是从你嘴里听说守卫人的生活，但等到亲眼见到丰华明，亲眼见到他的老婆孩子，亲眼看到这间破房子和那些比你还蠢的卤猪头……我才真切地体会到，在这个奇怪的世界里生存，真的不容易。”

“谢谢你的夸奖。”冯斯闷声闷气地说。

“这个世界里不光有生死和杀戮，还有无声无息的隐忍、无穷无尽的折磨，甚至比死还可怕。”姜米说，“所以，我能够体会到，你做抉择时的痛苦。这世上有很多事情，永远无法两全，你不过是选择了你认为可以保护我的方式。”

“谢谢，你能理解就好。”冯斯下意识地伸手碰了碰姜米的手，又像触电一样缩了回去。黑暗中，两人似乎都有什么话想说，但最后谁也没说出来。

天亮了。

丰华明的妻子和儿子早早起床，在为几个陌生来客做好了早饭后，又去忙忙碌碌地烧开卤水，准备当天的卤菜原料。姜米想要去帮忙，被丰华明阻止了。

“谢谢你的好意，不过，各人有各人的生活。”丰华明说，“你们吃完饭先等一会儿，我去借车。”

他出门不久就回来了，招呼三人一同出发。三人跟着他来到街上，发现他借来的所谓“车”，是三辆自行车。

又破下限了，冯斯想，如果我的生活是一部小说，那个狗日的作者绝对和我有深沉大恨。他回想着过去乘坐过的那些破烂金杯、二十八手奥拓、响着“世上只有妈妈好”音乐的路面清洁车，只觉得自己的脑门上刻着一个大写的“惨”字。传说中的迈巴赫在哪里？传说中的布加迪威龙在哪里？

三人骑在车上，跟随着丰华明的自行车在坑坑洼洼的路上摇摇晃晃地骑行，一小时后到达了水电站。水电站的地面部分是一个巨大的山洞，和煤矿的矿坑差不多，一道长长的铁轨从洞外延伸到洞内，洞口两侧挂着的老干部体对联倒是擦得铮亮，估计是近期为了迎接检查之类的事重新打理过了。

众人放下自行车，丰华明沿着铁轨走向远处，没过一会儿开着一辆锈迹斑斑的小电车回来了。电车四四方方，看起来就像城市郊区常见的拉客用残疾人助力车，引发了姜米极大的兴趣。

“不许摆出你那副‘我来自资本主义花花世界，什么第三世界新鲜玩意儿都没见过’的丑恶嘴脸！”冯斯一声大喝。

姜米噘着嘴很不服气。但等到坐进去车子开动之后，她就显得没那么开心了。不只是她，冯斯也感觉很难受。这条通往地下的巷道狭长幽深，沿途只有昏暗的矿灯照明，电车在铁轨上颠簸震颤，发出刺耳的噪声。冯斯有一种错觉，好像是自己正坐在魔鬼的马车上，被运往地狱深处。

大半个小时后，电车终于停了下来。姜米面色苍白地从车上跳下，扶着巷道的洞壁干呕了一会儿，才算缓过劲来。

“罗曼蒂克的想象总是经不住现实摧残的。”冯斯替她拍着背，然后递了一瓶水给她。姜米喝了两口水，脸色略微恢复了一点红润：“我服了，光是这么一条路就够人受的了。”

“走吧，前面还要步行一段路。”丰华明淡淡地说道。

好在这一段路并不难走，只是要穿越一段溶洞地貌，两旁的景色居然还算不错，至少比先前黑漆漆的巷道更能让人心情愉悦。不过走了没多远，冯斯的耳朵里就能听到远处传来的噪声。那声音听起来像是机械运转的声响，同时又混合着一些水声。越往前走，噪声越大，渐渐已经到了能让人的耳朵感觉不舒服的地步了。

“到了。”丰华明伸手向前一指。只见前方是一个天然形成的巨大的地下溶洞，只是经过了人工修葺，里面透出灯光。冯斯还记得报道里讲过，水电站的主体就是依托地下的天然洞穴改建的。

踏着石阶走进电站，可以看到这个洞穴天然带一个大拐弯，电站也由这个拐弯被分为两部分：一部分是机房，另一部分是生活区。发电机组发出震耳欲聋的轰鸣声，一旦走进水电站的范围内，就连两人面对面说话都很难听清楚，必须扯着嗓子喊才行。

而且由于机械运转发电带来的热量，这个小小的地下世界十分闷热，有如蒸笼一般，进来没多久，几个人都是一身的大汗。丰华明说：“平时这里是不会安排女职工值班的，所以工作时间大家都是打赤膊。”

冯斯不怀好意地瞅了姜米一眼，姜米嘻嘻一笑，对冯斯龌龊的念头满不在乎。她凑到冯斯耳边，用近乎喊叫一样的声音说：“这次我是真服了。这种地方普通人待三十分钟只怕都要受不了，丰大叔居然可以三十年里每隔几天就来一次，一次一整天，真不是一般人比得了的。”

“我现在觉得耳朵眼儿里填满了麻雀，叽叽喳喳叫个没完。”冯斯也喊叫着说。

倒是刘岂凡一直没有说话，也没有显得难受不适应，似乎是多年的软禁生活让他对于各种恶劣环境都有着独特的忍耐力。

三人跟随着丰华明来到生活区。那里无非就是几张床、一张饭桌和几个板凳，再远端是厨房和厕所。冯斯看见床头摆着一台带屏幕的山寨影碟机，桌上有几副扑克、象棋，大概就是值班期间的娱乐了。

“丰站长，你把我们带到这儿来，是因为这里藏着什么东西吗？”冯斯问。

“一会儿你们就知道了，”丰华明回答，“其实我并不赞成带你们来这里，但是你祖父觉得时机已经成熟，而我从来都是无条件服从他的命令。你们稍等一会儿，我去检查一下机房的仪表，完事就带你们过去。”

“仪表出问题了吗？”冯斯问。

“例行检查。”丰华明简短地说。

丰华明离开后，姜米看着他的背影，摇了摇头：“真是个循规蹈矩、一丝不苟的人。都到这种时候了，还惦记着工作。”

“可能也只有这种性子的人，才能忍耐这样的寂寞。”刘岂凡说。

冯斯在生活区里走了几圈，随手拿起桌上的一枚象棋棋子看了两眼，姜米已经迅速蹿到了他跟前：“来！杀一盘！”

“你还会下象棋？”冯斯有些吃惊。

“当然，我妈妈教我的，以前我还得过我们那里华人社区象棋比赛的第三名呢！”姜米得意地说。

“那你可是高手，我肯定下不过你。”冯斯嘴上说着，毕竟不愿意违拗姜米，还是在棋盘上摆好了棋子。他的象棋水平完全是业余中的业余，也不多想，上手就是当头炮。

姜米对应地跳了马。冯斯正在琢磨下一步该动什么，忽然发现棋子似乎在微微颤动。他定睛一看，果然，并不是自己眼花了，棋子真的在颤动，甚至都有些移位了。

不对啊，冯斯想，这里的噪声虽然大，可还没有大到可以让棋子震动的地步，除非是……

他还没来得及开口，刘岂凡已经说话了：“不大对劲！这里好像在震动！”

“我也感觉到了，会不会是地震？”姜米问。

“没那么巧我们一来就地震，”冯斯说，“可能是‘那个世界’的麻烦。”

“难道是丰大叔在捣鬼？”姜米问。

冯斯还没来得及回答，地面突然发生了真正如地震般的剧烈震颤。水电站里的电力系统似乎出现了故障，灯火全部熄灭，四周顷刻漆黑一片。冯斯只来得及一把抓住姜米的手，却没有抓到刘岂凡。剧烈的震动中，山壁也开始垮塌，冯斯感到一块小石子落到头顶，他来不及多想，一下把姜米抱在怀里，用身体挡住她的头脸。

脚下再也站不稳了，两人一起滚倒在地上，冯斯拼命搂住姜米，也不知道有没有用。值得欣慰的是，即便是面临如此突如其来的险境，姜米也还是比较镇定，并没有尖叫喊怕。

不愧是我喜欢的大心脏小妞，冯斯想。

紧跟着，他就听到了水声，汹涌的地下河的流水声。

四

听完池莲的话，文潇岚愣了一会儿，像是没有反应过来。她在心里琢磨了半分钟，才大致理解到底发生了什么。

曾经的小道士慧心，如今的英俊青年池慧，正在遭受死亡的威胁，掌握着他生死的敌人要求池莲用一样东西来换回池慧的命。而这样东西，竟然掌握在关雪樱的手中。

“首先，是什么人抓走了慧心？啊不，池慧呢？”文潇岚问。

“是冯琦州的父亲，可以算是冯斯的祖父。”池莲说，“有件事我还没来得及告诉冯斯，不过现在可以先告诉你：我曾经是他的手下，后来为了冯斯才背叛了他。”

“好复杂的关系……”文潇岚摇摇头，“我倒是知道，小樱的妈妈很可能来自日本，但具体是怎么回事，小樱自己也不清楚啊。这段时间前前后后已经有好几拨人找过小樱，却都没能问出什么来，因为小樱的确是真的不知道。”

“即便不知道，毕竟她母亲生前也和她一起生活过，总有蛛丝马迹可以寻找。关雪樱是唯一可能找到的突破口了，绝对不可能置身事外。这就是命运的安排，她是，冯斯和慧儿也是。”池莲说。

“这个我倒是听大头……听范量宇说过，说她可能牵涉到某个神秘的组织，”文潇岚说，“按照范量宇的说法，这个组织自己并不使用附脑，却拥有能摧毁附脑的人类科技，是魔王、守卫人和黑暗家族之外的第四股势力。”

“是的，就是这第四股势力，”池莲说，“过去他们藏在暗处无人知晓，最近却开始公开活动，显然有所图谋。再加上世界各地的魔仆开始猖獗，更加让人怀疑他们的动机。”

“没错，范量宇他们就刚刚和这帮人接触过了。”文潇岚说，“虽然池慧对冯斯很不友好，但我相信冯斯绝不会眼睁睁地看着哥哥被杀死，这一点我很了解他，所以，我可以帮你传话。但是我有一个条件，我想知道你们家族的过往，尤其是你们和冯斯之间发生的那些事。”

池莲轻叹一声：“那些事情，迟早也是要说出来的，好吧，我告诉你。不过，我只能说明白我自己的事情，因为关于冯斯的祖父，连我都不能说出太多，因为他实在是一个太神秘的人。”

“首先，你肯定想知道冯斯的祖父的名字，但是他从来就没有过一个正式的名字。”池莲说，“家族也并非是以姓氏和血缘为中心集结起来的，家族里收罗了各种各样的人才，全都是他亲手带进来的，其中有些有附脑，有些只是完全的普通凡人，但挑选的标准却只有他自己知道，并且我们分了若干个聚居地，彼此之间并不都认识，比如我和冯琦州以前就从来没听说过对方。我们所有人，不管男女老少，都管他叫‘父亲’。他倒是自己说过他姓冯，但谁也不知道真伪。”

“我明白了，怪不得他写给冯叔叔的信上称呼冯叔叔为‘我的儿子’，其实家族里所有的人都是他的儿女。照这么说，这个家族很年轻了？”文潇岚说。

“不，已经很古老了，至少有几百年历史，甚至有可能更长。”池莲说。

“那你又说家族所有人都是他挑选的，在他之前的成员呢？总不能是从天上掉下来的吧？”文潇岚不明白。

池莲叹了口气：“确实有点绕，不过一点也不矛盾：家族已经有千百年历史，家族中的每一个成员都是父亲亲手挑选的。你明白了吗？”

文潇岚皱着眉头想了一会儿，突然脸色煞白：“你是说冯斯的祖父，他……他……他已经……”

“是的，那就是我们的父亲，”池莲缓缓地点点头，“永远不老，永远不死。”

“那不就是个千年老妖怪嘛……”文潇岚满脸惊诧，“守卫人世界真的是一次次突破我的想象极限啊。”

“确切地说，连我都说不清楚我们到底应该算是守卫人，还是黑暗家族。”池莲说，“我们一直独来独往，既不和守卫人家族联络，也不和黑暗家族合作。父亲所做的事也不依常规，难以捉摸，有时候袭击守卫人，有时候又会铲除妖兽魔仆。我一直都不明白家族的宗旨到底是什么，父亲又到底想要达到怎样的最终目的。”

“活了上千年，都没有人知道他到底想干什么，他倒真是隐藏得很深了。”姜米说。

“至于我，也算是家族中的一个异类，”池莲继续说，“从被父亲收养开始，我就一直被他藏在一处秘密的地点，从来不带我去家族聚居地。可能是因为我的附脑能力特殊，他不愿意我的存在被别人知晓。”

“你有什么样的能力啊？”文潇岚好奇地问。

“我的附脑并不能激发出蠹痕，却有着一种超常的感知能力，可以在好几公里的范围内侦测到他人附脑的存在，即便对方并没有使用蠹痕，我也能感知到。”池莲说，“最为重要的在于，除了感知存在，我还能具体分析这种力量，从而知道附脑的效用和蠹痕的强度。”

“简直就像是漫画书里的战斗力探测器！”文潇岚叹为观止，“我明白为什么父亲要把你藏起来了——你可以帮他找到天选者啊！”

“聪明的姑娘！”池莲称赞说，“在那个时代，的确所有家族都在期盼着天选者的出现。因为最近半个世纪以来，世界各地妖兽的复苏速度加剧了，甚至还有极少量魔仆现身，这说明魔王的觉醒可能也不远了。这种情况下，拥有天选者会让守卫人多几分底气。”

“二十年前的某一天夜里，父亲忽然来到我的藏身之所找我，他显得情绪有些激动，这一点很不寻常，因为他的自控能力很强，一般不会表露自己的真实情感。那天晚上，他告诉我，已经有不少家族侦测到天选者正在孕育中，都想抢先一步找到天选者，所以他把这个重担交给了我。那时候由于能确定的地理范围太过模糊，即便是我，也只能碰运气一样地在好几个地方来回奔波。到了最后，我终于在一座东北小城感知到了一个极其特殊的附脑的存在，我猜测，那极有可能就是所有人都在找的天选者。

“我追随着附脑的气息，找到了一栋破旧的民居，发现天选者的母亲即将临盆，但她却被一伙人挟持着，没有人身自由。那一伙人有的没有附脑，有附脑的力量也很弱小，应该是某个不知名的守卫人小家族。但是我的附脑并没有战斗能力，还不如他们，也就没有办法和他们动手。我去街上找了一个公用电话，想要赶紧通知父亲，但父亲却不知为什么没有在家里。没有办法，我只好悄悄跟踪，走一步算一步了。

“他们可能是担心天选者的秘密泄露出去，没有去正规医院，而是把天选者的生母带到了一家私人小诊所。好在那伙人提前准备好了分娩所需要的各种器械和药物，那个名叫翟建国的医生手也挺稳的，整个接生过程还算顺利，没有出现什么波折。我在墙外偷听着，几乎快要被冻成冰块了。

“翟建国去了卫生间，我听到那伙人在谈论着刚刚诞生的天选者，才知道生下来的竟然是双胞胎。他们也很困惑，不知道究竟两兄弟都是天选者，还是只有其中一个是，哪一个才是。但我却已经通过我的特殊能力感知到，其中一个只具备普通的附脑，未来充其量能成为一名寻常的战士；另一个却非同小可，附脑拥有前所未有的惊人能量，虽然还被某种力量禁锢着暂时无法发挥，一旦觉醒就可能震惊世界。错不了，这个孩子一定就是未来的天选者。

“我正在苦思有什么办法可以从那一群大汉手里抢走天选者，意外发生了。我突然感到那个被我确认为天选者的婴儿——也就是冯斯的附脑产生了剧烈波动，一股恐怖的力量骤然爆发了出来。虽然我躲在门外无法看见，却能感觉到，屋子里多出来了一股力量，完完全全是凭空出现的力量，带有明白无误的杀戮气息。然后屋里就传来连声的惨叫和肢体被撕裂的声响，还混杂着某种怪兽一样的号叫。那声音凄惨恐怖，就像来自地狱一样，我一辈子都忘不了。

“等了好久声音才消失，我能感觉到那群男人全都死了，一个不剩，倒是翟建国从卫生间跳窗逃了出去，捡了一条命。而这时候，那只杀人怪兽的气息也突然消失，就像从未存在过。事后我只能推测，这是一只妖兽，是冯斯的附脑创造出来的。附脑刚一出生就感受到了绑架者巨大的敌意，于是激发出了无中生有的创造蠹痕，创造出一只妖兽来保护自己，直到把敌人全部杀光为止。

“我又等了一会儿，确定妖兽的气息完全消失，这才绕到卫生间外面，从翟建国打开的那扇窗户翻进去。刚一看到里面的情景，我就忍不住吐了出来，那里实在是太可怕了，所有绑架者都被活生生撕成了碎块，整间诊所里血肉横飞，地上的鲜血流成了一条河。但是两个孩子都还活着，安然无恙，并且孩子的母亲也没有受伤，只是惊吓过度陷入昏迷，可见那只冯斯所创造出的妖兽虽然凶暴，却能分辨敌我。

“我有些踌躇，不知道该怎么办好，毕竟眼前有一大两小三个活人，我不可能有能力把他们全都带走。而这里是凶案现场，不宜久留，必须赶紧做决断。我最后决定，只能不管大人，把两个孩子带走了。可是，我刚刚把孩子裹好抱起来，门口突然传来了撬锁的声音。我连忙朝着窗户逃去，但我本来力气就不大，情急之下手一滑，把冯斯摔在了地上。

“当时开门的那个人也听到了卫生间传来的响动，追了过来，我没有办法，只能抛下冯斯，抱着剩下的孩子翻窗逃走了，那就是池慧。而开门进来的那个人，就是冯斯的爸爸冯琦州。他抱走了冯斯，还救走了两个孩子的生母。”

听完这一段回忆，文潇岚长长地出了一口气。即便只是听池莲叙述，她也可以想象那个夜晚是何等惊心动魄。而一番阴差阳错的变故后，冯斯最终被冯琦州带走，池慧却成了池莲的养子。

“所以后来，你就把池慧寄养在了道观里？”文潇岚问。

池莲点点头：“我没有其他选择，因为我还要循着冯斯附脑的气息去跟踪他们。”

“那么冯斯的生母呢？”文潇岚又问。

“小诊所里毕竟医疗条件不佳，她分娩的时候就已经严重感染，再加上东北的冬天天寒地冻，被冯琦州救出去之后，她还是没能活下来。”池莲回答。

“可怜的冯斯，他没有办法再见到自己的生母了。”文潇岚神色黯然，“接下来的事情就有些奇怪了。按道理，你应该找到冯琦州的藏身之处，把这个地址告诉你父亲，由他去干掉冯琦州，抢回天选者，你的任务也就算是完成了。可为什么最后你反而和冯琦州在一起共同养育冯斯了呢？而且，冯琦州不也明明是那个人的儿子吗？你们俩怎么会同时背叛父亲呢？”

池莲凄然一笑：“你知道冯斯的生母究竟是什么人吗？”

“什么人？”

“她是冯琦州过去的恋人。”

文潇岚“啊”了一声：“冯叔叔过去的恋人？”

“在冯斯出生前几年，她失踪了，父亲告诉冯琦州，她在执行家族任务的时候死掉了。冯琦州信以为真，但直到某一次去暗杀一个黑道中人，才无意中发现她根本没有死，而是被父亲强行嫁给了一个附脑特异的守卫人，目的是希望她能生下一个结合两家优势的强大的战士。然而就连父亲都没有料到，她生下的，竟然是整个守卫人世界都在翘首企盼的天选者。”

文潇岚一脸的愤怒：“为了生下一个强大的战士？这个老家伙是疯子吗？那是人，活生生的人，不是生育机器，不是种猪！”

“对父亲说这些话是没有任何用处的，”池莲叹了口气，“对于一个在世间游荡了几百年、几千年的灵魂来说，凡人短短几十年的生命有什么可贵的？凡人的生死又能有多大意义？”

“所以我讨厌魔王世界，”文潇岚恨恨地说，“一个个都太不正常了。那你是怎么和冯叔叔接触上的呢？”

“我先安置好池慧之后，追随着冯斯的附脑一路跟踪过去，很快追上了冯琦州，正好偷窥到了冯琦州埋葬冯斯生母时的场面。我的附脑有极强的感应能力，所以我的听觉也十分灵敏，我即便躲得远远的，也能听到冯琦州到底说了些什么。他在一处荒山上挖了一座坟，把死去的女人埋了进去，然后跪在坟前哭诉了许久，我这才从他的讲述中听明白，原来他也是父亲的手下。

“冯琦州追忆了许久他和那个女人的感情，最后对着她的坟墓发誓，一定要保护好她的孩子，绝不让他落入祖父或者其他魔王世界中人的手里。而我站在一旁听着，忽然有了一种莫名的感动，觉得这个人很有男人味。”

文潇岚下意识地捂住了自己的嘴：“池阿姨，你不会从那时候起就……爱上冯叔叔了吧？”

池莲微微一笑：“我倒是很想回答你‘是的’，但是人生并没有言情连续剧那么浪漫。我远远谈不上爱上他，不过是一时心软，不想把他交给父亲。因为我很清楚父亲的心肠有多硬，他对待叛徒是绝对不会容情的。如果冯琦州落到他手里，就死定了，而天选者会有怎么样的未来也难以预料。所以我犹豫了很久，没有向父亲禀报。但是我没想到，我会那么快就惹祸上身。”

“是不是父亲发现了你的背叛？”文潇岚问。

“是啊，他很快就发现了是我故意瞒报，导致冯琦州带着天选者逃脱了。”池莲说，“于是他马上派人追杀我。幸好我有感应附脑的能力，前后两次逃脱了追杀，因此对父亲心灰意冷。我产生了一个想法，如果天选者落入这样的人手里，说不定会给世界带来巨大的灾难。起码从他对自己的族人都那么残酷无情来看，这个人的心里，恐怕并没有太多人性。而从他的身上推想其他守卫人家族，多半是天下乌鸦一般黑。”

“所以……你决定帮助冯叔叔？”文潇岚说。

“是的，他是我唯一知道的对冯斯没有任何功利心的人，也只有把冯斯交给他抚养，我才能放心。但他毕竟是个大男人，而且干的是杀手的营生，这辈子摸刀摸枪远多过摸锅碗瓢盆，我想，只有我才能帮他了。于是我跟到了那座城市，找到机会和他认识了，那时候他正一个人为了照料婴儿的事情而焦头烂额，得到我的帮助简直是求之不得，我们就顺理成章地在一起了。”

“那么，你爱冯叔叔吗？”文潇岚觉得向一个长辈问这样的问题有些难以启齿，但又按捺不住好奇。

池莲沉默了一阵子，轻声回答：“在一起过日子而已，无所谓什么爱不爱的。而且，我猜，他未必没有隐约猜到我的身份，只是大家互相不说破而已。毕竟，我和他生活的中心都是冯斯，只要能照顾好这个中心，其他的，也就不必考虑太多了。”

也就是说，这夫妻俩其实只有家人之情，而没有男女之间的爱情，文潇岚想，这就是守卫人的世界啊，一旦卷入其中，就总是不得不舍弃许多珍贵的事物。不知怎的，她一下子想到了范量宇，心里陡然一痛。

“那……后来您为什么故意假死呢？”文潇岚问。

“那并不是我的选择，而是被迫为之，因为父亲终于还是找到了我，在冯斯八岁那一年。”池莲说，“我当时以为一切都完了，万万没想到，父亲最后放过了冯斯。”

“放过了？为什么啊？”文潇岚十分意外。

池莲苦笑一声：“我也不明白他的用意——没有人知道他究竟在想什么。他告诉我，如果我按照他的吩咐去做，他就放过冯琦州和冯斯，任由他们继续留在那座城市里，而暂时不必卷入魔王世界。我虽然明知道他这么做背后一定有着更大的目的，但也没有别的办法，只能拖一天算一天。我按照父亲的指示，安排了那一次的茶楼看风水，然后悄悄在冯琦州招摇撞骗用的符纸上下了毒。

“接下来的一切都很顺利。冯琦州去了外地，我把他的行踪泄露给他过去的仇家，这样他就得全力应付追杀，无暇他顾。我独自带着冯斯，可以每天晚上研究他的附脑。我原本对附脑的敏感度就远比常人要高，再加上曾经亲历过冯斯创造出妖兽来杀人的场景，猜到了冯斯蠹痕的效用，至少是初步的效用。看起来，这个效用正是父亲所期盼的，他很满意，立即指点我按照他所教的方法，在冯斯的潜意识里放入一把锁，切断了冯斯和魔王之间的直接联系。”

“可我还是不大明白，为什么你要离开呢？如果父亲决定暂时让冯斯保留他普通人的生活，有你在身边不是更好吗？”文潇岚说。

“因为父亲觉得，应该用苦难来塑造冯斯的性格了，他决定培养出一个和过去截然不同的天选者，一个脱离家族掌控的、独立前行的天选者。”池莲说。

“看上去他至少已经取得了初步的成功，”文潇岚点点头，“冯斯确实怎么看都不像范量宇、梁野他们的同类，却做到了过去的天选者从未做到的事情。”

“此外还有另外一个目的，父亲希望我去培养池慧。他说，池慧虽然不是天选者，毕竟和天选者血脉相连，不能白白放弃这枚棋子。”

“也就是说，之前发生的那么多事情，甚至包括天选者的成长轨迹，其实都是冯斯的祖父在暗中谋划的，真是一个可怕的人啊。”文潇岚感叹说，“比起那些摆在明面上的几大家族几大高手，他恐怕厉害得多。”

“事实上各大家族都留意到了他的存在，但他对自己的行踪藏得很深，家族成员也轻易不露面活动，想要调查他也无从查起。”池莲说。

“那这次他抓走池慧又是为了什么呢？那群神秘的普通人真的那么重要吗？”

池莲摇摇头：“那种使用人类科技摧毁附脑的手段确实独特，用来偷袭也一定会有不错的效果，但一旦引起了守卫人的重视，就未必好用了。守卫人毕竟拥有远远超过常人的反应和速度，许多人子弹都能躲开，只要不被药剂沾身就可以了。所以我也不懂为什么父亲对他们如此看重，总而言之，现在我只能求你帮帮忙了。”

文潇岚想了想：“如果是在过去，我肯定不会帮你。但是现在，我知道了你其实也很不容易，至少冯斯是因为你的保护才没有落入祖父的手里。可是，我也绝对不能把小樱推向险境，这种事是不能做一对一交换的。”

“我明白，我也绝不是要你牺牲自己的朋友，”池莲说，“我只是希望你把整件事告诉冯斯，然后由他来想办法。我不会强迫你们一定要让关雪樱交出东西来，只是……希望他能看在哥哥的性命的分儿上，能尽力试试。”

“这个我倒是可以答应你，我给冯斯打个电话说明情况，让他自己决定吧。我想，当他知道他的母亲虽然欺骗了他，但至少不是个坏人，心里应该也会欣慰吧。”文潇岚说着，掏出了手机。但她还没有来得及拨号，窗外忽然传来一个人说话的声音。

“阿莲，你还真是狡猾呢，竟然敢假冒我的名头来骗人家小姑娘。不愧是我的孩子，和我一样喜欢动脑子。”窗外的人说着，发出一连串阴险的笑声。

文潇岚吃惊地望着池莲：“你在骗我？这个人是谁？难道是……”

池莲的脸色刹那间变得没有丝毫血色，极度的恐惧出现在她的双眼中。

第七章

各怀鬼胎

一

路晗衣站在巨大的试衣镜前面，一丝不苟地捯饬着身上的黑色西装。这套剪裁合体的新郎装衬托得他更加英俊迷人。

“很不错，就定这套了。”路晗衣说。

“你不是说过，和林家的这场婚姻只是一场交易吗？为什么还要那么认真？”身后的女人问他。

“即便只是一场交易，也必须认真对待，”路晗衣转过身来，“不能丢了路家的脸面。”

“这可真不像是从我弟弟嘴里说出来的话。”女人笑了起来，“你不是一向都对家族脸面之类的事情全不在意吗？”

“也许我只是不想让我的姐姐失望而已。”路晗衣说，“这么多年来，我在她面前太任性了，偶尔也想做点事情让她开心开心。”

“其实我也开心不起来，”女人温柔地叹了口气，“我知道你并不爱林静橦，也并不想娶她，但是，和林家的联姻是必需的。林静橦现在的力量已经可以和你们四个相提并论了，家族在欧洲和我国西藏的势力也没有外人想象得那么弱小。如果你能和林静橦联手，即便对上范量宇也不吃亏了。”

“更何况，我们要对付的不只是范量宇、王璐他们，”路晗衣接口说，“世界各地的魔仆开始连续觉醒，那群奇怪的凡人也钻出来捣乱。这种情况下，能多一份力量就算一份。”

“有时候我真的觉得我看不透你，”女人摇摇头，“你对身边的所有事情都显得那么淡然而无所谓，但是我求你做的事，你总能比任何人都做得好。”

“有一个让你失望的兄弟就已经够了，我不会做第二个的。”路晗衣说。

“你不该这样说你的大哥，”女人说，“他虽然没有你能干，也不如你坚强冷静，但终归……还是一个好人。”

“在这个魔王的世界里，最没用的就是所谓的好人了。”路晗衣的语调忽然变得有些冷酷。

“你对他的偏见还是太深了，”女人的话语里透出一丝悲伤，“大哥他……只是一个可怜的人而已。他原本就不该出生在这样一个家庭，不应该成为守卫人。”

“但是他已经生在这里了，无从选择。”路晗衣说，“世上原本就不存在什么自由意志。”

“可他已经死了啊，”女人好像是在哀求路晗衣，“对于一个死人，还有什么不可以原谅的呢？”

“好吧，我不说了，我不说了。”路晗衣耸耸肩，“很晚了，你早点回去休息吧，明天还有无数家族事务等着你呢。”

女人凝视着路晗衣，似乎很想再说些什么，但到了最后，她还是什么都没有说，只是默默地抚摸了一下路晗衣的面庞，快步走出门去。

女人离开之后，路晗衣不紧不慢地换回了日常服装，离开了这家专门为路家服务的私人西装店。

“这次剪裁得非常好，腰也不显松了，你的手艺毕竟还是顶级的，雷蒙叔叔。”路晗衣对站在门边的金发碧眼的老裁缝说。

名叫雷蒙的裁缝眯缝着眼睛，满脸都是笑意：“我已经活不了多长时间啦，能够在死之前亲眼看到小少爷的婚礼，我就没有什么遗憾啦。”

“你可不能那么早死，”路晗衣亲昵地拍拍雷蒙的肩膀，“你还得替我未来的姐夫做衣服呢。”

雷蒙的目光里掠过一丝阴云：“小姐啊……我不能保证上帝能让我活到那个时候。小姐的心里，装着的事情太多太多，也许已经装不下一个男人了。”

路晗衣笑了笑，没有回答。雷蒙弯着腰拉开门，路晗衣走了出去。

四十分钟之后，路晗衣的跑车停在了一栋楼房的地下停车场里。他搭乘电梯来到了这栋楼的四楼，直接进入了挂着经理室名牌的房间。坐在房间里的男人看到他走进来，立即站了起来。

“三少爷。”经理毕恭毕敬地鞠了一躬，“您还是去老地方吗？”

路晗衣点点头。经理快速收拾好一些文件和钥匙，离开了经理室。

路晗衣反锁好门，来到经理的办公桌前，拉开抽屉，在抽屉的上沿某一角按了一下。他身后的一堵墙忽然无声地分裂开来，滑向左右两侧，露出中间的一部电梯。路晗衣跨入电梯，按下了地下三层的按钮。

而这栋楼里其他的所有电梯，都只能到地下二层。

电梯来到地下三层，路晗衣走出电梯，沿着电梯外的走廊向前走，走廊尽头是一扇黑色的大门，门口站着一个皮肤苍白得近乎透明的中年女人。她看到路晗衣走过来，一声不吭地起身鞠躬，伸手在门上轻抚一下，身上的蠹痕闪烁了一下，门随即打开。

这道大门的背后是另外一道门，同样有一个人守卫着。一直开启了三道门之后，路晗衣终于来到了他的目的地：第四扇门。和前三扇门不同，这道门外并没有人守护，路晗衣来到门前，激发出了他的蠹痕。

门开了。路晗衣走进这扇用厚重的钢板铸成的大门，门也随之关闭。出现在他眼前的，是一个四面和天花板、地板都由结实的钢板打造而成的房间。房间并不大，也没有多余的陈设，中央很醒目地摆放着一个大约三米长、一米多宽高的透明玻璃匣子，乍一看好像是一口棺材。

棺材的中央躺着一个人，或者确切地说，躺着一个怪物。这个怪物赤身裸体，浑身的皮肤都呈现出奇特的血红色，像大旱过后的土地一样寸寸龟裂。他的身体肌肉的形状十分不正常，比世界健美冠军还要饱绽凸出，乍一看有点像搞笑影片里故意做出来的假肌肉。肌肉的下方，一根根粗大的血管像有生命一样起伏扭动，看着令人十分恶心。

与强壮得不正常的肌肉相反的，是他的头颅。他的头小得就像婴儿的头颅，面颊深深凹陷，整张脸上几乎没有一点肉，状若骷髅。他的四肢关节都被一种看不出材质的漆黑的金属锁链死死锁住，无法动弹，脖颈处也缠绕着两圈颈圈，全身上下只有两个眼珠子可以转动。

而在他的双手手腕、脖子和心脏部位，连接着四根塑料长管，另一头则延伸到天花板之上。墨汁一样的黑色液体通过管道源源不断地流入他的身体。

听到开门的声音，这个棺材里的怪物眼珠微微转了一下，用嘶哑难听的声音说：“你已经很久没有来看过我了。”

“忙啊，忙得团团转，”路晗衣慢慢走到棺材前，“最近这段日子以来，世界各地的魔仆活动突然频繁起来，已经有好几个家族被血洗。另外一件事，倒是和你有些关系。”

“和我？和我能有什么关系？”怪物问。

“是那群科学家。”路晗衣说到“科学家”三个字的时候，语气格外讽刺。

但这句话对怪物的刺激却是巨大的。他的身体猛地剧烈颤抖起来，肌肉绷得更紧，好像是想要挣脱锁链的束缚。但这些锁链镣铐材质相当特殊，无论他怎么用力，也无法挪动分毫。最后他终于放弃了挣扎，但眼神里充满了不甘。

“他们……他们从日本到中国来了？”怪物喘着粗气说，“他们来做什么？”

“是不是从日本来的还说不定呢，因为你什么都不肯告诉我。”路晗衣说。

怪物轻笑一声：“我如果把一切都告诉了你，恐怕你会马上杀死我。我保留着这群‘科学家’的秘密，就是为了留住这条命，虽然它压根儿就不值什么钱。”

“那当然了，”路晗衣冷笑着，“你什么时候在乎过自己的生死？你只不过是个天字第一号情圣，想要留着这条命去见你心爱的女人而已。可是，你如果真的那么爱她，当初为什么又要放弃她、背叛她呢？”

状若骷髅的怪物咬牙切齿，看得出来十分愤怒，却不吭声了，好像是被路晗衣说到了痛处而无法反驳。路晗衣继续说：“因为出现了这双重的威胁，守卫人家族各自在酝酿着大动作。据我所知，梁氏家族和王氏家族都在加紧进行附脑移植技术的研究，即便明知道这些来自黑暗家族的技术可能是饮鸩止渴，甚至是圈套、陷阱，也顾不了那么多了；至于我，正在筹备和林家小姐的婚礼。”

听到“林家小姐”四个字，怪物的脸上又是一阵扭曲。路晗衣看着他：“怎么了？又想起了一个你对不起的人？你还真是风流呢。”

“我……我并没有有意欺骗她。”怪物一声长叹，“那些都是在家族操纵下的身不由己。可是，你真的就这么心甘情愿地和她结婚？”

“家族利益为重，个人的心甘情愿与否并不重要。”路晗衣冷冷地回答。

怪物报以一声和路晗衣差不多的冷笑：“你的确是一个了不起的家族中坚力量，但是你所做的一切，真的只是为了家族吗？”

路晗衣脸上浮现出一丝残酷的笑容：“如果只是为了家族，我何必像现在这样让你不生不死、对你恨之入骨呢，我亲爱的哥哥？”

“我早就知道。”怪物闭上了眼睛，“我犯下的罪孽，我来承担，包括你的仇恨，弟弟。我虽有悔，但无怨。”

路晗衣不再多说，转身离开了这个密室，但走到门口的时候，他的脚步又停了下来。

“顺便告诉你，姐姐安排好了我的婚礼场地，很凑巧，就在这栋楼。”路晗衣说，“虽然我们之间隔了很多层钢筋水泥，不过，也算是邀请你参加婚礼了吧。”

他离开了。身后的铁门沉重地合上，把怪物粗重的喘息声关在了地下。

二

“我好像听到了水声。”刘岂凡说。

“不是好像，是真的有水声，”姜米说，“难道是地下河倒灌了？”

“说不定，我们还是赶紧往地势高一点的地方转移吧。”冯斯说。

此时震动比先前轻得多了，虽然脚底下还略微有一些震颤，也不过相当于飞机上的一点小颠簸。只是电力系统坏掉了，周围漆黑一片。冯斯伸出手，催动蠹痕，手上接二连三出现了三个微型野外用照明灯。

“啧啧，你这超能力还真好使！能变钱不？能变金子不？”姜米很是兴奋。

“你真是见钱眼开到不分时间、场合……”冯斯瞪了她一眼，“我们现在被地震困到地下了好吗？大姐！”

“朝闻钱夕死可矣！”姜米反瞪他一眼。

冯斯无奈地叹口气：“好吧。钱我试过，虽然看起来很像，但是通不过验钞机，不知道哪儿还有缺陷。金子可以变出一丁点，但贵重金属好像特别耗费力量，我变出金子之后晕过去小半天，后来不敢试了。”

“那可以勤加练习嘛，说不定下次晕半天就能变出一大坨了，那样也很赚啊！”姜米依然兴致勃勃。

“滚！一大坨，你以为牛粪啊？”

有姜米插科打诨，冯斯觉得自己的紧张情绪缓解了不少。三人举着照明灯走向出口处，发现水电站的出口已经被几块石头堵住了，留下的缝隙估计只有老鼠才能钻行。冯斯尝试着推了推，几块磐石纹丝不动。

“丰站长！丰站长，你在吗？”冯斯高声喊道。他喊了几遍，却没有得到任何回音，也不知道丰华明是故意装聋作哑，还是被石头砸晕甚至是死了。

情况不妙的是，丰华明没有回应，流水声却越来越响，这让刘岂凡感觉到了不对劲。他侧耳倾听了一会儿，皱着眉头说：“这个水流很奇怪，不像是自然的水流，不然按照这个声音推算流速，我们好几分钟之前就应该被淹了。”

“不是自然的水流？”姜米很吃惊，“那会是什么？”

刘岂凡还没来得及回答，仿佛是为了印证他的话，电站的一侧墙壁——其实就是经过修葺的天然溶洞壁，承受不住压力而轰然倒塌，混合着泥沙的黑色水流瞬间灌了进来。冯斯心里大叫糟糕，正不知道该怎么办的时候，不可思议的事情发生了。

水流灌了进来，却没有按照常态从低到高地灌满整个地道把三人淹没在其中，相反，这些水流收束成了一股，盘绕在三人身畔，就好像一条有生命的黑色巨蛇。冯斯心里一凛，仔细观察，发现空气里有淡青色蠹痕的光芒。

“这里藏着魔王世界的生物，不是黑暗者就是魔仆，小心点。”冯斯提醒看呆了的姜米和刘岂凡，随即提高了声调，“请出来吧，我们投降。”

水流继续在三人身边如巨蛇般翻滚，慢慢收拢，接触到他们的身体。更加怪诞的事情发生了，水分子完全没有渗透进入三人的衣物，反而像凝胶一样，把他们牢牢地束缚起来，然后，这些凝胶一样的水流卷着三人的身体，从倒塌的墙体处钻了出去，“正常”的河水随即迅猛地淹没了他们先前站立的地方。

这座地下水电站看来已经被彻底毁掉了，整体都被地下河吞没，丰华明也不见踪影，只有三人所经过的每一处，水体会向两边分开，就像是给他们让道一样。

“害怕吗？”冯斯问姜米，“这就是魔王的世界，日常经验完全行不通。”

“害怕嘛，当然是害怕的，”姜米老老实实地说，“但是也很刺激啊。我这次跟着你过来，不就是为了了解一下你身处的世界吗？现在我看到了。不过，我们这是要被带到哪儿去？”

“好像已经远离了水电站，”刘岂凡说，“现在我们应该是正在被带往地下河的深处。”

的确，三人已经处在地下河的深处，除了凝胶状的水带为三人隔离出的那一小片空间，他们的头顶、脚底、四周全部都是汹涌奔流的河水，河水和河道撞击着，发出震耳欲聋的声响，席卷着这片地下世界里的一切事物。

“怪不得国家要在工程难度那么大的地方修建水电站，”冯斯喃喃地说，“这么大的水量，不利用怪可惜的。”

然而，说完这句话之后没有多久，他发现前方的河水流速减缓了。确切地说，并不是整条河流速变缓，而是位于河流中央地带的一片水域起了变化，而且越往前，这片水域的水流速度越慢，仿佛是河中出现了一座孤立的岛屿。

只是，这座岛屿也是由水构成的。

几分钟之后，包裹着三人的这一层水流完全停止下来，慢慢沉到地下河底部，三人的脚都踩到了河底的硬地。四周的河水仍然在高速流动，只有三人所在的这一块静止不动，这让冯斯产生了某种错觉，觉得他们就像是被关进了一艘透明的潜水艇里。

这时候，束缚住三人的凝胶状水流也不声不响地松开，水体融入旁边的河流里，化为无形。冯斯活动了一下手脚，爹着胆子向周围走了几步，发现走不了几步就被一层同样呈凝胶状的液体阻挡住，无论怎么用力都无法破坏。他又产生了另外一种联想，觉得他们就像被囚禁在了一所四壁透明的囚牢中。

“那……那是什么？”姜米忽然伸手向前一指，声音里满是紧张。

冯斯顺着姜米所指的方向抬眼看过去，只见前方十多米处的地方，河水的颜色起了一些微妙变化。某些区域的水色忽浅忽深，变化不定中，最后逐渐形成一种近似透明的蓝色，汇聚在一起，慢慢组合出一个轮廓，既不能说是液体，也不像纯粹的固体，大致上还是属于接近凝胶的状态。

“我的妈呀……”姜米捂着嘴看着这个逐渐成形的胶状物，“这玩意儿得有多大啊？”

的确，这一团物体虽然形状还没有固定，体积已经相当惊人了，冯斯粗略目测了一下，它的高度应该超过了三层楼房，宽度也有好几个房间，分明就是一座透明的小山。它的外表形状极不规则，而且始终处于动态变化中。

“像不像一只巨型水母？”冯斯说。

“你这么一说，还真挺像的，这到底是什么玩意儿啊？”姜米问。

“没猜错的话，它就是这里的主人了。”冯斯说，“看这个气势，看它任意操纵水流的能力，绝不是妖兽的力量能达到的，这应该是一只魔仆了。”

“我的蠹痕失灵了。”刘岂凡突然说。

“啊？什么？怎么会？”冯斯吃了一惊。他连忙尝试了一下自己身上的蠹痕，几秒钟后，手心里变出来一个色彩鲜艳的小面猴——正是数月前促成他和姜米川西之行的重要物件。

“送给你。”他把面猴随手塞给姜米，回过身问刘岂凡，“怎么回事？”

“我刚才想让时间静止一下，然后试试能不能找到这堵水墙的弱点，”刘岂凡说，“但是我发现怎么催动附脑都没有用，好像有一股更强大的力量在压制着我的附脑。”

“压制着你的附脑？”冯斯皱起眉头，“可是它并没有压制我的附脑啊。”

“也许是因为你的天选者体质吧。”刘岂凡猜测说。

不是那么简单，冯斯想，不过刘岂凡的蠹痕失效，对三人而言着实不妙。姜米是个普通女孩，他自己的蠹痕虽然奇妙，实战中充其量也就是变出把刀子，连手枪都还无法创造。真要遇到什么状况，最可靠的武器可能还是刘大少操控时间的能力。然而，这个最可靠的武器已经失效了。

只能硬着头皮面对一切了。冯斯深吸一口气，对着前方大声说：“魔仆先生，我们来了。”

那一团被他戏称为水母的不规则物体仿佛真的听到了冯斯的呼唤，开始蠕动起来。它的身体不断地拉伸延展，变得越来越薄，面积也越来越大，恍如一个巨大的幕布。

姜米拉了拉冯斯的胳膊：“喂，这个家伙……看起来像是要吞掉我们的样子。”

果然，水母的身体还在不断延展，虽然仿佛薄如蝉翼，在周围湍急的流水中却没有受到任何损坏，甚至方向都不曾被干扰。很快，三人所在的这块静止水域就被水母完完全全包裹起来，就像是加了一道透明的穹顶。

当包围完成时，穹顶的色彩忽然发生了变化，色泽越来越深，最终变成了一片漆黑。好在三人手里都有冯斯利用天选者之力创造出来的照明灯，在灯光的照射下，可以看到半圆形穹顶的覆盖几乎严丝合缝，有如一座宏伟的球幕电影院。与此同时，围绕着三人的水域也逐渐消散，慢慢流向穹顶壁，然后被吸收殆尽，一滴不剩，连地面都变得干燥。

“我们有点像是被扣在菜碗里的三块红烧肉。”姜米说。

“可能比红烧肉稍微好些，”冯斯说，“如果是红烧肉的话，人家不会准备那些玩意儿来招待我们吧？”

姜米拿着照明灯，朝球幕的中央照去，只见那里不知何时出现了一张宽大的红木书桌、一张红木太师椅，桌面上还放着几个酒瓶和一个酒杯。冯斯注意到，每一个酒瓶都不满。

“说是招待，为什么只有一张椅子和一个杯子？太小气了嘛。”姜米撇撇嘴。

“有可能是它早就习惯了只招待一个人。”刘岂凡说。

姜米一怔：“什么意思？”

刘岂凡摇摇头：“我也说不清楚，但是不知道怎么回事，这里的一切，好像带有某种熟悉的感觉。我觉得它在等人。”

“它？它是什么？它是谁？”冯斯问。

“我一时也说不清楚，”刘岂凡苦恼地敲敲头，“我明明没有来过这儿，为什么会有似曾相识的感觉呢？”

“马上就会知道了。”冯斯努努嘴，“主人来了。”

只见从黑色穹顶的顶端慢慢坠下一团水滴状的黑色胶体，浑似没有重量一般轻飘飘地落到了地面上。刚落下时，它的大小近似于一头健壮的公牛，紧跟着，整个身体开始缓缓地膨胀，就像正在充气的热气球一样越变越大，最后几乎占据了半个穹顶下的空间，体形也接近一个椭圆。

随着形状的基本固定，这个奇怪的物体的前端上方打开了两条缝，两道令人毛骨悚然的绿光从里面射了出来。

“那是眼睛吧？”姜米小声问。

“多半是了，”冯斯说，“这是我所见过的最大的一只魔仆，不过看它老人家的身段，好像有点虚胖。”

“虚胖？什么意思？”

“说不清楚，但总感觉它这个形态不太正常，一种直觉吧。”冯斯说。

两人说话的工夫，那对绿色的眼球转了转，像是看清了三个不速之客的形貌，微微流露出一丝惊诧。

“你们是什么人？”魔仆用苍老而沉闷的声音问道，声音好像是直接从它的体内响起的。

冯斯犹豫了一下，决定实话实说：“我是天选者。”

“哦，是吗，天选者？”魔仆的语调听起来有些恍惚，“为什么不是小安？”

这个回答十分出乎冯斯的意料。听口气，魔仆是在等待一个叫“小安”的人，那些桌椅和酒杯酒瓶大概也是为小安预备的，但这并不是重点。关键在于，他已经报出了自己天选者的身份，而魔仆听上去却浑不在意，依然只是关心为什么小安没来。

这可真是离奇。到现在为止，冯斯已经遇上过好几只魔仆了，这些魔仆性格各异。比如张献忠地宫里的蛇身魔仆，颇带有几分狂狷的气质；相比较而言贵州山区的老祖宗就比较木讷。介于魔仆和妖兽之间的西藏巨鼠虽不能说话却十分奸诈，而前几天在燕郊出现的那只，显然是在努力向着更像人的方向进化，已经能喜怒不形于色，甚至于——冯斯自作多情地猜测，如果它的身量不是那么巨大，搞不好还可以和冯斯调调情。然而魔仆都有个共同的特点：都对冯斯的天选者身份十分重视。不管是想要联通他和魔王的精神，还是尝试吃掉他，还是想方设法试图唤醒他的蠹痕，只要冯斯出现了，立即就会成为魔仆眼中的焦点。

但是眼前这位胖得像个巨型热气球的魔仆大爷，竟然在明明白白听清楚了冯斯天选者的身份之后，并没有表现出对他有任何兴趣。这可真是太古怪了，冯斯甚至隐隐感到有一点失落。

“你是谁？小安又是谁？”刘岂凡问。

“我？我是魔王的奴仆。小安就是小安，他应该来陪我喝酒。”魔仆说。

“这张桌子就是为小安预备的吗？”冯斯问，“他经常来陪你喝酒？”

“是啊，也只有他来陪我，不过其实是他一个人喝，我看着。我不能喝酒。我也不知道酒是什么味道。他带了好多酒到这里来，说是存在我这里，来的时候就能直接喝。他有时候喝白酒，有时候喝红酒，最近一年他特别喜欢红酒，说心情好，但是我也不明白为什么心情好就要喝红酒。人类为什么爱喝酒呢？好奇怪……”

魔仆絮絮叨叨地说个没完，听得三个人目瞪口呆。姜米轻声问冯斯：“你跟我形容过的那些又凶残又狡猾又邪恶的魔仆，就是这样的？我怎么觉得这像个神经病呢？”

“作为一个在精神病院度过假的人，我必须纠正你，这是精神病，不是神经病。”冯斯一本正经地纠正她，“确实很奇怪，这个魔仆真的是相当不正常，有点像那些唠唠叨叨的孤寡老人。”

“也许他本来就很老了，而且离死不远了。”刘岂凡说。

冯斯看了刘岂凡一眼：“刘公子，奇怪的不只是这只魔仆，我感觉它出现之后，你也有点不对劲。”

刘岂凡点点头：“不知道为什么，从一到这儿，我就总能感觉到一种熟悉的气息，魔仆出现后，这种感觉更强烈。”

冯斯想了想：“要不然，你走近它身边试试？不然它现在这个状态，根本就没办法交流。”

刘岂凡深呼吸了一下，迈步来到书桌前。魔仆好像丝毫没有注意到他的存在，仍然在嘴里颠三倒四地说着话。但当刘岂凡参着胆子伸手拿起酒杯的时候，它还是停下来，斗大的双目转动了一下，把视线放到刘岂凡身上。

“这是小安的酒，你为什么要喝？”魔仆问。

刘岂凡被问住了：“我……那我不喝了。”

他正准备把酒杯放下，魔仆却已经说话了：“那倒也不必。反正酒多得很，你喝几瓶也没问题。”

这个魔仆倒还挺大方，冯斯想。

刘岂凡真的拿起一个红酒瓶，往杯子里倒了满满一杯，咕咚咕咚一口气喝下去一大半。

“第一次喝酒，没想到这么难喝……真不明白为什么那么多人喜欢喝酒，难喝死了。”他咂着舌说。

他原本极少喝酒，这一大口红酒下肚，很快脑子就有点晕晕乎乎，身子也摇晃了一下，冯斯连忙帮他接过酒杯。不过，在酒精的刺激之下，刘岂凡的胆子似乎更大了点。他抬起头，和魔仆的绿色巨眼直视着，问道：“小安经常这样陪你喝这些猫尿一样的酒吗？”

“不算经常，有时候好几年都不来，有时候来得频繁点。”魔仆一说起小安，又是那种絮絮叨叨的语气，“其实也可能是我的错觉。自从那一年之后，我的感觉就很错乱，老是感觉不到时间到底是在往前走，还是在往后退。”

这话挺有意思的，冯斯想，它为什么会单独提到时间？“那一年”又是哪一年？

刘岂凡似乎比冯斯更加敏感：“时间？你也对时间感觉更敏锐对吗？我还没有告诉你，我是有附脑的人，我的蠹痕可以让时间停止。”

“哦？原来是你啊。”魔仆说。

刘岂凡一愣：“什么叫‘原来是’我？”

“有那么几年，小安常来看我，每次都要从我身上取走一些体液，说是要去培养一个人才，”魔仆说，“他说他发现了一个天赋异禀的少年，对时间的敏感度远远超越常人，如果能注入我的体液去刺激他，他或许会变得很强。”

“没错，就是我，经过了几次手术后，我逐渐掌握了让时间停止的能力。”刘岂凡说，“看来，那个把我带入家族的人，就是你的朋友小安了。他是不是姓冯？是不是一个看上去四五十岁的中年人？”

魔仆显得有些迷茫：“姓什么？我没有在意过。可能姓冯，可能姓李，可能姓刘，但姓什么一点也不重要，他首先是小安，是一个具体的唯一的存在，姓什么都不能改变这一点……”

它就像一个发了疯的哲学家，表述了一大通小安的唯一性之后，才想起回答刘岂凡的第二个问题：“长相有什么关系呢？小安跟我讲过一个人类的谜语，说有一个人，早上四条腿，中午两条腿……”

真他妈活见鬼了，冯斯想，怎么会遇上这么一只疯疯癫癫的魔仆。一只魔仆不顾着对付守卫人，不着急唤醒魔王，对天选者的出现无动于衷，居然躲在幽深的地下河里当起了哲学家，简直是乱七八糟、岂有此理。当然，还是有收获的，从刚才魔仆的话语里，仍然可以提炼出一些关键信息。

那个名叫小安的人，无疑就是祖父了。从魔仆的描述推测，祖父会时不时地来到这条地下河里，和魔仆聊聊天，甚至还为此专门准备了酒。很显然，这只魔仆就是丰华明三十年来始终坚守在这座条件异常艰苦的地下水电站的原因。

另一方面，该魔仆也相当与众不同，它既不把人类当成仇敌，也不把人类当成奴隶去驱使。至少，它把祖父当成一个可以平等交流的对象，一个朋友。它似乎还挺盼望着祖父来到这里看望它，虽然自己不喝酒，却一直为祖父保存着各种好酒。

大概也是在这里待得太久了，有些寂寞了吧，冯斯猜想。不过，祖父把魔仆藏在这里，是为了什么呢？这只魔仆又有什么样的能耐呢？

另一个重要信息是，刘岂凡能获得现在停止时间的蠹痕，和他吸取了魔仆的体液有很大关系，所以刘岂凡会隐隐觉得这里似曾相识。那么，它的能力难道也和时间有关？

刘岂凡仍在继续和魔仆对话，但魔仆说起话来始终颠三倒四，而且思维发散性极广，总在一些无关的直接问题上绕来绕去。而冯斯等人最关心的几个问题——它到底有什么能力？它和祖父“小安”之间是什么关系？小安究竟是什么人，它却始终没有回答。

“我怎么觉得，它是在故意装傻呢？”姜米有些疑惑地说。

“我也这么想，”冯斯说，“有点不大对劲。”

他用照明灯四处照射了一下，瞪大眼睛仔细观察，他终于发现，四周那个原本漆黑如墨的穹顶上，隐隐闪烁着一些亮晶晶的色泽。再细细一看，这些色泽来自一层薄如蝉翼的透明薄膜，这些薄膜已经覆盖遍了穹顶的表面，而它们的来源是一些蛛丝一样的细线。

——这些细线都是从魔仆背对着三人的那一面射出来的。就在魔仆像患了老年痴呆的老年人一样逻辑不清地不停地唠叨的时候，它已经悄悄地释放出这些细丝，然后覆盖在穹顶壁上形成了这一层薄膜。

冯斯陡然遍体生寒。他大喊一声：“刘公子！快跑！”

刘岂凡懵懵懂懂地回头看了他一眼：“怎么了？”

“这个死胖子在扮猪吃老虎！”冯斯觉得自己的嗓子里快喷出火来了，“快跑！”

然而“快跑”两个字说起来容易，做起来却不知道怎么下手。这里是在地下河的底部，周围还被穹顶状的罩子封住，实在不知道该往哪儿跑。

冯斯果断地用蠹痕创造出一把匕首——他现在的能力所能变化出的防身武器的极限，然后扑向穹顶，用尽全力一刀刺了下去。但这一刀刚一刺到那层薄膜，就有一股巨大的力量反弹出来，把这把匕首弹飞了。

紧跟着，整片薄膜从穹顶上剥落下来，猛然向中间收拢，把三个人以及魔仆都收在其中。一阵天翻地覆的碰撞中，冯斯紧紧抓住姜米的手不敢放松，他感到姜米也伸出另一只手来，搂住了他的腰。两人滚作一团，然后一起撞到了魔仆的身上。他没有料到，魔仆看起来山一样的庞大身躯竟然和纸做的一样一碰就破，刘岂凡也在魔仆身上撞出了另外一个洞，三人都滚进了魔仆的体内。

三

王璐一丝不苟地在来访人员登记簿上填写下自己的姓名和职业，放下笔，冲着保安露出一个甜美的笑容。她穿着一身黑色的职业套装，显得精神而干练，而跟在她身后的是一个穿着没有剪掉商标的名牌西装的中年人，浑身上下散发出暴发户的嘴脸。

“谢谢你了，大叔。”王璐说。

“你是刚上班的吧？”保安似乎也很乐意和这个虽然不漂亮但是十分可爱的姑娘聊两句，“以前没见你来过。”

“是啊，我们中介行业人员流动挺大的，我以前在别的区域，那边的门店关掉了，才转到这儿来的。”王璐脸上露出发愁的表情，“这两年房子不好卖啊。”

“可不是，前几年天天看见你们带人来看房子，这两年看房的都少了，”保安点点头，“我认识的几个房产中介都兼职送快递了。你们虽然苦点，毕竟还是有机会赚到大钱，不像我们只能吃死工资。”

“这就是围城了，城里城外互相羡慕着彼此。”王璐说。

“你说得真深奥。”

王璐带着身后看房人模样的中年男人走进小区。然而，她在门口登记的是看该小区15栋的某套房子，此刻和中年人却径直走向了7栋，然后乘电梯上到9楼。王璐看看走廊里没有人，催动蠹痕，瞬移进入房间，然后打开门放中年男人进入。

这是混迹网络的当红道士祝清散在北京的三套房子之一。

“前两套房子都找过了，什么都没找到，还让那个聪明的老头溜掉了，”王璐说，“如果这套还是什么都找不到，唯一的线索也就断啦。”

“你好像对那个姓魏的老头还挺佩服的。”男人说。

“一个普通人，年纪那么大了，身体那么弱，居然能够三番五次地从守卫人的追捕中逃脱，也算是很有头脑啦，”王璐说，“我最佩服聪明人。”

男人不再多说，在祝清散装修豪华的客厅中央席地而坐，闭上双眼，一圈墨绿色的蠹痕扩散出去，充斥了整个屋子。王璐在沙发上坐下，听着男人每隔几分钟的汇报：“入户花园里没有异常物品”“客厅里没有异常物品”“主卧里没有异常物品”“次卧里没有异常物品”。

二十分钟后，男人收回蠹痕，睁开眼睛。他的额头上都是汗水，嘴里微微喘息，看上去甚为疲惫。

“我已经检查过屋子里所有的文字，包括书籍、报纸、杂志、电器说明书等。”男人对王璐说，“没有任何文字和魔王有关，甚至几乎没有与日本有关的东西，他显然是个很谨慎的人。”

“那就只能把电脑硬盘拆回去让技术部门分析一下了，”王璐说，“这倒是没什么意外的。这群人如果不是足够谨慎的话，也不至于直到现在我们都还对他们几乎一无所知。”

男人点点头，手脚麻利地把祝清散放在桌上的笔记本拆开，取出硬盘，又把屋里所能找到的几块移动硬盘和优盘都装进手提包。

“我们走吧。”王璐说着，从沙发上站起来。她看似不经意地迈动步子，突然，身上的蠹痕由发动到暴涨，随即祝清散家里无数大大小小的物件：空气净化器、挂钟、机顶盒、笔记本电脑、茶杯、果盘、水果刀、三清祖师神像、香炉……全都像有生命一样飞了起来，以飞快的速度撞向了入户花园处。

紧跟着，从入户花园的方向传来一股灼热的气浪，王璐用蠹痕操纵着飞过去的这堆东西，不管成分是金属、塑料还是陶瓷，统统在转瞬间化为了灰烬。等到这一片狼藉落地后，一个人影踏着沉稳的步伐走入了客厅。

“梁野哥哥，你是决定了这辈子都要跟我作对到底，不死不休？”王璐轻叹了一口气，目光中杀机迸现。

“我还是来晚了一步，”梁野四下里看了几眼，“看来你和我都在燕郊注意到了这个道士的出现，而且都很快锁定了他的身份。不过，你的手脚比我麻利。”

“我打架打不过你们，只好在这些旁门左道上多下些工夫了，”王璐说，“我可以告诉你，我在这个道士的三处住宅都找过了，并没有找到任何能表明他和那帮‘科学家’有联系的证据。倒是发现了你一直在找的那个姓魏的老头，但被他溜掉了。现在我手里只有几块等待检验的电子存储设备，估计里面能找到有用信息的概率也很低，但是，我仍然不能交给你。”

说完，她把蠹痕收到了自己身边，这是准备积蓄力量大打一架的态势。中年男人默默地退到了主卧里，显然是明白自己在这场一触即发的火星撞地球大战中根本不可能帮得上什么忙。

出乎王璐意料，梁野只是摇了摇头：“我今天不是来找你打架的，也不想从你手里抢什么东西。”

“哦？那你想要做什么？”王璐的眼睛微微眯了起来。

“最近的形势有了很大变化，已经不需要我再多说什么了。”梁野说，“现在路家和林家已经在准备婚事了，他们的势力会继续壮大。至于范家，你我都应该清楚，范量宇的真正力量还没有完全发挥出来呢。而且包括四大家族在内，再也没有人提‘猴子’的可笑话题了，所有人都不再执着于原生的附脑，而都在研究附脑移植和改进的技术。”

“所以……你想要表达什么？”王璐问。

“我们合作。”梁野说。

王璐轻轻地摸了一下自己脖子上的伤疤：“合作？这两个字说出来倒是轻巧，但你已经从我手里抢过一次东西了，我该怎么信任你呢，梁野哥哥？”

“大不了把我的命赔给你。”梁野语气平淡地说。

王璐的眼睛又眯了一下：“把命赔给我？你什么时候变得这么大方了？你又打算怎么把你的命赔给我呢？”

“只要打败了魔王，我任你处置。”梁野说。

王璐冷笑一声：“打败魔王？你还不如干脆说等到你的第八十代孙子娶媳妇儿的时候再死。”

“你我都心知肚明，等不到那个时候了。你觉得我们还能剩下多少准备时间？”梁野目光炯炯地看着王璐。

王璐不再笑了。她托着下巴思索了两分钟，最后缓缓地开口说：“你打算怎么合作？”

“相信你也已经看出来了，当魔仆和妖兽大规模觉醒的时候，我们的力量是不够的。”梁野说，“还记得我从你手里抢走的黑暗家族的实验品吗？”

“记得，后来各大家族不是陆陆续续又找到了其他一些实验品吗？”王璐又下意识地摸了摸自己的脖子，“包括我们在燕郊压制魔仆的时候，也取得了一些妖兽样本。不过，据我所知，最近两个月你们家族又有几位医学博士归来效力。论到医学和生理学方面的研究能力，你们是最强的，尤其在大脑机能方面。”

“但是，单纯说起对附脑本身的研究，尤其是对蠹痕功效的研究，你们王氏家族最有心得。”梁野说，“我建议将我们的科研机构合并，掌控权交给你。”

王璐很意外：“掌控权交给我？这有点铁公鸡拔毛的味道呢。你想要达到什么样的目的？制造出更加强大的蠹痕吗？”

“单独的人类个体身上能够激发出的蠹痕是有极限的，”梁野说，“人力毕竟是人力，不能逆天，先天上的差距难以弥补，还是无法和魔仆抗衡。而魔王一旦苏醒，能够达到什么样的程度，我们都还不知道，也许会像卡车从蜗牛身上开过一样，完全彻底地碾轧。”

“那我就不明白了，既然你觉得意义不大，为什么还要继续研究呢？”王璐问。

“一个人的蠹痕或许不够强，但如果不同人的蠹痕叠加在一起呢？”梁野反问。

王璐愣住了。她在客厅里转了个圈，脸色变得有点难看："我懂你的意思了。从冯斯那个傻小子误打误撞揭破了川东玄化道院的真相之后，你就一直在动这个念头。你想要弄清楚那些黑色魔花是怎么作用于玄化道院的道士们的，以至于那股力量打开了一个新的空间，你觉得只有那种能撕裂空间的力量，才可能对抗魔王。而黑色魔花的秘密，偏偏被林静橦带走了，所以你才要和我合作，不仅仅为了合并科技力量，还想从路家和林家手里拿走黑色魔花。"

"你只说对了一半，"梁野说，"我不想拿走黑色魔花，只是想要四大家族和其他家族共享。"

王璐又是一阵沉默。她随手捡起刚才飞出果盘时掉落在地上的一个橘子，长出了一口气："我还是低估了你。这么多年来，我早已经习惯了各个家族为了自己的利益而争斗，一面对抗着魔仆妖兽，一面自己人打得死去活来。我以为所有人都会先想着压倒别人，再去考虑其他，但现在我发现你好像是个例外。诚实地说，你真的让我开始佩服你了，不过……"

"不过什么？"梁野说。

"不过有一件事我不知道你想过没有。"王璐说，"我们这些守卫人家族千百年来打来打去，虽然自身折损了不少，却有另外一个好处，那就是让守卫人世界无暇扩张。"

"扩张？"

"对，向凡人的世界扩张。"王璐说，"我们不是生存在小说里的世界，魔法师和麻瓜各自固守着自己的领域，井水不犯河水；我们也不是小说里的魔法师，对现代科技一窍不通。事实上，我们手里既拥有凡人的科技，又拥有他们永远无法比拟的附脑的力量。一旦解决了内部的纷乱，我们是注定不会安分守己的——因为我们比他们强。"

"是的，我们比他们强，如果变得更强可能会带来麻烦，"梁野说，"但是火烧眉毛且顾眼下吧。"

王璐慢慢地靠着沙发上坐下，双手揉着太阳穴，满脸都是疲惫："是啊，我们永远都被困在当下，永远都看不清未来。"

"你在害怕？"梁野看着她。

"从天选者真的出现之后，我就一直在害怕啊。"王璐双目微闭，"我以前总以为，魔王什么的，应该是很遥远的事情，我就成天和你们一会儿打架，一会儿联手打魔仆妖兽，这样慢慢消磨完一生，也就是了。但是，天选者出现后，一切都在飞快地加速。你刚才说得没错，骗自己是没有意义的，大家都心知肚明，魔王很快就会复苏，一场把所有人都卷入其中的生死血战，已经是无法避免的了。我无法想象那会是怎么样的一个场面，也无法想象，如果守卫人战败了，世界会变成什么样。”

“所以我们不能败。”梁野目光炯炯。

四

刚刚撞进魔仆的体内，冯斯就感觉到了不对劲。他感受到一种难以形容的空间的变更，就好像是一个人突然从河水里落入了海水里一样，很接近，但感觉不太对。紧跟着，手上一空，腰间也一松，明明紧紧搂着的姜米一下子消失了，就像是溶化在空气中了一样。

冯斯很吃惊，伸手捞了几把，手里什么都没能碰到。他连忙睁大眼睛向四处张望，只见身边是一片看不见深浅的淡淡的灰色云气，没有气味，云气中也没有传出什么声音，而他的身体就轻巧地悬浮在半空中，被某些无形的力量托着。

估计又是进入了一片异空间，冯斯想，没有想到这个魔仆的体内本身就是异空间。他大声喊了几声姜米和刘岂凡的名字，却始终没有得到回应。再尝试着在半空中移动，也完全不得要领。别无他法，他只能呆立在原地，等待变化。

好在虽然他自己并不能自主移动，但这团云气就像洋流一样，一直在带动着他的身体缓缓移动。不知过了多久，身前的云雾逐渐散开，他的脚底也踩到了硬地。他四处看了看，不由得搔了搔头皮。

“这他妈又是个什么鬼地方？”冯斯嘟囔着，“果然魔王世界里没有什么玩意儿是正常的。”

眼前是一片深灰色的土地，光秃秃的没有任何植被、建筑或者其他物体，一望无垠。然而，在这片土地的上方，悬浮着蓝色的水域，看上去像是海水。但这些海水凭空漂浮着，没有一滴掉落下来。

“海水在上面，土地在下面？”冯斯挠挠头皮，“又是新花样了。”

他试探着迈步向前走，还好，地面平整坚实，就像是水泥铺就的，也没有踩到什么陷阱。只是眼前的景象实在是乏味到了极点，什么多余的物件都没有，就连地面上都没有丝毫纹路。

不过，多走了几步路之后，冯斯注意到头顶的海水里有些异样。他抬头一看，发现此刻立足的地面所对应的海域里漂浮着一样东西，由于隔得太远，看不清楚是什么。好在冯斯此刻拥有能够创造物质的蠹痕，他很快创造出一架望远镜。从望远镜放大的图像来看，他判断出那似乎是一团正在高速旋转的旋涡，而且，细细看来，旋涡里好像隐藏着什么东西，而且似乎在动。

然而这个望远镜的放大倍数有限，想要看清楚旋涡里是些什么东西，就有点力不从心了。

他无奈地咒骂了一句，继续前行，却发现越往前走，相应头顶的海水里越频繁地出现了这种奇特的旋涡，有的很小，有的相当大，遗憾的是，始终没有大到能用望远镜看清内部的程度。

又走了两三公里的路程，他渐渐感到饥饿，天选者的蠹痕又派上了用场，至少可以创造出简单的矿泉水和面包来充饥。但想到姜米此刻不知身在何方，又没法像他这样解决饮食问题，不由得愈发焦虑。而头顶的海水所带来的巨大的压抑感，也让他的心情格外烦躁。

“看来我需要创造出一点抗抑郁药……”冯斯跟自己开着玩笑。

又走出几百米，他隐隐看见前方的地面上躺着一个人。他以为是姜米，连忙三步并作两步跑过去，然而到了面前才发现是刘岂凡。他不觉心里有点内疚：光顾着惦念姜米，又把存在感稀薄的刘大少给忘了。

走到跟前，冯斯才发现刘岂凡并没有晕过去。他虽然躺在地上，神志却依然清醒，此刻正瞪大了眼睛，死死盯着天空中那片诡异的蓝色海洋。

“你不会是又从中嗅到了什么熟悉的味道吧？”冯斯问，“容我问你一句：你接受了死胖子的体液，就被他转基因了吗？”

“不知道，说不清楚，”刘岂凡说，“就是觉得那里面有什么东西在吸引我。”

“你是仰头看累了才躺下来的吧？姜米呢？”

刘岂凡躺在地上，伸手指向他的左侧：“去那边转悠去了。”

冯斯抬眼一看，果然，姜米正坐在不远处的地上发呆。他撇下刘岂凡，跑到姜米身边，看到姜米神色无恙，这才稍微松了口气。

“来，吃点东西。”冯斯说完才想起，自己光顾着给姜米送吃的，却忘了给刘岂凡哪怕留一瓶水。这不能怪我，他自嘲地想，刘大少的气场太难引起旁人关注了。

他把面包和水递给姜米，又来回跑了一趟给刘岂凡送吃的，回来时看见姜米已经把他创造出的两大块面包吃了个精光。姜米冲他比了个大拇指：“你以后干脆开个面包店吧，无本万利，这面包味道真不错！”

“这就是天选者的全部力量了，”冯斯叹了口气，一屁股坐在姜米身边，“既不能打也不能挨打，到目前为止只是个变戏法的。”

姜米看了他一眼：“你这辈子都是这么自怨自艾过来的吗？”

冯斯一愣，没有回答。姜米接着说：“前几天我就已经和你说过了，你脑子里想的事情太多。当然，我也理解，你是天选者嘛，想要少想一点也不现实。但是对于一些完全在你能力范围之外的东西，你摆出一副忧心忡忡的样子，也没有任何帮助啊。再说了，此时此刻，对我们最有用的蠹痕就是你的变戏法啊。你就算再能打，困在这里和谁打？反倒是能弄出吃的来，我们才能活下去嘛。”

“道理我都懂，如果有必要的话，我可以给你灌几百锅鸡汤下去，”冯斯说，“但是有些东西可能是藏在潜意识里的，想要改变也力不从心。其实我现在已经比过去好很多了，你上一次和我在一起的时候，我甚至还一门心思地想要做一个普通人。至少现在，我在坚定地追求力量，坚定地想要变强，对抗一切可能的敌人，不再去做过普通人生活的白日梦了。”

“你也确实挺不容易的，”姜米叹息一声，“对不起，我不该那么说你，换成我的话，也许会处理得更糟糕。”

冯斯摆摆手：“你没有错。别说这些了，我们想想怎么从这里出去吧。你和刘大少发现了什么东西没？”

“刘大少一直瞪着那些旋涡在看，就跟看美女似的，”姜米说，“我倒是发现一点。”

“发现了什么？”

“这里的路好像不是直的。”姜米说。

“我不太明白，”冯斯搔搔头皮，“这里根本就没有路啊。”

“我的意思是说，在这里走路，虽然你感觉像是一直在往前走，但是你脚下其实会不知不觉地拐弯，根本把握不了方向。”姜米说。

冯斯愣了愣，忽然想起了点什么：“对啊，如果这片空间真的像看起来那么辽阔的话，我照着一个方向往前走，居然就遇到了你和刘大少，这个概率也未免太低了。确实不大对劲，等我试一试。”

他伸出手，创造出了一个指南针，把指南针摊平在手里看了一眼，沮丧地摇摇头：“没用。指针四处乱跑，根本不能定向，也不知道是磁场干扰，还是怎么回事。”

姜米劈手夺过指南针，扔在地上：“这玩意儿没用，你跟我走就知道了。”

她拉过冯斯，随便朝向一个方向，迈步就走。冯斯有些担心：“我们是不是应该留一个记号什么的？免得一会儿……”

“哎呀不会啦！”姜米说，“跟着我走，我还能卖了你不成？”

冯斯无奈，只能随姜米向前走。神经大条的姜米像是完全没有留意，一直都牵着冯斯的手，但冯斯不可能不注意。那种温暖而柔软的触感，恍惚中又让他想起了几个月前和姜米在一起时的情景。内心种种纷乱的情绪再次涌了出来，他忽然想，要有多蠢的人才会去放弃这样一个女孩？那绝对是脑子里进硫酸了……

脑子里乱糟糟的，冯斯只是机械地被姜米拉着走路，完全没有看路，直到姜米放下他的手喊了一声“喏，自己看”时，他才回过神来。他定睛一瞧，前面几十米的地方，刘岂凡仰天躺着，仍然执着地观察着海水里的旋涡。

“果然是绕回来了。”冯斯想了想，从手里变出了一根带彩旗的长竹竿，吭哧吭哧插到土里。姜米看得乐不可支：“简直像孙长老给师父画圈。”

“您在美国也看过孙长老？”冯斯很好奇，“我以为您是看《芝麻街》和《辛普森一家》长大的呢。”

“我妈专门从国内带过去的光碟，”姜米说，“那是她的少女记忆。”

冯斯插好了竹竿，带着姜米又随便挑了一个方向向前走。他一路走，一路不停地回头往后看，走出一段距离后，忽然发现旗杆从视野里消失了。他停住脚步，往回退了几步，旗杆并没有在某一瞬间一下子重新出现。

“看来并不是某种突然出现的分割线。”冯斯说。他索性原地转了两圈，另外随机挑了一个方向向前走，没走出几分钟，视线尽头的地平线上出现了彩旗的顶端。

“这里的确是一片混乱的空间，”冯斯对姜米说，“可能整个空间都是扭曲的，完全找不到固定的方向。我估计这片空间其实并不大，但无论怎么绕可能我们都没有办法绕出去。”

姜米思索了一会儿：“其实还有别的办法可以试试。如果这种插在地面上代表一个点的标志会突然消失，换成一条线行不行？”

“线？”冯斯愣了愣，随即明白过来，“你真是个天才，我收回对你胸大无脑的评价。”

他的手里很快多出了几个彩色线团和一些钢针。两人用钢针固定住线头，然后拉着线团继续开始探路。

开始的一段路没有出现任何异常，但走出几百米之后，冯斯忽然感到手上一松：“不妙，线断了。”

他伸手把长长的线扯了过来，果然，线从中间断掉了。

这回没有办法了。两人闷闷不乐地走回依然做挺尸状的刘岂凡身边。虽然拜冯斯神奇的“变戏法”能力，他们不至于担心饿死，但到底该找到什么办法出去，现在还完全没谱。

“刘兄，你到底能从这些旋涡里看出些什么来？”冯斯问，“我用望远镜也看不清楚里面都是些什么东西。”

“我并没有看，”刘岂凡说，“我只是在感觉。”

“别搞这些跟魔仆一样的哲学家腔调了，还第六感呢……”冯斯没好气地说，“你感觉出啥玩意儿了吗？”

“那些旋涡里面，好像有生命。”刘岂凡说，“我能感觉到其中有什么东西在活动，甚至在说话。可惜我听不清楚它到底在说些什么。”

冯斯皱着眉头想了一会儿：“有人在里面说话？那会不会是……记忆迷宫？”

“记忆迷宫是什么？”姜米问。

“那是一种蠹痕形成的幻域，可以调用被攻击者的记忆，让陷入其中的人重温过去的记忆，受到记忆里种种情绪的感染，最终失控。”冯斯说，“我也没见过，就是以前听梁野提过一次，不知道是不是这样。”

“听起来好像挺有意思的。”姜米说。

“不，半点意思也没有，”冯斯说，“进入记忆迷宫的人，除非有很强的意志力，否则根本无法控制自己的情绪，每进入一段记忆，都会受到感染，就像一针又一针地给你注射兴奋剂，人很快会疯的。”

“不是，不像是记忆迷宫，”刘岂凡说，“我以前随家族执行任务的时候，也听说过记忆迷宫。记忆迷宫的外在形式或许会有很多变化，但本质上都是诱导人进入记忆中。但我们在这儿待了好几个小时了吧，都还没有任何办法可以接近这些旋涡。而且，我在这里感受到了某种共鸣。”

“共鸣？什么共鸣？”冯斯问。

“我的蠹痕刚才在河底的时候失效了，但进入这里之后，好像有点复苏的迹象。”刘岂凡说，“所以我还在等，希望能有一些新的变化。”

“我倒是有个主意，就是不知道你愿不愿意做一个吸血鬼。”冯斯说。

“吸血鬼？”刘岂凡愣了愣，随即明白过来，“啊，你是说……你的血？”

“这可能是现在我身上最有用的东西了，”冯斯说，“我的血对妖兽和魔仆都有极大的催化作用，这是过去很多次实践都证明了的，但是能不能对守卫人起效就得看运气，时灵时不灵的。不过，总得试一试，不然我们只能一辈子蹲在这儿野餐了。”

刘岂凡没有犹豫：“没问题，我可以的。”

“我真是越来越佩服你了，”冯斯说，“几个月不见，你就像是变了一个人。”

“人总是要变的，”刘岂凡说，“我是这样，你也是这样。只不过你比我聪明，所以某些事总是放不下吧。”

冯斯叹了口气，用蠹痕创造出了一个小杯子，然后用匕首割破手腕，挤出了一些血。姜米看得脸色发白：“这样的事情，过去你干过很多次吗？”

“不算多，有那么几次吧，”冯斯说，“所以早就习惯了，都不觉得疼了，就当是中世纪欧洲流行过的放血疗法。”

“但是喝血我倒是头一次，”刘岂凡说，“不知道兑点果汁味道会不会更好。”

“你居然会讲笑话了，”冯斯一脸惊诧，“太阳这是从西边出来了吗？”

刘岂凡把这一小口血喝下了肚子。放下杯子，他又重新躺在了地上，依旧执着地盯着覆盖在头顶上的那片旋涡之海，好似盼望着海里能掉下生鱼片来。

“真的有用吗？”姜米小声问冯斯。

“我也不确定，但不妨碰碰运气，反正我的人生就是不断地碰运……”冯斯说到这里，忽然脸色微微一变，“好像起效了。我感觉到了刘大少的附脑在觉醒，而且，我也有点明白他所说的共鸣是什么了。你看！”

他伸手指向头顶，姜米也跟着看去，只见原本平静的海水开始不安分地波动起来，海水的颜色变得更深了一些，泛起了许多泡沫。而那些旋涡更是开始在海水里加速旋转，冯斯觉得自己耳边听到了一些奇怪的嗡嗡声，似乎是整片海水都在震动。

“喂喂，你看看，是不是我眼睛花了？”姜米拉了拉冯斯的手，“我怎么觉得那片海……好像……低了一点？”

“你没有看花眼，我也看出来了，”冯斯说，“海水在下降，估计用不了多久就能把我们都淹没在里面了。不过不必太担心，刘大少好像胸有成竹的样子。”

姜米斜眼一瞥，果然，刘岂凡不知道什么时候已经站起来了，仰望着海水，脸上的表情颇为怪异，既期待又紧张。

“刘大少，你已经弄明白这是什么东西了吗？”冯斯问。

“你的血很有用，我已经感知到了，”刘岂凡说，“那些旋涡里面的确有生命。”

“生命？你是说真正的活着的东西，还是类似幻象之类的玩意儿？”冯斯问。

“活的生命。”刘岂凡很肯定地说，“直到现在这一刻，还活着的生命。不过，不应该说‘直到现在这一刻’。”

“你到底在讲什么？”姜米说，“我已经被你绕糊涂啦。”

“因为不能用我们的时间去衡量那些旋涡里的时间。”刘岂凡说，“我刚才说了，旋涡里藏着的，不是幻象，不是记忆，而是活生生的生命。当然，它们并不是直接生存在旋涡里的，旋涡只是隔离层。”

“隔离层？隔离什么？”姜米问。

“时间。”刘岂凡回答，“那些旋涡，都是时间陷阱，有一些时间被关在了里面。”

“时间被关在里面？什么意思？”冯斯一头雾水。

“你马上就会明白了。”刘岂凡伸手指了指头顶。

海水还在继续下降，马上就要以从上而下的奇特方式把三人浸没在其中。

第八章

宁溺于渊

一

外面的天空呈现出令人烦闷的深灰色，污浊的空气像一个巨大的盖子盖住了整个华北平原，让人看一眼都觉得喘不过气来。根据天气预报，今天的空气污染指数超过了400，又是一个重度雾霾天。

关雪樱拿起购物袋，装上钱包，准备出门买菜，宁章闻拦住了她："戴上口罩吧。"

关雪樱摆摆手表示不需要，宁章闻还是硬把口罩塞到她手里："还是小心着点，雾霾对人体的影响是长期性的。"

宁章闻还想要再说，关雪樱已经把口罩接了过来。她乖乖地戴上口罩，想了想，用手机打出几行字："好像自从冯斯走了以后，你对我和文姐姐特别关照，生怕我们出问题。"

宁章闻脸上微微有点发窘，但还是点了点头："是的，我是一个孤独的人，只有那么几个朋友，每一个都担心。"

关雪樱微笑着拍拍他的手臂，转身走出门去。

由于是雾霾天，校园里的人们都戴着口罩，这多少让关雪樱减轻了一点戴口罩走在街上的不适感。她在菜市场里转悠了一圈，发现水产摊位来了一些新鲜的扇贝，于是买了几个扇贝，又买了一捆粉丝，打算回去给宁章闻蒸粉丝扇贝。

买好了菜，走出菜市场，她留意到后面有人在跟踪她，而且还不止一拨人。自从和宁章闻共同出游遭遇绑架之后，她就对自己被人跟踪盯梢这种事情习以为常了。只不过，通常的跟踪她都是看不到的，但这一次，跟踪者似乎是连行踪都懒得隐藏了。这一方面固然是不在乎被毫无反抗能力的关雪樱发现，另一方面可能也是为了相互牵制：别轻易动手，老子也在这儿看着呢。

随你们的便喽，关雪樱想着，反正是人为刀俎我为鱼肉，我无论如何也反抗不了你们，那就装作没看见呗。

想是这么想的，但毕竟没有人会喜欢背后跟着一串盯梢的，她的心情不太好，尤其是想着前两天文潇岚和自己之间发生的不愉快，更是有些沉郁。她一向是一个乐天派，不管多糟糕的事情落到自己身上，都能很快泰然处之，即便是那段在贵州山村糟糕的岁月，被父亲揍过之后，她也会想着溜到村长家里去看电影。然而，文潇岚、冯斯、宁章闻这几位朋友，对她的重要性超越了一切，让朋友生气这种事，让她很难在短时间内释怀。

走在校园的道路上，她心情有些恍惚，一不小心被一个冒冒失失的大学生骑车剐了一下，人没伤到，手里的扇贝被剐飞出去，然后扇贝和一辆碰巧路过的汽车轮胎亲密接触，化为肉泥。

大学生倒是态度不错，又是道歉又是赔钱，但关雪樱的心情更糟糕了。她一时失去了做菜的心情，不想再去买菜，也不想回家，索性由着性子沿路乱走，不知不觉离开校园，走到了学校附近的社区公园。

空气污染下的公园里人很少，关雪樱走着走着，发现了一件事：一直跟踪着她的那几拨人都不见了。她有点纳闷，不过又往前走了几步，就明白是怎么回事了——前方是公园中心的喷水池，此时此刻，有一个熟悉的身影正坐在水池旁边的长椅上，不时撒出一点鸟食喂周围的麻雀。这个人的头用帽兜遮盖着，但关雪樱能一眼认出来，那是她曾经见到过的守卫人世界中的第一强者——双头人范量宇。

怪不得那些人都不敢靠近了，她想，吓唬一个没有反抗能力的小哑巴是一回事，招惹一个真正的凶神就是另外一回事了。

其实范量宇并没有和关雪樱单独说过话，尽管这个人似乎和文潇岚关系不错，关雪樱还是有些害怕他。但是现在，一个人孤零零地走在阴沉的雾霾里，心头压着各种不如意的事，她忽然有了一种向人倾诉的欲望。她走到范量宇身边，坐了下来。

范量宇头也不抬地问：“怎么了？郁闷了？”

关雪樱点点头，掏出手机，开始打字："文姐姐生我气了，我不知道该怎么办。"

"因为那天晚上的事情，你不愿意告诉她真相，是吗？"范量宇的手掌心托着一只麻雀，看来这些麻雀已经和他十分亲近了。

"是的，我不能说，"关雪樱"说"，"我答应了别人不能说，说话要算话。"

"说话算话？那帮人可是连我的附脑都干掉了，差点把'啤酒瓶'也连累到一起弄死，她当然想知道真相了。"范量宇说着，冲关雪樱一龇牙，"你怕不怕我把你抓起来，严刑拷打逼你说出来？"

关雪樱打了个寒战，想了想，回答说："怕，但你不会。文姐姐说你其实是个好人。"

范量宇看着手机上的这几行字，禁不住哈哈大笑，身边的麻雀也都被笑声惊飞了。过了一会儿，他止住笑声，摇了摇头："老子杀过的人，可能比你见过的人还多，现在你居然说我是个好人……女人真是奇怪的生物。再这么下去，我可以去幼儿园当老师了。"

关雪樱似懂非懂，没有搭腔。范量宇忽然站起身来，向前走了几步，用与关雪樱说话时截然不同的语调冷笑了一声："滚出来吧。"

这句话刚刚说完，池塘边的空气中突然出现了两个透明的人影，继而慢慢现出身形。那是一男一女两个年轻人，肤色黝黑，相貌朴实平凡，近乎木讷，如果不是这种突如其来的出场方式，关雪樱大概会把他们当成和自己一样是从大山深处走出来的山民。当然，他们肯定不会是普通的山民，而是两个守卫人。

这也是跟踪我的人吗？关雪樱想着，却很快发现不对。这一男一女从现身开始，就压根儿没有正眼瞧她一眼，好像是把她完全当成了空气。他们的注意力，自始至终都在范量宇一个人的身上。

"姓范的，我们终于找到你了。"年轻女子死死瞪着范量宇，目光中充满了一种让关雪樱不寒而栗的刻骨仇恨。

"终于找到我了？"范量宇的神色里充满讥诮，"应该是终于等到了我的附脑失效的时候吧？窝囊废！"

"不然，我们怎么可能敢向你正面挑战？"年轻男人说，"你骂我们窝囊废也好，乘人之危也好，都无所谓，只要能为家人报仇，名声、面子什么的，一文不值。”

“我们要为我们整个家族讨还这笔血债！”女子接口说，“范量宇，你记住，今天杀你的是……”

“闭上你的鸟嘴吧！”范量宇很不耐烦地一摆手打断了她的话，“你们是谁和我有个屁的关系。我杀了那么多人，哪儿有工夫去一一记住杀的是谁？要动手趁早，不然就滚。”

这副极度张狂和极度轻蔑的嘴脸显然深深激怒了男女二人，他们不再多说，身影一闪，一下子又不见了。

这两个人的蠹痕大概就是所谓的隐身吧，关雪樱想。她有些为范量宇感到紧张，因为她知道，守卫人的力量源泉来自他们脑袋里的那种叫作附脑的玩意儿，失去了附脑的力量，无异于被斩断了左右手。范量宇过去那么厉害，应该都是靠着附脑吧？没有附脑，他会不会就此任人宰割？

正在想着，耳边已经响起了噗的一声闷响，随即范量宇腰一弯，单膝跪在了地上。紧跟着又是一连串肉体被击打的声响，范量宇的身上出现了不少瘀伤，一些地方皮肉破裂，鲜血流了出来。

果然还是不行啊，关雪樱有些焦虑地想，失去了蠹痕的掩护，范量宇既无法捕捉到这两个隐身敌人的行迹，也无法抵御他们的攻击。虽然看起来这两个人的力量不算太强大，起码不能三两下就把范量宇活生生打死，但长时间下去，范量宇终究难逃一败。

她眼睁睁地看着范量宇满身鲜血地被打翻在地上，也知道自己完全帮不上什么忙。到了这个时候，她忽然有些理解冯斯一直以来的心理困境了：那种无能为力的感觉，用冯斯喜欢挂在嘴边的不文明语言来说——真是太他妈的糟糕了。

虎落平阳被犬欺，关雪樱的脑子里莫名其妙地蹦出这句俗语。就在几天之前，范量宇还是那么不可一世，守卫人世界里的人看到他都得绕道走，现在失去了他那摧毁一切的蠹痕之后，瞬间变得只能任人宰割。这果然是一个力量决定一切的世界，她觉得自己再次了解了一些冯斯的心态。

关雪樱想要尽自己的力量帮助一下范量宇，毕竟这个怪物好歹也是文潇岚的朋友，但却想不到办法。她竖起耳朵努力倾听，却根本听不到那一男一女两个人的脚步声，看来他们的蠹痕不仅仅是可以让自己的形体不被看到，同时还能消除声音。关雪樱仔细观察，发现尽管范量宇失去了力量，这两人的攻击仍然十分谨慎，基本没有连续攻击同一部位，而是不停地移动位置，这更增加了确定两人位置的难度。

范量宇开始的时候还努力用手肘和双膝支撑着身体，努力让自己不完全倒下去，但随着受到的打击越来越多，似乎也有些支撑不下去了。终于，他双手一松，遍体鳞伤的身躯重重地趴在了地面上，脸上的鲜血和地面上的泥土混杂在一起。

关雪樱看不下去了，她想要联系文潇岚，让文潇岚想想办法看能不能通知到范氏家族的人，但还没来得及打字，眼前突然出现了惊人的变故。范量宇突然双膝用力站了起来，左右两只手像闪电一样伸出，分别在空气中停滞住，看手形像是抓住了什么东西，而且，很快有鲜血从虚空中涌出，顺着范量宇的指缝一滴滴落在地上。

空气中渐渐出现了两个人形的轮廓，慢慢变得清晰，那一男一女的身体映在了关雪樱的眼睛里。她惊恐地发现，范量宇的左手掐住了那个年轻女子的脖子，右手更是像钢爪一样，直接插入了男子的胸口！两个人的身体悬在半空中，都在拼命挣扎，却怎么也摆脱不了范量宇的两只手。女子的脸已经憋得发青，看样子喘不上气了，男子胸口受到重创，嘴里已经开始冒血。

关雪樱明白过来，这一切都是范量宇的计谋！他只是故意示弱，故意装作无力反抗，让这两人掉以轻心之后，才好通过对方攻击他的方位反推两名敌人所处的方位和动作姿态，然后直取要害，一击而中。

“我的附脑不能用了，没法激发蠹痕，但是范量宇还是范量宇，是你们这些杂碎永远不能企及的。”范量宇狞笑着，双手加力。只听咔嚓一声，女子的脖子已经被他生生捏断，与此同时，男子的四肢也无力地垂下，依然圆睁的双目中不再有光彩。范量宇松开双手，两具尸体重重地掉落在地上。

关雪樱捂住嘴，极力忍住让自己不吐出来，空气中渐渐扩散开来的血腥味儿实在让她觉得难以忍受。范量宇走到她跟前：“怎么样？还觉得我是那个可以陪你聊聊心事的知心大哥吗？”

看着范量宇手上依然还在往下流淌的鲜血，关雪樱下意识地往后缩了一缩。她愣了一会儿，在手机上打字说：“我很害怕。”

“害怕就对了。”范量宇说，“在这个世界上，一切和蔼的亲切闲谈都只是表象，杀戮和死亡才是本源。只要身处这个世界，就无法摆脱。所以，如果你真的害怕这些，最好的办法就是把你所知道的全部交给别人，然后抽身离开，一丝一毫都不要再碰。”

关雪樱怔怔地听着范量宇的话，一时不知道该如何回答。在她的眼里，灰蒙蒙的天空仿佛正在一点点被血色染透。

二

这果然不是普通的海水，冯斯刚刚接触到水面，就已经有所体会。这片海水并没有寻常液体的表面张力，他的身体浸润到海里之后几乎没有任何感觉，衣服也没有湿。而且，当头部进入之后，眼前的色彩也发生了变化。

“我的眼睛没有坏掉吧？”姜米有些疑惑地说，“在外面看上去海水不是蓝色的吗？现在为什么到处都是黑色的？”

冯斯循声判断出姜米还在他身边，伸手握住了姜米的手：“你的眼睛没坏，是这片海水有问题。刘大少？刘大少你在哪儿？”

“我在这边。”刘岂凡的声音就在两人前方几米处，“大家都看不见，但是我的附脑能够感知到一些和时间有关的气息，你们跟着声音过来。”

“开手电不就行了？”冯斯说着，打开了手电筒，却发现手电筒的光一闪即灭，似乎光线无法在这个奇怪的地方穿行。

“手电筒不管用，我已经试过了。”刘岂凡说。

冯斯没办法，右手牵着姜米，顺着声音找过去，左手拉住了刘岂凡的手，这一幕让他想起了一些网上流传的邪恶段子。要是没有刘大少这个电灯泡，只有我和姜米手拉着手在这里就好了，冯斯莫名其妙地想。

“你所说的时间的气息到底是什么？”姜米问，“还有你刚才说的，有一些时间被关在了旋涡里，我更不明白了。时间还能被关起来吗？”

“跟着我，我们走进去就明白了。”刘岂凡说。

刘岂凡的话语里带有一种出人意料的自信，冯斯固然还有点担心，却也知道此时此刻除了刘大少，也没有别的力量可以依赖了。他右手稍微用力，示意姜米不要担心，姜米也用力回握。

“我相信上一次陪你出去晃荡的时候，我也没那么胆小。”姜米说。

“你那叫二愣子！”

两人摸黑跟着刘岂凡走出大约一分钟后，忽然感到身前一股强大的吸力，然后不由自主地向前一冲，随即眼前豁然开朗，身边的一切都亮了起来。

黑暗消失了。现在三个人正站在一片平坦的土地上，空气中弥漫着令人作呕的血腥气味和各种物体烧焦的气息，黑黄色的大雾封住了视野，能见度很低。周围的声响十分吵闹，听上去像是有冷兵器时代的大军正在厮杀，兵器碰撞声、呼喊声、惨叫声混杂在一起，隐隐还能听到远方的战鼓。尽管凭借肉眼难以看清周遭的情形，但至少从听觉效果可以判断出，这里很有可能是一大片广袤的平原。

“这是什么地方？古战场？”姜米低声问。她的声音微微有点颤抖，显然还是对周围那些未知的喊杀声感到了恐惧。

“我觉得，我有点猜到这是什么地方了。”冯斯说，“这可能是我曾经在幻觉中到达过的地方。”

姜米反应很快：“你是说……你跟我讲过的那次去贵州的火车上……”

冯斯点点头：“这画风很像，连气味都差不多。算你有福，能目睹一下涿鹿之战的盛景。”

将近一年前，冯斯在去往贵州的火车上曾经陷入过一次诡异的时间停止。随即，他被带入了一段远古的记忆，亲眼见到了四千六百年前的涿鹿之战的惨烈景象。那是他第一次见到那些恐怖的妖兽的形貌，他没有想到，一年之后，自己再次进入了几乎相同的场景。

“这或许是涿鹿之战，但是，我们绝对算不上有福。”刘岂凡说，“你上一次见到的是记忆幻境，但这一次，我们进入的是真实的时空。”

“真实的时空？”冯斯吓了一跳，“你这是什么意思？”

“这只魔仆，可能是你遇到过的最古怪的一只，”刘岂凡说，“它应该拥有很多在时间方面的特殊能力。至少，在它的体内收集了很多时间碎片。”

“这个时间碎片到底指的什么？我不明白。”姜米说。

刘岂凡正准备解说，耳朵微微动了动，像是听到了点什么声音。他竖起食指放在唇边：“等一下再说！我们现在得先躲起来，附近有妖兽靠近，很危险。我的蠹痕虽然可以用了，但是我精力有限，得省着点儿用。冯斯，你能不能用你的蠹痕变出点可以给我们防身用的东西？”

“根据我曾经目睹过的涿鹿战场上的妖兽，别说我现在最多只能创造出刀子，就算是有AK-47也完全不顶事。”冯斯琢磨了一下，“要不然，咱们剑走偏锋？”

他的蠹痕闪动，手上很快出现了三个小罐子，姜米瞅了一眼：“这是什么？啊……防狼喷剂？”

“如果遇到妖兽，冲着眼睛喷，赌一赌运气。”冯斯说，“没准儿就四两拨千斤了呢。哦，对了。”

他又创造出三个口罩，分发给姜米和刘岂凡：“相信我，这玩意儿才是最重要的。”

三人小心翼翼地向前行进，很快可以在地面上看到各种各样的尸体，有穿着兽皮或粗布衣物的人类，也有冯斯曾经见到过的那些身躯巨大、形状特异的妖兽。即便是隔着厚厚的口罩，他们也能闻到那股浓重的血腥味儿。

“你说对了，这口罩才是最要紧的。”姜米闷声闷气地说。但她还是忍不住好奇心，不住地打量着那些仿佛从好莱坞怪兽片里走出来的妖兽。

最后刘岂凡在一头妖兽的尸身旁停了下来。这是一头状若巨象、硕大无比的妖兽，浑身覆盖着又厚又硬的鳞甲，六只粗长坚硬的象牙已经折断了三只，剩下完好的三只中，有两只上面各穿着一具人类的尸体。不过，它自己的肚腹也被撕开，肠穿肚破。考虑到这个时代的人类连青铜器的使用都还不普及，冯斯猜测，能撕开这样一只妖兽的肚腹，恐怕只有掌握了蠹痕的变异人才能做到。

“太惨烈了。”姜米喃喃地说，“在那个年代，得牺牲多少人才能和这样的妖兽抗衡啊。”

“我们就在它的尸体下面躲着吧，”刘岂凡说，“它的块头足够大，我们装成死尸的话，应该不会被注意到。不过，我建议你们往身上多抹一点血。”

“美女，你能行吗？”冯斯看了姜米一眼。

“总比变成死了的美女强。”姜米倒是很干脆。

于是三人滚了一身血污，紧靠着巨象的尸身躺在了地上。在这样一片尸横遍野的战场上，加上浓重的雾气，确实不会引来其他人类或者妖兽的关注。在他们的身边，不断有挥舞着青铜武器或者石斧的人类跑过，也不断有各式各样的妖兽冲过。有的人类能使用蠹痕，有的却只能全凭那一丁点可怜巴巴的天然力量，他们基本上就是在用数量和妖兽硬拼，每一头妖兽的倒下，都是以数十人甚至上百人的生命为代价，战场上血肉横飞，惨不忍睹。

激战当中，一个人类的石斧被妖兽击碎了，一块碎片直直地朝着姜米飞了过去，冯斯连忙伸手替她挡了一下，胳膊被划破了，血瞬间流了出来。

“大少，现在有空解释一下了吧，这个‘时间碎片’到底是什么东西？”冯斯说，“为什么我们在这里也会受到伤害，以及你是怎么知道的？”

“这是你祖父当年教我掌控时间的时候告诉我的，但我也只是耳闻，现在也是第一次见到。你应该清楚蠹痕的原理吧？”刘岂凡说。

冯斯点点头：“我遇到的第一只魔仆和我讲过，其实就是改变一定空间里的物理法则，使其由构建人来掌控。打个比方，蠹痕就相当于是一只蠹虫把正常的空间蛀出了一个空洞，然后填入自己的物理法则。但这个空洞并不是永久性的，之后会消失，所以它不能称为‘洞’，只能叫‘痕’。”

“而我们现在所处的地方，就是一个永久的洞，”刘岂凡说，“不只是具有空间意义，它是从时间里挖出的一个洞。说得具体一点，在四千六百年前的那场战争里，出于某些变故，这一片空间里的时间轴出现了混乱，永久地从正常的时空里消失了，被吞入了这只魔仆的身体里。”

“你是说……像时间旅行吗？”姜米皱着眉头问。

“和时间旅行正好相反，”刘岂凡说，“不是跳跃到别的时间里，而是永远逃不出这一段时间，永久循环，就像是一盘重复播放的录像带。”

“循环？怎么个循环法？”冯斯问。

刘岂凡还没来得及回答，冯斯忽然眼前一花，身旁的巨象不见了。他发现自己不知何时重新回到了那片混沌的黑暗里，仍然和姜米与刘岂凡手牵着手站立着，嘴上的口罩和沾满全身的血污也消失了。冯斯刚刚被划出的伤口也没了，皮肤上看不出丝毫受伤的痕迹。

“前后有个一二十分钟吧，”刘岂凡估算着，“被吞进去的这段时间就是那么多。如果我们再进去的话，会发现那段时间重置了，回到了刚进去的那一刻。你想试试吗？”

“我想试，但或许可以换另外一块温和一点的时间碎片，刚才那样的环境我实在不怎么喜欢，搞不好就被一脚踩成鱼子酱。”冯斯说，“不过我已经大致能猜到那是什么东西了，科幻电影里常见，无限循环的时间嘛。那些妖兽，那些人类的士兵，只能困在那段时间里无限循环，一次次地冲锋，一次次地杀死敌人或者被杀死，一次次地在象牙上穿成羊肉串，然后时间重启，再度重来。”

“那岂不是太可怕了？”姜米的语声里充满了不忍，“如果按照刚才那样，十多分钟就循环一次，四千六百年来，他们得被杀死多少次啊？炼狱也不过如此吧。”

“但是他们自己是不会有这方面的记忆的。”刘岂凡说，“冯斯的祖父说过，时间每一次重置，他们的记忆也会回到最初的那个时间点，所以每一次冲锋、每一次被杀，对他们来说都是全新的。而对我们来说，也只有身处那个时间之内，才会受到影响，一旦回到我们自己的时间，一切印记就都消失了。”

“上帝保佑，”姜米嘘了一口气，“我可不想继续带着那一身的血味儿了。”

“为什么会出现这样的时间碎片呢？”冯斯问。

“我也不知道，你祖父并没有细说过，”刘岂凡说，“但是可以肯定，这只魔仆对于魔王一定有着十分重要的作用，不然你祖父不会一直把它藏在这里，丰站长也不会把我们带到地下来和它碰面。”

“也就是说，我们被魔仆吞进这片时间之海，是我那位从没见过面的祖父故意安排的。”冯斯说，“他的目的到底是什么？”

“我们恐怕还是只能走一步看一步。”刘岂凡说，“继续跟着我走吧，我们三人中，应该只有我能打开进入时间碎片的通道。”

很快地，在刘岂凡的带领下，三人进入了第二个碎片。还好，这一回总算不是尸山血海的战场，也没有浓雾笼罩，但周围的景物仍然显得十分荒凉。冯斯四下张望，发现他们正处在一片相对平坦的山地里，四周高峻的山体上灰色和绿色夹杂，混杂生长着一些高大的松树和阔叶树木，地面上还能看到一些花岗岩露出的头。而在远处，高大的山脉连绵起伏，一眼望不到尽头。

“好冷啊。”姜米下意识地搓了搓手，“这是什么地方？什么年代？”

“以我有限的知识，很难判断这里具体是哪儿。”刘岂凡说，“不过看这里的植被，应该是属于亚寒带和温带气候交界的某片区域。年代没有参照物更没法确认了。”

“反正我是肯定搞不清楚的，刘大少都不知道我更不可能知道，”冯斯挠挠头，“我一向勇于承认自己不学无术。”

“你算是诚实到没救了……”姜米摇摇头。她手脚利落地爬上了旁边的一块岩石，向着远处眺望了一下，忽然矮着身子跳了下来，冲两人摆摆手。

“有一群人向这边过来了，好几十个，”姜米低声说，“看脸应该是中亚一带的人，穿着打扮像是古代，但我分不清具体的年代。”

冯斯塞了一个潜望镜到刘岂凡手里："大少，麻烦你去看看。"

"你简直就像哆啦A梦！"姜米两眼放光，"虽然是个山寨版，重要的东西一样也变不出来，但这些小玩意儿也挺有趣的。"

"我真是分不清你是在夸我，还是在埋汰我。"冯斯哼唧一声，塞给她一块巧克力，"把你的嘴堵一堵！"

"不好吃……"姜米嘴里嚼着巧克力，含含糊糊地说，"乡镇企业的水准！"

刘岂凡躲在岩石后面，用潜望镜看了一会儿："白色布袍，绣花小帽，皮靴，带花边的裤子……这的确是中亚人的传统穿着。嗯，他们身上都带着武器——弯刀。不行，我读的书还是太少，没法分辨具体年代。如果他们是中亚人的话，这座山估计应该是乌拉尔山脉的一部分。"

"我们真钻到中亚来了。"冯斯说，"不过我有个问题，时间碎片到底有多大？我所见过的那些异度空间，不管是专门创造出来打架的，还是张献忠的金字塔，都是有边际的。为什么涿鹿战场和眼下的乌拉尔山，看起来无边无际，就像是包含了整个世界？"

"本来就包含了整个世界，被截断的只有时间而已，"刘岂凡说，"我们当然只能看见我们所出现的地点，因为我们不会驾筋斗云，在这有限的循环时间里无法走远。如果我们能离开黄河流域继续向外走，我们就能看见全世界，比如，那些修建金字塔的埃及奴隶。"

"也就是说，被困在时间里无限循环的……不只是我们当时看到的那些战士和妖兽，还有整个世界中的一切？"姜米感到难以置信，"一只魔仆怎么可能有那么大的力量吞下整个世界？而且，你指的所谓'世界'，不只是地球吧？"

"当然不只是地球，而是全部的宇宙，但也并非整个世界，只是世界的某些截面，"刘岂凡说，"抱歉，我没法用语言向你解释清楚时间的本质，因为对时间的理解是我附脑的一部分。"

"这话说得你跟外星人似的……不过我努力尝试着接受吧。"姜米说，"现在我们是不是又得躲起来了？"

"倒是不必，他们并没有朝我们这个方向走过来，而是拐向了另外一条山路。"刘岂凡说。

"我们跟上去看看，"冯斯果断地说，"这些时间碎片的形成一定是有原因的，我们得想办法弄清楚。"

三人离开藏身之处，悄悄跟了上去。冯斯看清楚了，前方确实是一群穿着色彩明亮的中亚服饰的武士，嘴里不断交流着他完全听不懂的语言。

“他们的目标好像是前面的那个山洞。”姜米小声说。

“没错，可能那里面藏了什么人是他们要抓的。”冯斯左右打量一下，带着两人攀上了一道斜坡，正好可以居高临下地注意下方的动向。之前他已经通过蠹痕创造出了一个望远镜，现在又变出两个，三人人手一个。

从望远镜里可以看到，那个山洞应该有前后两个出口，因为专门有一队武士绕到了山洞背面。他们合力搬来一些巨大的石块，堆积在山洞后，看样子是在堵塞另一个出口。堵好之后，他们又重新回来，继续搬石块堵塞前方的洞口，但这一次并没有完全堵上，还留了一个大洞。

“他们是要用烟熏。”冯斯做出了判断。

“看来山洞里的敌人战斗力不低，”刘岂凡说，“这些人很谨慎。”

果然，另一些人很快捡来了许多松枝，引火点燃，松枝燃烧的浓烟向着山洞里灌了进去。过了没多久，突然土石飞溅，原本被封住的洞口被猛地撞开了，紧跟着，一团肉乎乎的庞然大物从山洞里冲了出来。武士们立刻向后退出了数米远，但仍然保持着一个包围圈。

“那是什么玩意儿？”姜米的语声里充满惊奇，“怎么长得那么奇怪？”

“那是一只魔仆，标准形态的魔仆。”冯斯回答。在他的视线里，那只犹如一个放大了无数倍的大脑一般的魔仆，正在扭动着身躯慢慢地蠕动着，暗红色的圆球状眼睛放射出邪恶的光芒。

三

这一段山路非常难走，坡度很陡，而且到处坑坑洼洼。即便是两个守卫人，通过它也得费一番力气。

“我早就跟你说过，你不必跟着过来的，”邵澄说，“我用摄像机把现场情形拍下来就是了。你毕竟是现在家族最重要的人，不应该花费精力管这种小事，而且，你不应该忙着你的婚事吗？”

“有路家的人去操持，我根本不必插手，”林静橦回答，“我只需要到日子出现，披上婚纱，脸上带着虚伪的笑容把过场走完就行了。我甚至觉得有百分之九十以上的可能性，路家三少爷根本就不会和我同床。”

邵澄默然，不再说话了。林静橦也很快换了个话题：“这个村子里的族人，这几天再也没有和我们联系过吗？”

“从一星期前失去联系之后，我就再也没有收到他们的任何信息。”邵澄说，“按理说不应该。即便是常规通信设备被摧毁，我们也有家族自己的联系方法。一周的时间音信全无，绝对是有问题的。”

“当初为什么会派他们俩驻扎在那么荒僻的村子里？”林静橦问，“早年间甚至连公路都没通，那里发生过什么特别的事？”

“那个村子在历史上前后发生过三次鼠群聚集的事件，最近一次发生在四十多年前，”邵澄说，“每一次都是在毫无征兆的情况下，突然聚集至少上万只老鼠。奇怪的是，它们聚集之后，既不攻击人畜也不毁坏东西，而是到达一定的数量后，就集体投江自杀。如果只出现一次，可能只是巧合，在不同的年代出现三次，很可能就有一些问题了。”

“投江自杀？老鼠？”林静橦眉头一皱，“是不是和那两只魔鼠有关？”

“很有可能，但始终找不到证据，我们在那个村子里搜索过，也一无所获。”邵澄说，“所以我们才专门派了两个人在那里长期监视，希望能找到蛛丝马迹。喏，就在前面，已经到了。”

林静橦的视野里出现了一个村落。与她想象中的破破烂烂不同，整座村子已经经过了政府的援建修葺，一座座两层楼房刷得光洁明亮，在西藏灿烂的阳光下看起来十分漂亮。

绕过村口的玛尼堆，两人进入了村子里。青石铺就的村中小路很平整，不少房屋的门口都停着或新或旧的摩托车，二楼上晾晒着各种藏式或者汉式的衣物，拴藏獒的铁链散落在地上，甚至还能看到孩子拴在窗口的“愤怒的小鸟”的气球，诉说着这座古老的村庄中新与旧融合的奇异景观。

然而，没有生物。没有人，没有狗，没有鸟儿，甚至听不到虫鸣。整座村子里一片死寂，只能听到风声从村头到村尾的贯穿。这时候正是中午，但没有任何一座房子冒出炊烟。

“看样子，不只是我们的两个人不见了，”林静橦说，“整个村子里的人全部失踪了。不，不仅仅是人，一切活物都失踪了。”

她随手推开身边的一扇门，走进了一座藏民的房屋。房间里混合着传统藏式和现代风格的家居，电视柜上的电视机依旧开启着，正在播放着藏语新闻，但声音调得很低。正对着电视机的是一张老旧的躺椅，上面铺着舒适的毯子，地上还扔着一件大衣。躺椅旁边的茶几上，放着一碗接近干涸的酥油茶。

“看来这个人是看电视的时候突然失踪的，”邵澄说，“这应该是个留守村里的老人，年轻人绝大多数都出外打工了，村里剩下的人以老人和妇孺居多。不过，即便只是中老年人，总数也应该不少吧，但是现在一个都不见了。”

他蹲下身来，仔细查看着地上的痕迹：“没有任何暴力强迫的痕迹，屋里的东西也都摆放得很整齐，没有任何碰撞。当然，这只是一个老人，也许身体太过衰弱无力反抗，我们再看看。”

两人搜查了这座房子，确定里面没有人之后，又沿着街道依次走进了另外几座房子。和第一所房子里的情状一模一样，找不到丝毫打斗的痕迹，房子内部大多收拾得井井有条，就仿佛主人只是出门去散一下步，很快就会回来。

“随时准备蠹痕，”林静橦说，“这里有些东西不对劲。那些造成了全村人失踪的原因……可能还并没有离开。”

邵澄点点头：“你现在的附脑果然比我敏感多了，那你感觉到什么了？”

“地下有东西，”林静橦说，“但我还不知道究竟是些什么。能不能带我去看看那条有老鼠跳进去自杀的河？河还是江？”

“江，雅鲁藏布江的一条支流，就在村后面不远。”邵澄说。

林静橦跟在邵澄身后，绕到了村子的后方。那里果然有一条水流十分湍急的大江，从两岸狰狞的峡谷中碰撞着奔涌而过，不时掀起高高的浪花。

“那几次出现的群鼠投江，都是跳进了这片江水，”邵澄说，“据说当时的场景十分骇人，密密麻麻的鼠几乎是排着队向江水里冲，江面上在短时间内全部被老鼠的尸体所覆盖。不过，鼠群虽然给村里的居民带来了惊吓，但据说并没有伤人和毁坏物品——当然沿途留下老鼠屎是难免的。”

“沿途留下的老鼠屎？”林静橦似有所悟，“邵澄，我们往回走，仔细看一看这条从村里通向江边的路，路面上和两边有没有人畜留下的痕迹。”

两人掉头往回走，邵澄很快注意到了异常：“这是村民们去江边取水的道路，脚印倒是一直很多，无法辨认。但是我在草丛里发现了这个玩意儿。”

他抬起手来，手里握着一个小小的遥控器。林静橦看了一眼：“电视机的遥控器？怎么会在这儿？”

“谁都不会握着一个遥控器往江边走，”邵澄说，“这就能说明一些问题了，这个人可能是被精神控制了。”

“精神控制？”

“对，精神控制，类似于催眠，但守卫人施展出来的比人类的催眠术强出很多。”邵澄说，“极有可能当时有一个人正握着遥控器看电视，忽然遭受到了精神控制，丧失理智，然后在控制者的操纵下离家走向江边。在此过程中，手可能稍微松了一些，遥控器掉落了。这就可以解释为什么没有发现任何搏斗的痕迹，因为根本不需要武力强迫。”

“你说得没错，我也看到了这玩意儿。”林静橦弯下腰，捡起了一个手机充电器，“总不会跑到江边去充电吧？照这么说来，这是一种集体的精神控制，把全村人和动物都召唤到江边，然后投江，真是够狠的。”

“但是以前投江的只是老鼠，为什么这次全村所有的活物都受到了感召？”

林静橦的脸色有些阴沉：“这可能说明，那个发出精神召唤的家伙，力量比以前强多了。老鼠是一种特别敏感的生物，往往在地震的时候都会最先警觉，所以过去被召唤的只是老鼠。但是现在，人也无法逃脱影响了。”

“我听说，最近一段时间，不只是中国，世界各地的魔仆和妖兽似乎都有一种集体性的爆发。”邵澄说，“和这个，会是同一性质吗？是魔王苏醒的前兆吗？”

“我想，恐怕是一样的，”林静橦说，“在魔王的世界里，不要心存任何侥幸。毫无疑问这是一只魔仆。”

她释放出了自己的银色蠹痕，范围扩展得非常宽广，半径达到好几十米，一直进入了江水里。而对蠹痕来说，过大地扩张范围意味着威力削弱。邵澄有些疑惑不解，但很快就明白过来，显得很担心：“你是要向这个可能的魔仆示威吗？这里只有我们两个人，会不会太冒险了？”

林静橦瞥了邵澄一眼：“怎么了？你害怕了？”

邵澄脸上微微一红：“不，不是害怕，我只是……只是……”

林静橦笑了起来：“行啦，逗你玩的。邵澄如果怕死，整个守卫人世界里都找不出几个不是软蛋的了。我知道你是在担心我，但是你也必须知道，到了这个时候，我已经不可能再去逃避任何事情了，不管是和路晗衣的婚姻，还是藏在江里的魔仆。”

“我明白了，”邵澄轻叹一声，“一切由你，总之我会跟着你的。”

林静橦把蠹痕的范围扩展到了极限，一大片江面都被笼罩在若有若无的淡淡银光中。邵澄有些焦急地注意着江里的情形，但是半个小时过去了，江水依然像先前一样奔流，并没有什么特殊的变化。回头看看林静橦，她一直以一动不动的姿态站立在江边，半个小时都几乎纹丝不动，邵澄没有办法，只能继续等待。

“邵澄，”林静橦忽然叫他，“你替我留意一下，村子里有没有什么异动。”

“村子里？”邵澄一愣。他转身向着村子的方向快走几步，忽然高声喊了起来：“有动静！地面上有动静！”

林静橦满意地笑了笑，将蠹痕收回到自己身边。与此同时，邵澄的身上也激发出绿色的蠹痕。两人离开江边，一起走回了村里。

邵澄所说的“地面上有动静”，指的是一种奇特的震颤。虽然这种震颤极其轻微，但邵澄凭借着附脑的敏感还是察觉到了。震颤的范围非常广，似乎是整座村子都被包围在其中。

“很轻微，如果不是有附脑的守卫人，一般人是觉察不了的。”林静橦说，“我没有猜错的话，这种震颤所发出的声波，就是精神控制的载体，提高蠹痕的防御力量。”

“我也感觉到了，”邵澄说，“有一种力量试图突入我的蠹痕，不过，还挡得住。”

“一定要挡住，不然下场就是跳江。”林静橦说着，利用蠹痕将她所经过之处的房屋内几乎所有的金属器件都带了出来，并且迅速把它们转化为一种可以自由变形的液态金属。这些金属的液流就好像一条条银色的丝带，围绕着林静橦的身体旋转。

又过了几分钟，震荡的感觉更加明显了一些，即便是以普通人的耳朵，也可以听到一点点。林静橦和邵澄背靠背站立着，严阵以待，家族内部的特殊术法保证了他们的蠹痕不会互相碰撞干扰。

两人的蠹痕表面已经开始出现了水纹状的波动，那是有其他看不见的力量在与之碰撞。看得出来，在与这个力量的抗衡之中，邵澄显得稍微吃力一些。他已经把蠹痕范围收到了半径不足半米，表情凝重，额头上有汗珠渗出来，一直站在原地没有挪动。相比之下，林静橦则悠闲得多，她似乎并没有在抵御方面费什么力气，还在不停地走动，甚至蹲下身伸手触摸地面，直接感知那种震荡。过了一会儿，她注意到了邵澄的状况，重新走回到他的身边，握住了他的手。

邵澄舒了一口气：“谢谢。我真是没用，还要害你浪费力气来照顾我。”

“不能这么说，换了四大高手和我之外的任何一个人，估计都很难抵挡，”林静橦回答，“这个魔仆的力量确实不弱。不过，也算不得有多强，我一个人在这里估计就可以宰了它。”

魔仆仿佛也感觉到了林静橦的抵抗力，将震荡的范围聚集在了两人身边，并且加大了震荡力度。林静橦毫不示弱，蠹痕闪烁出耀眼的银光，闪现出无数旋涡状的波纹，却始终保持完好，没有被攻破。

“出来吧！”林静橦高声喊道，“光凭这一手你伤不了我的！”

随着这一声喊，震荡停止了。从村里的一口井里传出一阵有如蛙鸣般的声响，过了一会儿，井口处钻出来一只奇形怪状的动物。它看起来像是一只暗红色的皱皱巴巴的蛤蟆，体形却异常硕大，几乎等同于一头中型藏獒，以至于它爬出来的时候费了老半天劲，差点卡在了井口。

这只巨型的蛤蟆从井口爬出来，费劲地喘息了一阵子，两只半黑半白的眼珠子里充满了一种和人一样的迷茫，扫视着前方的林静橦和邵澄。过了一会儿，它从喉咙里挤出了一连串奇怪的声响。林静橦细细分辨，发现它在模拟人类的发音方式，而且说的竟然是藏语，不过她听不懂具体的含义。

“看来这只魔仆一直生存在藏地，以至于只会说藏语了，”邵澄说，“它刚才说的是，真是没想到，现在的人类居然有能挡住我的迷心咒的，看来进化得也挺快的。”

“你进化得也不慢嘛，”林静橦说，“四十年前，你还只能影响到老鼠，现在全村的人都被你迷住了。怎么了？也是听到了魔王的召唤，所以蠢蠢欲动了。”

邵澄把林静橦的话翻译过去，巨型蛤蟆仍旧怪声怪气地回答：“魔王的归来是不可阻挡的。但我在这里待得太久了，已经不知道外面的世界有些什么样的变化。人类……人类真是难以捉摸的生物。”

林静橦从巨型蛤蟆的话语里听出了一些别样的味道。她想了想，试探着提问：“你为什么那么说？你是遇到过什么出乎你意料的人吗？”

“我也不知道，”巨型蛤蟆的语气里有一丝迷惘，“我守在这里，大多数时候都在沉睡。没有别的同伴联系我，我也不敢轻易离开。好在这里有座村子，我随时用迷心咒蛊惑人来给我喂食就行了，倒也不必发愁生存。不过，我在之前的战争里受过伤，有的时候伤势还会发作，会有力量控制不住的时候。”

“我明白了，就是之前那三次上万只老鼠投江，是你的力量失控的缘故。”林静橦点了点头，“不过我还是不太清楚，你所说的人类让你出乎意料是什么意思？”

“这一次，我好像把整个村子里所有的活物都害死了，”巨型蛤蟆的语声里居然带了点悲戚，“但我并不是故意的。事实上，现在还没有到我伤势发作的时候。”

“不到时候？那你的意思是……”林静橦想了一会儿，恍然大悟，“你的力量失控也是被人激发出来的！”

“是的，这件事到现在我都没想通。”巨型蛤蟆说，“那天我只是吃了一些食物而已。吃的时候，我就感觉不大对劲。并不是味道或者气息，事实上我并没有味觉，但是消化食物的时候，我还是觉察到了一些异样，却又无法说清楚是为什么。在那之后不久，我就陷入了长时间的昏迷，等到意志清醒之后，我发现村子里已经空无一人。”

“它的语气不像是在说谎。”翻译完之后，邵澄小声对林静橦说。

“我也觉得不像是说谎。”林静橦点点头。她思索了半分钟，问巨型蛤蟆：“这一次给你喂食物的是哪一家人，你还记得吗？”

“还记得，是村子最西面、靠近经堂的那一家。我每次都是轮流挑选喂食者，以免哪一家消耗太大引起怀疑。”巨型蛤蟆回答。

“我明白了，那接下来你打算怎么办呢？”林静橦问，“这个村子已经完全空了，没有人可以给你喂食了。”

“我的身体一直很虚弱，没有任何能力离开这里。而且，即便我有能力离开，你们也不会放过我，不是吗？”巨型蛤蟆的嘴角牵动了一下，看上去竟然像是在笑。

“你说得对，”林静橦叹了口气，“我确实不想杀你，因为你是我生平仅见的没有主动害过人的魔仆。可惜的是，你我立场不同，我不可能放过你。”

她的身上陡然银光暴涨，先前凝聚而成的软性金属变形为数十支尖锐的利剑，向着巨型蛤蟆直射过去。巨型蛤蟆并没有释放出蠹痕抵抗，甚至没有躲闪，似乎是因为知道自己不是林静橦的对手，因而干脆放弃了抵抗。它的身体几乎是在瞬间就被刺穿了，眼神渐渐暗淡下来。

“接下来怎么办？”邵澄问。

“去魔仆所说的那座房子里，好好找一找有没有什么蛛丝马迹，”林静橦说，“我隐隐有点猜到是谁干的了。”

邵澄很吃惊：“猜到了？是谁？”

“你一直在西藏，而且经常往通信不便的地方跑，还不知道北京发生的一些新变故。”林静橦说，“有一群身份神秘、无人知晓的人出现了。他们不是守卫人，也不是魔仆的手下，甚至没有附脑，但拥有一种奇特的科技力量，可以压制附脑。”

“啊，我以前也隐隐听到过和他们有关的传闻，”邵澄说，“就算是以四大家族的情报力量也从来没有查到过他们的底细。”

“要说从来没有，倒也未必，”林静橦的眼神里蓦然闪过一丝酸楚，“有一个人，可能稍微知道得比别人多一些。”

邵澄看了她一眼：“你指的是……那个人吗？”

林静橦轻轻地点点头：“他的死，就和那群人有关。但我没能来得及见他最后一面，很多事情至今也不了解。不过，从此我就对那群神秘的人多留了几个心眼。”

“照你的意思，这只魔仆之所以力量失控以至于误杀了全村的人，会是那群人在背后搞的鬼吗？魔仆吃的不对劲的食物是被那些人下了料？”邵澄显得难以置信，“他们有那么厉害？”

“正因为没有人知道他们的真实状况，所以谁也不能断言他们的实力究竟如何，”林静橦说，“而且有一就有二。如果这只魔仆力量的失控是那群人造成的，那我们可不可以大胆地推测……其他的事情也和他们有关？”

“你是说……全世界魔仆妖兽的突然骚动，就是这群人干的？”

“魔仆的爆发，这群人的出现，先前我们以为这是两起孤立的事件，现在看来可能不是。”林静橦说，“当然，魔仆和妖兽的骚动并不完全是这帮人干的，因为一部分魔仆确实感知到了魔王的气息，说明魔王的觉醒并不只是个谣言。但是剩下的一部分，就像刚才那只老蛤蟆一样，或许是有人浑水摸鱼的结果。如果他们真的有能力刺激到魔仆，那么这群人所掌握的技术，可能远远在我们的想象之上。”

“可他们为什么要这么做？”邵澄说，“难道是为了进一步挑动魔仆和守卫人相互残杀，然后他们从中渔利？”

“我也不知道。”林静橦摇摇头，“所以我才一定要和路晗衣结婚。路晗衣固然是对我们所掌握的家族秘密感兴趣，但我也想从路家找到一些和那群人有关的信息。”

“可……那个人不是早就死了吗？”邵澄说。

“他虽然死了，但是路晗衣……是一个我始终看不透的人。”林静橦的嘴角浮现出一丝古怪的笑容，“我总觉得他隐藏了什么秘密。我和他是即将结婚，却也有可能不得不来一场生死对决。走吧，我们去搜一搜那座房子，然后，我可能需要马上回去。”

林静橦说着，迈步走向巨型蛤蟆所说的村子的西面。邵澄看着她的背影，脸上充满了忧伤。

四

经过烟熏攻势之后，山洞里钻出了一只魔仆。

这并不太出乎冯斯的意料。尽管他和姜米一样，都很难理解刘岂凡所说的“世界的截面”“时间的本质”究竟是什么，也无法琢磨出时间碎片的实质，但至少他能判断出，这些时间碎片的形成绝非偶然，一定和魔王世界有关。刚才的涿鹿之战古战场，就是造成魔王失踪数千年的直接原因，而眼下，第二个时间碎片里又出现了魔仆。

通过望远镜可以看到，魔仆爬出山洞后，缓缓地继续向前爬动，中亚武士们保持着半圆形的包围圈，既不轻易靠近，也没有空出缺口。不过，魔仆好像并没有逃跑的打算，它只是慢慢地爬到了阳光下，然后就静止不动了。

几秒钟之后，山洞里走出来了一个人。那也是一个中亚人长相和打扮的男人，身材中等，衣衫褴褛而肮脏，脸上的大胡子也乱糟糟的长得很长。冯斯看着那副狼狈的模样，立刻就能判断出，这个人多半已经带着魔仆被那群武士追捕了很长时间，现在已经到了山穷水尽的地步。尽管处在这样的绝境中，这个人的脸上仍然带有一种蔑视一切的不屈，那张黑乎乎的脸上隐隐带有一种常人不可触及的威势。

“这个人好像身份不一般。”姜米说。

冯斯点点头：“看得出来，不是个寻常人，不然也不能把魔仆带在身边。不过，现在也到了虎落平阳的时候。”

追捕的武士中走出一个头领模样的人，伸手指向被追捕者，颐指气使地说着些什么。被追捕者却两眼望天，完全不理睬对方，仍旧显得倨傲非常。武士头领分外恼怒，抽出弯刀，一刀砍向被追捕者。不过这一刀只是虚张声势，架势做得足，却并没有用太大的力气。对方无疑也看出了这一点，根本就不闪躲，眼看着弯刀的刀锋垂在了他的头顶上，他好像连眼睛都没有眨一眨。

“是条汉子。”姜米说，“虽然也是够狂的。”

被追捕者这种蔑视的姿态更加激怒了武士头领，他怒吼一声，反转刀柄，狠狠地砸在了被追捕者的头部。这一下下手很重，被追捕者被砸得倒在了地上，头上很快流出鲜血，但他仍然没有流露出半分屈服之色，眼神里轻蔑的意味更浓。

武士头领十分恼火，气呼呼地向手下下达了一些命令，武士们当中立刻有人掏出绳索把俘虏捆绑了起来。另一些人拿出很长的绳索，把魔仆也捆绑了起来。看得出来魔仆想要挣扎，但身体似乎处在极度的衰弱状态，既没有足够的物理力量，也没有能够激发出可以用来攻击敌人的蠹痕。最终它只能像一大团颤巍巍的肥肉一样，被牢牢捆住，然后由七八名武士合力在山道上拖行。

这一幕竟然让冯斯莫名地感到有些悲哀，但他也知道，此事必然还有下文。果然，被追捕者和魔仆刚刚被带走没多远，山道远处突然跑来了三个人，速度非常快。冯斯把望远镜转过去，发现跑来的是三个疑似中国人的东亚人，两个是秃头和尚，还有一个是道士。

“和尚和道士一起？”姜米看得很是讶异，“这是唱戏呢？”

“不，用和尚和道士的身份来伪装自己，是中国古代守卫人常用的方法，那样可以方便聚居在一起搞一些怪力乱神的东西，”冯斯说，“这几个人，大概就是冲着那个被抓的家伙来的吧。他到底是谁呢？”

“我要靠近一点。”一直没有说话的刘岂凡开口说，“中亚的语言，不管是古代的还是现代的，反正我们都听不懂。但那三个出家人却极有可能说汉语，我得去听听他们说的话，说不定能听到一些关键的信息。”

“万一被他们发现了怎么办？”姜米有些担心。

“没关系的，我的附脑和时间碎片高度契合，在这里我的蠹痕比在外面更好用，他们不可能抓住我。”刘岂凡说，“麻烦帮我变一个口罩出来。”

于是冯斯感到了时间的停滞。在这一片区域里，只有他和刘岂凡两人能够自如地活动，其他人统统成了不能动的木雕。刘岂凡一溜烟地跑到人群中，左右张望了一阵后，躲进了刚刚被烟熏过的山洞里。冯斯这才明白过来刘岂凡找他要口罩的用意，禁不住心里一乐，看来刘大少现在确实比以前心思缜密多了。

刘岂凡在山洞里藏好后，时间重新运行，两僧一道飞快地奔跑到了武士们身前。武士首领伸手指着三人，好像是在喝问他们的身份，道士却已经拔出长剑，剑光一闪，把他的头颅一剑切了下来。

首领的头滚落到山路上之后，其他的武士才反应过来，慌慌张张地举起武器迎战。然而，他们只是一群强壮的普通人，所面对的却是三个守卫人。两个和尚中身材较矮的那个释放出蠹痕，武士们扬起的刀剑举到半空中就停住不动了，身体全都变得僵硬，好像一尊尊塑像。从望远镜里隐隐可以看出，他们的肤色都发生了改变，在阳光下闪烁出类似金属一样的银白色光泽。

“好厉害啊！”姜米惊呼出声，“一下子就把那些人全部变成了雕像。不过，好像你跟我讲过，你认识的一个守卫人也有把人变成金属的能力？”

“不是，林静橦擅长的是操控金属，我暂时还没听说她可以把人变成金属，不过这二者难保有什么联系。”冯斯说，“我只知道她的祖先中有一位是个道士，如果和这个和尚也有什么关系的话，那还真是和谐的一家……”

唯一没有被变成金属的是那个被追捕的大胡子。即便出现了这样的变故，他仍然十分镇定。两僧一道走在他身前，和他交谈着什么，由于这三人此时背对着冯斯，冯斯看不清楚他们的表情。但可以判断出来，这三位对待被追捕者也绝无善意，因为他们自始至终都没有替他解开绳索。

魔仆的反应更能说明问题。当这三人出现后，它显得有些惶恐，又似乎充满了愤怒，尽管被绳子牢牢捆着，仍然拼命地挣扎着，远远看去就像是一只落入顽童罗网的菜青虫。

其余四个人的交谈好像并不顺利。道士更是被激发了火气，飞起一脚把被追捕者踢倒在地，然后拔出剑来抵在他的脖子上。就在这时，冯斯感觉到了那种熟悉的头痛——当自己的精神和其他附脑产生共鸣时的头痛。在他激发出自己的蠹痕后，这样的头痛已经很少出现了，一旦出现，就说明对方的精神力量非同小可。

他强忍着头疼仔细一看，果然，魔仆的身体在急剧地颤抖着，身体背部的中央裂开了一条缝，有刺眼的白光从中间射出来。随着这道白光的射出，冯斯的头痛骤然加重了数倍，痛得他站都站不稳，一屁股坐到了地上，望远镜也掉下去摔碎了。

“你怎么了？”姜米连忙蹲下身来扶住冯斯。

“头疼……”冯斯摆摆手，“老早就习惯了，没事，别担心。”

“是你说的和魔王之间的精神共鸣那种头疼吗？”姜米问。

“就是那种……那个魔仆不一般。”冯斯咬着牙关说，“你先别管我，我死不了，看清楚那边到底会发生什么。快去！快！”

姜米担忧地看了他一眼，但还是听了他的话，继续拿起望远镜注视着远处。冯斯跪在地上，身体简直弯成了一只大虾，恨不得那个道士也站在自己身边，一剑也把他的脑袋割下来，一劳永逸地解决问题。

正当他觉得自己快要支撑不住的时候，姜米发出一声惊呼。还没来得及发问，眼前一黑，他又被弹回了时间碎片之外的黑暗混沌中，头疼也消失了。

“你们俩都还在吧？”黑暗中传出刘岂凡的询问。

“我在。”冯斯说。

“我也在。”姜米的声音就在身边，并且很快伸手过来拉住了他的手，“你的脑袋怎么样了？没成两半吧？”

“出来了就不痛了。”冯斯说，“快告诉我你刚才看到了什么。”

“魔仆的背上发出了白光，越来越亮，然后整个身体都亮了，不只是白光，还有彩虹那样的七彩色。”姜米说，“然后，我的眼睛一花，好像是看到那种七彩的颜色一下子膨胀起来，向着四周扩散开来，然后我们就回到了这里。抱歉，那一下膨胀发生得太快，我实在是没法看清楚。”

“看到这一步就很好了，”冯斯说，“至少可以证明一点，时间碎片的形成和那只魔仆有关。甚至有可能，每一个时间碎片的形成，都是因为这种类似的魔仆的爆发而产生的。”

“你说对了一半，”刘岂凡说，“确实是因为魔仆爆发产生的，但不是‘类似的’。”

“你什么意思？”冯斯有些不明白。

“都是同一只魔仆，”刘岂凡说，“拥有这种操纵时间力量的魔仆，不可能有很多，这些时间碎片，都是它一次次爆发力量形成的。”

“啊，我开始有点理解这个时间碎片了。”姜米说，“就好像是一个又一个平行宇宙，每一个平行宇宙里都有一个独立的世界，就好像是魔仆的无数个分身。”

“你这么一解释我也明白了。”冯斯搔搔头皮，“那只魔仆一定很重要了。大少，你刚才偷听到那几个和尚道士和那个中亚人的对话了吗？他到底是什么人？”

“我真是没有想到，那个中亚人，居然还是个历史上的名人。”刘岂凡说，“他就是花剌子模国的札兰丁王子。”

“札兰丁王子？奇怪，这个名字还真是挺熟的，虽然一下子想不起是谁，但肯定听说过。”冯斯说。

“所以说你这样的文盲真是没救了，就这么半碗水还敢辍学……”姜米摇摇头，“花剌子模的末代君主啊。成吉思汗攻占花剌子模的都城撒马尔罕城的时候，他逃了出去，然后又坚持抵抗了十多年，当然最后还是挂掉了——那个年代谁打得过蒙古人呢？至于他具体是怎么挂的，有很多种说法，其中一种是说他逃到了乌拉尔山脉中一个我也不记得叫什么坦的山谷里，然后被追兵追上杀害了。如果我们刚才看到的就是札兰丁王子的话，那这个说法就有出入了……咦？你怎么了？怎么手心一下子出了那么多汗？又头疼了吗？”

“不不不，不是头疼，而是我一下子想明白了一些问题。”冯斯喘着气说，从声音里听来颇为兴奋，“刚才我没有想起来札兰丁王子是谁，你一提到撒马尔罕城，我马上就反应过来了。在我最早接触到魔王世界，还不知道这个世界里到底有什么的时候，我妈……我的养母池莲曾经给我安排过一个陷阱，让我得到了一本古书，古书里隐晦地提到过和魔仆有关的一些历史旧事。这当中，就有一件事情和撒马尔罕城相关。”

冯斯回想起了那本名叫《空斋笔录》的书，书里辑录了一则逸闻，说长春真人丘处机的弟子——冲虚大师于志可曾经在自己的七十寿辰上收到过皇帝御赐的寿礼，一块民间传说中可以益寿延年的太岁。但于志可被那块太岁大大地惊吓到了，在生病高烧的谵妄中反复提及几个词：邪米思干大城、视肉、妖道、怪物、妖邪、两丈高。

“邪米思干大城就是撒马尔罕城，是丘处机的另一个弟子李志常在《长春真人西游记》里使用的译名。”冯斯说，“于志可也是跟着丘处机去西域面见过成吉思汗的，那些话说明他在撒马尔罕城见到过类似魔仆一样的怪物。而札兰丁王子正好也是那个时代的人。”

“也就是说，刚才我们看见的人果然是札兰丁，而那只魔仆，就是于志可曾经见到过的。”姜米反应也不慢。

“极有可能。”冯斯说，“大少，你听到他们具体说了些什么？”

“那两僧一道就是为了追札兰丁才来到这里的，”刘岂凡说，“他们一直在喝问札兰丁一个问题：你把魔王藏到哪里去了？”

“你说什么？魔王？”冯斯失声惊呼，“魔王是被札兰丁藏起来的？”

“我也不知道，他们只是这么问而已，札兰丁也一直没有回答。反倒是魔仆的力量被激发出来，然后我们就被弹出来了。而在那个时间碎片里，一切都会那样继续无限循环。”

“我们能不能回去？”冯斯急急忙忙地问。

“回去？回哪儿去？”刘岂凡问。

“回到刚才那个时间碎片里！”冯斯说，“那不是无限循环的吗？我们赶在其他人之前，先找到札兰丁，想法子追问他魔王的下落！电影里不也总那么演吗？在无限循环的时间里一次次地重复，积累经验值，最终达到目的。”

“我之前也是那么想的，但是我刚刚想起了一件事：我们没法再回去了。”刘岂凡说，“每一个时间碎片我们只能进去一次，再进去的话，后果难以预料，说不定整个碎片都会毁灭，我们也会灰飞烟灭。这是你祖父当时专门给我的警告。”

“为什么？”冯斯不明白，“第二次为什么不能进去？”

“因为只要我们进去过一次，在那个平行世界里，就会留下我们的……我想想用什么词说会比较好一点……分身。分身，你懂这个意思吗？”

“分身？”冯斯浑身一震，“你是说，此时此刻，在那两个我们已经进去过的时间碎片里，我们三个人的分身……已经在里面了？”

“对，现在在涿鹿古战场的碎片里和乌拉尔山围捕札兰丁的碎片里，都已经有了我们三个人，”刘岂凡说，“我们也会一次次地重复过去的对话和动作，然后等待魔仆带来的重启时刻。”

“虽然只是平时空间里的分身，我想起来都觉得好惨。”姜米喃喃地说，“幸好他们并不知道他们的生命永远循环在那几十分钟里。”

“也就是说，平行世界里的‘我们’，必须是唯一的？”冯斯很沮丧，“电影什么的果然是骗人的，唉。”

“但我们还是有收获的。”刘岂凡说，“至少证明了札兰丁王子确实和魔王世界相关，甚至和魔王本人有关，那么于志可在撒马尔罕城的遭遇就有可能是一条重要线索。如果查清楚当时发生了什么，说不定真的有机会找到魔王的行踪。”

“可是，我们还困在这个时间之海里出不去啊。”姜米说。

“这个倒不用担心，”冯斯说，“祖父如果真的只是想干掉我，这些年来有无数的机会。他把我们诱骗到时间之海里，显然又是想要让我得到点儿什么，有时候我真觉得他在养蛊……”

“养蛊……说得还真是形象，”姜米难得地没有嘲笑冯斯，而是低低地叹了口气，“你也真是不容易。不只是你祖父、你的养母，那些守卫人甚至还有从来没有现身的魔王……所有人都把你当成蛊虫来养。”

冯斯感到手上紧了一紧，那是姜米用力握了一下他的手表示安慰。他心里一暖，忽然觉得好像这一团漆黑的时间之海又把他和姜米带回到了半年前，带回到姜米的记忆还没有被抹掉的时候，两人之间仿佛多了一些默契与和谐。

“现在的问题就在于，他到底想要让你得到什么？”刘岂凡说，“你在这里感觉到什么力量的变化了吗？”

“老实说，一丁点都没有。”冯斯说，“连巧克力都只能变出乡镇企业产的味道。”

姜米扑哧一乐，刘岂凡却没有笑：“你没有得到力量，我却有那么一点……如鱼得水的感觉。”

“如鱼得水？”

“是啊，从进入这片时间之海后，我就总觉得这里的一切和我都很合拍，我的附脑更是一直都很兴奋。出入那两个时间碎片，更是加剧了这种兴奋。”

“是会失控吗？”姜米担心地问。

“没有失控，虽然感受到了力量的增长，却全都在我的掌控范围内。”刘岂凡说，“所以我也想不明白这是怎么回事了，天选者是你而不是我啊。”

“是谁都不重要了，既然身为蛊虫，唯一的选择就是破土而出。”冯斯说，“接着向前走吧。”

“希望下一个碎片能把我们带到一个好一点的地方，”姜米哼唧着，“老是荒郊野外的，太糟糕了。哪怕在这二十分钟里给我一碗米线吃呢。”

这一次果然不是荒郊野外，但很难说这里就比荒郊野外更好，或者说，这里其实糟糕得多。

“怎么黑黢黢的什么都看不到啊？”姜米说。

“起码不是野外嘛，这不就算是遂了您老的心愿了吗？”冯斯说，“开手电筒吧，这里不是时间之海。”

三人点亮了手电，借着电光探查周围的环境，发现他们处在一个封闭的石砌建筑里，空气十分浑浊。冯斯手里的手电筒光柱四下扫射，最后定在了一个同样看起来是石头材质的长方体上。

“我有点明白我们在什么地方了，”冯斯说，“那玩意儿……好像是一口棺材。”

“啊，这是一座坟墓！”姜米提高了嗓门，但听上去并不害怕，反而显得有些兴奋。冯斯看了她一眼：“我还以为你要跳起来大喊三声‘吓死我了’呢……你高兴什么啊？”

“我们可以盗墓啊，盗墓！”姜米眉飞色舞，“中国的盗墓小说简直好看死了，我那会儿一看就是一个通宵！快，哆啦A梦，赶紧弄一把洛阳铲，再变根蜡烛出来，放在墓室的……”

“我还要不要给你弄个黑驴蹄子？一个考古学家怎么养出这么个崽子！”冯斯悲愤地摇摇头，“小说都是骗人的，别闹了。再说了，就算真能盗墓，你想想，我们挖得出去吗？这是个平行世界！”

姜米就像泄了气的皮球：“好吧，不盗就不盗吧。但我们总得弄明白这是在什么地方。”

两个人扯皮的时候，刘岂凡已经不声不响地在这间石室里转了一圈，还专门来到石棺外看了一会儿：“有两条方向相反的通道，不知道通往哪里。石棺上没有墓志铭，没有任何表露身份的印记，棺盖很沉重，我推不开。这些花纹可能可以推断年代，但是我看不懂。我们要不要顺着通道再往前找找？不知道这个时间碎片的循环时间有多长，不抓紧时间的话，什么都没找到就被弹出去也太可惜了。”

冯斯点点头：“没错，把这个盗墓爱好者扔在这儿喂粽子，咱们往前走吧。”

姜米眉毛一竖，正准备反唇相讥，远处忽然传来一声闷响，像是大石头砸到地面的声音。三人连忙收声，关闭了手电筒，跑到反方向的甬道角落里躲了起来。五六分钟之后，一阵窸窸窣窣的声音由远及近地进入这间墓室，随之而来的还有幽暗的烛光。冯斯悄悄探头看了一眼，不由得一阵激动。

又是一个人和一只魔仆！只不过那个人的身材胖乎乎的就像一个圆球，烛光中隐约可以见到脸上的肥肉都在随着脚步抖动，和上一个时间碎片中札兰丁王子健壮剽悍的模样相去甚远，而他的衣着也是曲裾深衣，应当是古代中国人。至于那只魔仆，也比札兰丁身边的魔仆小很多，最多也就是一匹小马的大小，紧跟在大胖子的身后，显得有些畏畏缩缩。

这会是札兰丁王子和那只魔仆的前身吗？冯斯有些疑惑。

那个胖乎乎的古人慢慢走到了石棺前，好像是发布了什么命令，魔仆把身子趴到了棺材上，身上隐隐闪过蠹痕的白光，随即又退了回去。很快，石棺里也有了一些响动。一阵嘎吱嘎吱的刺耳摩擦声之后，沉重的石棺棺盖被缓缓推开，一只手露了出来，紧跟着是一条胳膊。

好奇怪的胳膊，冯斯想，那么瘦，那么长，青筋暴露，偏偏能推动那么重的棺材盖，简直不像是人的手。

一个人影从棺材里站立了起来，烛光下能看清他的身体骨瘦如柴，侧脸上几乎没有肉，皮肤下面直接包裹着的就是骨头。而他的身材比例也非常奇怪，整个身体至少有两米高，手和脚长得不正常，活像是漫画里故意夸张变形后的人物。这倒是足够像传说中的僵尸，冯斯想，姜米也算没白来。

胖子和僵尸对视着，良久没有说话，最后僵尸终于用金属般刺耳的声音开口了："你为什么要唤醒我？为什么不让我就在这个石头匣子里慢慢腐烂，变成骨头？"

"你腐烂不了的，"胖子脸上带着得意的笑容，"接受了我赐予的仙力，你将永生不死，永远也不会失去生命。"

"我不要这样的生命！"僵尸愤怒地咆哮起来，"那不是什么仙力！那是妖法！妖法！我接受了你的妖法之后，每一天身体都剧痛难忍，每一天都在忍受无穷无尽的煎熬！好不容易进入沉睡，你为什么又要把我弄醒？"

"就在不久之前，你在我面前还一口一个主上呢，现在变得倒是真快……"胖子摇了摇头，"你们人类就是这样，永远那么贪婪，永远不知道感恩。"

"那是因为你欺骗了我！"僵尸号叫着，"你说你可以帮我成仙，你说你可以帮我当皇帝！但是最后……但是最后……"

"这可不能赖到我头上，"胖子说，"我已经赐予了你超越凡人的武力，也治好了你的病痛，延长了你的生命。你只需要耐心地等待一个好时机再动手就行了，结果你利令智昏，根基还没有打牢就匆忙起事，不但毁了自己，也破坏了我的大计。尽管如此，我还是赐予了你不死的神通让你成仙，我对你可真的是仁至义尽了。"

"胡说，这根本不是什么不死的神通！"僵尸愤怒地一掌拍在棺椁上，石屑飞溅，可见这一掌的力量，“我也根本没有变成仙人，哪个仙人会像我这样每一天都像被千刀万剐一样痛苦！”

“那是你自己求我的，我又没有逼迫你。”胖子冷笑一声。

“那你信不信我现在就杀了你！”僵尸猛地跳出棺椁，高高扬起手掌。他的动作果然迅捷无比，再考虑到先前一掌拍碎石棺的惊人力量，或许真的能轻松杀死眼前这个胖子。

“你别以为光有蛮力就能杀我，不然为什么我是神明而你是凡人，”胖子丝毫不慌乱，“更何况，今天我来到这里，其实是想帮助你的。”

僵尸默然，过了好一会儿才说：“帮助我？我好不容易炼制出药物让自己躲在这里沉睡，你却又唤醒了我，是还有什么阴谋吧？”

“不要用‘阴谋’这种难听的词，”胖子说，“我不过是想要再给你一次机会，因为你给了我一个很大的意外。不妨告诉你，上一次赐予你仙力的时候，本来就是想要考验你一下。仙人之力，不是凡人可以轻易承受得了的，稍微出点岔子你就会死，但是你竟然活下来了，说明你的确是我要找的人。”

“你要找的人？你要找什么人？”僵尸问。

“现在看来，就是你了。”胖子答非所问，“所以，现在你仍然可以自由选择。如果再相信我一次，你就有可能解除自身的痛苦，获得真正的永生，当然，我也无须骗你。这当中，仍然会有死亡的风险。”

“死亡的风险……”僵尸喃喃地说，但语声里已经隐隐有了一些希望，“那么，风险有多大？”

“我说了，这次不会骗你，所以实话实说，你有八成的可能性会死，只有两成甚至不到两成的机会可以成功。”胖子回答。

“不到两成……那也太低了。”僵尸的语声又低落下去。

“但这是你唯一的机会，否则你只能每天在剧痛的煎熬中永永远远地活下去，”胖子说，“两成的机会，你可以成为一个真正的仙人，剩下八成也不过是死，胜过这样活受罪。”

“说得也是，胜过这样活受罪……”僵尸长叹一声，“但是我已经不再会相信什么你是天上神仙的鬼话了。你帮我解除痛苦，自己想要得到什么？”

胖子拍了拍身边小矮马般大小的魔仆：“我的奴仆，因为受过一些意外的伤害，到现在恢复还很缓慢，需要一些来自人类的特殊材质修补。你和它，也许正好是互补的那一对，它能救你的命，你也能帮助它加速恢复——但是如果出了岔子，它也可能会死。我和你各取所需，但也各自有风险。你敢不敢接受？”

“对我而言，怎么都是赚，”僵尸木然地说，“死了也不过是彻底的解脱，我接受。但是我还有一个问题想要问你。”

“我知道你想要问什么。”胖子说，“但是很抱歉，我不能回答。我的身份，这世间没有任何人可以知晓，任何人都不行。我倒是也有问题想要问你，如果这一次你活下来了，你还会追求推翻朝廷的统治自己当皇帝吗？”

“我想，恐怕是不会了。”僵尸摇了摇头，“这一次起事失败，我把身边的人都看透了。有利可图的时候，一窝蜂地来，失败立即一哄而散，无人肯为我多逗留片刻。像你这样蔑视人间，恐怕反而是正途。所谓与其溺于人也，宁溺于渊，就是这个道理吧。我会去寻找一条截然不同的道路。”

“很好，看来你身上倒是的确能找出一些让我欣赏的地方。”胖子说，“那就开始吧，你坐在地上。”

僵尸盘膝坐在了地上，尽管盘起了腿，上半身仍然显得十分瘦长。魔仆挪动着身躯凑到僵尸身边，身体的前方慢慢裂开一个洞，然后不断扩大延伸，看上去有几分像一条因为试图吞食猎物而极力长大下颚的蟒蛇，又有点像一块正在拉伸变大的巨大的口香糖。

僵尸的整个身躯渐渐被包裹进魔仆的体内，那情景的确类似蛇在吞食猎物，甚至从外部都能看到僵尸的身体在魔仆的表皮上鼓出来一大块。魔仆的身体颤抖着，似乎十分痛苦，但却在一点一点地变大，身上的白色光芒也越来越明亮。

“快些醒来吧！我的奴仆！”胖子发出一声怒吼，竟然震得墓室的顶部都有灰尘扑簌簌地掉落下来。在这一刹那，他看上去半点也不像是个浑身肥肉的滑稽的大胖子，却俨然有了几分君临天下的帝王般的雷霆气势，或者说，魔神般的威仪。

随着这一声吼，魔仆身上的亮光骤然绽放，冯斯的眼前再度陷入黑暗。

第九章

九月鹰飞

一

重新回到时间之海后，三个人都沉默了许久，似乎有太多的话想要说，却反而不知从何说起。

“前面两个时间碎片，我们听到的东西太少，这第三个……好像又听到得太多。”最后还是姜米打破了沉默，“不过，那个奇奇怪怪的胖子和那个僵尸一样的棺材里的怪人，到底是什么身份呢？胖子会不会就是札兰丁呢？”

“从魔仆来分析，很有可能是札兰丁的另一个化身，”冯斯说，“不过，听完他们的对话，我倒是可以十分确定这个碎片所处的历史时间以及胖子和僵尸在那个时代的身份。”

“什么年代？他们是谁？”刘岂凡问。

“西汉，地点是寿春。那个胖子是寿春城里的富商，姓杨，名叫杨麓。”冯斯说，“至于那个僵尸，就是著名的淮南王刘安。”

“淮南王刘安？”姜米抓着冯斯的手紧了一下，“是那个得道成仙的刘安吗？”

“就是他老人家。”冯斯说，“所以大家也都看到了，他的所谓得道成仙，好像很不如意呢。”

“可是，你是怎么知道的？”姜米问，“这有点不符合你的文盲身份啊。”

“不，文盲还是永恒不变的，只不过他们俩对话里所提到的那些事情，我碰巧还是在那本《空斋笔录》里读到过。”冯斯诚实坦白。

冯斯读到的那本经过篡改的《空斋笔录》里，一共有两个池莲故意安插进去的和魔王有关的故事，一个是他先前讲述过的于志可的故事，另一个就正好和淮南王刘安有关。

那则故事讲述了一段小偷偷听到的对话，对话的当事人就是淮南王刘安和寿春城里的富商杨麓。在那个夜晚，寿春的主人刘安进了杨麓的家，却对杨麓俯首称臣口称“主上”，并且提及了一件大事：他正准备起兵叛变，但还没有开始事情就已经败露，眼看已经走投无路，所以到这里来求杨麓救命。

杨麓狠狠地训了刘安一顿，骂他为了一己私欲而破坏了自己的大事。骂完之后，他还是答应救刘安一命，于是从一个地道里放出了一团形似太岁的肉乎乎的怪物，怪物在刘安肩头咬出了一个伤口后，刘安恭恭敬敬地磕头离去。

不久之后，武帝的特使在寿春找到了刘安谋反的确凿证据，淮南王被逼自杀。但是民间一直流传，说淮南王根本没有死，他吞下了事先炼制好的仙丹，与身边号称“八公”的八位一同修道的幕宾升仙飞走，从此远离人间成为仙人了。

“这段墓室里面的对话，正好解释了书里记载的这段内容，”冯斯说，“杨麓骗刘安说自己可以赐他成仙，于是刘安就把杨麓当成神仙和主人来供奉，唯命是从。最终刘安发现，他虽然获得了永恒的生命和巨大的力量，却变成了僵尸一样的怪物，而且每天都要受到剧痛的折磨。而杨麓，显然也不是什么真正的仙人，只是想要借助刘安的权势达到某些目的而已，只不过刘安太过冲动，破坏了他的大计。”

“那杨麓到底是谁？”姜米问，“是魔王的某个手下吗？又或者，其实他就是……魔王本身？”

“你应该听到了他最后的那一声吼，”冯斯说，“老实说，如果把我放在那个年代，听到他在我面前这么喊一嗓子，搞不好我真得跪下。而且，听他说话的口吻，总是把他自己放在极高的位置上，而我所见过的魔仆，没有谁会认为自己地位很高——它们总是不停地提及魔王，不断地表达它们对魔王的崇拜和绝对服从。”

“那可就太有趣了，”姜米说，“如果杨麓就是魔王的话，那么几千年来，守卫人家族，包括黑暗家族和魔仆们对魔王下落的判断岂不都是错误的了？魔王根本就没有藏在某个地方万年不现身，而是化成了人类，一直就潜藏在人类社会里。啊，照这么说，那个札兰丁王子说不定也是魔王在那个时代的化身！”

“路晗衣曾经跟我说过，守卫人的祖先们通过读取被抓获魔仆的思维活动，得知魔王在涿鹿之战受到重创，因而进入了类似沉睡一样的保护状态。现在看来，要么是魔仆故意欺骗，要么是它自己都不知情，魔王其实是选择了和人类一起生存——这当中可能埋藏着深意。”冯斯说。

“都有可能，只可惜我们没有证据。”刘岂凡说，“不过，我有了另外一个发现。”

“什么发现？”冯斯问。

“淮南王刘安，说不定就是你的祖父，也就是绑架我的那个人。”刘岂凡说。

“这个可就有点跳跃性了，”冯斯说，“一个是西汉时代的古人，一个是现代人，你是怎么把他们联系起来的？”

“其实就是刘安在墓室里说的那句话，”刘岂凡说，“与其溺于人也，宁溺于渊。”

“这句话是什么意思？”姜米问。

“又撞到我这个文盲手里了，”冯斯说，“我在营销账号的鸡汤微博里用过这句话，当然是从网上随手摘抄的。全句是‘与其溺于人也，宁溺于渊。溺于渊犹可游也，溺于人不可救也’。出自一首周武王时代刻在脸盆上的铭辞。这句话最常见的解读是说，与其淹没在小人当中，不如淹没在深深的潭水里。淹没在潭水里还能游出来，淹没于小人之中就没救了。但你知道，在微博上写鸡汤骗粉丝嘛，肯定要装一装深沉，所以我更喜欢另外一种解读。”

“什么解读？”

“不把这句话中的‘人’解释成‘小人’，而是解读为‘感情’，或者说‘人性’。”冯斯说，“如果按照这种解释的话，刘安的那句话就很有意味了。”

“就是说，不要陷入任何感情中，甚至于……不要相信任何人？”姜米琢磨着，“倒像是一个厌倦了人世的人能说出来的话。刘大少，你刚才说，哆啦A梦的祖父也喜欢说这句话？”

“我和他见面极少，但是在那些很有限的相处时间里，他确实不止一次说过这句话，所以我印象很深。”刘岂凡回答，“虽然他在我面前总是很和蔼，但现在回想起来，总觉得他有一种骨子里的冷漠，好像真的无法亲近任何人。”

“那么，假设杨麓就是魔王或者魔王某个十分重要的手下，而刘安就是我祖父，那他就真的获取了长生不老的可怕能力了，”冯斯说，“我的祖父居然是一个活了两千多年的老妖怪，这么想想还真有感觉呢……”

冯斯回想着和祖父有关的种种情由，发现即便自己卷入魔王世界已经一年了，对祖父的了解仍然少得可怜。他只知道祖父曾经在贵州山区待过一段时间，威胁山民替他豢养魔仆“老祖宗”；他曾经给父亲冯琦州写过信，在信里用“传承千年的家族荣耀”之类的话语激励他为家族服务；他似乎也在四处搜罗有能力或者有潜力的人培养成为手下，刘岂凡就是目前已知的一个牺牲品；他和雾蟒山地下水电站的站长丰华明有着千丝万缕的联系，这只体内存在着一片时间之海的古怪魔仆，很可能就是他放在这里的；冯斯见过两次的小家族守卫人丁小齐，也曾跟踪祖父，却惨遭杀害……

这些碎片到底能拼成什么样的形象？冯斯还是觉得难以把握。乍一看他似乎就是个追求权势的普通的“恶人”，但仔细想想，光用追求权势来解释或许又太简单粗暴，挖掘不出藏在表象背后的真实目的。更何况，从刚刚看到的那段时间碎片里的场景来看，祖父极有可能就是两千年前的西汉古人淮南王刘安，而且极有可能和魔王本人打过交道，这当中的隐藏信息未免太丰富了。

“我还想到了一点，”刘岂凡说，“还记得魔仆请我喝酒的时候，张口闭口‘小安’吗？或许指的就是刘安。印证起来，他是刘安本人的可能性就更大了。”

“我现在真是感觉有些遗憾我和他没有血缘关系了。”冯斯说，“如果我真是淮南王的后裔，说起来好像也怪有面子的。”

“我觉得，你的祖父，可能是全世界对魔王了解最多的人，”姜米说，“他对魔王的了解，比那些守卫人家族还要多，甚至……”

“甚至什么？”冯斯问。

“甚至，他说不定知道魔王的秘密，”姜米说，“知道那个守卫人世界花费了几千年都没有挖掘出来的秘密魔王是谁，魔王想要做什么。”

“而且，我感觉他不只是知道，还在为此而努力，”刘岂凡接口说，“只是，我们谁也不知道他努力的方向是什么——是帮助魔王还是阻挠魔王？他寻找天选者，又把我改造成现在这样，是因为我们对魔王有益，还是有害呢？”

“这个世界确实是太复杂了，可能大家根本不明白自己到底想要做些什么。”冯斯说，“完全就是一片乱七八糟的混沌。大少说得对，我们这么玩命地提升自己，搞不好最后反而会对魔王更有利——但我们别无选择。”

“绝不会的，我相信你。”姜米又握了握冯斯的手。

冯斯忽然很想把姜米搂到怀里，但他马上反应过来，姜米现在并不是自己的恋人，两人之间曾经有过的感情已经被他消除了。他不愿意再想下去，只能轻轻说了声：“谢谢！”

“注意，前面就是另外一个碎片了。”刘岂凡提醒说。

“大少，我有一个想法，不知道是不是可行。”冯斯说，“你刚才说过，在这片时间之海里，你的能力反而更强了，对吗？”

“是的，你想要做什么？”刘岂凡问。

“通过第二个和第三个碎片，我们大致可以作出判断，形成碎片的原因都和魔仆在特殊条件下的力量爆发有关，而我们所进入的，就是那一片魔仆身处的核心区域，被吞噬的时间在爆发前十多分钟到几十分钟不等。”冯斯说，“那么，如果一进入碎片，你就马上用你的蠹痕把周围尽可能宽广的区域都覆盖起来，让当中的时间停滞。”

“然后你我二人就有相对充裕一点的时间，可以去附近搜寻一下了，”刘岂凡明白了过来，“万一在附近发现了什么，我们也可以在时间停滞的情况下好好商量一下，也许有机会获取更多的有用信息。”

“这倒是个好主意，可惜我不像你们个个身怀绝技，只能在一边当木头人啦。”姜米很遗憾。

“你自己待在原地，别乱跑，别抢小孩糖吃……”冯斯絮絮叨叨地还想继续饶舌下去，被姜米毫不客气地一脚踢在屁股上。

眼前又亮了起来。仍然在一片山野之间，举目远眺可以看见一些古代中式民居，可见这里应该是在中国境内。冯斯和刘岂凡已经踪影不见，姜米只能站在原地耐心地等待着。

二十来分钟后，她忽然发现冯斯和刘岂凡的身影重新出现在距离她大约半公里的山路上，最为诡异的是，身边还多出来一个人。

一个道士打扮的男人。

姜米愣了一会儿，大致猜到发生了什么事。冯斯和刘岂凡在时间停止的过程中发现了这个道士。然而，这个道士不具备在停滞的时间里来去自如的能力，而冯斯和刘岂凡一定是有重要的问题要询问他，于是中止了蠹痕，带着他一路走一路谈话。

她知道时间碎片里时间有限，分秒如金，不敢上去打扰，只能远远地看着三人边走边交谈。那个道士满脸的惊魂未定，道袍破破烂烂的，身上还有不少处擦伤，似乎腿还在发软，脚底下不时地磕磕绊绊，好几次差点摔倒，看样子是刚刚经受了什么巨大的惊吓。他一面和冯斯说着话，一面手里不停地比画着，显得情绪颇为激动。而冯斯和刘岂凡都表情专注地听着此人的叙述，可见他所说的内容十分重要。

可惜的是，这一段叙述最终没能讲完，整个世界再次陷入黑暗。三个人永久地离开了这片时间碎片，只有他们的“分身”继续留在其中，重复着永恒的循环。

“到底怎么回事？那个道士是什么人？”抓住冯斯的手之后，姜米迫不及待地问。

“一个很重要的证人，”冯斯说，“他可能可以提供证明，说明魔王果然一直没有消失！一直以其他形态存活在人世间！”

“你说什么？”姜米惊呆了。

“这就吃惊了？告诉你，还有更绝的。”冯斯说，“那个道士运气是真好，不但见到了魔王，而且一次见了俩。”

“什么？俩？”这时候如果有光线的话，大概可以看到姜米的嘴张得能吞下一部手机。

“张献忠地宫里的那个魔仆说的话是真的，魔王不止一个，而是有两个，”冯斯说，“在刚刚的那个时间碎片里，两位魔王，两位世界的主宰，都在。”

二

历尽千辛万苦，卓真定和兰真澍终于找到了这个山洞。在山间朝雾的掩映下，洞口显得云气氤氲，带有一种高深莫测的神秘感。

“真的是这儿吗？老和尚不会骗人吧？”卓真定看着眼前阴森森的洞口，有些犹豫。

“路标是不会撒谎的，”兰真澍说，“何况这个洞看一眼就觉得不同寻常，应该不会有错。搞不好这次轮到咱们师兄弟在师父面前露脸了。”

"只要回去能够不挨骂，我就要叩谢老君了。"卓真定苦笑一声。

卓真定和兰真澍是龙虎山的两名正一派道士，师从第四十八代天师张彦頨。此时正是嘉靖年间，嘉靖皇帝一向对丹鼎修炼之术最为热衷，于是张彦頨投其所好，广派门下弟子深入西南四川、云南诸省，寻找古代高人方士遗留下来的宝器、秘籍等物，以便供奉给皇帝。

张彦頨这一声号令不打紧，只苦了门下的众弟子，不得不钻入深山老林、荒郊野岭，如探险家那般风餐露宿，受尽苦楚。而这样的辛苦也很难换回什么好结果，要知道所谓的上古仙士、得道高人，往往只是存在于传说中，真想找一个出来哪儿那么容易？到了最后，弟子们要么空手而归，要么弄回一堆毫无价值的破烂，让张天师好生郁闷。

奔走于川东阆中山区的卓真定和兰真澍，原本也应当和其他弟子一样，带着浑身蚊虫叮咬的痕迹和快要散架的骨头无功而返，接受张天师的训斥。然而，一个意外的巧遇，却让两人看到了飞黄腾达的机遇。

一个砍柴的樵夫不小心从山崖上摔下，跌断了一条腿，眼看只能死在山里，恰好苦苦寻宝的卓、兰二人经过那里，救了他一命。感激涕零的樵夫请二位道士到家里做客，兰真澍趁机向他打听，附近山野里可有什么修道的高人，或者曾经有什么修道的高人。樵夫想来想去，只想起附近山头上有一个孤身一人的老和尚，已经在那里住了好几十年，从来不和别人来往。

修道之人在山野里独自隐居是很寻常的，但和尚隐居这种事却很少见，更何况一待就是几十年，听来着实有点奇怪。两人反正就是胡乱撞运气，于是决定去看看，说不定能找到点"佛宝"，也能稍微平息师父的怒火。

两位道士当天就按照樵夫的指点找到了老和尚的住所，两人颇费了一番力气爬上山顶，敲了半天门却无人回应。他们对望一眼，推门进去，立即闻到了一股浓烈的尸臭味。

老和尚趴在地上，已经不知死多久了，尸体都腐烂得差不多了。这反而让两位道士松了口气，他们可以肆无忌惮地翻找老和尚的遗物了。然而一番寻找之后，除了生活必备的物品，这间粗陋的茅屋里什么有价值的东西都没有，更别提两人心心念念的"宝物"了。

这样的事原本在意料之中，两人并没有特别失望，只是在屋后草草挖了一个坑，把和尚的遗体埋葬了。正准备回到樵夫居住的山村，眼尖的卓真定忽然伸手一指："看！那棵竹子上好像刻了什么记号。"

兰真澍凑近一看，果然，屋外的一棵翠竹竹身上明显有刀刻的痕迹，刻的是一个古怪的符号，有点像梵文一类的外邦文字。两人继续寻找，很快又找到了几处，这些符号连在一起，指向了山的西面。

"这肯定是路标！"卓真定兴奋地说，"咱们顺着路标找下去，也许能发现点什么。"

"我觉得又是竹篮打水……"兰真澍嘟囔着，有些不想动，但还是跟在他身后向前走去。

没想到，这条路出乎意料地漫长曲折，竹子上刻下的标记仿佛无穷无尽地向远方延伸。幸好两人身上带足了干粮，走了两天之后，正当他们精疲力竭想要放弃时，路标终于消失了，出现在眼前的就是这个古怪的山洞。通往它的小径隐藏在一大片茂密的竹林后面，如果不是循着老和尚刻下的标记，寻常人根本难以发现。

卓真定一步当先走到洞口，正准备进去，忽然停住了脚步："快过来看！"

兰真澍连忙跟了过去，发现洞口上方密密麻麻贴满了许多符咒，看符文似乎是道家的，却全然不属于他所见识过的任何一种道符。

"不认识吧？要不是碰巧在古书里见到过，我也认不出来，"卓真定得意地说，"这些符文，是西晋时川东鬼道团特有的镇邪符咒，用来镇压法力强大的恶鬼的。鬼道团存在时间短，很多东西并没有流传开来。"

"镇邪符咒？法力强大的恶鬼？"兰真澍微微皱眉，"这么说起来，这山洞果真有些邪门。"

"不是一般的邪门，"卓真定说，"这些道符的下面，还有梵文的《金刚经》。也就是说，布置这些符咒的人，觉得道门的法力还不足够，还要借助佛门的帮助。"

"乱弹琴！简直和民间做法事的愚民一样，和尚道士一锅端……"兰真澍摇着头，心里却对这座山洞产生了一些惧意。他当道士也有二十多个年头了，从来没有见到任何符咒真正显过灵，倒是知道一些其他道士借助机关道具故弄玄虚的事例，内心深处总是觉得自己当道士无非就是混口饭吃，其实能不能得到张彦颙的赏识并没有那么重要。眼下他感受着山洞里不断吹出的阴风，着实不愿意进去冒险。

卓真定却跃跃欲试："走！进去看看！老和尚说不定是个假扮的道士呢，兴许在洞里藏了些什么。"

兰真澍拗不过他，只能跟在他身后。和狭窄的洞口相反，洞内相当宽阔，也没有想象中黑暗阴森，只是洞内几条岔道向里延伸得很深，不知道通往何处。

"我们是不是应该先回去准备点绳子之类的东西再来？"兰真澍说，"这样路径错综复杂的山洞，最容易迷失在其中，那样岂不会活活饿死？"

"放心吧，你那么笨都能想到容易迷路，老和尚更想得到了，"卓真定胸有成竹，"你仔细看，洞壁上也是有标记的。"

果然，洞壁上也能找到相似的路标。兰真澍唉声叹气，不得不跟着卓真定深入山洞，两人点起事先准备好的蜡烛，沿着标记走了将近半个时辰，却始终一无所获。除了嶙峋的怪石、滴滴答答的渗水和潮湿的空气，这里甚至连一只虫子都看不到。

"不大对劲啊，"兰真澍说，"这么潮湿阴暗的山洞，里面应该有很多虫子才对，可为什么我们走了那么久，连一只蚊子都没有见到。"

"你说得对，不只是虫子，这里的洞壁处处光滑，竟然连苔藓都没有长，这太不正常了。"卓真定说。

两人对望一眼，各自拔出了随身的宝剑，行走得愈发小心。被老和尚标记过的山洞又拐过了一个岔路，终于到了尽头。两人看着眼前被烛光照亮的幽暗景物，都有些不知所措。他们这一路上设想了很多山洞尽头所藏的可能性，也许是黄金珠宝，也许是佛家道家的典籍法器，也许是什么凶猛的野兽，也许只是空空荡荡的什么也没有。但现在出现在两人面前的，却远远超出了他们的想象。

——他们看到了一朵花，一朵巨大到令人难以想象的花。

这朵花的直径几乎有三丈，由三四十片硕大的花瓣组成，拼出一个近乎浑圆的大圆盘，下方的花茎粗长有如树干。花朵总体呈现出暗红的色调，但仔细一看，却能看出那些花瓣的颜色并不是纯色，靠近花蕊的部分红色较浓，靠近外围的则更多地呈现出墨黑色。

除此之外，这朵巨花还散发出一股奇特的香味，那并不是正常的芬芳花香，但也绝不是臭味，而是另外一种香气，让人一闻到就会禁不住吞咽唾沫的香气。

"怎么会有一股肉香？"兰真澍很是纳闷。

“也许是因为……这朵花的食物就是肉。”卓真定沉着嗓子说。

兰真澍打了个寒战，悄悄向后退出几步。卓真定却并不畏惧，虽然也小心翼翼地不接近那朵奇怪的花，却把山洞附近都仔细检查了一遍。

“我总算明白为什么我们在这个山洞里居然看不到一只虫子了，”卓真定伸手指着地上，“你来看。”

兰真澍低头看去，只见一条长长的蜈蚣在地上快速爬行，慢慢爬向那朵巨花。它顺着花茎爬了上去，一直爬到花瓣上，随即那朵花瓣以迅疾的速度颤动了一下，蜈蚣随即消失了。他立即猜到，一定是巨花用某种特殊的方法吸引了洞内的昆虫，全部把它们化作食物吞食掉了。

既然能吃蜈蚣，那能不能……兰真澍忽然心里一颤，在一种奇怪直觉的驱使下扭头一看，这一看差点吓得他魂不附体：他背后的地面上不知何时钻出了一根红色的藤蔓，有如巨蛇一般扭动着身躯向他悄悄靠近。他本能地就地一滚，躲开了这根藤蔓，于是藤蔓越过他，卷向了正在全神贯注观察巨花的卓真定。

“当心！”兰真澍大叫一声。

但是这一声喊叫已经太晚了。卓真定的注意力一直被那朵巨花所吸引着，当听到兰真澍的警告时，根本来不及闪避了。红色的藤蔓卷住了他的脚踝，一股巨大的力道拉扯着他上百斤重的身躯，浑似没有分量一样，一下子将他拉到了巨花的花瓣上。当卓真定的身躯接触到巨花的一瞬间，花瓣猛地收紧，就像卷起的毯子一样，把卓真定整个人都包裹在其中。卓真定的身体在花瓣里拼命挣扎，紧跟着发出一连串极度痛苦的喊叫声，声音凄惨尖厉，简直不像是人的喉咙能发出来的。

“救我！救我！”卓真定声嘶力竭地大吼着，“兰师兄！救我！”

兰真澍光是听到卓真定的喊声，就已经两腿发软了。他想掉头就跑，却又不忍心就这样扔下同门师弟不管。想了一会儿，他咬咬牙，举起早已拔出的宝剑，一剑砍向黑色巨花的花瓣。

花瓣的质地既厚且韧，但并不是刀枪不入，这一剑砍下去，勉强能砍出一道裂缝来，感觉就像砍到了厚厚的布匹上一样，只是从中涌出似红似黑的花汁，看上去让人隐隐有点恶心。兰真澍横下一条心，照着这条裂缝连砍了好几剑，终于切掉了一部分的花瓣，露出了被卷在其中的卓真定的身体。

兰真澍定睛一看，“啊”的大叫一声，一时间吓得魂不附体。在被砍掉了半片花瓣后，被卷裹于其中的卓真定的下半身露了出来——但这半截身体已经化为了白骨！卓真定从腰部以下的身体，已经被黑色巨花的汁液完全腐蚀掉了外部的皮肉！

这一幕把兰真澍吓得几乎要晕厥过去。他料想下半身已然如此，上半身肯定也差不多了，难怪卓真定的呼救声已经好长时间没听到了。身体化为白骨，当然是必死无疑了，兰真澍已经救不了自己的师弟，为今之计唯有想办法救自己。他转过身去，也不管身后的巨花和卓真定了，撒开双脚狂奔而去。

他在弯弯曲曲的山道里狂奔了一阵子，才发现一件十分糟糕的事情：他迷路了。由于奔逃得太匆忙，他没有顾上遵循着那个老和尚所留下的路标，现在，他已经完全迷失了方向，周围的洞壁上根本找不到标志了。不过，身后总算没有追兵，也算是不幸中的万幸了。

兰真澍没有办法，只能提心吊胆地摸索着前行。他知道，很多山洞的路径十分复杂，一不小心就可能活活困死在其中，但此时此刻别无选择，只能硬着头皮碰运气。刚才的一片慌乱中，蜡烛已经不知道丢到哪里去了，他不愿意浪费宝贵的火折子，索性摸黑向前探索。

好在运气没有糟糕到头，摸索了一个多时辰之后，他的眼前出现了亮光。兰真澍以为是撞到了出口，心里一阵激动，但连滚带爬地扑过去之后，他忽然停住动作，并且伸手捂住了口鼻，避免弄出声音来。

——前方并不是洞口，而是山洞里的另一个洞穴，亮光来自洞穴里，似乎是烛光。在见识了刚才那朵吓死人的食人巨花之后，兰真澍可不敢贸然地去惊动别的什么怪物了。

他把身体紧贴洞壁，悄悄地探头张望，这一看又是差点叫出声来，幸好手掌捂得还算严实。他看到了一大团肉乎乎圆滚滚、似一座肉山一样的奇怪生物，身上发出白色的光芒。毫无疑问，这不是人间所能见到的任何一种寻常动物，透出一种极端的诡异和邪恶。

兰真澍在心里默默念着三清六御各方神明的名字，乞求诸神祖师保佑，不要让自己被眼前的邪物所伤害。他慢慢注意到，这只怪物发光是有原因的，那些光芒似乎是它的力量的象征，用来和对面的敌人进行对抗。

但那个敌人既不是人，也不是怪物，甚至不是什么活物，而是……一个看上去像是用玉雕琢而成的小雕像。这个小雕像最多也就有半个手掌大小，和肉山一样的怪物之间的体积差距何止百倍，但看得出来，双方势均力敌，因为雕像上正在放射出灼灼的红光，和怪物的白光相互挤压碰撞着，谁也压不倒谁。

兰真澍瞪大了眼睛仔细辨认，发现那枚小小的雕像是雕成了昆虫的形状，有点像屎壳郎。真是奇怪了，兰真澍想，玉雕一般不都是一些很精致美丽的东西吗，怎么会有人雕琢一只屎壳郎呢？

还没想清楚这一点，他又发现，其实在那个肉山般的怪物巨大的身躯后面，居然还坐着一个人。那个人不知道是生病了还是怎么回事，浑身上下用长袍裹得紧紧的，脸也被一块黑布完全遮挡住了，身子好像还在不断地颤抖。兰真澍恍惚中有点明白过来了，巨怪其实是在保护身后的那个人，真正在对抗的，其实是那个蒙面人和玉雕。

双方的光芒基本上旗鼓相当，一时间陷于僵局。兰真澍觉得这样危险而古怪的场合自己还是不要掺和的好，正准备蹑手蹑脚地去摸索一条新路出来，耳边忽然响起了人说话的声音。那是蒙面人终于开口对着玉雕说话了。

“四千年啊，四千年了。”蒙面人微微喘息着说，“你我已经四千多年没有见面，真是没想到，再见的时候竟然会是这样。你还可以说话吗？”

四千年？这几个字吓得兰真澍觉得自己的腿又软了。这个人和那个玉雕，难道是活了四千年的老妖怪？那就算是老君来了，都未必能保佑得了自己。我这是卷进了什么样的事情里面啊？他想，早知道就不来这里找什么劳什子宝贝了。

玉雕并没有发出任何声响，也不知道是不能说话，还是不愿意说话。蒙面人也不管对方是否愿意搭理他，自顾自地继续说下去：“四千年前，你我决裂，分道扬镳，不承想再见面的时候仍然是这样。事到如今，你还觉得你是对的，而我是错的吗？”

玉雕依然没有发声。蒙面人叹了口气：“我知道，你还在恨我，在你的心目中我就是一个背叛者，是毁掉了你一切计划的背叛者。但是你有你的信念，我也有我自己的，我并不认为我当初的抉择是错误的。我们既然谁也说服不了谁，那就拼个你死我活吧。”

这句话说完之后，他也不再出声了。巨怪身上的白光越来越炽烈，玉雕身上的红光也越来越闪亮刺眼，兰真澍感到一股逼人的热力扑面而来。他想要逃跑，但不知怎的，在那股热力的笼罩之下，他只觉得自己的两腿不听使唤，甚至连手指头都不能移动一下。

见鬼，我居然会死在这两个千年老妖怪的手里。兰真澍痛悔着自己不该出于好奇在这里偷窥这罕见的一幕，却也毫无办法。正当他以为自己只能闭目等死的时候，耳边听到一声突如其来的巨响，随即一股巨大的冲击力把他的身体整个送了出去。他就像是一块石头一样飞在半空中，眼前一黑，晕了过去。

醒来的时候，兰真澍发现自己竟然躺在了半山腰上，抬头看看，此处距离山洞还有很远的距离，假如是被爆炸生生崩到这里的话，浑身的骨头恐怕都应该全部摔断了。但是摸了摸全身上下，除了一些擦伤，并无大碍，还能站起来走路。

看起来，似乎是有某种特殊的力量，把自己一下子“送”到了这里。兰真澍苦笑一声，知道凭自己的智慧和见识根本无法解释刚才发生的一切，索性不去多想了，无论如何，能够保住性命就已经算是不幸中的万幸了。还是赶紧下山去吧，先找个地方休养一下，等缓过劲来就回龙虎山。

兰真澍费了好大的力气才站起来，只觉得双腿仍然在不停地颤抖，他尝试着向前走出两步，脚下却绊到了什么东西，再度摔倒在地。兰真澍狠狠地骂了一句什么，低头一看，发现绊倒他的不是别的，赫然正是那个奇特的玉雕。不过，此时此刻，玉雕上面已经没有了先前那种夺目的光华，看上去完全只是一个普通的雕饰。

兰真澍的第一反应是掉头就走，不去招惹这个瘟神，但不知怎么的，那个小小的玉雕对他却好似有着无穷的吸引力。他迈出几步后，想了一想，咬咬牙，又回头走到了玉雕身边，弯腰把它捡起来，纳入怀中。

“总算是件宝贝……”兰真澍自言自语着，“带回龙虎山交给师父，也算是交差了吧。”

三

“就是这么回事。”冯斯说，“我们在山路上发现了他，大少凭直觉认为他可能是这一片时间碎片中的关键人物，决定停止蠹痕盘问他一下。事实证明大少是绝对英明的，山顶离这里还很远，我们并没有足够的时间上去，更不必提在那个弯弯曲曲的山洞里搜寻了。”

“这个故事可真是太有意思了，”姜米说，“那个胆小的道士所看到的肉山一样的怪物，肯定就是咱们的老朋友魔仆啦。而身边的蒙面人，说不定和乌拉尔山的札兰丁王子，还有古墓里的大胖子杨麓，是同一个人。”

“基本可以断定是同一个人，虽然他的外形不断地在变化。”刘岂凡说，“但是我和冯斯都搞不太明白那只蜣螂是怎么回事，我们以前没见过那样的东西。”

“虽然并没有亲眼见到，但我觉得我可以猜测那是什么玩意儿。”姜米悠闲地说。

“你知道？”冯斯很惊奇，“你对中国古文化也了解吗？”

“那东西根本就和中国古文化没关系，只是你太没文化了而已。”姜米好像是在努力憋住笑，“那玩意儿呢，学名蜣螂，中国民间俗称屎壳郎，大家都觉得它就是滚粪球的，但是在另外一个国家，它的名字就好听得多，而且还受到人们的崇拜。碰巧，我去那个国家旅游的时候，就买过一个类似这样的纪念品……”

“圣甲虫！”冯斯大喊起来，“我就说总觉得忘了什么东西呢！埃及的圣甲虫，不用什么文化，看过电影的就知道，我就是脑子一下子短路了而已。”

“好吧好吧，算你一时短路，”姜米故作宽容，“那么问题来了，为什么这么一只埃及人的圣物会漂洋过海跑到明朝的四川山区，还能和人打架呢？”

“我刚才说过了，我怀疑那个蒙面人和这只屎壳郎——好吧，圣甲虫，就是当年消失的两个魔王。”冯斯说，“兰真澍也向我们转述了蒙面人对圣甲虫说的话。可以判断出来，他们俩是老相识，曾经关系很亲密，至少也是互相合作的同伴，但因为某些原因分道扬镳，甚至反目成仇。这很像是当初我们对魔王做出的猜测：两个魔王在如何对待人类进化的问题上产生了争执，结果导致了自相残杀，让人类意外地取得了涿鹿之战的胜利。”

“而且，在明朝嘉靖年间提到‘四千年前’，基本就是涿鹿之战的年代，在时间上也是吻合的。”刘岂凡说。

“所以，我们可以大致地理出一点和魔王有关的初步轮廓了，”冯斯说，“两个魔王在涿鹿之战时起了内讧，最后人类取得了胜利，从此守卫人取得了对世界的主导权。但魔王从来不像人们所猜测的那样，就此挖个坑藏起来静养，至少其中的一个并不是那样，而是一直伪装成人形，生活在人类社会当中，至于具体方式还不太清楚，有可能是改变形体，也有可能是直接侵占人体。”

“目前我们已经知道，他曾经在西汉假扮过淮南王刘安身边的富商杨麓，在宋末假扮过札兰丁王子，在明朝嘉靖年间也出现过，只是身份不详。”刘岂凡说，“你的祖父喜欢把‘宁溺于渊’挂在嘴边，但是这位魔王好像正相反，宁可溺于人也。”

“这能说明什么？”姜米问，“他一直很想了解人类？”

“我觉得是，”冯斯说，“虽然还不清楚涿鹿之战的时候他们具体发生了什么分歧，但是可想而知，两个魔王对人类未来的判断完全不一致，这才闹起了内讧，导致他们两败俱伤，沉寂了四千六百年。我觉得他一定很不甘心，一定很想证明自己为人类选择的进化方向是正确的，所以他混在人堆里，不只是观察，也在参与。”

“还真是，做一个富商本来就可以对经济产生影响，札兰丁王子就更不用提了，已经是影响历史进程的人物了。而在时间碎片之外的时代，鬼知道他还扮演过哪些角色，没准儿还当过美国总统呢。”姜米说，“不行了，我的好奇心简直要爆炸了！魔王到底想要干什么啊？”

“地球人都想知道……”冯斯说。

三人进入了第五个时间碎片。这一次，眼前出现的既不是荒芜的山野，也不是黑暗的墓穴，而是一座城市，现代城市。只是，这座城市看上去满目疮痍，许多房屋倒塌了，废墟里清晰可见烧焦的印记。路边的行人一个个行色匆匆、表情阴郁，而且大多面黄肌瘦，看似营养不良。

这座城市仿佛刚刚经受过战火的摧残。

三个人几乎不费什么力气就判断出了这座城市属于哪个国家——独具特色的服装与路边招牌上的日语实在是太醒目了。而日本这个国家的本土，在现代只遭受过一次大规模战争的洗礼。

“我们看来是回到了二战期间的日本。”姜米喃喃地说，“这可不是什么让人愉快的地方。但日本那么大，这是哪儿呢？”

“我记得二战的时候，美国空军基本上把日本的重要城市炸了个遍。”冯斯说，“不问问还真判断不出这儿到底是什么地方。但是我不懂日语，不知道用英语能不能凑合着问问。”

“我学过一些基础的日语，”刘岂凡说，“以前被你祖父关起来的时候，实在闲得无聊，跟着网络上找到的教材学过一些，进行一些简单的日常交流应该还可以。”

“那就靠你了。”冯斯拍拍他的肩膀。

刘岂凡点点头，走向附近一个正在路边卖烟的小贩，交谈了几句之后，他突然转过身，匆匆忙忙跑了回来，脸上的表情十分严峻。

“怎么了？”姜米忙问。

“冯斯，快背上姜米，快点！”刘岂凡说。

“背？干吗？”冯斯有点莫名其妙。

“没时间解释了！赶紧！”刘岂凡的语气听起来十分紧张。

两人都知道事态严峻，也不再多问，冯斯把姜米背在了背上，随即发现周遭的时间停止住了，所有路人都停住了动作。这无疑是刘岂凡发动了他的蠹痕。现在，只有他和刘岂凡可以自由行动了。

“赶紧，顺着这条街往下，再跑三个街区就是防空洞，”刘岂凡说，“我在上一个时间碎片里消耗了太多的力量，不知道这次能撑多久，抓紧时间。”

冯斯背着姜米，一边跟在刘岂凡身后奔跑，一边问：“干吗跑那么快？美国要来轰炸了？”

“比那个还糟糕！”刘岂凡虽然并没有背人，但身体素质比冯斯差得多，跑得气喘吁吁，“刚才我找那个卖烟的小贩问清楚了现在所处的时间地点，今天是1945年8月9日，这座城市是长崎！”

“原子弹爆炸的那天？”冯斯大吃一惊。

“没错，就是今天，而且我没猜错的话，就会在这几分钟。别忘了，魔仆每次都是受到特殊的刺激才会爆发出操控时间的力量，形成时间碎片，还有什么刺激能强过原子弹爆炸？”

“但是，就算我们在这里被炸死了，不也应该没事吗？”冯斯问，“我在前几个时间碎片里受到的小擦伤，一出去就痊愈了。”

“但是你并没有死，不是吗？”刘岂凡喘着粗气说，“原本就在这片时间区域里的人，死了也不过是在下一个循环复生，然后再死一次。但是对于我们外来者，死亡可能就是永恒的！”

“不是吧？”冯斯傻眼了，“我们不能死？”

“对，不能死。”刘岂凡肯定地说。

“那可完蛋了……”冯斯不知道是累的还是紧张的，也开始大喘气了，“从卷进这个世界开始，我设想过自个儿的各种死法，万万没想到最后会死于原子弹，而且是大半个世纪之前的原子弹……世界真奇妙啊。”

两人又跑了一阵子，终于跑过了两个街区，眼看再跑完最后一条街就能到达防空洞，再看看刘岂凡，虽然很疲累，但如他所说，时间之海加强了他附脑的力量，应该还可以勉力支撑。冯斯心里稍稍放松了些，突然，他的脚下一脚踩空，一下子摔倒在地上。回头一看，地上有一个不大不小的坑，可能是炮弹爆炸后的碎片所致，因为不似寻常的弹坑那么明显，他没能留意到。

刘岂凡连忙停住脚步："你怎么样了？"

"糟糕了，脚踝扭伤了！"冯斯疼得冷汗直冒，"大少，我肯定是没法跑了，得靠你带着姜米去防空洞躲起来。"

"不行，不能扔下你不管！你可是天选者啊！"刘岂凡说。他也已经很累了，浑身的衣服都湿透了。

"废话，你有力气管我吗？"冯斯大吼道，"现在一秒钟都耽搁不起了！要么这个狗屁天选者死，要么三个人一块死！你不懂什么叫多活一个算一个吗？"

刘岂凡咬着牙点了点头。冯斯龇牙咧嘴地把姜米扶到他背上："没时间多说了，大少，拜托。"

刘岂凡点点头，背着姜米吃力地跑远。冯斯坐在地上，喘了几口气，慢慢把身体放平，躺在了地上。他发现在这样一个生死系于一线的时刻，自己竟然并不是十分紧张，这可着实有点奇怪。

是因为我经历的事情太多，过去也曾经多次直面过死亡，所以已经有了足够的心理承受能力了吗？冯斯在这等死的间隙中百无聊赖地分析着。似乎也可能说得通，但仔细想想，又不是特别像。

过了半分钟，他觉得自己找到了原因——可能是因为自己总觉得事情会有转机。是的，他的确曾经一次次和死神打过交道，但每一次都只是擦肩而过，并没有真正地丢掉小命。每到危难的时候，总会有一些意想不到的转机出现，一下子扭转局势。或许自己真的有那么一点天选者的味道呢，冯斯想，天不要我死，我就不会死，注定要和魔王缠缠绵绵一直到最后的时刻。

但他又推翻了这个结论。毕竟他很清楚，自己在内心深处从不相信什么狗屁命运或者宿命，即便是魔王世界狠狠毁掉了他构建近二十年的世界观，他也并不觉得自己正在与之打交道的对象真的是所谓的"神"或者"魔"。更多的，他把魔王想象成某种超人一样的存在，无论力量多么强大，也并不具备那种宗教里高高在上的特殊意义。

那为什么在不知道原子弹什么时候就会当头掉下的时候，我还是这么平静呢？冯斯想啊想啊。到了最后，他终于发现了真正的答案，这个答案让他的一颗心猛地往下沉。

我其实是在悄悄地期盼着死亡，冯斯想。过去的一年太累了，那么多艰难困苦，那么多生离死别，那么多求而不得，全都压在他这个原本以为凭着小聪明就可以吊儿郎当过一辈子的年轻大学生身上。他无可选择地背上了天选者的重任，又需要时时刻刻担心朋友们的安危，以至于放弃了自己喜欢的校园生活，变成了一个心不在焉的都市白领。

真的很累，累到有时候真想甩手不干了，去你大爷的爱谁谁。更重要的是，在这种令人烦闷的负面情绪中，还夹杂着对当初离开姜米的痛悔。现在姜米虽然嘴上表示原谅了他那时的决定，也一直和他关系不错，成天相互斗嘴打趣，甚至偶尔会有一些很亲昵的举动，但冯斯还是能察觉到那种抹不去的疏离感。姜米似乎在寻找着和他相处的方式，自己也在尝试，但始终找不到过去的那种默契。

他成天在微博上编造心灵鸡汤骗钱，对于爱情中所需要的心灵相通，实在是研究得太多了。尽管编造那些语句的时候，他自己非但不相信，还会一边点击发送键，一边嘟囔两句“又去骗傻瓜”。但在和姜米重逢之后，他却发现，那些胡编乱造的鸡汤段子经常能狠狠击中他的心。

真的找不到过去那种春风拂面般的默契感了，冯斯悲哀地想。如果说其他的压力都还可以承受，爱情却往往会成为压垮一个人的最后一根稻草。此时此刻，在等待着那颗震惊世界的古老原子弹的时候，那种心灰意冷的感觉像水银一样钻进了他身体的每一处缝隙。

也许就这么放弃掉一切反而是好事情呢，冯斯想，这大概就是所谓的心灰意冷吧。

他呆呆地看着长崎天空里厚厚的云层，心里隐约还记得历史书里讲过，轰炸长崎的当天，由于天气状况不佳，原子弹并没有命中市中心，所以给长崎造成的损失并没有广岛那么大——尽管也是人类历史上罕见的巨大破坏了。但他也清楚，这里既然是时间碎片的中心，就说明魔仆一定是在这附近遭到了核弹的波及，这才触发了它操纵时间的奇妙能力。

搞不好原子弹刚刚好会在自己的头顶炸开。

所以大概还是逃不掉吧。不过，魔王为什么会带着魔仆万里迢迢漂洋过海跑到日本来呢？又或者不是魔王，而是别的什么人把魔仆带过来的？这一趟行程会和那个神秘的日本科技组织有关系吗？

就这么胡思乱想着，感觉仿佛过去了很久，但实际上时间的流逝也不过是短短十几分钟。但他发现了一些不对——为什么原子弹还没有落下来？而且，按理说，刘岂凡此刻已经无法再支撑蠹痕了，周围的时间也应当开始重新运行了才是，然而，街上的日本人依然维系着木雕一样的静止姿态，一只正在从屋檐上往地上飞的鸟儿也一直停在半空中。

不大对劲。冯斯费劲地站了起来，拖着受伤的一只脚四下里走了几步。他发现，整座城市包括天空在内的颜色，正在一点一点地变淡，周围的色彩比起刚进来的时候好像灰暗了一些。他想了想，再次用蠹痕创造出一个他的能力范围内最高倍的望远镜，通过望远镜观察天空。

天空的边缘似乎在被什么力量所挤压，就像是水墨画被水浸湿了一样，开始变得有些线条模糊、形状扭曲。这显然不可能是那颗尚未爆炸的原子弹造成的。

冯斯皱着眉头思索了一会儿，渐渐有点明白了。一定是包裹着时间碎片的时间之海受到了其他力量的影响，以至于碎片内的循环时空也无法保持过去的稳定了。虽然接下来会怎么变化暂时还不得而知，但至少时间真正停止了，原子弹不会在他头顶炸开蘑菇云了——小命暂时保住了。

“我他妈还真的是天选者啊……”冯斯扔下望远镜，伸了个懒腰，“总有从天而降的神兵来救命。”

视线中的天空就像是一块玻璃一样，出现了清晰的裂痕，裂痕逐渐扩大，把整片天际撕裂成两块。随即，无数新的裂痕产生，世界开始碎裂、崩塌。也不知道那架由查尔斯・W.斯韦尼驾驶的B-29轰炸机此刻到底飞到了哪里，不过，冯斯知道，在这架飞机无限次循环飞行投弹的最后一刻，那枚原子弹没有机会落下来了，被困在这片平行时空里的长崎人，也终于可以结束那个永恒重复的噩梦了。

脚底一下子变得虚浮，那是地面也消失了。但冯斯并没有摔倒，一股无形的力量托住了他的身躯，把他送到了另外一块硬地上，眼前突然出现了新的光亮。冯斯揉揉眼睛，定睛一看，发现自己又回到了地下河的河道里，正站在河岸边的一片干地上。姜米和刘岂凡也站在旁边，都显得一脸茫然。当姜米注意到冯斯的时候，她眼睛一亮，突然扑了过来，一把抱住了冯斯。冯斯一时间手足无措，两只手都不知道该往哪儿摆。

“你这个浑蛋运气还不错，总算没有死！”姜米紧紧搂着冯斯，“刚才在时间碎片里，我一眨眼已经到了防空洞里。小刘子把情况一说，我差点揍他一顿，但是也知道不可能有时间去找你了。我以为你死定了，急得都哭起来了，幸好最后原子弹没有炸。小刘子说，是有外来的力量干扰了时间碎片，时间碎片是一个非常脆弱的系统……”

“是的，我猜也是，我们总算都活下来了，运气的确不错。”冯斯拍拍姜米的后背，内心却泛起了一阵苦涩。姜米虽然情绪激动地抱住了他，但他明显能感觉出来，这并不是恋人之间的真情流露，而只是好哥们儿之间友谊式的拥抱。姜米很关心他，甚至为了他而流泪，但那眼泪仍然和爱情无关。就像如果现在宁章闻死在他的面前，他也一样会哭泣。

我们果然回不去了吧，冯斯的心里有一种剧烈的酸楚。先前躺在1945年的长崎街面上的那种心灰意冷，再度从心底蔓延开来，以至于逃生的喜悦都被压下去了。

朋友一样的拥抱……抱着一个好朋友……好朋友……

“那个……二位，我们是不是先关心一下别的事情？”身畔传来刘岂凡小心翼翼而尴尬的声音。

冯斯连忙小心地挪开姜米的手臂，四下里看了看。他发现地上摊着一摊烂泥一样泛着蓝光的东西，乍一看就像是被倾倒了蓝色颜料的沼泽，有几分诡异，也有几分恶心。再仔细看看，这摊“烂泥”似乎是有生命的，还在轻微地蠕动。

“这是什么？”冯斯问刘岂凡。

“我们刚才就在它的体内。”刘岂凡回答。

“你是说……这是那只魔仆？扮猪吃老虎把我们吞进时间之海的魔仆？”冯斯很惊讶。

“就是它，它的身体被整个炸开了，但是好像还没死透，生命力真是顽强。”刘岂凡说。

“不对啊，根据我们在时间碎片里所看到的，这位仁兄每次一遇到危险就会爆发力量，形成一个时间碎片然后自己跑路，眼下被打到快要死了，为什么却没有像以前那样呢？”冯斯说着，忽然吓了一大跳，“喂，不会是我们现在已经在碎片里了吧？那我们岂不是要在这儿循环一辈子？”

“放心吧，并不是，”刘岂凡说，“它已经被提前注射了药物，抑制住了体内的力量。”

“是谁注射的药物？”冯斯刚刚问出口就反应过来了，“还能是谁？是那群所谓的科技狂人吧？”

刘岂凡伸手指了指旁边。冯斯抬头看去，几个人正向着三人所在的方位走来，一个女人和四个男人，其中走在最前面的年轻男人是冯斯认识的。他怎么也想不到，自己会在这样的场合与这个男人重逢。

“老哥，好久不见了！”冯斯咧着嘴挥了挥手，“你怎么一脸败犬相啊？”

男人阴沉着脸，没有搭理他。这个男人，就是冯斯的双胞胎兄弟池慧。

冯斯很清楚池慧一直以来对自己的嫉妒和厌憎，所以对于对方的态度不以为意，他把注意力转移到了其他几个人身上。这一女三男的年龄也都不大，看上去比自己大不了几岁，女人尤其显得年轻漂亮，但冯斯觉得她的脸形看起来隐隐有点面熟，有些像一张自己经常见到的脸，但具体像谁，他一时想不起来。

“是不是在想我长得像谁？”女人笑眯眯地说。

冯斯瞧了一眼就能判断出，池慧虽然嘴上没说什么，但从他那愤愤不平的神态来看，他正在被这四个人胁迫或操纵。能够胁迫池慧，能够干掉这只阴险的千年魔仆，说明这帮人的能力实在是非同小可，甚至有可能比普通守卫人还可怕。但他一向面对任何危险都能摆出一张二皮脸，所以这会儿也是陪着女人一起笑，接着摇摇头，表示自己猜不出来。女人又是嫣然一笑，伸出莹白的手指放到自己的嘴唇边，摇晃了一下，然后抿了抿嘴唇。

“你是想说……啊！哑巴！小樱！”冯斯不觉提高了声调，“你是小樱的亲戚！”

的确，眼前的这个年轻女子，眉目间的确和关雪樱有几分相似，尤其是清澈明亮的眼睛。只不过关雪樱的眼瞳里总是透出干净纯洁的气质，这个女子的眼神却充满了狡黠和诡诈。

有点像王璐的眼神呢，冯斯想。

“没错，我就是关雪樱的姨妈，也就是她妈妈的妹妹，”女子说，“我叫上杉舞子，关雪樱的妈妈叫上杉雪子。”

“所以小樱的名字里会带个雪字，”冯斯点点头，“那你们都是日本人了？”

“‘你们’指的是什么？我和姐姐？”上杉舞子反问。

“不，我知道你和小樱的妈妈都是中国人，”冯斯说，“我问的是，你的家族成员，或者说同伴，或者说同事……总之就是你们那一群人，你能理解的。”

“先说说你对‘我们这群人’了解多少吧。”上杉舞子说。

“我只知道你们当中有一部分在日本，是不是全都在日本就不知道了，”冯斯说，“你们认为守卫人这几千年选择修炼附脑的进化方向是错误的，因为附脑的力量来自魔王，说不定会被反噬，所以你们决定采取科技之路，要通过完全属于人类自己的科技来对抗魔王。从我亲眼所见来看，你们提炼出来的药物确实很灵。除此之外，我再也说不出其他的什么了，好像就连守卫人大家族都不知道你们的详情。”

“说得差不多，”上杉舞子说，“守卫人也确实对我们缺乏了解，因为比起他们我们太弱了，暴露自己不是找死吗？”

“那小樱的妈妈为什么会把她带到中国来？”冯斯问，“她到底带来了什么秘密？”

“这个秘密怎么能告诉你呢？”上杉舞子风情万种地一笑。

“好吧，那我换一个问题：为什么现在你们又重新出现了呢？”冯斯问，“你们觉得自己已经不弱了？”

“可能会比以前好一点点吧，”上杉舞子说话滴水不漏，“关键在于，没有时间了。如果我们再不出手，守卫人就会走上一条最为可怕的进化之路。”

“最为可怕的进化之路？你指的是什么？”冯斯不解。

“你以后会知道的。”上杉舞子说，“你那位可爱的祖父，可能也是预见到了这条奇怪的道路，才把你和这位刘小哥带到这里来和魔仆见面。当然，并不仅仅是见面这么简单，他的最终目的，是把魔仆的力量送给你。”

“送给我？那还真有点受宠若惊呢。”冯斯说，“这么长时间以来，大家总是想从我手里得到点什么，他居然还要给我送礼。为什么呢？”

“你和刘小哥刚才肯定已经知道了，这只魔仆，就是从上古时代开始一直跟随在魔王身边的最忠实的奴仆。它有着奇妙的操控时间的能力，甚至从它身上提取出的微量体液就能让刘小哥成为拥有时间停止蠹痕的奇才。”上杉舞子说。

“这种能力确实远远超出我的想象，到现在我都难以理解，为什么它可以复制整个宇宙的截面，放入一段时间循环里，然后再藏在自己的体内。”冯斯说，“所以说，他老人家是想让我也这样可以操控时间？”

“你这一生中迈出的每一步，背后都有他的推动，”上杉舞子说，“不管是守卫人、黑暗者还是我们，都想要抓住他，但谁都没能耐成功。他实在是个很厉害的千年老妖精啊。”

“我明白，这个老妖怪很爱我……”冯斯苦涩地笑了笑，“不过看上去，这一次他并没有如愿，我并没能接收到什么力量。”

“当然了，是我中断了这个过程。”上杉舞子说，“其实我并没有想要着急出手的，也想看看你能不能真的找到办法从魔仆体内吸取它的力量。但是它发现了我们，并且主动向我们发起攻击。你也知道，我们几个只是普通人，没有守卫人那么多保命的功夫，遇到危险就只能放大招啦。很遗憾，浪费掉了那么厉害的东西。”

“我懂了，果然是你们的药物干的。”冯斯说，“不过幸好你们出手了，不然我可能就在时间碎片里被原子弹炸死了。”

“原子弹？”上杉舞子很好奇。

“落在贵国长崎的那颗原子弹。”冯斯说。

上杉舞子似有所悟：“果然那时候他们就在长崎……总而言之，我不得已搅扰了你们的好事，只能说声抱歉了。”

“你这话会让人产生奇怪的联想的……”冯斯嘟囔着，“我还没问你呢，你带着我亲爱的哥哥跑到这里来，到底想做什么？”

“整个事情完全是一连串的复杂的意外，”上杉舞子说，“简而言之，我有一件很重要的事情想要找你帮忙，为此想了很多办法。我先是找到了关雪樱，用家族亲情去引诱她，试图让她来劝说你，但她好像看出了我不怀好意，我见了她两次，她都不愿意帮忙。”

“小樱是不会出卖朋友的。”冯斯说。

“然后我又抓住了你这位年轻英俊的哥哥，原本是想要挟你们的养母池莲，通过池莲来劝说你——我知道你对她的感情是又恨又爱。”上杉舞子说。

冯斯没有回答，但脸上的表情说明了一切。上杉舞子接着说：“但是我万万没有想到，池莲比我想象中狠心狡诈得多。她表面上答应了我的要求，实际上编造了另外一条谎言，试图反过来通过你劝说关雪樱，让关雪樱交出她母亲藏起来的秘密。那个秘密在她心目中，看来比这位池慧大帅哥重要多了。”

池慧脸上的肌肉一阵扭曲，目光中流露出极度的伤心和愤怒。冯斯叹了口气：“她做出什么事来我都不会觉得奇怪。然后呢？她骗到小樱了吗？”

“没有，那当中出现了意外。”上杉舞子的语气里颇有几分幸灾乐祸，“她自己被你祖父抓走啦！”

“什么？”冯斯真正地紧张起来，“被我祖父抓走了？那……她……”

“看，我果然猜得没错，你虽然恨她，内心深处还是拿她当自己的妈妈的。”上杉舞子俏皮地眨眨眼睛，“而且，除了池莲，你的好朋友，那个姓文的漂亮小姑娘，也一起落入了你祖父的手里。哦，对了，还有一个姓黎的小姑娘——你还真是艳福不浅啊。”

“文潇岚和黎微……都被他抓走了？”冯斯喃喃地说，“你大爷的，这简直是一锅端啊……”

“确实是一锅端，令祖一出手就玩大的。这样的话，我们之间的交易还可以谈。”

“你要找我谈什么交易？”冯斯问。

“我知道她们被关在哪里，也可以想办法帮你救出池莲和你的两个朋友，相应地，你也要帮忙接近路晗衣。”上杉舞子说。

“路晗衣？”冯斯十分意外，“你怎么天上一脚地下一脚的？怎么又扯到路晗衣身上去了？”

“我刚才不是跟你说了嘛，我这一次到中国来，就是因为有些事情已经严重到难以收拾，我们不现身已经不行了。”上杉舞子说，“而这件事的关键，就在路晗衣身上。”

“我不答应行不行？”

“那就要看那三个人的性命对你是不是真的重要了。”

四

从地下河离开的过程不算太艰难，因为现在的池慧拥有相当强大的力量，强大到一般的自然困境对他而言都不是什么大事。冯斯并没有询问他既然能够使用蠹痕，为何还会受制于上杉舞子，只能在心里猜测，或许又是什么独特的化学手段，可以暂时解除对附脑的禁锢，却又留有长期的毒性，令他不得不屈服，或许类似于武侠小说里的三尸脑神丹什么的吧？

可见用附脑还是用科学其实并不重要，冯斯想，总而言之，魔王世界里的每一股势力都不是什么好东西，区别只是吃肉的时候是直接用手抓，还是拿刀子切而已。

“我们先走了，你好好考虑吧。”上杉舞子留下一句话，飘然远去。

冯斯目送着几人远去。他看得出来，池慧就像一个被填满了的炸药桶，仿佛随时都能爆炸，但最后还是不得不选择忍气吞声。他忽然有些可怜自己的这位兄长。

无论他内心深藏着多少骄傲，却只能一次次地受制于人，一次次地受尽屈辱，冯斯想，其实他是个可怜的人。

“你这个哥哥长得比你帅多啦。”姜米说。

冯斯耸耸肩：“他那是人工打磨的，至少我是纯天然的。”

说完，他不怀好意地瞟了姜米一眼。姜米挥起拳头作势要打：“看什么看？老娘也是纯天然的！”

刘岂凡静静地站在一旁听着两人打闹，始终一言不发。冯斯注意到了些什么：“大少，你怎么了？怎么脸色那么难看？”

刘岂凡还没来得及回答，忽然身体摇晃了一下，软软地倒了下去。好在冯斯手快，一把抱住了他：“大少？你怎么了？受伤了吗？”

“不是受伤，”刘岂凡摇摇头，“我刚才是一直硬撑着的，怕被那几个日本人看出来。”

“看出什么来？”姜米也连忙帮着扶住刘岂凡的身体。

“那只魔仆的力量并没有被浪费，”刘岂凡好像是在强忍痛楚，“它遭受到致命攻击的一瞬间，把所有残余力量聚集起来，转移到了我的附脑里。”

“什么？你的附脑里？”冯斯大吃一惊，“怎么会这样？”

“可能是一种本能的选择，”刘岂凡说，“毕竟我吸取过它的体液，体内有和它近似的操控时间的力量。但是，这些力量原本是应该给你的，只有你的天选者体质才能承受，现在压到了我身上……似乎……有点糟糕。我可能承担不起。”

“那可麻烦了，”冯斯皱起眉头，“你不至于也像那个胖魔仆一样，承受不住就爆发一下吧？”

“我也不知道会怎么样。”刘岂凡说，“但是千万别爆发，爆发出来会比我以前的力量失控糟糕无数倍。那时候最多不过毁掉几座楼，现在……”

“那我们该怎么办呢？”姜米问。

“我们去找丰华明吧。”冯斯想了想，“他是守卫人，无论如何手里也应该有‘酒’。虽然不清楚‘酒’能不能对你这种情况奏效，但没有其他任何办法了，只能去试一试。”

此时已经是傍晚时分。由于丰华明事先调离了值班的职工，从官方安排上来看，发生坍塌时的地下水电站里并没有人，所以现场并没有针对工作人员的救援工作，但仍然有不少重型机械在进行清理，并且准备抢修。从人们的交谈声中可以听出，因为这一场莫名其妙的事故，整座矿山小镇都停电了，而且不知道会停到什么时候。现在镇上的人们都惶惶不安，不知道发生了什么事。

在混乱中，三人偷偷找到了一辆停在附近的汽车。冯斯用蠹痕创造出钥匙，姜米开车，很快把刘岂凡带回到镇上。

镇上果然完全断了电，各家各户都只能点亮蜡烛照明。不过，也没有太多人待在家里，人们大多聚集在街道上，满怀焦虑地议论纷纷。对外人而言，这只是一个普普通通的因为产业结构调整而不断走下坡路的矿区小镇，说不定什么时候就会从地图上彻底消失，但对于镇上的居民而言，这里就是他们生活的全部。日子已经很艰难，如果再失去赖以生存的水电站，真不知道日后该怎么办了。

满街都是人，没有谁留意到三人的行踪。他们很容易就翻窗进入了丰华明家的卤菜店——也就是他的家。此时此刻，丰家甚至连蜡烛都没有点，从外面看起来，似乎一家三口都出去了。刘岂凡重重地喘着气，一进客厅就倒在了沙发上。

“再忍忍，小刘子，他们好像都不在。”姜米小声说。

“丰华明是水电站站长，应该会到现场去参与抢险，”冯斯分析着，“但他老婆不是车祸腿瘸了吗？也上街看热闹去了？而且他的儿子智力不大高，一直都很孤僻，按理也不该去和太多人混在一起。有点不大对劲。”

正说着，门外突然响起了重重的敲门声，三人连忙噤声。敲门声持续了一会儿后，终于停止了，冯斯的耳朵里听到了门口隐隐传进来的咒骂声。

“‘疯子明’这个老疯子，平时恨不得拉屎都要钻到地下去，电站真出事了，他反而不见人影了！”

“会不会是他今天又跑去值班，给埋在地下了？”

“不会的，出事之后，有好几个人都在镇上看到了他。但是现在这家伙不知道跑哪儿去了，家里连个鬼影子都没有！”

说话的两人渐渐远去。等到他们的脚步声消失，冯斯低声开口说：“不大对头。不管地下水电站的崩塌到底是故意安排还是意外，丰华明都应该想办法寻找我们才对。但是现在哪儿都见不到他，我怀疑他出事了。”

“那我们还是赶紧离开这儿吧。”姜米说。

“来不及了。”一直强忍着痛苦的刘岂凡说，“有人来了。”

话音刚落，冯斯的身上就感到了一种强大的挤压的力量，但没有看到任何实体的物质。姜米和刘岂凡也被同样的力量制住，三人都动弹不得。他触类旁通，猜到这是某种压缩空气的蠹痕，但没有任何办法反抗。好在自己的蠹痕也还可以使用，他悄悄在手心里创造出一把锋利的小刀，指望着这把刀能出其不意地起点作用。

“冯同学，别费这个劲了，要是那么小的一把刀都能伤到我，我也就别在守卫人的世界里混了。”一个听上去有点中气不足的女声在黑暗里响了起来，而且，嗓音听起来很耳熟。冯斯只觉得一股力量硬生生掰开了自己的手指，把那把刀拽出来扔到了沙发底下，他只能在心里叹了口气。

“啊，是你！”姜米忽然惊呼出声，“老姐，是你吗？”

“老姐？”冯斯一怔，“你姐姐？你怎么从来没有跟我提过你有个姐姐？”

“是干姐姐。”黑暗中的女人话语里带着一丝笑意。

“干姐姐？”冯斯又是一愣，但很快反应过来了，“老板娘？是你！”

这时候他也分辨出了对方的声音。这个躲在黑暗里用蠹痕袭击他们的人，居然是冯斯和姜米所住的那家小镇旅馆的老板娘，那个待人亲切热情，还和姜米结拜了干姐妹的徐娘半老的老板娘。

“从一开始住进你家的店，就是一个阴谋，对吗？”冯斯从最初的惊讶中镇定下来。倒也不必大惊小怪，他想，这种事已经经历得太多了，总有刁民想害朕。

“还真不是，这家旅馆其实不是我开的，”老板娘回答，“只不过当我的家族发现你到达这里之后，在你到达之前，我就处理掉了原来的那个女老板——反正你也没见过我嘛，又怎么能分辨出在网上和你说话的人并不是旅馆里的那个呢？”

“处理掉了……你的意思是，杀了她吗？”姜米的声音有些颤抖。

“这是魔王世界里的日常而已，妹妹，”老板娘喊得很亲热，“你和我做了干姐妹，又和天选者那么亲近，应该早就习惯了。”

“我习惯不了。”姜米说，“我还真以为你拿我当朋友呢，你送我的手镯我还戴在手上的。”

“戴在手上当然是最好的，”老板娘轻笑一声，“不然，我怎么能那么方便地掌握你们的动向呢？”

“掌握我们的动向？”姜米先是不解，继而恍然大悟，“你在手镯里藏了窃听器？”

“我也不能白送人东西嘛，总得得到一点回报。”老板娘说。

“我懂了。”姜米叹了口气，“在你们的世界里，想要结交一个真正的朋友还真是挺难的呢。”

“你属于哪一方？”冯斯问。

“这并不重要，”老板娘说，“反正所有人都对天选者感兴趣，也都对刘小哥感兴趣。你们无论走到哪里，都会引来旁人的注目。”

“就像武侠小说里说的，九月鹰飞。”刘岂凡说。

“是的，九月鹰飞，”老板娘说，“猎狐的季节到了，群鹰早已飞起。”

“那么，飞鹰大姐，你现在抓住我们，是为了什么呢？”冯斯问，“就算是鹰，对待狐狸的态度也不同啊，有的想蒸着吃，有的想炸着吃，有的想拿盐腌了留到过年下酒吃。”

“我不敢把你留到过年了，”老板娘叹了口气，“我很喜欢你，更喜欢我的干妹妹。可是，在这个世界上，个人感情是没有资格摆到台面上的。”

“喂，你的意思不会是要现在就做掉我吧？”冯斯一惊，“天选者的命留着难道不是更有价值？”

“我怎么能确定是对守卫人更有价值，还是对魔王更有价值？”老板娘用冷冷的语气说。

冯斯从这句话里听出了几分异样的味道。他果断地用尽全力猛地挣扎了一下，将刚创造出的短刀向着老板娘说话的方向飞了过去。然而，毕竟蠹痕重压之下力量不足，对方甚至不需要动用蠹痕，轻轻地偏一下头，刀子就越过她的肩膀，落到了地上。

然后他就感到自己的咽喉部位所受到的力量加大了，像是有一只无形的大手在狠狠地掐住他的喉咙。这又是一个不由分说就想要我命的主！冯斯很恼火，却没有任何能力去反抗。不过他也注意到了，对方似乎是受了不轻的伤，所以力气稍显不足，足足捏了一分多钟也没能把他捏死，只是让咽喉部位格外难受。

正在头昏眼花的时候，他忽然又隐隐感到一种力量在从体内向外涌，和几个月前在疯人院地下室里激发出蠹痕时的感觉十分相近。这是另一种能力的激发吗？冯斯精神微微一振，把全部的注意力都集中在这种奇特的感觉上，希望能捕捉到它的实质。

但是这股力量始终难以把握，倒是呼吸越来越困难。老板娘能施加的力道固然有限，钝刀子也是能割肉的。冯斯憋得肺都要爆炸了，正想着自己难道会以这样屈辱的方法死在这座布满煤灰的小镇里，陡然耳边听到老板娘闷哼了一声，随即喉头的压力一松。紧跟着，身体所受到的束缚也消失了。

他跪在地上，抚着喉头咳嗽了许久，慢慢才觉得稍微舒服了一些，姜米早已来到他的身边扶住了他。

“你怎么样？”姜米问。

“还好，不过估计得有几天不能K歌了……”冯斯说着笑话安慰姜米。他又喘息了一阵子，从地上爬起来，去检查老板娘，发现老板娘已经躺在了地上，气息奄奄。他蹲下身子检查，发现老板娘的脸上、脖子上有一大片类似冻伤一样的古怪伤痕，并且一直延伸到脖子里面。对方是女性，他当然也不好意思掀开衣服看，但心里大致有数了：难怪老板娘一直显得说话中气不足，蠹痕的力量也不够强，看来是之前已经和别人打斗了一次，受了伤。

不过，导致她刚才突然中断攻击的，并不是这片伤痕，而是一个新的伤口。此时此刻，在老板娘的腰间正插着一柄短刀——冯斯先前匆忙中用蠹痕创造出来的短刀。

冯斯左右张望了一下，发现客厅里摆放的书桌——丰家没有单独的书房，所以书桌摆在客厅里——下面好像有一团黑影在蠕动。这次时间充裕，他索性双手各创造出一把匕首，大喝一声：“出来！我看见你了！”

那个小小的黑影从书桌底下钻了出来，慢慢站起来，身形很矮小，而且看上去似乎有点眼熟。冯斯想了两秒钟，不觉提高了声调：“丁骞！是你这个臭小子吗？”

“你才是臭小子呢！”黑影不服气地闷哼一声，真的是丁骞的声音。

冯斯松了口气，放下手里的刀：“没事了。姜米、大少，这个孩子是我的朋友。”

丁骞又哼了一声，嘴里说了半句：“我不是你的……”但不知道怎么回事，并没有说完，只是闭上嘴不再说话了。姜米凑过来，借着窗缝透进来的微弱月光打量了他一下：“你就是那个叫丁骞的小帅哥？你好啊！”

她大大方方地伸出手来，丁骞犹豫了一下，勉强伸出手来和姜米握了握，又很快缩了回去。不过看得出来，他脸上的警惕减轻了不少，似乎对姜米有着比对冯斯多得多的好感。

“你怎么跑到这儿来了？”冯斯问，“你这个年纪没法自己买车票啊。”

“你不是给我留了钱的吗？我在街上找了个换纱窗的，让他买了票带我上车。”丁骞回答。

“你这小浑蛋，脑子还真机灵……”冯斯摇头。

“但是我不怎么认识这边的路，下火车后坐错车了，花了好几天才到这儿。然后我就一直偷偷跟着你。”

“你跟着我，是想要亲眼见到杀害你哥哥的凶手吧？”冯斯又问。

丁骞没有回答，但也没有否认。冯斯摇了摇头：“我本来想说一句‘你跟来能有什么用’，但是再一想，你要没来，刚才我的脖子说不定就断了。不管怎么说，还是得谢谢你，起码你没有眼睁睁看着我死在那儿，尽管你完全可以那么做。”

“我只是想找到杀我哥的凶手，”丁骞用一种极力假装老成的语气硬邦邦地说，“我们的账以后再算。”

冯斯叹了口气，上前两步，伸手想要摸摸丁骞的脑袋。丁骞向后退了一步，躲开了他的手掌。冯斯知道丁骞虽然不会再杀他了，但对于他撞伤丁小齐的事仍然心有芥蒂，也不知道该说什么好，只能默默地退到一边。

“小帅哥，你知道这间屋子的主人去哪儿了吗？”姜米问。

“在地下室，都被这个老太婆杀了。”丁骞说，“那个水电站站长和老太婆打得很厉害，但最后还是输了。一家三口都被杀了。”

他大概是见惯了魔王世界里的血腥残杀，尤其是自己的家族也被杀得只剩最后一个人，所以说出这番话的时候，显得有些冷漠。但冯斯听完，心里还是一颤。他和丰华明打交道的时间其实很短，对他的妻子和儿子更是几乎没有留下什么印象。但是丰华明为了守护藏在地下河里的魔仆，三十年如一日地留在这个偏僻的地方，把自己的锋芒全部隐藏起来，一直过着平庸而乏善可陈的生活，那股子韧劲还是让他情不自禁地心生佩服。

这个世界里，好像就没有什么“个人”的概念，冯斯想，几乎我所遇到的每个人，都是为了家族的使命而活，这种工蚁一样的生命真是让人感到不舒服。

他定了定神，好容易才想起当下最要紧的事情："对了，你刚才说地下室？这房子里还有地下室？"

"有，入口就在站长卧室的床底下。"丁骞说。

"没准儿'酒'就藏在里面……来，帮个忙，把这具尸体也暂时搬到地下室里去，"冯斯招呼丁骞，"人家只不过是个中年妇女，打扮一下还挺显年轻的，别老是老太婆老太婆的！"

"怎么也不会比这位姐姐还年轻吧？"丁骞瞪了他一眼，"吃着碗里的望着锅里的……"

"这年头的小屁孩真是张嘴就胡扯，从哪儿学来的！"冯斯狼狈不堪，身后的姜米发出幸灾乐祸的笑声。

运气不错，在地下室里果然找到了"酒"，而且数量还相当大。冯斯看着眼前一堆瓶瓶罐罐和针筒，才发现自己虽然也目睹过那么几次"酒"的使用，却从来没有操作过。正在犯愁，丁骞已经低下头，借着冯斯创造出的照明灯不声不响地开始操作。

"你居然会配'酒'？"冯斯很惊讶。

"家族人少，小孩子也得多干点力所能及的事情。"丁骞回答，"不过，这个站长居然会囤那么多原料，而且从针筒和量杯的容量来看，估计他平时用得也很多。看起来，他的附脑反噬力量也很强。"

"也？"冯斯敏锐地捕捉到了这个字。

"在我们家族，我的一位舅舅，附脑的力量很强，虽然比不上四大高手那么厉害，但也被认为是家族的希望。于是他拼命地练习，拼命地提升力量，不断地刺激附脑。结果附脑越来越活跃，对'酒'的用量也越来越大，最后终于失控了。为了不把家族的人都杀光，他赶在自己彻底发疯之前自杀了。"丁骞说。

丁骞说得很平淡，但其中包含的无奈与疯狂，仍然让冯斯感到一阵阵不寒而栗。姜米忍不住轻轻叹息一声："做守卫人真难啊。每一个人都像是一只工蜂，简直就是……没有自己的灵魂。对不起，小帅哥，我只是想到哪儿说到哪儿，没有别的意思。"

"我明白的，其实你说得是对的。"丁骞对姜米的态度倒是挺不错，"但是生下来就那样，也没得选啊。"

丁骞很快手脚麻利地配好了"酒"，替刘岂凡注射了大剂量的药物。半个小时之后，刘岂凡才慢慢地恢复过来。

“马马虎虎算是控制住了，但附脑还是很不安分，不知道什么时候又会捣乱。”刘岂凡苦笑着，“而且，虽然我能够感觉到有一股强大到难以置信的力量贮存在附脑里，我却根本不敢去动用，碰都不敢碰。”

“还是你之前说的，这种力量以你的身体根本不能驾驭？”冯斯问。

刘岂凡点点头：“你祖父只是想利用我操控时间的能力来做一个引路人，真正的目的是让你吸取魔仆的力量。他是对的，天选者毕竟是天选者，我的蠹痕虽然算得上与众不同，但终究还是普通人，只有你才是最合适的人选。但是那几个日本人的突然出现打乱了这个计划。现在我也不知道该怎么把这股力量导到你身上去，藏在我的体内，根本就是定时炸弹啊。”

“没办法，定时炸弹也只能委屈你先揣着，”冯斯说，“现在这里死了四个人，镇上因为水电站毁了的事情也乱糟糟的。而且，没有丰站长罩着，那帮毒贩搞不好还要来找我们的麻烦，而大少现在又不方便动用蠹痕。所以，最好明天天一亮我们就赶紧离开。”

“去哪儿？”姜米问。

“回北京啊，还能去哪儿？”冯斯说，“大少需要静养，你也最好回到大学里比较安全。”

“那你呢？”

“我答应了美丽的上杉舞子小姐，去路晗衣身边找一个人。”冯斯说，“具体什么人她也没有详细说明，只是说回北京后会给我指示。”

“所以你是打算扔下我，自己处理这件事？”姜米看了冯斯一眼。

冯斯脑袋一歪，避开姜米的目光：“我是伟大的天选者嘛。这种事情当然得我出马，你们平民在宿舍里练练瑜伽就好了。”

姜米没有回答。

第十章

婚礼

一

宁章闻斜靠在床上，背后垫了两个厚厚的垫子，正在读着一本书。关雪樱推门进来的时候，他赶紧放下书，想要接过关雪樱手里的汤碗，但胳膊刚刚伸直，身体就僵住了，脸上现出痛苦的表情。

关雪樱冲他笑了笑，摆摆手示意他躺着别动。她先把盛着热气腾腾的馄饨的汤碗放在一旁，替宁章闻支了一张床上用的折叠小桌，才把汤碗放上去。

“真是麻烦你了，小樱，”宁章闻说，“我老是这样给你添麻烦，唉。”

关雪樱再次笑了笑，表示没关系，做了个手势要他趁热吃，然后回到了自己的屋里。还没来得及在椅子上坐下，门口突然响起了钥匙开门的声音。她愣了愣，脸上露出欣喜的表情，冲了出去。

宁章闻已经在屋里喊了起来：“是冯斯回来了吗？”

“宁哥，你怎么弄成这样了？”冯斯坐在床边看着宁章闻。

宁章闻尴尬地笑了笑：“前几天小樱给家里做大扫除，我想帮她的忙，就搭了板凳去擦客厅的灯罩，结果不小心摔下来了，肩膀摔伤了。没什么大碍，就是需要静养一段时间。我本来想给小樱帮点忙的，结果反而成累赘了。”

“你啊，就别逞能了。”冯斯伸手想拍拍他的肩膀，想起他肩膀受伤，又把手缩了回去，“安心赚钱就行了。最近交给你打理的那几个游戏怎么样了？”

“都还不错，每次他们封掉我的外挂之后，一小时内我就能出更新版。”宁章闻说，“反正暂时是不缺钱了。倒是你，好久没见了，怎么看起来还是愁容满面的？”

“如果有一天我不愁容满面了，那多半是世界末日已经注定，愁也没用的时候了。”冯斯叹了口气，“宁哥，你先休息着，我有事想找小樱聊聊。”

宁章闻点点头。冯斯离开他的房间，闻到一股扑鼻而来的香气，知道关雪樱又在厨房里忙活了。过了一会儿，关雪樱捧出了一碗馄饨递给他。

“好久没吃过你做的东西了，真怀念啊。”冯斯也不客气，坐在饭桌边大口吃起来。关雪樱包的馄饨都是用鲜嫩的鸡肉剁馅儿，里面再加入一整颗虾仁，每每吃得冯斯欲罢不能。

放下筷子后，冯斯拍了拍肚子，满足地长出一口气：“比起你包的馄饨，那些饭馆里卖的都应该直接拿去喂猪……”

关雪樱把碗筷放进洗碗池，然后拉着冯斯回到自己的房间，小心地关上门。她在书桌旁坐了下来，摆出一副等待聆听教诲的姿态。冯斯笑了起来：“干吗啊？我又不是要逼你交作业。你是个自由的人，而且我始终坚信你是个好姑娘，有些事我就是想找你问问。你如果不愿意回答，我绝不会勉强你。”

关雪樱咬了咬嘴唇，还是在手机上打下了这段话：“文姐姐已经生我气了，如果你也生气，我理解。但答应了的事要做到，不能说的还是不能说。”

冯斯点点头：“我当然明白。信守诺言永远是高贵的品质，而且她也不会真的生你气，可能只是因为担心我而着急，毕竟你姨妈他们这伙人太不寻常了。”

关雪樱瞪大了眼睛，万分惊奇。冯斯说：“我已经见过你的姨妈上杉舞子了。她三番五次找你，不就是想要让我帮她做事吗？我答应了。”

关雪樱看上去明显松了一口气，紧跟着又有些担心。冯斯摆摆手：“你别担心，这一年来我遇到过无数的难题，不差这一个。不过，既然已经没有保密的必要了，有些和她有关的细节，你能不能跟我说一说？毕竟那牵涉到我该如何对付她的问题。当然，这件事还是只有你和我知道，我也不会告诉文潇岚和宁哥。”

他看着关雪樱。关雪樱犹豫了一小会儿，终于点了点头。她在手机上讲述了上杉舞子第一次到家里找她的经过，然后给冯斯看了她母亲的照片。

“你妈妈长得真漂亮啊。”冯斯看着电脑屏幕上上杉雪子的照片，“嗯，她的脸形确实也很像你。可惜我没有亲眼见过她。那后来呢？她第二次找你还是为了见我，还真是够执着的。”

“第二次她约我在学校外面见，然后用车子把我带到一个地方，好像是家医院。”关雪樱“说”，“她跟我说，守卫人世界里有一个人，许多年前和妈妈是认识的，后来据传被人杀死了。但他们经过仔细调查，发现那个人没死，可能是被路晗衣藏起来了。他们想通过你去找到那个人。”

“原来那个人和你妈是旧相识啊，”冯斯说，“他们只是叫我去找人，却并没有说明这一点。另外，他们有没有说明为什么一定要我去找？按理说，他们那么神通广大，自己去找也不难啊。”

“我也问了，但他们没有解释。”关雪樱回答，“现在你打算怎么办？”

“还能怎么办？”冯斯愁眉苦脸，“一个是我妈，虽然一直在骗我，但总是她把我养大的；一个是我的好朋友；剩下那个是我前女友。抓住任何一个我都得跪，何况是一气儿抓走了仨。我没有别的选择，只能替她去找那个人了。”

“她有没有说是一个什么样的人？”关雪樱问。

“这就是最让我心烦的，”冯斯说，“她自己都没亲眼见过那个人，更不用提照片了。她告诉我，那是一个四十多岁的男人，曾经身高一米七八，体形中等——但那已经是十多年前的事情了。现在这个人相貌不详，体形不详，因为她坚信路晗衣一定会想办法更改这个人的容貌——比如给他做整容手术。”

“那怎么找啊？”关雪樱都傻眼了。

“只能是想法子和路晗衣套近乎，或者跟踪他了。”冯斯说，“不过，还是有那么一点有用信息的，至少这个人的身份你姨妈告诉我了。”

关雪樱用问询的目光看着冯斯，冯斯歪着嘴，挤出一丝古怪的微笑：“那个人姓路，叫路钟旸，是路晗衣的亲哥哥。”

关雪樱下意识地张开了嘴，虽然不能发声，仍然显得惊诧万分。过了好半天，她才顾得上接着打字：“路哥哥的亲哥哥吗？如果他在路哥哥的手里，那路哥哥不是个大坏人吗？”

她斟酌了一会儿，又补了一句：“可能说坏人不大对。你教过我的，这个世界不是简单地分为好人和坏人。但是，把自己的亲哥哥关起来，还关那么多年，很残忍吧？”

“是很残忍，和他的外表看起来确实不搭界，”冯斯说，“但守卫人永远都不能靠外貌去衡量。比如范量宇，文潇岚就老是夸他，说他外表看起来吓人，其实心肠不错。虽然我被他揍过那么多次，半点也没看出他有哪点不错……但谁知道他偏偏就那么照顾文潇岚呢？至于路晗衣，我一直觉得他心机深沉，虽然表面上和和气气，可我是真不敢和他太接近。”

“那他那么厉害，你想从他那里打听秘密，不是很危险吗？”关雪樱显得很担心。

“危险也没办法，反正我都习惯了，”冯斯说，“天选者永远不死嘛。”

关雪樱还是一脸忧色。过了一会儿，她忽然想起了什么，在手机上飞快地打出一段话：“如果事情和文姐姐有关的话，范哥哥一定会帮忙的吧？”

冯斯眼前一亮：“你真是天才！我怎么没想到去找范量宇帮忙呢？只要是文潇岚的事，他一定会出手的！”

“不，他不会出手的。”身畔忽然响起了一个冷冰冰的声音。

冯斯悚然，先一把把关雪樱拉到身后，这才扭过头。关雪樱明明已经关上了房门，但不知怎么的，房间里忽然多了一个人。

“你是谁？”冯斯看着这个虽然相貌美丽，却散发出一身煞气的年轻女子。

“我来自范氏家族，”女人看都不看他一眼，“范量宇那个废物现在力量还没有恢复，所以我来替他做这件事。”

“他怎么了？”冯斯问。

“被人袭击，附脑的力量被抑制，现在还没有完全恢复。”女人说。

“附脑的力量被抑制……是那帮日本人干的吗？”冯斯问。

“哦，那帮人还没告诉你吗？”女人瞥了他一眼，“我还以为他们要你帮忙做事，就会多说些事情呢，看来还是纯粹把伟大的天选者当成一件工具啊。”

如果放在过去，这样的一句话多半要激起冯斯反唇相讥的怒火了，但最近一年经历了太多，他的性情已经不再像过去那么毛毛躁躁，何况听口气，这个女人似乎愿意帮助他营救文潇岚等人。那别说挖苦他几句了，要他跪地唱《征服》只怕他也会愿意。

“天选者本来就是守卫人世界里的一件工具，”冯斯微微一笑，“所以被大家用来用去早就习惯了。你是范量宇的妹妹吗？”

女人微微愣了一下，似乎没有想到冯斯能这样甘心受辱而毫不还口。她打量了一下冯斯，然后说：“不，范量宇是被捡来的。我和他没有丝毫血缘关系。”

冯斯从这句话里隐隐听出了她对范量宇的深深恨意。但他也没工夫细究，只能继续保持着笑容：“但我还是得请教一下你的芳名啊，总不能说起话来就

‘你你你’吧？”

女人犹豫了一下，最后还是有些不情愿地说：“范为琳。”

“好吧，幸会，范为琳小姐。”冯斯说，“你也知道，我虽然是个天选者，但大体上是个废物，能混到现在还没被捏死，只能说是运气不错。在这件事上，我会听你的指挥，你有什么主意吗？”

“暂时还没有想到特别好的方法，”范为琳倒也爽快，“即便不为了这件事，我们家族也常年有人注意路晗衣的行踪。但路晗衣是一个十分狡猾的人，路氏家族产业众多，他平时极力做出为族长——也就是他姐姐分忧的样子，经常出入各个产业的地址，分配非常均衡，完全让人看不出破绽，不知道他会把人藏在哪里。最关键的在于，我们根本不知道我们要找的是个什么样的人。举例而言，假如这个人的身体都完全坏掉了，只剩下附脑支配着头颅还活着，那么只需要一个保险柜就能藏下。又或者，这个人被某些洗脑术更改了思想，再做了整容手术，那他完全可以是路氏家族里的一个普通员工，也许和我们擦肩而过都根本认不出来。”

“是啊，照你这么一说，还真是根本就无从找起。”冯斯听完也颇有些头疼，“关键问题就在于，这个人失踪了十多年，完全可能被更改成任何模样——你们守卫人实在是太神通广大了。不过，你能不能告诉我，在失踪之前，路晗衣的这位哥哥，叫路钟旸的，到底相貌如何，是个什么样的人？”

“几乎没有什么人见过他，”范为琳说，“唯一流传到外面的照片是这样的。”

她掏出手机，调出一张照片给冯斯看。照片倒是彩色的，但从清晰度能判断出是扫描的，照片上是一个身高差不多一米八的年轻人，身材虽然不壮，也并不瘦弱。但他的脸上带着一种很明显的拘谨，甚至可以说是近乎懦弱。

“这张脸还真有点像路晗衣，但是气质完全不一样，”冯斯说，“路晗衣就算是捧着碗卤煮蹲在路边吃，看起来也有走红毯的范儿，但他哥哥……怎么说呢？还是蛮帅的，但就是、就是……”

他斟酌了好半天词句，也没想出合适的，倒是范为琳替他说下去了：“像不像你？”

“像我？”冯斯一愣。

“分明不想承担某些责任，却又不得不承担，所以表面上看起来站得很直，心里已经被压弯了。”范为琳说。

“心里已经被压弯了……”冯斯怔怔地重复了一遍，“你这么一说，还真像是这样。他看起来像是心里藏了很多事，却又没法抛下，有点心事重重、无可奈何的样子。不过，我一般不像他那么外露……”

“这个人在公开场合很少露面，倒不是路氏家族故意把他藏起来什么的，完全就是他的性情使然。”范为琳说，“所以其他家族对他的了解也很少。大致知道这个人很早就被确定为家族未来的继承人，但性情软弱，好像很不情愿接这个位置，搞得上一代的族长，也就是路家三兄妹的父亲很恼火。”

“路家那么一个大家族，能人那么多，路晗衣就是四大高手之一，为什么一定要一个不愿意当族长的人去接替这个位置呢？”冯斯有些不明白，“我记得以前听路晗衣还是梁野说过，接任族长不看身份，最重要的是能力。”

“路钟旸身上当然是有特殊能力的，特殊到尽管他的性格蔫成那样，路家还是那么器重他。只可惜，这样的能力一直到他被传死去，都没能得到很好地施展。”范为琳说。

“他在传闻中是怎么死的？”冯斯问，“我问上杉舞子，她也语焉不详。”

“因为这件事原本就是一件悬案。”范为琳说，“你听人讲过在日本发生的第四股势力的唯一一次现身吗？”

冯斯点点头。范为琳接着说：“那起事件之后不久，梁野的家族和那批人中的一个接触过——那个人就是小哑巴的妈妈，上杉舞子的姐姐上杉雪子。上杉雪子自称叛离了她所在的组织，愿意把那群日本人的秘密交出来，代价是获得梁氏家族的保护。梁家如获至宝，当然不肯放弃这个机会，派出了若干精兵，包括当时家族里最强的一个人：梁野的叔叔梁丰。当时梁野虽然年纪很轻，却也已经很厉害了，只是因为身在国外有其他的任务，所以没有去。但他也因此捡回了一条命。”

“捡回了一条命？”冯斯想了想，“这么说，那些梁家的人都被干掉了？”

“全都死了，在西南的某一处山区，上杉雪子也不知所终。”范为琳说，“据说当时的现场惨不忍睹，有人被炸成了碎块，有人被烧成了焦炭，即便是梁丰那么强的人，也死无全尸。没有人知道杀人凶手是谁，但在现场附近，有人意外发现了属于路钟旸的一件家族饰物，上面还沾着后来经化验属于他的血迹。路家并没有就此事表态，但是不久之后，路钟旸的妹妹也就是路晗衣的二姐路颜，被宣布正式成为家族下一代族长接班人。”

“这不就相当于默认了路钟旸的死亡嘛。”冯斯说。

“这件事当中存在很多疑点。作为一个连自己的家族事务都不想插手的人，怎么会突然跑到遥远的西南去？但是路家什么都没有说，梁家也始终没有透露调查结果，整个事件始终是悬案。”范为琳说。

冯斯还想问些什么，忽然看到关雪樱的表情有些奇异，似乎是有问题想问：“小樱，你是有什么问题想问这位姐姐吗？”

关雪樱点点头，在手机上输入：“如果所有人不是死了就是失踪了，后来你们守卫人是怎么发现妈妈和我的呢？”

“是梁野调查出来的。”范为琳说，“梁野自幼丧父，梁丰于他而言和父亲差不多。梁丰死后，他花了十年的时间，疯狂地搜寻各种蛛丝马迹，最后终于找到了你们。那时候，你母亲已经死了，而他通过观察，发现你对母亲的过去一无所知。所以他一直按兵不动，其他守卫人家族也只能先观察着你。”

“怪不得我第一次到四合村的时候，守卫人来得那么快，”冯斯说，“看来不完全是天选者的缘故，还因为各家族原本就一直注视着那里。不过，也真巧，偏偏我就和小樱认识了。”

“如果路晗衣的哥哥真的是被他藏起来了的话，他想要做什么呢？”关雪樱又问，“为什么妈妈带到中国来的秘密那么重要，每一个人都想得到？”

“因为那些日本人的研究可能克制守卫人，也可能克制魔王，就看怎么用了。”冯斯回答，“我亲眼见到过他们的武器的威力。而且，就连范量宇那么嚣张的货色，现在不也中招了吗？”

范为琳微微一笑，仿佛冯斯埋汰范量宇一句都能让她感到开心。她看了冯斯一眼：“我的蠹痕可以把身体化成近似空气一样的虚态，既可以用于跟踪，也可以穿越任何壁垒，但是持续时间并不长，所以没有办法通过持续跟踪路晗衣的方式找到路钟旸的下落，除非是能预判他的行踪。但如果你有办法调查出路晗衣到底把他哥哥藏在哪儿了，我就能把人带出来。”

“所以得靠我去和路晗衣套近乎，那可真麻烦……”冯斯搔着头皮，“以他的警觉性，稍微有点破绽肯定会被他抓住。你们守卫人四大高手里，虽然范量宇折腾我最多，王璐最喜欢背后使坏，但要说我最害怕的……恐怕还是这位路大帅哥啊。我从来都无法判断他心里到底在想什么。”

范为琳没有说话，但看得出来也认可冯斯的判断。沉默了一阵子之后，关雪樱突然又在手机上打了几个字，递到冯斯面前。冯斯慢慢地读出屏幕上的文字，然后皱起了眉头，久久没有说话。

关雪樱说的是：“如果故意露出破绽呢？”

二

婚礼被安排在路家所拥有的某座高档私人会所里举行。今天下午的时间段内，这里不接待任何持卡的会员，只向守卫人世界开放。

这也是常年杀伐不休的守卫人世界中难得的和平时刻。按照古老的惯例，不管家族之间有多么深的仇怨，在婚礼的当天都不能发作。大家必须暂时抛开仇恨，共同为在这一天里喜结连理的新人送上祝福，并希望守卫人的血脉能代代相传，直到终结魔王——或者被魔王终结的那一天。

当然，一般的小家族是不会有太多宾客上门的，但路家作为这个时代中国乃至全世界强大的家族之一，影响力非同凡响。与之联姻的林家，虽然之前式微了许久，最近一年里却由于林静橦的强大而声名鹊起，这样的一桩婚姻，无疑也会改变各大家族之间的固有格局。所以，即便是和路家颇有仇怨的家族，也会派人前来打探一下虚实。

所以现在会所里分外热闹，欧式宫殿装修风格的一楼休息厅里，此刻已经坐了不少人。这些人平日里有时候相互合作，有时候彼此仇杀，大部分都有着绵延上百年的世仇，但在“规矩”的约束下，此刻也不得不相互赔着笑脸。

“坐在这里面，压力还真是大啊。”冯斯虽然特意选了一个角落，却也很清楚自己就算钻到沙发底下也不可能避开旁人的注目。

坐在他旁边的何一帆撇撇嘴：“放松点，按照守卫人的规矩，只要走进了婚礼的现场，就绝对不能在这个场地里动手动脚，不然，其他人是可以群起而攻之的。”

“感觉就像是武侠小说里的武林大会，大家各怀心机、尔虞我诈。”冯斯说，“话说回来，说句得罪你的话，我没想到……”

“没想到我们这种小家族也会被邀请，是吗？”何一帆一笑，“你不会得罪我的，因为以我们那点小小的蝼蚁一样的势力，原本确实不会被路家这种档次的大家族邀请，但是现在我有一个特殊的身份——我是你的熟人啊。”

“熟人？”冯斯一下子没反应过来。

“我本来想说，我是你的朋友，但我也知道，你对守卫人总是心怀忌惮。”何一帆说，“熟人这个说法更确切一点。总而言之，一人得道鸡犬升天就是这个意思啦。我猜想，路晗衣邀请我来参加他的婚礼，就是为了让我陪你说说话，好让你在这儿不至于太无聊。”

“是吗？他对我还真不错。”冯斯涩然一笑。这倒像路晗衣的行事作风，总是算无遗策，考虑到各种细节，尽量做到让“自己人”舒服。

“咱们的大个子呢？”他注意到俞翰并没有跟在何一帆身边。

“他不喜欢这种人多的场合，在附近找了个地方待着。”何一帆说着，表情忽然变得有些奇怪。冯斯顺着她的目光看过去，忍不住笑出声来。

那是范量宇。冯斯原本猜测以范量宇那不似正常人的性格，应该不会前来参加这种肯定会让他厌烦的典礼，没想到他居然来了。只是他那树干一样粗壮的身躯包裹在一身西装里，脚上的皮鞋巨大如熊掌，怎么看都让人觉得滑稽。

然而除了冯斯，没有人敢笑。于冯斯而言，范量宇不过是一个时不时揍他一顿的熟人，有时让他气得牙痒痒，有时又让他觉得还有那么点可爱——比如当这个双头怪物保护文潇岚的时候。但对守卫人来说，范量宇那两颗一大一小的丑陋头颅就象征着杀戮和死亡，象征着一具具残缺不全的尸体，象征着永远甩不开的噩梦。

“你一来，这里的温度都下降了，真是冬之女神啊。”冯斯挤眉弄眼地冲范量宇故意做出个天冷搓手取暖的动作。

“小子，你以为我是一个肯乖乖守规矩的人吗？”范量宇不紧不慢地坐到了冯斯身边，“你信不信，我马上可以当着所有人的面把你扒光了吊在中间那盏吊灯上？”

“我信我信！”冯斯连忙换上谄媚的笑脸，“谁敢和您老顶牛呢？”

范量宇刚坐下来，何一帆就站起身来，默不作声地挪到了休息厅里的另外一个角落。冯斯摇摇头：“我记得她说过，她的家族里仅有的几位高手都是死在你手里的。”

“不关心。”范量宇硬邦邦地说，“这些也不是你现在该关心的事。”

“我知道。”冯斯压低了声音，“你的力量恢复得怎么样了？”

“揍你足够了，要和强手对抗，还差点。”范量宇说，“确实怪我大意了。想不到毒针的药性会那么强，现在只能每天一点一点恢复。”

“你的手下打探到文潇岚他们的下落了吗？”冯斯又问。

范量宇摇摇头，神色有些沉郁：“你祖父在人世间躲藏了千年，守卫人的一切手段只怕都了然于胸，哪儿能那么容易找到他？现在唯一的希望就是那帮日本人了，毕竟他们也是不同寻常的存在。”

“那就是只能寄希望于以毒攻毒了。”冯斯说，“和他们合作，就像饮鸩止渴。”

范量宇没有回答，目光看向休息厅的大门。冯斯也跟着看过去，这一看他的眼睛瞪大了。在之前的几个月里彼此斗得你死我活的梁野和王璐，此刻竟然并肩走了进来，看上去关系甚为融洽。

“你们守卫人果然虚伪……”冯斯叹了口气。他知道范量宇也不会有什么和他聊天的欲望，只能扭过头无聊地四处张望。他发现，到场的大多数宾客都只是和身边一同前来的家族同伴交谈，而不和“外人”有所接触。这些人原本就生活在不同于凡人的世界里，却还在彼此针锋相对。即便是在婚礼这样喜庆的场合，他们大概也还在算计着离开这里后如何向对手下手。

真是厌恶这个世界啊，冯斯想，我怎么就那么倒霉被选中当这个狗屁天选者了呢？

“对了，范为琳怎么还没来？”冯斯问范量宇。

“她从来不告诉我她的行动。”范量宇说。

“你好像对她特别宽容的样子，”冯斯说，“如果换了其他人敢对你不敬，早就被你剁成馅儿包饺子了吧？你和她是不是有什么故事呢？”

“这不是你该打听的事情。”范量宇冷漠地说。

“大不了回头我找文潇岚问……”冯斯小声嘀咕着，心里却在奇怪：范为琳到底到哪儿去了？

就在几天前，关雪樱给冯斯出了主意，建议他“主动露出破绽”。据她说，这是她在冯斯替她买的少年侦探故事里学来的。之前，因为担心关雪樱在险恶的守卫人世界中受骗上当，冯斯曾想过让她多读点惊险小说，熟悉一下其中的各种阴谋骗术。但以关雪樱的文化水平，读成年人的小说稍微吃力了点，他索性买了一套针对青少年编写的少年侦探系列丛书，结果关雪樱看得津津有味。

“有一篇故事里提到过一种手法，”关雪樱“说”，“侦探想要找到犯罪分子藏起来的记录犯罪集团罪行的笔记本，却怎么也找不到。于是他设计了一个计谋，假装找到了笔记本，然后故意露出破绽让罪犯发现。罪犯担心笔记本真的被找到，就急急忙忙回家去找，然后就被侦探悄悄跟踪，发现了他的秘密保险柜的位置。”

“很老套，但是可行。”冯斯思索了一会儿后，得出结论，“而且可能是唯一可行的方案，至少比从路晗衣嘴里套话靠谱。”

“只能这么试试了。”范为琳也没有反对。

于是冯斯和范为琳一起制订了一个看似周密，实则心里完全没底的计划。他很清楚，推理小说终归是小说，现实中的一切不可能像小说家安排得那么顺利，任何一个环节出纰漏就会鸡飞蛋打。更何况，他们所要面对的是路晗衣。但是，舍此无他法。

“要不要和范量宇商量一下，让他配合配合？”冯斯建议说。

“我不和他合作。”范为琳硬邦邦地说，“而且，他太自以为是个人物了，要他在路晗衣面前耍弄计谋，他未必能演得自然。”

“有理。”冯斯称赞。

按照计划，范为琳会在参加婚礼中途突然和冯斯说两句话，然后借故离开，引起路晗衣的关注。以路晗衣一向的机警，一定会立刻安排人跟踪，而跟踪者会发现和范为琳接头的是关雪樱，关雪樱身边还有一个说日语的东亚女人。

这个女人所扮演的角色，自然就是上杉舞子。为此，冯斯专门邀请了一位他在网络上认识的日本留学生。该留学生一向在各大中文社交网络卖萌装乖，吸引了不少粉丝，也和冯斯一样走上了网络营销赚钱的道路。

“这么说是个网络红人了？”范为琳听得眉头一皱，“万一被认出来真实身份，不就骗不到路晗衣了吗？”

“放心吧，她在网上放出来的照片都是重度PS过的，”冯斯胸有成竹，“走在街上绝不会有人能认出她。”

“凡人的世界真是愚不可及……”范为琳大摇其头。

这个假上杉舞子会和范为琳有一些交流，总体而言就是尽量引起路晗衣的警惕和怀疑。那样的话，婚礼结束后，路晗衣一定会第一时间去查探路钟旸的状况，范为琳就可以在有限的时间里跟踪他。

这个计划原本并不周密，变数也很多——万一范为琳的离开没有引起路晗衣的注意怎么办？万一路晗衣对自己的保卫措施充满自信，并不急于去查看怎么办？但舍此之外，三个臭皮匠也想不出更好的法子，只能姑且一试了。

“但是怎么会从第一个环节就开始出问题呢？”冯斯看着休息厅的入口，满心都是无奈。

范为琳真的一直没有出现，而婚礼正式开始的时间已经到了。冯斯毫无办法，只能揣着一颗七上八下的心先参加婚礼。

之前他也猜想过，路晗衣和林静橦到底会选择什么样的婚礼，尽管这两位当事人本身对这桩联姻可能并不上心，甚至于——冯斯邪恶地猜测着，他们都未必会同床，但考虑到两个家族的脸面，婚礼必然还是会精心设计的。

说不定会有一个唱诗班呢？冯斯想。

不过，步入婚礼场地之后，他还是吓了一大跳。

婚礼安排在会所的三楼大厅。里面没有唱诗班，没有花童，没有红毯，没有装模作样的大屏幕和聒噪的主持人。整个大厅的色调异常阴暗，甚至没有点亮一盏灯，只有四围树立了一些老式灯架，上面燃着明火。

借着这些忽闪忽闪摇曳不定的火光，冯斯看到，大厅中央最显眼的地方立着一尊巨大的塑像，黑沉沉的，不知道是什么材质，形状也很扭曲。走近一些才能看清楚，原来这座雕塑上实际是塑造了两个人物，尽管都是人，差别却很大。其中一人身披战甲，手拿长刀，眉目间威风凛凛而又显得颇有智慧；另一人的体形却几乎是他的两倍，身躯强壮，背上长着长长的双翼，手拿巨大的斧头，有如凶神恶煞，看上去就有一种无人可以阻挡的恐怖气势。雕塑上，两人针锋相对，虽然拿长刀的人看起来体形小了一半，却毫无惧色。

“这大概又是在讲涿鹿之战吧？”冯斯小声问范量宇，“这就是蚩尤和黄帝？”

“这就是中国守卫人家族共同信奉的图腾。”范量宇说，“一些古代人相信黄帝会带领他们打败蚩尤——也就是魔王，所以通常婚礼会以祭奠黄帝的方式进行，意思是希望日后生下的孩子能得到黄帝庇佑，获得对抗魔王的力量。现代人虽然不再有此类迷信了，但传统终究是传统，忍忍吧。”

“不，不必忍，我觉得挺有趣的。”冯斯说，“这种场景难得一见。”

人们近乎默契地分别在大厅里站好，把中央的位置空了出来。几分钟后，路晗衣和林静橦两位正主走了出来。

林静橦是真漂亮啊，冯斯想，她要不是林静橦而是其他人，说不定自己都会有师生恋的幻想了。然而，这位美丽的新娘看上去甚至都懒得假装自己很高兴很幸福。她的面容沉静如水，既无喜悦也无悲伤，与其说是正在迎接一个女人一生中最重要的时刻，不如说像是在银行排队。

只是在走一个必要的无法摆脱的程序而已吧？冯斯在心里隐隐感到有些怜悯。

而路晗衣则像其他任何时候一样，依然带着他高深莫测的迷人微笑。不知怎么的，冯斯觉得路晗衣似乎有意无意地看了他一眼，不由得心里微微一颤。

主婚人也随之出现，冯斯知道，今天的主婚人是路晗衣的姐姐路颜。那是一个身段婀娜苗条的女子，走路的步态轻盈优雅，一看就有大家闺秀的高贵风范。然而，当她的脸暴露在火光下之后，冯斯一下子呆住了。

——那张脸完全不像人脸，鼻子像是被整个移除了，皮肤疙疙瘩瘩的，纵横交错地布满了各种伤疤和难看的肉瘤，简直就像是上帝随手用烂泥捏出来的。和这张脸比起来，范量宇似乎都可以去参加选美了。

但没有人敢对这个女人表现出丝毫轻蔑，相反，他们的神情里——哪怕是路氏家族的仇敌都饱含着敬意。冯斯侧头看了看范量宇，发现即便是这个能指天咒日的怪物，眼神里居然也含着一丝尊敬。

“那是路氏家族的特殊血脉，相当于附脑里藏着的一个开关，只出现在拥有族长潜质的人身上，”范量宇说，“这种血脉的唤醒并不能用来直接战斗，却能极大提高人的智力，让人拥有罕见的计算能力、记忆能力和运筹能力，这也是路氏一直是最强家族的原因之一——哪怕某一代没有足够强的战士，至少他们的领袖能把错误压缩到最少，最大限度地在各种艰难的环境中保存力量，也能在强大的时候抓住机会迅速扩张。”

“嗯，我明白了，不是四大高手，胜似四大高手。”冯斯点点头，“这就是范为琳和我说过的特殊能力。”

“但是激活这样的血脉往往会带来副作用，那就是对身体无法预估的巨大损害，比如像她那样。”范量宇说，“只有极少数人天赋异禀才能克服那种损害。在路家这一代的三兄妹中，大哥路钟旸就是这样的人。家族血脉不但没有伤害他，据说反而让他拥有了惊人的战斗潜力，只不过一直没有发挥出来——至少我从没听说有任何人和他动过手。”

“但是他死了，不管智力还是战斗潜力都没了，所以族长的任务落到了路颜身上。”冯斯明白过来，“她激活了这个附脑里的开关，却把自己变成了这副模样。”

“其实本来是路晗衣自告奋勇接任族长的，”范量宇说，“路晗衣一向不喜欢大哥，却和姐姐很亲近，他不愿意姐姐的身体受到损伤，主动想要承担这个责任，路颜却抢先激活了血脉。”

“那他们姐弟俩的感情还真是让人佩服。”冯斯叹了口气，“看来你们守卫人世界也不全都只会做冷血的事。”

接下来的时间里，冯斯的精神略有一些恍惚，总是想着路晗衣和路颜这姐弟俩。从路晗衣那可以当电影明星的容颜，可以猜测出他的姐姐一定也曾经有着一张青春美丽的面孔，最终，她选择了保全弟弟，自己承担了这个算得上是毁掉自己一生的使命。

所以这帮守卫人也还是有感情的，冯斯呆呆地想，大概是因为无论如何他们还有一半人性吧？

新郎和新娘在守卫人的簇拥下跪在了轩辕黄帝的神像前，向黄帝祈祷神圣的祝福。冯斯觉得这庄严的一幕其实有些可笑，却也不敢说出来，只能板着脸陪着其他守卫人一起低头。他听见人们祝祷用的并不是普通话，甚至不像任何一种现代汉语方言，估计是某种只有守卫人才能掌握的古代密语。好在范量宇脑后生反骨，虽然要给主人面子，表面上像是在跟着祝祷，其实是在悄声给冯斯翻译。

那其实是一首古老的颂歌，赞颂守卫人历代先辈和魔仆妖兽抗争，也表达后辈们永不放弃的决心。不过，好像这首颂歌的曲调失传了，所以人们只是在吟诵而已。冯斯牢牢记住了最后八个字：“觉醒之日，万物俱灭。”

魔王大爷啊，你或者说你们，到底是什么呢？他不觉又开始走神。那么多人恐惧你，那么多人膜拜你，还有那么多人浑浑噩噩，对你的存在一无所知——但你到底是谁？到底想要干什么？在蚩尤、杨麓和札兰丁王子的外皮之下，你究竟藏着怎样的祸心？

真的是想要万物俱灭吗？

颂歌念完了，路晗衣和林静橦站起身来。路晗衣笑容不变，林静橦依然没有任何喜悦的神情，两人近乎礼貌刻板地交换了信物。并不是普通的结婚戒指，冯斯没有看清具体是什么，猜测应是某些中国传统特色的家族饰物。

这桩婚姻就算是完成了吧，冯斯想，再搞下去我的尴尬症都要犯了，这简直就是买卖人口。

他不知不觉地想起了姜米。从云南回到北京之后已经有些日子了，两人却有意无意地没有再见面，虽然打过几次电话，并且两人都极力多找话题闲扯，但不知怎么的，总是找不到去年两人在一起时的那种感觉。身边需要思考和解决的问题太多，他也不想过分打扰姜米，索性就这么悬着了。路晗衣发来请柬时，意味深长地也给姜米发了一份，但他思虑再三，实在不愿意把姜米带到守卫人面前过多亮相，尽管以姜米的性子肯定会欢呼雀跃地答应下来。

未来会怎么样，他不敢多想，虽然潜意识里已经有很多模模糊糊的不祥的预感。有时候他会痛恨自己天选者的身份，因为倘若不是天选者，他不会选择放弃姜米，转过头一想，如果不是天选者，自己连和姜米认识的机会都没有，这么一想倒释然了。反正来来去去都是命运而已。

典礼结束后，人们一同离开了这间让冯斯感到呼吸很不顺畅的大厅。重新见到现代文明的电灯后，他才稍微舒服一些。到这时候，他才想起来：范为琳依然没有出现。这可不太妙，因为守卫人能够聚集在一起花费一个多小时参加婚礼，已经是够不容易的了，仪式之后并没有像世俗的人们那样安排婚宴之类的东西，大家可能再礼貌几句，就该散伙了。

也就是说，婚礼到此已经基本结束，范为琳再不出现，那个“主动露出破绽”的计划也会黄掉。

冯斯很是焦急，却不敢在路晗衣的地盘拨打范为琳的电话。他明白，要对付路晗衣，绝不能有丝毫急躁冒进，露出一点点真正的破绽就会被抓住。现在看来，只能暂时放弃那个本来就是碰运气的计划，先回去再说。

心情沉郁外加懒劲发作，尽管这里只是三楼，他仍然选择了独自一人坐电梯下楼。然而，电梯刚刚运行到二楼，突然四围一黑，电梯的运行停住了。

见鬼，真是流年不利，冯斯愤懑地想，没想到这种有钱人出没的高档场所也能遇上电梯故障。不过毕竟是见过各种大场面，几天前还被关在地下河道里的人，他并不慌张，靠在电梯壁上发着呆，等待电梯被修好。

过了一会儿，他发现了不对，因为从电梯上明显传来一种古怪的震颤感，那震动好像来自会所的地下。与此同时，那种熟悉的“催化剂式头痛”又出现了。这说明，有一股异常强大的魔王之力正在附近发挥作用。

“看来是有什么事要发生了……”冯斯捏捏鼻子，开始催动蠹痕，在心里描画着一根可以撬开电梯门的撬棍。

三

关雪樱站在街边，遥望着前方那座据说年费就需要二十万元，入会还有门槛的高档会所，心里有些兴奋也有点惴惴不安。来到北京快一年了，虽然也经历过几次被绑架被盯梢的经历，但她从来没有主动在“大事”上为冯斯提供过帮助。这一次，自己不但提出了一个好主意，还能亲身参与其中，想想还有些许小小的激动呢。她在心里一次次地排练着范为琳出现时，自己应该做出的动作和伪装出的表情，生怕到时候有什么不自然的地方让路晗衣的手下看出了破绽。

等啊等啊，约定的时间已经过去一个多小时了，范为琳一直没有现身。即便关雪樱这样一向淡定而有耐心的人，也感到有些焦躁，左顾右盼中，她注意到一个陌生人走近了她。那是一个脸上戴着黑框眼镜、面相斯文的中年男人，腋下夹着一个陈旧的公文包，穿着一身朴素的廉价西服，看上去活脱脱一个上完课准备买菜回家的中学老师。

这个中学老师模样的男人，径直来到了关雪樱身边，笑眯眯地对她说：“别等了，那位姓范的小姐在今天早上就已经落入我们路家的手里了。”

关雪樱心里一沉，明白这番筹划最终还是没能逃脱路晗衣的法眼。范为琳曾说过，她的蠹痕大约就等于隐身加穿墙，但那么厉害的人还是被路晗衣抓起来了，显然自己也别想逃了。

她看着对方，意思是询问对方准备怎么处理自己。眼镜男人笑了笑：“放心，我不会为难你，事实上今天我们家少爷根本就不打算对你怎么样。只不过，出了一丁点意外，我希望你能够帮我们的忙。”

“我？帮你们的忙？”关雪樱虽然不能说话，眼神里的诧异已经表达了她的疑问。戴眼镜的中年男人伸手指了指会所的方向：“那里面出现了一点小状况，你去了或许能有点用。”

关雪樱想了想，在手机上打字：“虽然我还是不懂为什么我能帮忙，但是我去。”

她跟随中年男人走进会所。从外面看起来，会所并无异样，只是大门上挂着当日下午因故暂停营业的通知。进门之后，她就发现，一楼的大堂里站满了人，其中有几个她还见过。从那几个见过的人来判断，这群人都是前来参加婚礼的守卫人。然而，四大高手都不在其中，冯斯也不在。

她朝着和她最熟的何一帆挥挥手，何一帆走向她，神色间充满了不安：“出事了。”

关雪樱自己也感觉到了。在她的脚底，明显可以感受到地板的轻微震颤，就像一场局部的地震。而且她还注意到，会所里的灯全都处于熄灭状态，这里的电力系统好像也损坏了。看上去，在这座会所的地底，发生了些什么事。

“简单地说，四大高手、林静橦、路晗衣的姐姐，还有冯斯，这些人现在全都在这座会所的地下了，而且处境很危险。”何一帆说，“估计他们现在都处在某个幻域里，所以没有办法利用守卫人的一些常规手段传递出信息。但是，最后传递出来的信息是梁野的一句话。梁野说，要我们找到你，把你带过来。我们都不明白为什么需要你。”

“我下去。”关雪樱没有多问，用手势表达出这个意思。

中年男人点点头，领着关雪樱走向楼梯。关雪樱边走边扫了一眼，发现所有的守卫人都显得十分紧张，甚至稍带惶恐。她明白，地底下发生的事情绝对小不了。

下了两层楼之后，应该是到达了地下二层，但前方已经是楼梯的尽头，没有路了。关雪樱正在诧异，中年男人不声不响地捏紧拳头，猛地一拳砸在了地面上，地上出现了一个大坑，下方是空的。

这间会所的地下并不是只有两层，还隐藏着不为人知的第三层。

“唉，这回修理费用又少不了了……”中年男人喃喃地说。

关雪樱有些吃惊地看了一眼对方，不明白为什么在这种紧要关头他还关心金钱上的损失。中年男人抚摸了一下她的头顶：“抱歉，职业习惯，我是这里的经理。守卫人也要在俗世里活着，钱不是从天上掉下来的……唉，现在不说这个了，我先送你下去。”

他先跳到那隐藏的地下三层的地面，然后小心地把关雪樱接了下来：“你躲在我背后。虽然他们应该不会伤害你，但万一打起来了，可能就顾不上注意到你的存在了。”

“那你呢？”关雪樱在手机上打出这三个字。

“无所谓，我的命本来就是路家的。”中年男人轻轻一笑，摁亮了一个大号手电筒，当先向前走去，关雪樱紧跟在他背后。

前方是一道长长的走廊，看得出来曾经精心装修过，但现在却是一片狼藉，墙上全都是又长又深的裂痕，无数墙皮和砖块掉落在地上，真的像是遭遇了一场地震。除此之外，关雪樱还隐隐感到一些头晕，就像是有一些看不见的射线穿透了身体一样。

“我从来没有在魔仆之外的人身上感受到过这么强的蠹痕的力量，”中年男人感叹说，“他已经极力在抑制自己的力量了，但就是那么一丁点波动，就达到了这样的效果……真的未必比魔仆差啊。”

“他是谁？”关雪樱问。

中年男人摇摇头：“身份所限，这个问题我无权回答，你还是进去亲自问吧。”

两人继续前行，关雪樱只觉得头晕的感觉越来越强，甚至有些轻微的眼花了。但她生性坚强，只是默默地一直跟在男人身后，一步都没有落下。倒是男人注意到了她的异样。

“抱歉，你只能忍忍，我的能力有限，没有办法帮你抵御这种精神震荡。”中年男人说，“我只能尽快把你带进去，四大高手和小姐一定可以帮到你。”

关雪樱点点头示意自己无碍。她一路走一路数着，发现自己前后穿过了三道钢门，不过这些门都已经被砸烂了，旁边还各自倒卧着一具尸体。

好厚的门，关雪樱看着那些被砸烂的钢板，这样的门竟然有三道，是为了关住什么东西啊？

最后，两人来到了第四道门前。这道门照例也被砸碎了，但门里透出一片幽蓝色的诡异光亮。仔细一看，可以看出那是一个悬浮在半空中的蓝色光球。在光球下方的地面上，散落着许多亮闪闪的玻璃碎片和一些断裂的金属锁链，那些锁链每一根都比关雪樱的胳膊粗。除此之外，地上还流淌着一种黑色的液体，散发出刺鼻的腥臭味。

伴随着光亮和臭味的，是中年人所说的“精神震荡”，让关雪樱几乎有些站立不稳，感到一阵阵的恶心。

“你知道守卫人所使用的幻域吧？”中年男人问。

关雪樱扶着墙，勉强点点头。中年人来到她身边，不费什么力气就把她的身体横抱了起来。

“他们现在都在幻域里，我送你进去，接下来会发生什么，我也无法预料了。”

他站到蓝色光球旁，身上泛出淡淡的紫光。紫色的蠹痕在蓝色光球上切割开一个大洞，关雪樱的身体被送入了洞里，光球把她吸了进去。

短暂的黑暗后，眼前重新亮了起来。但还没有看清楚周遭的一切，她的脑子里就嗡的一声，像是有一个蜂巢被打翻了，马上天旋地转地摔倒在地上。

一只有力的手掌扶住了她的后背，随即，她感到手背上一烫，好像有什么灼热的液体滴在了上面，随即头脑一阵清明，眩晕感完全消失了。定睛一看，扶住自己的是梁野，而手背上多出来一点血迹。她想起文潇岚曾经和她讲过，这是一种守卫人用来保护“外人”的秘术。

“自己小心。”梁野说着，放开了手，向着前方走去，红色的蠹痕徐徐展开。

关雪樱慢慢站起来，看清了周围的情状。和她之前想象的种种或恐怖或离奇的场景大相径庭，这一片幻域实在太过平凡，平凡到不像是能在守卫人的黑暗世界中见到的。

——这是一座典型的北京风格的大杂院，挤在一起的陈旧平房，破损的青石板，到处堆放的杂物，磨得光光亮亮的竹椅，窗台边的葱和蒜，轮胎上很多补丁的永久自行车……这样的地方关雪樱虽然没有住过，但也在杂志画册里翻到过。

大杂院的中央一共有八个人，其中六个关雪樱都认识，分别是四大高手和冯斯、林静橦。剩下的两个人她从没见过，一个是身段婀娜相貌却异常可怕的女人，就像是被毁过容，另一个人比这个女人还骇人。

这是一个身上只围着几片破布的男人，浑身的肌肉发达到简直不正常，头却小得可怜，而且一张脸上几乎没有肉，紧绷的皮下全是骨头。

这一男一女鬼怪一般的相貌，看得关雪樱浑身直起鸡皮疙瘩。过了好一会儿，她才稍微镇定下来，开始留意观察八个人的情况。那个骷髅一样的男人处在核心位置，四大高手与林静橦分别占据着五个不同的方位，对他呈包围的态势。五个人身上都有明晰可见的蠹痕，骷髅状的男人身畔也有一圈蓝色的蠹痕。六个人的蠹痕并没有相互碰撞，但看得出来，其余五人都显得有些紧张，这个骷髅脸男人却相当平静。

冯斯和被毁容的女人站在外围，身上都没有蠹痕。看到关雪樱走近，冯斯连忙跑了过去。

“别靠近，躲远点，”冯斯说，“有点危险。”

不等关雪樱发问，他就开始讲述先前发生的事情：“范为琳一直没有出现。既然你能被带到这儿，可能已经有人告诉你了，她被路晗衣抓起来了。”

关雪樱点点头，冯斯接着说：“我没有办法，只能先参加完婚礼再说。婚礼结束后，我刚刚准备坐电梯下到一楼，突然停电了。等我撬开电梯门翻出去之后，整个会所已经被紧急封闭了。会所的经理告诉我，路晗衣一直在会所隐秘的地下三层关着一个人。但是不知道怎么的，就在婚礼的这段时间里，那个人突然挣脱了束缚，引发了一场骚乱。那个人力量很强，单凭路晗衣根本制不住，于是四大高手带着林静橦一起下去了，路晗衣的姐姐——就是那位女士也一同前往。”

关雪樱指了指冯斯，冯斯会意：“我本来是没打算下去的，在守卫人面前，我根本只能当活靶子。但我也很好奇下面到底发生了什么事，所以就留在会所里没有离开。结果没过一会儿，大头怪就跑上来，二话不说把我揪了下去……”

冯斯一脸的愤愤不平，关雪樱咧着嘴无声地笑了起来，似乎是一想到冯斯被范量宇像抓猪崽儿一样抓走既生气又无可奈何的场景就觉得可乐。

“你还笑得出来！真不仗义……”冯斯嘟囔着，“我被他揪到这里来，他才告诉我说，这里出了大状况，如果让这位仁兄跑出去，北京城说不定都要被他毁掉一半。”

关雪樱惊诧莫名。冯斯摇摇手：“这话要是从别人嘴里说出来可能是夸张，大头怪都那么说了，那就是事实了。所以我也跑到这儿来了，如果有需要的话，至少我可以帮那几位大佬充当一下催化剂。”

关雪樱伸手指了指骷髅脸的男人，意思是询问此人的身份。冯斯微微犹豫了一下，脸上的表情有点儿奇怪：“啊，这个人叫路钟旸，是路晗衣的大哥。没错，就是我上次和你说过的，路晗衣把自己的大哥关在地底，关了很多很多年。大家都以为他早就死了，其实并没有。另外……另外……”

冯斯抓耳挠腮，似乎接下来要说的话有些为难。不过，还没等他说出口，这个大杂院的中心忽然起了一些变化。那个骷髅脸的男人——路晗衣的大哥路钟旸身上的蠹痕陡然急剧扩大了范围，一下子把身边的五个人都卷了进去。范量宇等人的蠹痕被压制到了最小的范围，只能刚刚好护住自身。

这个人好厉害啊，关雪樱想，就算是贵州山区里的老祖宗，好像也不能把四大高手逼到这个份儿上。当然了，此刻，范量宇力量还没有完全恢复，但多了一个和四大高手能力差不多的林静橦，此消彼长，并不比那时候弱。

“等会儿跟你说，我得去当催化剂了。”冯斯好像有点如释重负的样子。

他近乎狼狈地逃离关雪樱身边，来到蠹痕碰撞的边缘，用自己的蠹痕创造出一把小刀，然后割破手臂让血流出来。

这个蠹痕还真方便，关雪樱想，至少不用咬破手指头了，那样可太疼了。不过，冯斯到底想跟我说什么话呢？

不过现在顾不上想这个，她仍旧关注着几位守卫人的动向。冯斯曾经和她讲过，他的血虽然能对旁人的蠹痕起到催化作用，却并不是每次都灵，有点像段公子的六脉神剑，需要碰运气，不知道这次的运气如何。

她提心吊胆地等了一会儿，终于看到范量宇等人的蠹痕上泛出更加闪亮的光泽，范围也有所增长，似乎有了反击的力道，这才稍稍松了一口气。不过看得出来，尽管冯斯这一人形催化剂起效了，路钟旸的力量仍然占据着上风。从表情来看，他甚至有几分悠然自得。

难道他能取得这样压制性的优势，却仍然未尽全力？那他出全力会是什么样的呢？

关雪樱目不转瞬地盯着战局的变化。突然，她的耳中听到一声震耳欲聋的爆响，震得她连忙伸手捂住耳朵。随着这一声响，路晗衣的哥哥所释放出的蠹痕消失了，其余五人也缓缓地收回了蠹痕。看得出来，路钟旸依然气定神闲。

“天选者果然与众不同，这种催化剂一样的能力，过去虽然也存在过，但没有谁能达到你发挥出的效果。”路钟旸微笑着说，“至于晗衣和静橦，你们两位的力量也比十多年前强了很多，尤其是静橦，你移植了附脑吗？”

林静橦看着路钟旸，脸上的表情复杂至极，最后还是缓缓地点了点头。关雪樱注意到，在场的几个人当中，冯斯和范量宇相对表现得淡漠一些，梁野对路钟旸十分关注，但并没有太多情感的波动。

但剩下的三个人就不一样了。路晗衣的目光中充满了不加掩饰的恨意，这样的神情在一向城府极深的他身上甚为罕见；林静橦的眼神里则既带着悲伤，也包含着一种炽烈的感情，关雪樱立马判断出，这两人之间一定有着非同一般的过去。

而路晗衣的二姐——路钟旸的妹妹，那个面容被彻底毁掉的女子，则始终低垂着头，身子在微微颤抖，虽然看不见表情，但能看出她此刻的情绪一定是激动到了极点。

这帮人之间，看来有着错综复杂的纠葛过往，关雪樱想。

“小颜，这么多年真是委屈你了。”路钟旸的视线从人们身上逐一扫过，最后停留在了路晗衣的姐姐路颜的脸上。看着那张鬼怪一般仿佛被上帝所遗弃的面庞，他的目光里饱含着痛楚。

“没什么委屈的，家族的责任，总需要有人承担。”路颜的语气很平淡，“晗衣那时候还小，虽然也抢着想要代替我，但我终究是做姐姐的，所以赶在他之前唤醒了血脉。没什么大不了的。”

听到这句话，路晗衣狠狠地握了一下拳头，看得出来愤恨至极。

“我只后悔没有能在事情发生后第一时间找到你，所有人都以为你死了……所以姐姐才不得不接受这样的命运！”路晗衣咬牙切齿地说。

路钟旸轻叹一声，并没有回答，又看向了关雪樱。关雪樱有些害怕，但还是勇敢地和他对视着。她惊奇地发现，这个骷髅脸的肌肉怪物望向自己的眼神里，居然饱含着一种明白无误的亲切。

“很像，确实很像她，也很像我。”路钟旸用近乎温柔的语调说。

像她？像我？到底是什么意思？关雪樱感到莫名其妙。路钟旸说出的下一句话，却像一道霹雳一样，一下子劈得她傻在原地不知所措。

“真没想到，我还能在临死之前见到我的女儿。”路钟旸说。

关雪樱眨巴着眼睛，愣了好一会儿，有些可怜巴巴地望着冯斯，似乎是希望冯斯解释，这个突然从天而降叫她“女儿”的男人到底是怎么回事。冯斯叹了口气，重新走回到她身边。

“这个人，路晗衣的大哥路钟旸，确实是你的亲生老爸。”冯斯说，“我也是刚听他们说起的，而且我之前对你妈妈所代表的神秘组织的性质判断也有误。”

“有误？”关雪樱用眼神发出询问。

“他们所掌握的科技力量，比我们之前想象的大得多，绝不仅仅是可以抑制附脑那么简单。”冯斯说，“具体是怎么回事，你爸爸还没来得及说，路晗衣就忍不住对他动手了，然后就是你先前看到的场景，好在他手下留情了。唉，路晗衣原本是我所认识的最冷静的一个守卫人，看来他是真的恨死自己的哥哥了。”

“好在晗衣最后还是杀不死我，我总算还能把过去的一切讲出来。”路钟旸的语声有些凄然，“剩下的时间不多了。”

时间不多了？关雪樱又是一愣，不明白这句话到底是什么意思。路钟旸已经继续说了下去："很抱歉，我的女儿，我很想像一个正常父亲那样抱一抱你，但我浑身都是剧毒，没法让你靠近。我唯一能做的，是在一切终结之前，把我和你母亲的过往讲给你听，发生在十八年前，你出生之前的那些过往。"

关雪樱咬着嘴唇，点了点头。

四

放下电话后，路钟旸好半天都没有回过神来。几分钟后他才想起来保密的问题，匆匆检查了一下，房间内外似乎没有偷听的人。然后他慢慢坐在沙发上，手里握着已经渐渐变得冰凉的茶杯，耳边仿佛还回响着上杉雪子从听筒那头传来的沉闷的声音。

"我不是早就和你说过，我不会再打扰你了吗？"上杉雪子的声音听起来分外遥远，"你为什么还要找我？"

"因为你还是来中国了，我不可能不挂念你。"路钟旸回答。

"我是从日本逃出来的，"上杉雪子说，"我找了你们中国的梁氏家族帮忙。"

"梁氏家族……"路钟旸很意外，"他们……最近正和我们路家开战呢。"

"那又怎么样？"上杉雪子冷冷地说，"我先找的你，你却拒绝帮我。"

"我没有，没有拒绝你！"路钟旸磕磕巴巴地说，"我只是想劝你再想个更好的办法，毕竟我没法就那样抛弃自己的家族，但你根本不听我多说。"

"我决定的事情，从来不会更改，这一点你还不知道吗？"上杉雪子说，"再见吧。"

"先不要！请等一等！"路钟旸忘情地喊了起来，"我想见你！告诉我你在哪儿，我要去见你，一定要去！"

电话里的上杉雪子沉默了一会儿，最后缓缓地说："好吧。梁家的人会迅速赶到离我最近的地方保护我，大概是在云贵交界的一处山区。具体地点我会另外通知你，你留意这几天的信件。如果你最后没有去，我也不会怪你。"

回忆慢慢飘远，回到了他和上杉雪子初识的时刻。那时候他已经冒着风险唤醒了自己的家族血脉，却发现这样的血脉完全没有给他的身体带来任何损伤，相反，他能感到某种危险的力量在体内膨胀。路氏的长辈们分外喜悦，认为他将成为一个承前启后的了不起的族长，但他自己并不这么认为，熟悉他性格的人也不这么认为。

“你要是实在不想当这个族长，我来代替你吧。”妹妹路颜曾说过。路颜虽然是女性，也没有唤醒血脉，却从小就体现出了精明强干的一面，一直在为家族出力。

“还是不要了。”路钟旸唉声叹气地说，“毕竟唤醒我们的家族血脉风险很大，好不容易在我身上唤醒了，就别再祸害你和晗衣了。”

“当族长不只是需要头脑，家族血脉只能让你变得聪明绝顶，却不能改变你的性格。”路颜忧郁地看着路钟旸，“我知道，你只想做一个平凡的人，每天读书养花，路氏家族那么大一个摊子压在你身上，实在是太难为你了。”

“姓路的命运而已，我也没得挑。”路钟旸依然情绪低落。

接下来，他开始接受各种必要的培训。管理一个像路家这样规模的家族是很有难度的，每一天都会有各种千头万绪的内部事务，还需要随时应对家族间的纠纷以及魔仆和妖兽的觉醒。路钟旸那激发了特殊能力的头脑，可以让他有条不紊地同时处理这些事情，并且总能做出最优抉择，但他仍然没有感到快乐。路颜没有说错，他的本性中从来没有那种做大事的人应有的果决和霸气，性格太过斯文，甚至近乎懦弱。即便是协助族长制定一些经过精确算计的杀戮的命令时，他的内心也在颤抖。

所以几个月之后，他终于承受不住内心的压力，病了一场。病好之后，家族也有些担心他的身体状况，于是给他安排了一次去往日本的旅行。事实上路钟旸对旅行并没有什么兴趣，但他生性不太擅长拒绝，反正无可无不可，也能暂时离开让他头疼的家族事务。

于是他接受了家族的安排，去往日本，所有的行程食宿都由家族安排好，他无须操心，只需要安心游玩就行了。但他对于东京之类大城市的繁华并无兴趣，一路走马观花，直到到了京都。这座城市古雅娴静的气质，让他终于有了身心放松的感觉，于是决定在那里多住几天，正好可以赶上观赏四月的樱花。

在樱花盛开的时候，路钟旸和一位日本女孩有了命运的邂逅。那个女孩就是上杉雪子，自称是早稻田大学的学生。她是中日混血，能说一口流利的汉语，所以两人的交流并无障碍。

“这些粉红色的是本地的吉野樱，而白色的是原产于沿海的大岛樱，是著名画家桥本关雪的夫人捐赠并种植到这里的，所以本地人习惯把它们叫做‘关雪樱’。”上杉雪子向路钟旸介绍着。

我是不是应该恋爱了？路钟旸恍恍惚惚地想着。他虽然生在一个富有而强大的家族里，但由于生性内向，和女孩接触往往都会找不到什么话可说，因此一直没有结交过女朋友。上杉雪子是第一个能让他怦然心动的异性，在上杉雪子面前，他可以毫无压力地谈笑风生，生平第一次在女人面前展现他原本聪慧的头脑和知性的魅力。

两人顺理成章地恋爱了。然而，在那个缠绵的夜晚之后，路钟旸一觉醒来，莫名其妙地发现自己并没有躺在所住的古色古香的日本民宿里，却身处一个黑暗、狭窄、现代风格装修的房间里。所有的随身物品都在身边，一分钱不少，但上杉雪子已经消失无踪。

钱包里还多了一张字条，上面是上杉雪子的字迹：“赶紧让你家族的人护送你离开日本，不要停留。”

路钟旸一阵发蒙。他穿好衣服推门出去，发现自己是在一家廉价的路边旅馆里，而这座旅馆位于关东的宇都宫市。再看看手表上的日历，时间已经过去了一天多。也就是说，他昏睡了一整天，被人从日本的西边运到了东部，塞进了这家小旅馆。

他蒙了好一阵子，甚至怀疑自己遇到了女骗子，但再次清点物品后，发现确实什么东西都没少，自己似乎也没有被割走什么器官。他用宾馆电话拨打了无数遍上杉雪子的传呼机，等了好几个小时也没能得到回电。到了这个时候，他开始冷静下来，利用自己的头脑进行分析。

上杉雪子和自己的这场恋爱，是一次欺骗。她显然并不是早稻田大学的学生，也不是真的喜欢上了自己，只是借机接近自己，想要从自己身上得到些什么。但不知道为什么，她最终放弃了这个计划，而且还把他送到了安全的地方，留下警告。

上杉雪子想要图谋什么？最后又为什么放弃？这两点，在没有足够的线索之前，再聪明的脑袋也不可能空想出来。他沉思了一阵子，拨打了另一个号码：路氏在日本专门为他安排的联络人的号码。作为一个一辈子都在家族的制约下唯唯诺诺地生活的人，在这一刻，他决定动用家族的资源，生平第一次为了自己的幸福而奋斗。他无论如何也要找到上杉雪子，问清楚对方的图谋，也问清楚对方对自己的真实感情。

因为他已经深深地迷恋上了上杉雪子。

此后的几天里，他就像一个日式推理小说里描述的名侦探，把自己手里所拥有的和上杉雪子有关的所有线索汇集在一起，她说日语时的口音、她的随身物品、她的穿着打扮、她的饮食喜好……尽管这些线索鸡零狗碎甚至微不足道，但他仍然相信，上杉雪子绝不可能做到一丁点踪迹都不露出。

最后他终于回忆起来，上杉雪子曾经把玩过一个打火机，上面有一个挺有意思的徽记。尽管只是偶尔瞥到，他还是凭借着超强的记忆力记住了徽记的样式。很快，家族联络人为他查出了答案，那个徽记是东京银座某家奢华酒店的商标。

“给我查找那家酒店所有会员的资料。”路钟旸命令说。

最终，结合各种线索，路钟旸终于找到了上杉雪子的踪迹，但他并没有马上去找她，因为他发现上杉雪子的身份相当诡异。种种迹象表明，上杉雪子既不是学生，也不是上班族，甚至连住处都经常更换。但是，路钟旸从上杉雪子的行动记录里注意到，她每隔一段时间就会去往一家公司的大楼，在那栋大楼里待上一段时间。

那是一家知名的生物制药株式会社。

“生物制药”这四个字，让路钟旸立马想到了不久前发生的那起黑暗家族族员被杀的事件。两位黑暗者都不是死于蠹痕的攻击，也不是普通的枪炮武器，而是毁于一种直接抑制附脑的神经毒剂。这样的毒剂，过去从来没有进入过守卫人的视野。第一次出现后，人们也曾努力调查，但并没有找到任何有价值的线索。

而那起事件，恰恰就发生在日本的一个渔村。

虽然还缺乏足够的证据支持，但路钟旸已经做出了一个大胆的假设：上杉雪子和渔村事件有关，二者的目的都指向了拥有附脑的人群。这可能是某种极为危险的先兆。

“先不要惊动任何人，尤其不要引起日本守卫人家族注意，悄悄地监视，掌握她的日常行动规律。”路钟旸继续下命令。

然后，几天之后的一个黄昏，路钟旸守候在东京一座普通公寓的门口。当上杉雪子回到公寓并见到路钟旸时，眉头皱了起来。

“看来我真是低估了你。”上杉雪子摇摇头，“我还真把你当成那种废物书呆子了。”

“在过去，可能真的差不多如你所想，”路钟旸回答，“但爱情这种玩意儿，有时候会把人变成傻瓜，有时候却可能反过来让人更聪明，也更不要命。”

上杉雪子瞪着他看了很久，眼神渐渐变得柔和。她轻轻叹了口气：“好吧，既然你不想要命，那我陪着你，跟我进去吧。”

她真的不要命了，向路钟旸和盘托出了一切。

“我们并不是一个家族，而是一个严密的组织，起源于中国，具体的时间大概是在明朝的嘉靖年间。”上杉雪子讲述着，“组织最早的缔造者是一个龙虎山的天师道道士，他有两位师兄弟被派往川东阆中地区寻宝，在那里认识了一个名叫李木头的普通山民。两位寻宝道士的到来，无意中给李木头带来了一场大祸，害死了他唯一的亲生儿子。但也因为那场祸事，他得到了一件令人难以置信的东西。”

“什么东西？”路钟旸问。

“魔王。”上杉雪子回答。

“你说什么？”路钟旸以为自己听错了，“魔王？他得到了魔王？这是什么意思？”

“魔王其实是有两个，在涿鹿之战中都受了极大的损伤，不得不蛰伏休养。其中一个最后藏身于一只圣甲虫雕像里，在与另一位魔王的第二次战斗中再次受伤，并且被李木头得到了。”上杉雪子说，“那时候魔王极度虚弱，濒临死亡，不得不求助于李木头，结果反而被李木头控制住了。但李木头本身并不知道魔王到底是怎么回事，他只是想到这件事是由两个龙虎山的道士引发的，于是决定再去找龙虎山的一个道士来探寻一下究竟。”

“所以就找到了你的那位先辈？”

上杉雪子点点头：“我那位先辈性子有些怪，最喜欢搜罗各种奇闻怪事和古籍，对炼丹术也很有心得。碰巧李木头找到了他，听完描述之后，他马上就猜测到此事和历史上许多莫名其妙的怪事有所牵连。当时魔王虽然极度虚弱，但还在蠢蠢欲动，他尝试了手里的各种炼丹原料——用现代术语来说就是各种化学物质，终于找出一种配方可以暂时压制住魔王。从此以后，他把这个装着魔王真身的玉雕带在身边，开始寻找可靠的人形成一个组织，临死又传给了自己的继承者，叮嘱他们要把这件事当成代代相传的永久使命，因为它可能牵涉到人类的存亡。”

“你这位先辈，虽然不是守卫人，却有着守卫人的风骨。”路钟旸说。

上杉雪子讥讽地笑了笑：“守卫人的风骨？知道我的组织最早发现的守卫人群体是什么吗？就是那个好勇斗狠的玄化道院。他们花了几代人的时间，终于摸索到了魔王世界的轮廓，也发现守卫人根本就不是一个可以信赖的群体。你们掌握着远远强于普通人的附脑力量，却把大半的时间用于彼此倾轧争斗。你们没有对普通人类的世界宣战，并不是因为你们真的想要保卫他们，只不过是因为最大的敌人——魔王还没有被除掉。一旦魔王、魔仆和黑暗家族被拔除，你们就会开始对人类动手。”

“我们不会……”路钟旸脱口而出，但只说了这四个字，又随即住口了。他手里托着咖啡杯，坐在椅子上，沉思了许久，缓缓地说：“我不能确定。我很想告诉你，你所说的是不会发生的，但我真的不能确定，或许你是对的。所以，我也有一点明白你们那个组织的使命了：你们不只是想要对付魔王，而是想要把魔王和守卫人不分青红皂白全部消灭掉。”

“青红皂白一直是要分的。”上杉雪子说，“我们认为，附脑就是黑与白的界限，一步也不能跨越。”

“所以，我们是死敌？”路钟旸说，“你和我之间所发生的，也是一个阴谋了？”

上杉雪子的脸上第一次出现了内疚的表情。她犹豫了一会儿，轻轻点点头：“是的。我们虽然从来不使用魔王的力量，却一直在发展自己的科技和情报网，力量并不逊色于你们。你这次一来到日本，我就已经得到了情报。我知道你们路家有着非常特殊的族长血脉，能够提升人的脑力，早就对此感兴趣了。”

“所以你假装喜欢上了我，用自己的身体做诱饵，”路钟旸的话语里充满苦涩，“你应该原本是想把我抓回去做实验的吧？可为什么最后没有动手，反而把我送到别处，还留下字条警告我赶紧离开呢？”

“可能是因为，在最后的时刻，我发现自己真的爱上你了吧。”上杉雪子说。

路钟旸鼓起勇气，请求上杉雪子离开组织跟随他回到中国，不出所料，对方拒绝了。或许在这两个人之间存在着真实的感情，但他们也知道，在这个现实的世界里，感情终究难以敌过冰冷的理性。

最终，路钟旸独自一人回到了中国。他向上杉雪子承诺过，不会把她的组织的秘密讲出来，内心却一直矛盾重重。毕竟那个组织的终极目标是消灭所有的守卫人——自然也包括他，包括他的家族。但他最后还是信守诺言，什么都没有说。

他继续重复着自己所不喜欢的生活，准备有朝一日继承他所不喜欢的族长之位。与此同时，对上杉雪子的思念也与日俱增。这是他这一生中第一次爱上一个人，虽然时间短暂，但情感出乎意料地炽烈。

某一天，家族里来了几位特殊的客人——来自美国的林氏家族。其中除了几位成年人，还有一个看上去十岁都不到的小女孩。她长得很漂亮，却始终怯生生的，不敢和路家人有所接触，一些家族里的孩子更是借机找碴儿欺负她。路钟旸喝止住了那些孩子，主动把小女孩带到自己的私人书房，然后从储物间深处找出一些尘封许久的他小时候阅读的童书。

"这两天，你就在这儿看看书吧。"路钟旸说，"你们家族大概是有求于我们路家，所以难免会受一些气。待在这里，就没人能欺负你了。"

小女孩感激地看着他，点了点头。

两天后，身为族长的伯父找到了他，告诉了他一个他万万料想不到的消息。

"你说什么？我要娶她？她？"路钟旸万分吃惊，"但她根本还是个孩子啊！我的年纪是可以当她的叔叔的！"

"林静橦的确年纪还小，所以暂时不能正式完婚，但一定要先订婚。"伯父的话语斩钉截铁、不容置疑，"这是为了家族利益。"

家族利益。这四个字总是能让路钟旸无可奈何地闭嘴。伯父没有明说，但路钟旸可以很轻易地判断出，这个名头并不响的林氏家族一定掌握着一些让大名鼎鼎的路家都颇为心动的重要资源，所以伯父才会采取联姻这样的方式来巩固双方的合作，以确保这些资源不会落入其他家族的手里——这在守卫人世界里，是再常见不过的，哪怕林静橦此刻还是个孩子。

孩子终究会有长大的时候，可仍然摆脱不了为家族献出一切的宿命。

路钟旸也想过要反抗，但最后并没有付诸行动，那并不符合他这一生所养成的性格。即便依然思念着上杉雪子，他也只能把想念深埋在心里。

路家和林家的婚事，就这样确定下来了。路钟旸接受了命运的安排，准备好继承族长之位，准备好在若干年后和一个与他只见过几面的女孩成婚，就这样沿着家族安排好的轨道度过一生，平静地老死或在战争中送命。

但他没有想到，命运的捉弄并没有就此结束。

林家的人返回美国后几个月，他意外地接到上杉雪子打来的电话。上杉雪子告诉他，她所在的组织正在进行着一些骇人听闻的计划，让她难以接受。她权衡之后，觉得组织的危险性可能已经超过了守卫人。因此，上杉雪子下定决心，把和这个计划有关的秘密盗取出来，交给她唯一信任的守卫人：路钟旸。

但是，因为她同时也不相信守卫人，所以她强调，资料只能交给路钟旸，却不是路氏家族。

“你的意思是……要我脱离家族？”路钟旸很吃惊。

“我既不信任我的家族，也不信任守卫人。”上杉雪子说，“如果你不能做到这一点，那我们就不必多说了。”

这个要求来得太突然，以至于路钟旸完全猝不及防。要他偶尔做一件对不起家族的事情——比如替上杉雪子隐瞒真相是一回事，彻底脱离家族就又是另外一回事了。生于斯长于斯，他这辈子就从来没有想过有一天会离开家族独自生存。

他犹豫了，上杉雪子很清楚地感受到了他的犹豫。她没有多说什么，果断地挂掉了电话，并且再也不理会路钟旸的呼叫了。

从那以后，路钟旸再也没有得到上杉雪子的任何消息，直到她突然出现在中国。

这还真是上杉雪子的典型作风，路钟旸无奈地想。他下定决心，无论如何也要去西南山区看一看，一方面是家族的责任，一方面也因为他仍然不能忘记上杉雪子。

或许终其一生都无法忘怀。

第十一章

千年之困

一

“后来我真的去了，并且跟踪到了他们的会面地点。很不幸，因为我的能力主要在智力方面，战斗方面并无天赋，被梁丰发现了。”路钟旸说，“如果是在其他时候，梁家可能不会对我动手，但那正是双方开战的时候，而且雪子所背负的秘密也太重要，梁丰当场就决定杀掉我。”

“我叔叔的实力，并不逊色于现在的四大高手，你是怎么反过来杀掉他们的？”梁野问。

“我自己也不知道具体的过程。”路钟旸说，“梁丰一出手，我根本没有反抗的余地，就已经失去了知觉。没想到后来我还能醒过来，却发现雪子已经失踪，我甚至没来得及和她说半句话。虽然没能说话，我却很清楚地看到，她的手里抱着一个婴儿。那一定是我的孩子，错不了的。她嘴上没有说，心里终究还是没有忘掉我，把我们的孩子生了下来，并且带到了中国。”

人们的目光都看向关雪樱。关雪樱脑子里乱纷纷的，就像木头人一样呆立在原地。

“梁家的人已经全都死去，而且死状惨不忍睹，而我自己虽然没有死，身上也没有任何外伤，却浑身上下剧痛难忍，连走路都困难。我知道以这样的状况，遇到其他敌人就是个死，只能先找地方躲起来。我在附近找到一个贫困的山村，村里人收留了我，但那个村子里唯一的电话线恰恰坏掉了，维修人员要十天后才能到达。于是我在村里待了十天，没能和家族联系。”

“就是因为这十天，家族以为你死了，必须另选继承人。”路晗衣用冰一样的语调说，“然后姐姐为了保护我，抢先唤醒了家族血脉，于是……于是……哼！如果不是你为了那个日本女人欺瞒家族，一个人擅自行动，怎么会发生后来的事情？”

路钟旸没有回答，眼神里的愧疚却难以抹去。路氏三兄妹陷入了沉默中。

而冯斯也终于可以好好厘清一下思路了，路钟旸的讲述里包含着丰富的细节。首先，他证实了那个隐藏在日本的神秘组织的存在，尤其是提到该组织源于阆中地区的一次事件，这正好和冯斯先前在时间碎片里所见到的相吻合。

所以之前的猜测没错，时间碎片里的那场拼杀，真的是两位魔王。而上杉雪子的叙述补充了那一战的结局：两位魔王遭遇了第二次两败俱伤，其中藏身于圣甲虫玉雕里的那位落入了李木头手里，又辗转为组织的缔造者——那位龙虎山道士所得到。

所以说，魔王真的是在人间颠沛流离了几千年，最后又落入了人类的手里——可能直到今天都还在日本的那个神秘组织手里。守卫人寻找魔王的踪迹寻找了几千年，到此刻才知道魔王竟然一直混迹在他们当中，最后又被一批完全没有附脑的凡人所掌控，想必一定会心情复杂到极点吧？

而这个神秘组织所掌握的力量也让人担忧。如果他们真的比守卫人还强大许多，甚至能消灭掉守卫人家族，那他们还会干出什么样的事情呢？冯斯简直不敢想下去了。

另一方面，路氏三兄妹之间的种种纠葛也基本清晰了。范量宇对之前发生的事件的描述是基本准确的，路晗衣对自己的姐姐无疑有着很深的感情，由于路钟旸的意外“死亡”，导致路颜不得不唤醒家族血脉，变成了现在这样丑陋恐怖的模样，他也因此而深恨路钟旸。

不过，其他人都并不知道，路钟旸其实并没有死，并且在事后被路晗衣发现。人们更加难以想到，当时还只是孩子的路晗衣竟然会如此凶恶，如此心机深沉，竟然会把亲哥哥悄悄带走，在之后的十几年里一直囚禁。

真是太狠了，冯斯想，我一直以来对路晗衣的恐惧果然不是没有根据的。这个人凶暴起来，比把恶放在表面上的范量宇更可怕。

而他也大致明白了路晗衣、路钟旸和林静橦这三个人之间的情感纠葛。林静橦原本是被安排成年后嫁给路钟旸的，由于路钟旸被认为已死亡，她像是货物一样，又被硬塞给了路晗衣。显然，她并不喜欢路晗衣，路晗衣对她也毫无感情，这桩婚姻不过是家族间的生意。但是冯斯能看出，林静橦对路钟旸有着很深的情感，或许是因为路钟旸曾在她最孤苦无助的时候照料过她，令她从此不能忘记。

关雪樱的母亲上杉雪子的形象也更加清晰了。她无疑是一个坚强果决的女性，在关键时刻有着破釜沉舟的勇气。虽然她最终是如何带着关雪樱逃到四合村的可能已经很难考证，但她坚强地在组织和守卫人的夹缝间活了下来，也坚强地保守住了她所想要保守的秘密。

“晗衣，大哥到底是怎么落到你手里的？”最后还是路颜打破了沉默。虽然这样诡异的重逢让她一度心潮澎湃，但此刻已经完全冷静了下来。这或许是十多年掌管家族的磨砺赋予她的坚强性情。

“我当时仅仅是想找到他的尸体，所以一直在附近搜寻，最后很偶然地打听到他在一个山村里。”路晗衣说，“我最开始是想汇报给伯伯的，后来却改变了主意。我忘不了姐姐唤醒血脉时遭受的痛苦，更加明白你永远无法恢复过去的样子了。这一切，都是拜他所赐，我决不原谅他，决不！”

“就算你不原谅他，又何苦把他一关就是这么多年？”路颜轻轻叹息，“我知道你从小就不喜欢他，可他毕竟还是你哥哥。”

“姐姐，你错了，你觉得我是那么不分轻重的人吗？我关押他这么多年，并不是因为我恨他，而是他有很高的研究价值，但你又绝不会允许我用他做研究，我必须秘密进行。”路晗衣回答。

“研究价值？”路颜一怔，“什么样的价值？”

“你知道他是怎么杀死梁家那些人的吗？”路晗衣反问。

“你调查清楚了？”

“那一场战斗发生的时候，附近正好有一个业余摄影家在拍摄当地风光，”路晗衣说，“战斗产生的冲击波让他失足跌下山崖摔死了，摄像机也摔坏了，但里面的录像带侥幸保存了下来。通过录像带可以看出，梁丰打昏了大哥之后，也有些犹豫，并没有当场杀死他，而是试图先把他带走。就在那时候，上杉雪子趁其他人不注意，掏出一支针管，给他注射了一点什么。注射之后，他就突然变得狂暴，爆发出了一种非常奇怪的蠹痕。”

“什么样的蠹痕？”梁野问。

“摄录的效果太差，看不清颜色，但是造成的效果很清楚。在场的所有守卫人，包括梁丰在内，全部都附脑失控了——他们的蠹痕瞬间爆发出来，反噬自己的身体。比如你叔叔梁丰，蠹痕和你一脉相承，都是操纵高温烈焰，他当场就被烧成了焦炭，而那原本应当是他用来杀死别人的手法。”

“这种蠹痕我是第一次听说，”范量宇说，“是某种精神蛊惑的技能吗？”

“并不是，精神蛊惑没有那么快，何况那时候大哥已经昏迷不醒了。”路晗衣说，“那种蠹痕是附脑直接作用于附脑，令对方的附脑一瞬间听从自己的控制。这就是我带你们下来的时候，提醒你们随时用蠹痕笼罩全身，一刻也不能放松的原因。稍有不慎，梁家那些人的下场就会在我们身上重演。”

“所以你敏锐地注意到了这种蠹痕的与众不同之处，尤其是，它是在上杉雪子给你大哥注射了一针药剂之后瞬间就触发的——换了我也会心动的啊。”王璐说，“不过路哥哥，不得不说，能对自己的亲哥哥下这种狠手，我真是自愧不如。这么多年来，不管是守卫人还是黑暗家族，都在怀疑上杉雪子的秘密传给了关雪樱。但谁都没有想到，那个秘密其实已经注射到了你哥哥的体内，然后被你藏了起来。”

“所以你把他关了这么多年，居然一直瞒过了我，也瞒过了家族的其他人……”路颜的语气里有一种深深的酸楚和无奈，“那你最后得出了什么结论？”

“他什么结论都没能得出，”路钟旸说，“一方面雪子的家族所掌握的技术力量超越了守卫人能达到的水准；另一方面，为了防止被你发现，他也不能完全动用家族的全部资源。别说他了，就连我自己，也很想弄明白在我身上到底发生了什么。”

“但是我不明白，你为什么刚好在今天脱困而出？”路颜问。

“因为你挑选了这里作为晗衣的结婚场地，”路钟旸说，“你平时绝少离开家族总部，都是留在家里运筹帷幄，但为了弟弟的婚礼，你必须出席，这就给了我机会。”

路颜毕竟拥有超群的智力，很快反应过来：“是因为你和我都唤醒了家族血脉，能够产生共鸣？难怪之前我曾经短暂地头晕。”

“别忘了我的体质与你和晗衣都不同，血脉不但没有伤害我的身体，反而赋予了我战斗的潜力。以前我一直不知道这种能力该怎么激发出来，到了今天我才懂得：需要同时有两个唤醒了血脉的人来引发共鸣。这一场婚礼，终于把你带到了离我足够近的地方。”路钟旸说，“这或许就是天意。我的弟弟囚禁了我，然后我的妹妹把我放了出来。”

他挥手指了指身畔：“这个地方，晗衣可能没有印象了，因为那时候他刚刚出生不久，但是小颜你应该不会忘记吧。”

路颜点点头：“一进入这个幻域我就看出来了，这是二十多年前我们住过的地方，你把所有的小细节都还原得惟妙惟肖。当时我们路家受到几个家族的围攻，情势不妙，家族特意安排我们三个在这里避难，大概住了有一年。虽然这里的生活条件不好，但却是我们三兄妹过得最快乐的一段时光。每天没有人逼着我们进行各种训练，我们可以自由自在地做自己想做的事情。有那么一阵子，我甚至觉得我们并不是守卫人的后代，而只是三个普通的孩子，可以像世界上其他人一样，享受没有忧患的平静生活。当然，那只是不切实际的奢望而已。”

路钟旸淡淡地一笑：“的确只是奢望，但无论怎样，也是我们难得的宝贵记忆。”

他顿了顿，缓缓地说：“在这里杀死你们，也算是我这个哥哥送给你们的最后的礼物了。”

二

冯斯已经不止一次见过蠹痕和蠹痕的激烈碰撞了，这种情况通常发生在实力比较强大的守卫人之间，他们的蠹痕有着很强的自我保护能力，不会轻易被攻破，因此必须进行硬性碰撞。一旦谁的蠹痕承受不住被攻破了，就会立刻被对方的力量所包围，难逃一死。

但这一次的感觉很怪异，因为路钟旸看上去并不是凶悍的人。虽然他的外貌很骇人，但从刚才开始，冯斯就一直在留意着他的言行举止。这实在是一个温和而有修养的人，说话也彬彬有礼，冯斯万万没有想到他会说杀人就杀人——而且其中还包括他的弟弟和妹妹，以及曾经的未婚妻。

现在，四大高手和林静橦都释放出蠹痕，和路钟旸抗衡着。看得出来，路钟旸占据着明显的优势，已经把五人的蠹痕压缩到了最小。至于冯斯等人，虽然同样身在蠹痕包围圈中，却并没有感受到什么不适。

“冯先生，你是不是在奇怪为什么我的蠹痕伤害不了你？”路钟旸忽然开口问。他一面压迫着五位高手，一面还能好整以暇地说话，可见的确是占据着明显的上风。

“啊……是啊，我也在奇怪，刚才我还以为我和小樱死定了呢。”冯斯一时没有反应过来“冯先生”这个称谓，“我还在想，你居然那么狠，连自己的女儿都要杀。”

“因为我的蠹痕的作用是激发他人的蠹痕并且反作用于自身。”路钟旸说，“我的女儿只是普通人，小颜虽然有附脑，却没有蠹痕。所以我要杀她的话，得等到杀死其他人之后，再用普通的物理手段。”

冯斯只觉得身上一寒：“你在说什么？你还要杀小樱？这是为什么？你要杀路晗衣我可以理解，杀大头怪他们和杀我，我也勉强想得通，但是路颜是你的亲妹妹，从来没有害过你，小樱是你的女儿，这辈子第一次和你见面。你为什么要杀害她们俩？”

“我要杀掉你们，并不是因为私人恩怨。”路钟旸回答，“即便是晗衣，如果仅仅是因为他折磨了我这十多年，我也不会因此就要他偿命。但是，如果要完成我的心愿，就必须把你们全部杀死，一个不留。”

“你的心愿？什么心愿？”冯斯问。

“我在这十多年里，一直被晗衣锁着，无事可做的时候，唯一能动的只有大脑而已。我反复地思考着我这一生，也思考着守卫人在过去千百年里的所作所为。我发现，雪子所在的那个组织的判断其实是正确的，守卫人永远都不会是真正意义上的人类守护者。他们早已异化，早已和人类有了无法跨越的鸿沟，现在维系着双方之间脆弱平衡的，只是那个共同的敌人——魔王。一旦魔王最终被消灭，我绝不相信守卫人会安然地继续固守自己的势力，他们一定会向凡人的世界扩张，把自己变成新一代的魔王。”

“所以，你的心愿就是要消灭所有的守卫人？”冯斯问。

“不只是守卫人。”路钟旸说，“那个日本组织同样不可信。我也不会放过他们，一切超越普通人类的力量，都存在着潜在的风险，不管是附脑还是科学。”

冯斯点点头又摇摇头：“我承认你的说法有一定的道理，但那些都是还没有发生的事情，你不能为了未来的可能性就展开当下的屠杀。这样不公平。”

“公平？这个世界上何尝存在过公平？”路钟旸的声线里充满悲悯，“魔王把地球上的生灵当作自己的实验品的时候，公平吗？守卫人大家族吞并小家族，把凡人的性命不当成性命的时候，公平又在哪里？我苦苦等了雪子十几年，到今天等到的却是她早已离世的消息，这公平吗？”

“是啊，她的去世一定让你很难受，但至少还有女儿啊，不就相当于你们的爱情有了延续吗？为了你们的女儿，你难道不应该好好活下去，而不是忙着去搞屠杀吗？”冯斯努力尝试着劝说对方。但他也知道，以路钟旸这样智力水准的人，对自己的逻辑一定是极度自信的，他这样一个半吊子大学生，实在没有太多说服的技巧，只能随口灌点鸡汤聊尽人事。

果然，路钟旸笑了起来：“雪子是雪子，我的女儿是我的女儿，后者永远不可能代替前者。她成为我的女儿，只是生物学的规律，我和雪子却是相互之间的情感抉择，怎么可能相互取代？”

冯斯无奈：“算啦，我也知道我不可能三言两语打消你十多年的念头。既然这样，为了阻止你，我只能继续扮演他们的催化剂了。”

他再度割开伤口，为范量宇等人提供力量。鲜血涌出的时候，他看了看身边的另外两个人，发现不管是路颜还是关雪樱，都显得神情木然，脸上看不出什么喜怒哀乐。但冯斯能感觉到，关雪樱的内心一定是充满了悲伤。十多年了，她第一次见到自己的亲生父亲，却几乎没有听到什么温情的话语，相反，对方已经在谋划杀死她了。如果不是关雪樱这一生经历了太多磨难，已经有了足够坚忍的性情，恐怕会当场崩溃的。

他也无力说安慰的话，倒是突然想到了点别的：“对了，路先生，刚才你还没解释完全。按理说我的附脑也能激发蠹痕啊，为什么你的蠹痕对我没用呢？因为我的创造能力不具备攻击性吗？”

“倒不是，只是我有意识地控制了我的蠹痕，并没有去攻击你。”路钟旸说。

“为什么？”

“因为你的天选者身份毕竟特殊，我不能确定在你身上会不会出现什么副作用。”路钟旸说，“不过，虽然我们见面只有短短的一小会儿，但我已经能看出来，你现在的攻击能力很弱，不可能伤到我。解决掉他们之后，我会用物理攻击杀死你。”

“这种伤自尊的话我已经听过七八百遍，早就有免疫力了，”冯斯说，“但是你这句话提醒了我。除了充当催化剂，我也会物理攻击啊，我可是在校篮球联赛里因为打架被停赛的风云人物。”

“你是准备创造一件武器出来尝试伤害我吗？”路钟旸目光炯炯地看着他。

“我知道，你这一身硬派肌肉，我可能连你的汗毛都伤不了，但我天生就是狗屎脾气，从来不会趴着等死。”冯斯说，“如果横竖都是要挂，那还是死前拼一拼的好。”

他闭上眼睛，开始在心里描绘一把64式手枪。手枪这种玩意儿，他过去尝试过多次，从来没有成功过。但是现在，除了拼力一试，没有别的办法了。

努力，努力……“催化剂”带来的头痛已经很难忍了，同时还要发挥自己的蠹痕，双重的发力带来的是加倍的痛楚。冯斯能感觉到自己连嘴唇都咬破了，却只能强忍着继续想象。

一把手枪，一枪打爆路钟旸的头……打爆这个怪物的头……手枪……我需要创造出一把枪……能发射出呼啸的子弹的枪……

他骤然爆发出一声怒吼，伸出了自己的手。

然后整个世界就忽然消失了。

刚一开始，冯斯以为自己又被吸入了某块时间碎片。周围是一片完全阻隔了视线的灰色迷雾，什么都看不清。

但他很快意识到这并不是时间碎片，因为他的脚底并没有踩在实实在在的土地上，而是整个身子飘浮在空中。而与之前的几次悬空体验不太一样的是，他可以控制自己的行动。虽然身上并没有翅膀，但他可以随着自己的心意向着上下左右各个方向自由移动，和梦里飞翔的感觉差不多。

随着……自己的心意？冯斯隐隐领悟到了一点什么。他在半空中翻了个身，轻声说：“那就来试试吧……雾散！”

这一句话刚刚说出口，雾气就在刹那间消失了，眼里感受到了阳光的刺激。冯斯自如地扭转着身躯四下里看了看，发现下方是一片一望无垠的碧蓝色。

那是一片浩瀚的大海。

除了海水，并没有其他参照物。既然可以自如飞翔，他并不慌乱，索性横躺在半空中，一面呼吸着清新的空气，一面思考眼下的处境。

我应该不会是上了路钟旸的当，冯斯想，这厮智力再超群，也是第一次和天选者打交道，更是第一次见到自己，绝不可能在那么短的时间里就看透自己的能力并且相应地布置陷阱。他所说的“不能确定在你身上会不会出现什么副作用”，并不是在骗我入彀，而是真话。偏偏我他妈自己却这么鲁莽，冒冒失失发动蠹痕，然后把自己关进了一片新空间里，真是惨遭智商碾轧，岂有此理。

不过既然已经进来了，自怨自艾也没什么用，莫如细细分析一下这是什么地方，以及该怎么想办法出去。

他开始尝试着飞行，并且很快喜欢上了这种超人一般的飞翔的快感。不过，不管向哪个方向飞多久，前方的大海都茫茫无际，看不到大陆，看不到岛屿，看不到船只，看不到飞鸟。

显然这并不是真实的海域，至少并不是现代的海洋，而应该是路钟旸的大杂院幻域中又新出现的一个“幻域中的幻域”。那么它的意义是什么呢?

冯斯琢磨了一阵子，没有想到什么突破口，倒是肚子不知不觉间饿了起来。如果说他的蠹痕有什么最大用处的话，那就是在任何地方都不必担心被饿死渴死。几秒钟之后，他的手里已经多出来一块巧克力。

他把巧克力塞到嘴里，刚刚咬了一口，就感觉有些不对——巧克力的味道出乎意料地好吃，而且味道很熟悉。仔细想想，那是从矿区回到北京之后，姜米从宿舍找出来给他的一种欧洲某国产的高档巧克力，国内暂时没有销售，网上代购要好几百块钱一小条。

“提高一点你的品位！”那时候姜米瞪着眼睛说，“以后再变巧克力别老弄山寨货了！”

“不是品位不品位的问题，”冯斯嘟嘟囔囔地辩解说，“有心杀贼，无力回天啊。”

那种巧克力真好吃，他还真的尝试过创造，但是确实能力有限，根本模仿不出那种香甜丝滑的口感。但是今天，明明就是想随手创造一块巧克力出来充饥，他却精确地还原出了那种味道。

难道仅仅是因为我想到了姜米那么一点点，这个巧克力就不知不觉变成了姜米曾给过我的那种味道?冯斯若有所悟。

再联想到自己可以一直像超人一样飞行，以及刚才一念之间就驱散了雾气，冯斯又想到了些什么。他像高台跳水运动员一样在半空中舒展身体滚动了几下，嘴角浮现出一丝坏笑：“这可真是有趣了。有意思，太有意思了。”

他翻身向下，看着碧蓝的海面，打了个响指：“神灯啊神灯，给我来条船……不，不要船，要不然来一座岛吧。”

其实他这一生也从来没有真正踏上过某一座海岛，只是从各种影视作品、风光片、杂志图片、网络图片里得到过一些片面的印象，如果是在过去，就算是要变一座模型岛屿出来只怕也很困难。但仅仅是几十秒钟之后，他听到了一阵异样的响动。

睁开眼睛一看，身下的大洋中央就像是神话传说中的劈开海水一样，硬生生“塌陷”出了一个巨大的坑，然后一大片陆地从海水里涌出，很快高出海面，形成了一座海岛，目测至少有好几平方公里大小。

冯斯降落到海岛上，发现这座海岛果然和他想象中的差不多，椰林、沙滩、扑鼻的花香，星星点点的贝壳，白色的小木屋。踏着柔软的沙子多走几步路，前方居然还有身姿曼妙的比基尼女郎在打沙滩排球。

“本性又暴露了……”冯斯揉揉自己的鼻子，无声地笑了起来。他索性一屁股坐在沙滩上，打开一个随手捡来的椰子，在柔和的海风中安安静静地坐了一会儿，一会儿看看打排球的美女们，一会儿抬头看看和煦的阳光。

喝了一肚子椰子汁之后，他摇摇晃晃地站起来，走到了那间白色小木屋的窗外。隔着窗户往里看，里面正好有四个人。

年轻时的冯琦州，年轻时的池莲，童年时代的冯斯——三口之家。

此外还有一位访客：穿着旧式警服的曾炜，同样有着一张年轻而英气勃勃的脸。

池莲在开放式的厨房里做饭。冯斯趴在地板上，看着电视机里播放的动画片，身边摊满了各种各样的玩具。冯琦州和曾炜坐在沙发上聊着天，茶几上摆放着两人最喜欢抽的那种便宜烟，却并没有点着——可能是有冯斯在场的缘故。

每个人的脸上都洋溢着笑容。池莲正在剥着一个紫红色的洋葱，虽然被洋葱汁液辣得眼泪都流出来了，嘴角却仍然带着笑意，或许是想到即将为家人做出美食而感到快乐。冯斯盯着电视机屏幕，看着那个衣着清凉的长腿女主角，咧开嘴傻笑着，连口水流出来了都没有发觉。冯琦州和曾炜更是不停地发出豪爽的大笑，偶尔挥起拳头，往对方身上重重地捶一拳。

这是一个幸福的家庭和他们同样幸福的朋友。

“可惜啊，真是不想离开。”冯斯趴在窗户上叹息着，“外面的世界一点也不美好，还是活在梦里最好。”

他打了一个响指，木屋里的情景被撕裂成无数碎片。

三

幻域消失了。

回到现实世界中后，冯斯看到，守卫人之间的拼杀还在继续着。路钟旸虽然还是占据明显的上风，但范量宇等人毕竟也是久经战阵。他们把蠹痕范围压缩到最小，一点一滴地发挥出自己的潜力，虽处下风而不乱。尤其是范量宇，明明在中毒后还没有恢复全部的力量，此刻反而显得最为镇静。路钟旸的蠹痕就像海啸中的怒涛，一波又一波地向他发起疯狂冲击，但他的蠹痕仍然保持稳定，一丁点裂缝都没有。

不愧是天天打架的怪物，冯斯想，就算被人弄残了，想要干掉他也还是不容易。

看到冯斯重新现身，关雪樱惊喜地跑了过来，打手势询问他怎么样了。冯斯双手扶在她的肩膀上，低声说："我很好，不用担心。小樱，抓紧时间听我说，虽然第一次见到你父亲，但我能判断出，他下定了决心的事，谁也不能更改。也许你妈在还有可能，但她已经不在了，你虽然是他们的女儿，也不能动摇他的意志。"

关雪樱忧郁地点点头表示赞同。冯斯咬了咬牙："所以，我必须杀了他，没有别的选择。你能原谅我吗？"

关雪樱默默地低下头，冯斯能听到有水滴滴落在地面上，他知道，那是初次见到自己生身父亲的关雪樱在无声地哭泣。仅仅过了十几秒钟，关雪樱重新抬起头来，仍然闪烁着泪光的双瞳里充满了坚毅，冯斯明白了。

"真对不起，但我们没有选择。"冯斯轻轻搂抱了一下关雪樱，然后松开她，走向路颜。

"我知道你想做什么，如果有能力，就做吧。"路颜头也不回地说，"这是现在的最优选择，别无他法。"

"对不起。"冯斯说，"我知道你毕竟和路晗衣不同，对他的感情还是很深的。"

"在魔王世界里，感情永远要让位给理性。"路颜说，"他想要摧毁守卫人，那我就不能放任他活着，哪怕他是我哥哥。"

"我懂了，我会尽力而为。"冯斯点点头。

他用不疾不徐的步伐走到路钟旸身前。路钟旸转动着鬼魅一样的眼珠看了他一眼："刚才你是擅自动用蠹痕然后激发了幻域吧？我跟你说过，即便是我也无法预料会发生什么，不过你总算是出来了。"

"是的，我出来了。"冯斯说，"我想和你谈谈。"

"谈？谈什么？让我放弃我的计划？"路钟旸讥嘲地笑了笑，"一个关在地下将近二十年所做出的深思熟虑的决定，你觉得你在几分钟内就能打消？"

"很难，但总需要试一试，因为我觉得你是一个可以讲道理的人。"冯斯说，"你现在要杀掉这五大高手，然后杀光守卫人，并不是为了你的私利或者私怨，而是为了人类的命运。我只是希望你再多想想，需不需要这么极端？守卫人拥有魔王的力量，但他们本质上还是人，还是要对抗魔王的。你有没有想过，如果杀光了守卫人，以后靠谁去阻止魔王？"

"但是你又想过没有，守卫人在阻止魔王这方面，真的有用吗？"路钟旸说，"不要小看我通过家族血脉所得到的思考能力。不妨告诉你，我在这近二十年里，越来越倾向于认为，守卫人的崛起壮大，可能也是魔王的阴谋。"

"你说什么？"冯斯一怔。

"涿鹿之战里两个魔王为什么会内讧？以魔王的力量为什么不能早早地把人类消灭干净？"路钟旸说，"这些你都思考过吗？"

"这些在过去的一年里已经有了不少突破！"冯斯急忙说，"我们都在一步一步地接近真相！"

"没有用的，你们所能探知的真相，无非是魔王愿意让你们知道的。"路钟旸说，"对我而言，安全概率最高的选择，仍然是拔除整个守卫人组织。"

"那我就没话可说了。"冯斯耸耸肩，"我这辈子打过很多架，却从来没有杀过人，杀人对我而言真是一种很可怕的事，过去甚至都不敢多想。但是抱歉，我必须杀你。"

"你刚才动用蠹痕，是想要创造出一把手枪吧？"路钟旸轻笑一声，"你不妨试一试。雪子的那一针极大地改变了我的体质。如果你的蠹痕能在那么短的时间内高速进化的话，你可以试试，军刀也好，柯尔特大蟒也好，AK-47也好，单兵火箭筒也好，只要能变出来，你都可以试，看看那些东西能不能伤到我的一点皮毛。"

"不，我不会去徒劳地创造那些枪械啊火箭炮啊什么的，"冯斯说，"但有一点你说对了，就在刚才被吸入幻域那段短短的时间里，我的蠹痕进化了。

也许我有别的方法可以杀你。”

他伸出手，轻描淡写地摊开手掌，面容平静，不再有之前每次创造时的凝神思索、用心想象。仅仅过了半秒钟，他的手掌上亮光一闪，出现了一样东西。

—— 一枚小小的刀片，看上去颜色暗淡，丝毫也不起眼，就像是一片用旧了的刮胡子刀片。

路钟旸有些意外：“刀片？而且看上去像是刮胡子用的……你是想要替我刮胡子吗？”

“我不想，我想杀你。”冯斯说。

“就用这片刮胡子都费劲的刀片？”路钟旸轻轻摇头，“那你请随意吧。”

冯斯点点头：“那么，得罪了。”

他握住刀片，刀刃向外，真的挥刀割向路钟旸的咽喉。但路钟旸并没有任由他割到自己身上，而是猛然举起右手，振臂一挥，打在冯斯的手臂上，一股难以想象的巨大力量登时把冯斯的身体打得飞了出去。

他足足摔出去十多米远，撞在大杂院里一个砖砌的象棋台上，巨大的冲击力竟然把象棋台整个撞垮了。关雪樱三步并作两步跑过去，一时间不敢动手扶他。

“放心，死不了的，”冯斯艰难地吐出一口血，缓了缓神，伸出左手，“我的右胳膊估计是摔断了，麻烦你抓着左手把我扶起来。”

关雪樱扶住他的左臂，用力把他的身体顶了起来。冯斯把身体靠在象棋台旁的一棵老树上，又喘了几口气，这才在关雪樱的搀扶下，一瘸一拐地走回到路钟旸身边。

“抱歉，虽然我已经很注意收力了，用力还是大了点。”路钟旸说，“虽然我并不认为你的刀片真的能伤害到我，但是你也知道，我的理性判断总是会帮我规避任何可能的风险。即便只有万分之一的概率你可能伤我，我也不能让你碰到。”

“我知道，我当然知道，如果不是因为你的这种算计，你也不会被我杀死。”冯斯龇牙咧嘴地说，疼得不停地倒吸凉气。他的右臂软软地垂着，真的被刚才那一下摔断了。

“被你杀死？”路钟旸似乎是听到了什么天大的笑话，不禁哈哈大笑起来。但笑了几声之后，他突然笑声一滞，脸上现出了极度吃惊的表情。紧跟着，他身子一软，倒在了地上，如风暴一般肆虐的蠹痕也顷刻消失了。

五位高手如释重负地收回各自的蠹痕，每个人都汗如雨下，可想而知先前路钟旸给他们带来的压力有多大。

“再这样下去，我都不好意思揍他了。”范量宇抹了一把大头上的汗水，“居然每次都要靠这个臭小子来续命。”

路钟旸的双目瞪得大大的，骷髅一样的脸上满是难以置信。他挣扎了好几次，试图重新站起来，但越挣扎似乎身体越无法控制，最后只能瘫软在地面上。

“你做了些什么？”路钟旸喘着气问，“那枚刀片明明没有碰到我。”

“刀片的确没有碰到你，碰到了也没用，因为那就是普通的刮胡子刀片，用你的话来说，估计连你的汗毛都伤不到。”冯斯说。

“那我怎么会……突然失去了所有力量？”路钟旸问，“而且不单是附脑失去了效力，整个身体都完全不听使唤了。”

“你中毒了而已。”冯斯说。

“中毒？什么时候？”路钟旸说着，忽然顿悟，“我打你的时候，我打中你手臂的时候！你把毒药创造在了你自己的衣服上！”

冯斯点点头：“没错。我原本是想把毒药涂在刀片上，但是又很快想到，你是一个算无遗策的人，即便不相信我能伤害到你，也一定不愿意冒险。再加上你我的肌肉力量悬殊，我猜你有极大的可能性会直接赏我一拳。运气不错，我赌对了。”

路钟旸沉默了一会儿，叹了口气：“机关算尽，反而误了自己的性命。我输得心服口服，无话可说。不过，我有一个疑问，我的身体有很强的抗毒性，即便是晗衣，这么多年来用遍了各种各样先进的生物毒剂，直接注射进我的血管，也只能是勉强控制住我的行动。你到底是怎么创造出一种毒药，让我只是碰一碰就中毒的？”

他吸了一口气，似乎是体内产生了某些疼痛：“另外，我的力量那么大，把你打出去之后，你的皮肤也难免会沾到毒药。你怎么能保证不中毒？那到底是什么样的毒药？”

“说实话，我根本不知道那是什么毒药，我只是提出要求而已。”冯斯说。

“提出要求？什么意思？”路钟旸问。

“我告诉我的蠹痕，我需要一种毒药，可以杀死你而又不会伤害到我的毒药，就这么简单。”冯斯说，“至于这种毒药到底是什么成分，怎么能伤及到你，又怎么能做到只伤你而不伤我，我不知道，也不必知道——蠹痕会替我完成的。”

路钟旸的目光中突然流露出极大的惊恐：“你是说……你是说……这不可能！”

“但事实如此。”冯斯说，“我虽然激发出了自己的蠹痕，但在好几个月的时间里，一直都不明白它的真正机理，始终在错误的道路上狂奔。直到刚才，我的蠹痕和你的蠹痕产生碰撞，意外地把我扔进了幻域里，我才知道自己领会错了。”

他举起尚能活动的左手：“我一直以为，我创造物质的秘诀在于附脑提供力量，大脑提供具体的想象和描绘，所以每一次创造时都玩命地动脑筋，恨不能填进去越多的细节越好。但这其实是和我真正的能力背道而驰的，我越努力，越是缘木求鱼。”

“其实，你……你只需要……只需要……”路钟旸一阵剧烈地咳嗽，喷出一口黑色的鲜血。

“对，我根本不用任何细节描绘，只需要提出要求，蠹痕自己就会替我完成，想得越多反而越误事。”冯斯咧嘴一笑，“我开始真正感觉到魔王的厉害之处了。这样的蠹痕，完全不合逻辑，不讲道理。如果不是亲身实践，我绝对不敢相信会有这种事发生。当然，要使用这样的蠹痕，也是需要付出代价的。”

话音未落，他就像一根木桩一样，僵直地向着后方倒了下去。关雪樱用尽全力才顶住他的身体，一点一点把他放在地上。

“别担心，脱力了而已，”冯斯语声虚弱，“一切厉害的技能都得付出巨大的代价，我创造出了能一举杀死你父亲的毒药，估计得在床上躺个三五百年什么的……”

他嘴里胡言乱语地试图消解关雪樱的担忧，身上其实难受到了极点，就像是大一时抽签输了被迫代表班上去参加学校运动会长跑一样，跑得肺都要炸裂了，心脏跳得好似在打架子鼓，嘴里能感觉到清晰的血腥味，全身每一块肌肉都在疼。至于刀劈斧凿一般的头痛，倒是老朋友了，早已习以为常。

冯斯勉强偏过头，看着奄奄一息的路钟旸。路钟旸已经无力说话，他的弟弟和妹妹蹲在他身边，冯斯看不清这两人的表情，也不知道他们是否在说着些什么话——耳朵里有如上万只蜜蜂在欢快飞舞，着实听不清任何外界的声音了。

不管怎样，又保住了命，冯斯双目微闭，疲惫地喘着气。而且，下次见到姜米，我终于可以送她最爱吃的巧克力了……

冯斯并没有在床上躺三五百年。不过，他也足足在路家的私人病房里躺了半个月，才能重新恢复行走能力。如他先前和关雪樱所说的，超越常态的蠹痕，需要付出的是超越常态的代价。

值得欣慰的是，尽管冯斯没能如约把活着的路钟旸带回去，上杉舞子最后还是把池莲和文潇岚等人找到并交还了回来。冯斯猜想，她们也和路钟旸一样，行事以理性为第一基调，在已经注定无法抢回路钟旸的情况下，没必要伤害冯斯的亲朋。

这很符合守卫人世界的基本法则：凡事先考虑利益，不做无谓的好勇斗狠。

“你的右臂还是得多多保养，尽量别用力。”路晗衣说，“你的体质终究还是普通人，重生恢复的能力比守卫人差远了。”

“我是伟大的废物天选者嘛，习惯了就好。”冯斯回答。

“不，你不是废物。”路晗衣难得认真地说，“你现在已经是一个超越任何守卫人单独存在的奇迹了。至少，你已经有了单挑杀掉四大高手的能力。”

“但是挑赢一次之后就得半死不活地趴很久，这冷却时间长得惨绝人寰啊。”冯斯把头枕在座椅上。路晗衣正开着车，行驶在通往冯斯住处的路上。

“所以我才建议你留在路家，或者任何一个你愿意待下去的大家族，那样会安全些。”路晗衣说，“形势不同了，过去任你在外面乱闯，是因为大家都还不知道你的能力所在，都需要观察你。而现在，你已经拥有了一击杀死任何一个敌人的能力，你对旁人的威胁就不可同日而语了。”

“我只希望我能创造出可以杀死魔王的武器，”冯斯苦笑一声，“不过问题来了：我能杀死魔王吗？这就有点像‘上帝能不能造出一块他举不起来的石头’了。又或者，像你哥哥说的那样，哪怕我拥有了这样的能力，也原本就在魔王的谋划当中。”

“先别想太多，保护好自己，活下去，再慢慢应付未来的事情。”路晗衣说。

“你说得对。”冯斯点点头，“另外，有几件事我知道我不应该问，不过……”

“你可以问。”路晗衣好像早就在等着冯斯提这个问题，“范为琳被我放回去了，毕竟她对范量宇来说有着特殊的意义，我如果杀了她，说不定会惹怒范量宇。姐姐依然继续管理家族，哥哥的尸体现在在动用家族的全部科技力量进行研究。不过，我不抱太大的希望，日本那帮人的科技力量比我们至少领先了三十年。林静橦和我的婚姻依然成立，不过她婚后没几天就又回西藏了，反正你也明白我们结婚的实质。”

“至于关雪樱，虽然从血统上来说，她算是我们路家的人，但大哥那么强大的附脑竟然没能遗传给她，让她成了一个普通人，某种程度上也算是她的幸运。当然，我还是问了她是否愿意回到路家。”

“小樱一定会拒绝的。”冯斯肯定地说。

“没错，她不肯来，还是情愿和你们在一起，我也不强求。倒是你，接下来有何打算？”

“我嘛……老实说还没想好。”冯斯说，“反正现在身体还没有完全恢复，先休息一段时间，接下来走一步算一步吧。魔王世界里的变化实在太多太快，以不变应万变或许才是最好的吧。”

“你倒是一直都有好运气，随你吧。”路晗衣说着，停下了车，冯斯租住的小区已经到了。

向路晗衣道完别，他回到了出租屋里，打开门后，他发现除了小鬼头丁骞正在抱着他的电脑玩游戏，刘岂凡居然也在。而厨房里还传出了一阵响动和明显的油烟味。

“大少，你也来了！”冯斯很是惊喜，“从去参加婚礼那天起就没见到你了。厨房里是谁？”

“是姜米。”刘岂凡说，“丁骞给我打电话，说你今天出院回家。前些日子文潇岚和宁哥他们都去医院看过你了，只有我没去，所以今天过来看看你。”

“姜米也是小兔崽子约来的？”冯斯瞥了丁骞一眼，“成天嘴里嚷嚷着要对我喊打喊杀的，其实心肠还不错嘛。”

丁骞脸上微微一红：“放屁！和你有什么关系？我好久没见刘哥哥了，不过是拿你做个由头约他过来一起玩，你臭美什么？姜姐姐倒是自己过来的，我知道她最近有什么考试，没叫她。”

“你这小兔崽子对谁都亲亲热热的又是哥哥又是姐姐，就是对老子不客气！”冯斯狠狠划拉了一下丁骞的脑袋。丁骞象征性地躲了一下，却并没有躲开。

冯斯钻进厨房，看见姜米满头大汗，围裙上布满油渍，正在把油锅里黑乎乎的东西往菜碗里倒。菜案上已经有了另外两个盛着菜的菜盘，不过也是一片狼藉，难以辨认。

冯斯抽了一双筷子，摆出美食家的姿态尝着这几样菜："宫保鸡丁……蘑菇肉片……新做出来的这个是麻婆豆腐。不错不错。"

"真的不错吗？"姜米斜眼看他，"现跟小樱学的。"

冯斯笑了起来："虽然卖相差点儿，从初学者的角度来说，真的不错了，至少可以吃，味道不奇怪。我以前试着做饭的时候，做出来的东西狗都嫌弃。谢谢你，还专门跑过来给我做饭。"

"其实你在医院的时候，我就想去看你的，但老是犹豫不决，大概是因为不能答应你什么，怕让你失望。"姜米说，"后来我想，管他的，哪怕仅仅是作为普通朋友，我也很想见你，很想关心你，所以我还是来了，以后的事情以后再说，但我绝不愿意失去你这个朋友。"

"这就是我喜欢你的地方。"冯斯微微一笑。

"行了，肉麻的话待会儿再说，你先滚出去。"姜米挥手做了个驱赶小狗的动作，"我还有一个沙拉要做。"

冯斯乖乖地出去了，照例和丁骞互相翻白眼做了几个鬼脸之后，和刘岂凡一起坐在了沙发上。他发现刘岂凡仍旧脸色苍白，整个人也瘦了一圈，气色很不好。

"大少，那股奇怪的时间能量还没压制下去吗？"冯斯问。

"只能不断地依靠'酒'，"刘岂凡说，"不过还算好，那股力量虽然巨大，毕竟和我的蠹痕是同样性质的。我一点一点地努力适应，虽然很辛苦，但还是有希望的。只是肯定需要很长的时间，我估计至少得半年。"

"那就好。"冯斯松了一口气，"我就担心你压不住。慢慢来吧，有需要帮忙的，我还可以去找路晗衣他们。"

"其实我的生死真的无所谓，但是确实抱歉，这股力量原本应该是属于你的。"刘岂凡说，"本来应该由天选者驾驭的力量，硬灌到我的身体里，实在是暴殄天物。"

"别这么说，命里无时莫强求。"冯斯说，"再说了，我现在的蠹痕也很……"

还没说完，手机忽然响了起来。他冲刘岂凡打个招呼，回到自己的房间接通了电话，电话那头传来何一帆焦急的声音："喂，你回家了吗？路晗衣或者路家的其他人还在你身边吗？"

“到家了，路晗衣已经回去了。”冯斯说，“怎么了，有事要和路晗衣说吗？”

“不是。你听我说，尽量装得自然一点，语气平顺，就像是聊家常一样。”何一帆听起来非常惶急。

冯斯莫名其妙，但还是照她的话做了：“啊，行行行，一点小事，回头就帮你办，还有什么要求吗？”

“你听好了，我今天无意中遇到了一个老朋友，她碰巧和贵州山区里的那个丁氏家族很熟。”何一帆低声说，“她告诉了我一件事。”

“哦，什么事呢？那只猫又找不到了？”冯斯的语气依然平淡随意，心里突然有了极度不祥的预感。

“丁家确实遭遇到了屠杀，”何一帆说，“但是他们家族被灭得干干净净，没有一个活口！”

“你说什么？”冯斯大吃一惊，“你确定吗？”

“百分之两百确定。”何一帆用斩钉截铁的语气说，“在死者当中，就有一个名叫丁骞的小孩，他被蠹痕震碎了心脏，绝无可能重新活过来。而且，我的那位朋友和丁骞关系不错，手机里恰好还存着和他的合影，我发给你看。”

几秒钟后，冯斯收到了一张电子照片。他用微微颤抖的手指点开大图，看到图上有一个面相和蔼的中年妇女——应该就是何一帆所说的那位朋友，中年妇女的旁边站着一个笑眯眯的年轻人，正是和冯斯打过交道的丁小齐。

而在两个成年人的身前，有一个比她们矮许多的小男孩。这个小男孩同样瘦瘦小小，看上去只有十岁左右，然而，相貌和冯斯所认识的这个丁骞截然不同。

冯斯的一颗心沉了下去。他想要继续和何一帆通话，发现手机忽然没有了信号，像是受到了什么干扰。他摔下手机，转身冲出房门，然后就呆立在门口不动了。

客厅里，姜米已经倒在了地上，看上去是昏迷过去了。刘岂凡面色灰白地倒在沙发上，倒是还有知觉，但也已经不能动了。

在客厅的中央，丁骞正背着手站得笔挺。就在几分钟之前，他还是一个一边玩游戏，一边嘴里用方言骂骂咧咧的顽童，但在这一刻，他那瘦弱矮小的身躯俨然散发出一种让人喘不过气来的威严。那张稚嫩的小脸上满是庄重、沉稳和任何演员都无法伪装出来的沧桑，仿佛一个经历了无数岁月洗礼的垂暮老人。

“我们已经认识很久了，但我始终没有告诉过你我的身份。”丁骞用绝不可能属于十岁孩童的锐利目光看着冯斯，“我很高兴你能一步一步取得今天这样的成就，我的孙儿。”

四

冯斯踉踉跄跄地向后退出去好几步，一不小心脚底下一绊，摔倒在地上，还没有痊愈的右臂撞到地上，一阵钻心地疼。

但他已经顾不上疼痛了，扶着卧室的门框慢慢站起来，盯着身前的丁骞看了很久。这的确是孩子的身材和孩子的相貌，但那种掌控一切的眼神，那副令人不寒而栗的神情，那种在漫长的时光中浸淫出来的从容气度，绝不是孩子能够做得出来的。

这根本就不是一个孩子。

“你刚才叫我……孙儿？”冯斯一个字一个字地慢慢发问，努力抑制住自己纷乱的情绪，“这么说，你是我的祖父？”

“你自己也说过，只是户口本意义上的祖父，并无血缘关系。”丁骞说话的遣词造句风格也变了，“确切地说，我是你的养父冯琦州的养父，这样的双重养父关系的确有些绕，不过，也算是祖父吧。”

“这么说来，你真的是我的祖父，也是……历史上的淮南王刘安？”冯斯惊得瞠目结舌。

“没错，那是我的本名，不过得有两千多年没人这么叫过了，还真是有些怀念呢。”刘安回答。

“我倒真希望我和你有点血缘关系了。”冯斯喃喃地说，“那样的话，我好歹也可以吹嘘我是皇族后裔了，没准儿还能搞点诈骗什么的。我居然在和一个活了两千多年的历史名人面对面地说话，简直像是在写垃圾穿越小说。”

“这就是我非常欣赏你的地方。”刘安说，“你总是能很快地接受各种各样的变故，用幽默感消解内心的恐慌和混乱，有着非常强韧的承受能力。当然，这只是你诸多优点中的一个而已。”

“你的夸奖真让我受宠若惊，不过，还是谈谈你吧。”冯斯说，“我在古书里和时间碎片里大致了解了你的经历，你曾经向化身为富商杨麓的魔王本尊请求过长生秘术，结果却给自己带来了灾难。我想，是他赐予了你长生的附脑吧？”

刘安坦然地点点头：“不错，他赐予我的附脑，确实让我获得了长久的生命，那大概是类似于某种细胞重生的方法。但是，重生的过程异常痛苦，让我每天都饱受煎熬，外形也发生了巨大的改变。不过，后来他又赐予了我第二个更加强大的附脑，极大地消解了这种痛苦，我可以恢复正常的人形并且永葆青春。而且，第二个附脑能够让我在身体被摧毁的情况下还能重生，我真正成为不死之人。”

“于是后来你建立起了自己的家族，并且一直躲在暗处注视着守卫人的发展壮大。”冯斯点点头，“而且我也听文潇岚讲过了池莲告诉她的与我身世有关的那些旧事，如果没有你，我说不定都不存在，更不用提成为今天这样的天选者了。你制造了我，又通过各种方法来磨砺我，塑造我。现在虽然还不能说你已经成功了，但至少，我所取得的进展已经超越了历史上所有存在过的其他天选者。从这个角度上来说，你确实很厉害。”

“也得靠你自身的素质。”刘安说，“在你之前，我也有过多次不同的尝试，但都失败了。你是唯一没有让我失望的好孩子。”

冯斯哼了一声：“是啊，好孩子，从你的标准来看，当然是好孩子。可是你把我的亲生母亲当成了孕育天选者的生育工具，害死了她，也害死了我爸爸。”

刘安微微一笑：“如果我告诉你，我为了牺牲他们而感到抱歉，你会相信吗？”

冯斯想了想，摇摇头：“没错，这种话就算从你嘴里说出来我也不会相信的，你根本就不是人。可是，我只知道你能永葆青春，却不知道你还能任意改变自己的年龄。说真的，我打死也想不到，我的祖父大人竟然会以一个小屁孩的面目出现，你这个伪装我给满分。”

“能够任意改变年龄，进行快速生长或者逆生长，其实也是我近期才得到的技能。”刘安说，“啊，用词不当，我的‘近期’不能用常人的尺度来衡量。确切说，是七十年前。”

“七十年前？”冯斯一怔，随即突然想到了他在时间碎片里曾见到过的那一幕，“难道是……长崎？长崎的核爆？我在时间碎片里到达过的那一天！”

刘安点点头：“没错。你应该也在时间碎片里见到过，或者听说过两位魔王在阆中山区里决斗的场景。那一次决战后，两位魔王第二次两败俱伤，那只一直跟在魔王身边的魔仆在山里躲藏起来，被我发现了，后来就一直跟着我。”

“它到底是什么东西？”冯斯问。

“你可以理解为，它是一台活着的时间机器，拥有比刘岂凡强大无数倍的能力，”刘安说，“魔王带着它在身边，有一个很重要的原因在于，当遇到难以摆脱的危险时，会激发魔仆的应激反应，瞬间把魔王转移到另外一个时间点，而只留下一段永远重复的时间碎片。直到那一次魔王决斗，魔仆的力量消耗过大，只来得及送走了魔王，自己却被我捡到了。”

冯斯一拍巴掌：“果然和我们猜的差不多！从涿鹿之战到札兰丁王子被追杀，再到魔王的第二次火并，都是魔仆的应激反应起作用了，这才形成了时间碎片，一次次救了魔王的命。但是，长崎核爆的时候，魔仆救的却是你。”

“说救了我倒也不准确，因为即便被原子弹炸成齑粉，我还是能重生。美军向长崎投原子弹的那一天，我碰巧也带着魔仆在那座城市里寻找一些体质特殊的人群，准备把他们收入我的家族。但是，原子弹的剧烈爆炸似乎对魔仆的力量造成了一些改变，并且作用到了我身上。从那之后，我发现我不再只是固定在一个年龄，而是可以任意随着自己的心意变老或者变年轻。”

“怪不得呢，”冯斯叹了口气，“如果不是那样，你也不容易骗到我。可是，之前那么多年你一直都躲在暗处，为什么这一次会亲自出马呢？”

“因为你的基础已经搭建好了，接下来需要完成的两件事太关键了，我担心别人处理不好，必须自己亲自推动才行。”刘安说，“而且，虽然上杉舞子的出现也是在我预计中的，但毕竟她的行动存在着极大的不可控性，我也需要待在你身边解决可能的意外。遗憾的是，我没想到她能利用池慧的力量深入地下河里，终于还是算错了一着。”

“你把我弄到矿区去，再安排丰华明把我带到地下水电站，果然是为了让我吸取魔仆的力量。”冯斯说，“是因为你所说的我的‘基础’已经打好了吗？”

“是的，时机已经到了。另一件事就是路钟旸，他是你无论如何也要见的，因为只有他才能激发出你真正的力量——我不得不说，这种随心所欲的境界比我想象的还要出色。”刘安说，“你不愧是一个真正的天选者。”

“你那么努力地制造天选者，那么努力地把我变强，到底是为了什么？”冯斯问。

“因为只有这样，才能重新召唤出魔王。”刘安说，“虽然我一直没有挖掘出魔王操纵这个世界的真实用意，但毕竟我是这个世界上曾经和他接触最多也最深的人。我知道，他对于天选者的创造一直有着深深的执念，对守卫人的进化和壮大也非常关注。天选者和守卫人，一定就是实现魔王目标的关键之处。所以，我一定要培养出一个足够强大的天选者，才有机会引诱魔王现身。”

“我懂了，路钟旸的判断果然是对的，”冯斯长出了一口气，“守卫人以为自己的不断进化是在培养消灭魔王的力量，正相反，他们越强大，就越中了魔王的计。”

“但是如果再反过来，他们就算明知道这是陷阱，也必须跳下去，因为弱小更加不可能对抗魔王。”刘安说，“所以这是一个矛盾，无解的矛盾。这个较量对双方而言都是一场豪赌，最后魔王到底是能得偿所愿还是养虎遗患，只能让事实来检验了。”

冯斯来到客厅的饭桌旁，拿起不知是姜米还是刘安事先买好的饮料，咕咚咕咚喝了几大口，喘了口气：“谢谢你告诉我那么多。不过，你需要路钟旸进一步唤醒我的创造蠹痕，你做到了；你需要魔仆把它操控时间的能力也给我，但最终失败了。两件事都做完了，你为什么还留在这里不走，今天还显露了真实身份？”

“你自己都已经说出来了啊，还问什么？”刘安说，“我做成了一件，但另一件还没完成啊。”

冯斯有些困惑：“可是……没有别的办法完成了啊，魔仆已经死了，操纵时间的力量都已经被刘大少的附脑吸收了。我怎么可能……”

说到这里，他猛地顿住了，接着脸色一下子变得惨白：“你想干什么？不行！绝对不行！”

“在我面前，没有人可以说不行的。”刘安淡淡地说。

随着这一句话，冯斯骤然感到浑身乏力，好像所有的骨头都被抽掉了一样，软软地倒在了地上。紧跟着，他看见昏迷的姜米的身体像气球一样飘了起来，悬浮在半空中。

“你放下她！”冯斯怒吼着，想要创造出一种能麻醉刘安的武器——毕竟此人无法被杀死。但是刚刚转动这个念头，他的脑子里就像被千万根钢针刺入一样，他痛得叫出声来。

“你的蠹痕虽然已经进化了，但毕竟还是受你的力量所限。”刘安说，“光是打败一个路钟旸，就已经让你付出了那么大的代价，在你完全康复之前，根本不可能有能量制造出可以伤到我的武器。别忘了，我所接受的两个附脑都来自魔王亲手所赠，你以为我只是块长生不死的木桩吗？”

他伸手指了指悬在空中的姜米：“我连指头都不需要动一动，她的脖子就会马上被拧断。你信不信？”

“我信！我信！”冯斯忙不迭地说，“你到底想要做什么？”

“魔仆的力量的确被刘岂凡吸收了，但并没有浪费，而是贮存在他的附脑里，依然很强大。”刘安说，“但是，如果刘岂凡一点一点适应，一点一点吸收，半年之后，这些力量会成为他身体的一部分，那才叫真正的浪费了。”

“那又怎么样？你难道能把附脑里面的力量弄出来吗？”冯斯说。

“不，不需要把力量弄出来，”刘安阴沉地笑了笑，“只需要把附脑弄出来，再放到你的头颅就可以了。”

冯斯大吃一惊：“你是说附脑移植手术？我倒也知道，林静橦就是这么变强的，但是……从来没有听说过从活人身上取下附脑供别人移植。那样的话，刘大少会怎么样？”

“不会怎么样，不过是个死。”刘安轻描淡写地说。

“那怎么行？”冯斯大声说，“我不可能为了提升自己的力量去牺牲别人。”

“我知道你不能，”刘安说，“所以要由你的祖父来逼你完成。附脑移植手术牵涉到大脑的排异反应，接受者必须自愿，因此，我给你两个选择：接受这个手术，让刘岂凡死；拒绝接受，我拧断姜米的脖子。”

“你……”冯斯怒气勃发，一时间说不出话来。他知道，此刻无论用什么样的言语去劝说、哀求、激怒刘安，都不会有丝毫作用。这个已经活了两千多年的老怪物，心机之深沉已经无法用言语形容，就像一片深不见底的黑色海洋，自己在他面前，嫩得就像初生的婴儿。

眼下摆在他面前的，只有这二选一的艰难抉择：牺牲刘岂凡，或牺牲姜米。

该怎么选？

这他奶奶的简直就像电影里的拙劣桥段，冯斯愤懑地想，又或者设计此类情节的混账编剧们都遇到过类似的问题。他当然绝对不能眼睁睁看着姜米被刘安扭断脖子，但又怎么忍心去牺牲刘岂凡的生命？

“真的不能有其他办法吗？”冯斯说，“也许我们还可以……”

“在我面前，不需要废话了。”刘安说，“你明知道任何说辞都是不可能有用的，为什么还要浪费时间呢？一分钟，我给你一分钟时间，一分钟之后，你自己做出选择。”

冯斯的衣服被冷汗湿透了，他再次试图用蠹痕制造出可以伤害到刘安的武器，但是如刘安所说，他的能力根本还达不到那个水准，附脑用撕裂一样的头痛回报了他。

见鬼，真是活见鬼，冯斯只觉得自己的牙齿都要咬碎了。别说一分钟，就算给他一年时间，他也没办法做出这样的两难选择。他甚至想到要不然干脆老子自己一头撞死算了，但他也知道，如果自己死了，刘安肯定会把姜米和刘岂凡一起杀掉泄愤，那样反而会害死更多的人。

一边是心爱的女孩，一边是多次同生共死的好友，无论放弃谁的生命，对他而言都恨不得自己挂掉以身相代。然而，“恨不得”是没有丝毫用处的，事实上，任何无法付诸行动的情绪都是没用的。愤怒、恐惧、紧张、忧伤、后悔……在冰冷的现实面前统统没有用。

冯斯有一种血涌上喉头的感觉，胸口阵阵发闷，眼前好像有无数蚊子在飞，在他的视网膜上投下乱纷纷的刻痕。正当他觉得自己的神经马上就要绷不住的时候，突然看见沙发上有什么东西动了一下，定睛一看，竟然是刘岂凡慢慢地站起身来。

“大少，不要轻举妄动！”冯斯叫道，“我们和这个老妖怪差得太远！别动手！”

刘安神色淡然，对刘岂凡视若无睹，显然对他的行动浑不在意。冯斯眼看着刘岂凡步履蹒跚地挪到饭桌旁，举起一把受管制的弹簧刀——那是当初刘安伪装成丁骞时，用来刺杀冯斯的。当然，冯斯现在也清楚了，那一次刺杀只不过是做戏。

“不要动手！”冯斯只觉得自己的嗓子都要喊破了，“你根本不可能伤到他！”

刘岂凡扭过头，冲着他笑了笑：“别担心，我原本也没打算伤他啊。”

他掉转刀口，猛地一刀插进了自己的胸口。

冯斯完全傻掉了。足足好几秒钟之后，他才意识到发生了什么。那一瞬间，他无比希望自己是陷在一个噩梦中，只要眼睛睁开噩梦就会结束，什么都没有发生过。但是他也很清楚，这不是梦。

刘岂凡当着他的面，把弹簧刀插进了自己的胸膛。

“大少！”冯斯发出撕心裂肺的惨叫声。他想要扑过去，身体却仍然被刘安所控制，怎么用力也站不起来，只能徒劳地用指甲抠抓着地板，十根手指都被磨得血肉模糊，但他感觉不到疼。

刘安一直沉静如水的脸上居然也流露出些微的哀伤。他轻轻叹息一声，随着这声叹息，姜米的身体轻柔地落下，冯斯的身上也立刻轻松了。他连滚带爬地扑到刘岂凡身边，低头一看，刀刃已经深深刺入胸口，如果拔出来的话，刘岂凡或许会立刻死去。

“大少！你为什么要这么做？”冯斯吼道。

“刘安是对的……”刘岂凡低声说，“要对付魔王，必须有一个足够强大的天选者。那股力量如果继续留在我体内，世上不过多了一个普通的守卫人高手，根本就没有用。你不是喜欢玩网游吗？你应该清楚，资源集中在一员最强将身上，比分摊到若干员将身上更有效。更何况，我也不能眼看着你为了我而牺牲姜米。我这条命……不值钱的。”

冯斯哽咽着说不出话来。刘岂凡的声音渐渐微弱下去：“我不能多说了，现在我必须用蠹痕减缓我的机体运转，这样可以撑到你我一起接受手术。别难过，这无非是命运的一种，你移植了我的附脑，就算你替我活下去了。”

“我一定会的！”冯斯咬牙说，“我替你活下去，我会干掉魔王，干掉刘安，为你全家人报仇。”

“仇恨什么的不重要……”刘岂凡轻轻摇头，“还有，如果见到黎小姐，你替我……算了，什么都不必说。再见了，兄弟。”

这是一向情感内敛的刘岂凡第一次喊人兄弟，但也是最后一次。蠹痕令他的生命流转减缓，陷入了保护性的休眠，而他也不再有机会醒来了。他将会被打开头颅，取出附脑移植到冯斯体内，他自己则会永远地失去生命。

冯斯轻轻地把刘岂凡的身体放在地板上，然后站起身来，慢慢走到刘安面前，低头看着对方那张孩子一样的脸。刘安坦然地看着他，目光里不悲不喜，尽管这个千年老妖由于身材矮小而不得不仰着头。冯斯恍然觉得，自己才是那个抬头仰视的人，他在仰视着一个山峰般高大的敌人。

但我一定要翻过去，冯斯对自己说。

“既然刘岂凡替你做出了决定，我不必留在这里了。”刘安说，“离这里最近的一个可以做附脑移植手术的地方是梁家，你联系梁野，他很快就能来接你。我只想要让你接受附脑，并不需要亲自动手。”

“我知道了。”冯斯说，“不过你记住，我会杀了魔王，也会杀了你。”

“如果你能做到的话，我会感到荣幸之至。”刘安严肃地说。

“荣幸之至？应该是高兴之至吧？”冯斯哼了一声。

“哦？”刘安的眉毛微微一挑。

“今天，当你在我面前展露了真正的身份之后，其实我一直都有一个疑问，挺关键的疑问：你拥有了不死的身躯和永远的青春，完全可以就那么逍遥地活下去，为什么一定要在魔王世界里兴风作浪，过得那么辛劳呢？”冯斯说。

“人各有志，或许平静安逸的生活不适合我吧。”刘安说。

“你不愿意回答，但我可以猜。”冯斯说，“在地下河里，魔仆请刘大少喝酒。他喝了半杯后，说那酒太难喝了。我有点奇怪，因为红酒的口味一般比较温和，很难让人给出‘难喝死了’的评价。于是我一时好奇，也尝了一口，发现那瓶酒根本就是坏的。也许是包装的时候出了点小纰漏，也许是贮藏运输的时候不小心，总之那瓶酒坏了，又酸又臭，根本就连马尿都不如。”

“那又说明什么呢？”刘安问。

“那瓶酒在我们到来之前就已经被打开并且饮用过了，为什么你没有喝出它已经坏了并且扔掉它，还要把它留在那里？”冯斯说，“那只能说明：你喝酒的时候，根本品不出任何味道！所以现在，我有了一个大胆的猜测。”

刘安注视着冯斯的眼睛：“你可以说出来。”

“是不是因为魔王赐予你的第二个附脑也有副作用？你虽然从此不再有痛苦，却也失去了任何欲望。”冯斯说，“你行走在人世间，却品尝不出味道，闻不出香臭，得不到爱情，不能享受到任何一种快乐的滋味。你虽活了两千多年，却只是一具行尸走肉。因此，你不只仇恨魔王，也仇恨身边那些虽然生命短暂却有机会享受人间欢愉的凡人，这就是为什么你总喜欢说那句话：与其溺于人也，宁溺于渊。”

刘安沉默了一会儿，最后终于缓缓地点了点头：“你没有说错。我不属于人间，当然宁溺于渊。”

“你也真够可怜的，自诩聪明，却被魔王玩了两次，”冯斯说，“你想要找到魔王，也是想要终结自己这样一种可悲的长生不老吧？”

“不朽并不是梦寐以求的幸福，而是残酷的惩罚。”刘安说，“可叹我没有在两千年前意识到这一点。我奋力追逐长生成仙，最后把自己变成了活死人，这是我应得的报应。”

“我明白了。”冯斯说，“真是遗憾哪。我满心想要杀了你，其实却是在帮你寻求解脱。但是，我还是会努力做到的，祖父，淮南王。”

“我期待着那一天的到来。”刘安说。

◆尾声◆

又一个夏天来临了。

和去年不同，冯斯不再是个学生，所以他没有暑假。但他也没有在张圣垠的公司上班，所以每一天都是假期。

附脑移植手术进行得很顺利，梁家的医学实力毕竟过硬。冯斯休养了一段时间后，身体基本无碍，他不愿意继续留在梁家，还是回到了自己的住所，每天大部分时间都花在了对蠹痕的练习上，偶尔也读读书玩两把游戏放松一下。只是，他不用再靠网游赚钱维持生活了。

“你现在是不是直接可以靠蠹痕变钱了？”文潇岚瞪着眼睛问，“我可警告你啊，你这算制造假钞，是违法的！”

“别闹了，怎么可能？我一向是奉公守法的优秀公民。”冯斯说，“当然，偶尔我会创造一两张货币，但那是严肃的科学实验，绝无牟利之心……”

他虽然是漫无边际地胡扯，文潇岚却也明白过来了：“啊，你终于决定动用你爸爸的钱了？”

“我已经懂得他了，我也不会辜负他。”冯斯答得言简意赅，“对了，大家都还好吗？”

“都挺好的。”文潇岚说，“小樱难过了几天，并不是因为她生父的死，而是那个叫路钟旸的人一直到死都没有表现得像个父亲。但是你知道她的，慢慢就会好的。”

“小樱比我更坚强。”冯斯说。

“宁哥的伤也好了，每天想方设法逗小樱开心，比过去真是进步多了。”

文潇岚说，“至于我，还是老样子，马上就要开始暑假实习了。”

“大头怪的伤势怎么样了？”冯斯问。

“基本恢复啦。”文潇岚抿嘴一笑，“就是现在不能在他面前提到你，一提起来他就会暴走。”

“为什么？”冯斯问。

“因为你终于变强了啊。”文潇岚满脸都是幸灾乐祸，“你一个人干掉了他们五个人都干不掉的强人。以后再见面，他不能把你当球踢了，所以想想都气得头发一根根竖起来。”

“但是我这个大招冷却时间长啊，”冯斯嘿嘿一笑，“他如果愿意的话，还是可以把我当沙包揍的。”

“说起来，你现在已经拥有两个附脑了，刘大少的能力你也有了吗？”文潇岚说到刘岂凡的时候，声音微微一沉。

“正在努力。”冯斯说，“那股力量太过巨大，我不敢轻易地完全唤醒它，只能一点一点尝试，肯定不能和大少那么多年的锻炼相比，不过嘛……还是有一点点效果的。”

说完这句话，文潇岚眼前一花，发现冯斯的手里多了一样东西：一个火龙果。那是她来的时候在路上买的，并且亲手放进了冰箱。

“真棒！”文潇岚很欣慰，“能用就好了。现在你又能变戏法，又能操纵时间，总算不再是以前那个废物天选者啦。你是不知道，大头虽然很生气，但他还是隐隐晦晦很不情愿地告诉我，现在整个守卫人世界都因为你的蜕变而感到兴奋。正在战争中的各大家族也纷纷签订停战协议，大家都希望借助最近魔仆觉醒的势头，一鼓作气多铲除一些魔王的爪牙。不过按照大头的说法，那也是治标不治本，因为一个魔王可能就比全体守卫人和魔仆加起来还强。”

“那他们打算怎么对付日本那个组织呢？”冯斯问。

“那帮人太精明了，各大家族派出的跟踪者全都无功而返，让他们神不知鬼不觉地回到了日本。不过，大把的间谍已经去往日本了，这次他们下定决心，哪怕引发外交争端，也要挖地三尺找出这个组织的踪迹。”

“我记得路钟旸提过，上杉雪子似乎和一家制药公司有关。”冯斯说。

“但是他并没有说出具体的公司名字，那样的公司太多了，只能一家一家慢慢地筛查。”文潇岚说，“总而言之，魔王世界的风暴已经刮起来了，你接下来打算做什么呢？”

“这个问题路晗衣也问过，”冯斯说，“我还是打算先散散心。我的蠹痕进化这件事让我开始意识到，弦绷得太紧了反而不是好事。几个月来，我满脑子都在琢磨如何提高我对创造的想象能力和描绘能力，最后才发现，原来我需要的其实是不进行任何描绘，轻轻松松发布命令就行了。所以我觉得，首先最需要的是调整一下心态，把自己逼出焦虑症来也没有意义。”

“出去玩玩吧，”文潇岚说，“反正你已经是愿意花爹钱的富二代了，国内外转转，说不定还能有奇遇。”

“我也是这么想的，”冯斯说，“这一年来东奔西跑，都是为了做正事，太累了。我需要彻底地什么都不为地出去玩一趟。玩完之后，我还得去找人。”

“找人？”文潇岚一怔，“找谁啊？”

“魏崇义，那个狡猾无赖的疯人院院长。”冯斯说，“如果说我手里还有什么牌是守卫人都不知道的，那就是魏崇义手里的秘密了。我有一种直觉，从他身上能得到一些不一样的东西。”

“这些大事，只能让你们大人物去操心啦。我这样的普通小虾米，还是乖乖去公司上班、老老实实挣绩点，努力在学生会和同学内斗……”

冯斯笑得咳嗽起来，咳完正想说话，门被敲响了。文潇岚过去打开门，然后愣住了。

“池……池阿姨？”文潇岚有些结巴。

寒暄几句后，文潇岚很快找了个借口离开，留下母子两人单独谈心。冯斯看着池莲的脸，却发现自己找不出什么话可说。

“头上的伤口还疼吗？”池莲倒是神色如常。

“啊……早就不疼了。”冯斯下意识地摸了摸头，“听文潇岚说前些日子您病了，现在好些了吗？”

“暂时控制住了，不过，治标不治本，我已经病入膏肓。”池莲说，“我过去说了太多谎话骗你，所以只有到了现在这样，没有任何事情需要求你的时候，才能说出口。”

“是什么病？也许我有办法的。”冯斯说，“我现在的蠹痕比以前强得多，完全有可能创造出……”

池莲摆摆手：“没必要的。就算能治，我也不想治。你已经完成了天选者所需要的基础，我在这个世上的任务也已经完成了。唯一遗憾的是，我一直以为我是在违抗父亲的命令，到头来才知道其实我所做的一切都在他的计划之中。我终究还是他的一枚棋子。”

她顿了顿，接着说：“我今天来找你，就是想要和你告别。我会去一个安静的地方，慢慢等死，从此以后，我们母子不会再相见了。”

冯斯一时不知道该说什么好。他知道池莲外柔内刚，决定了的事情不会动摇，一时间有些恍惚，不知道坐在身边的到底是那个欺骗了自己的守卫人池莲，还是那个留给自己最美好童年回忆的母亲池莲。

他觉得自己有无数的话想要和池莲说，却又完全说不出口，那种复杂的情绪就像是搅成一堆的厚厚的淤泥，挡住了一切清澈的水流，把美好的回忆变得污浊不堪。最后他终于想到了一个话题：“我老哥呢？他怎么样了？”

“他和黎微都跟着上杉舞子回日本了，不是被迫，是主动的。”池莲神情忧郁。

“主动的？”冯斯很意外，“他想要干什么？”

池莲叹息一声：“他对你的嫉恨太深了。在你的蠹痕得到突破又移植了第二个附脑之后，他知道凭自己的努力永远不可能压倒你了，所以想到了借助科技的力量。”

“那帮人绑架他、胁迫他，他倒是一点儿也不介意……”冯斯苦笑一声，“我简直怀疑是不是我在娘胎里揍过他，让他那么恨我。”

“也是我的不对。”池莲说，“长久以来，我把你当成对抗魔王的唯一希望，而只把他当成是我的助手，这让他的心理落差太大了。我不是想要为自己辩解，我不是一个好人，也做错了很多事，对不起很多人，但是在守卫人的世界里，很多时候都身不由己。”

“我明白的，所以……我不会怪你。”冯斯犹豫了很久，终于说，“其实这句话，我很早以前就想说了。当然，这话也不太确切，要说完全不怪你，不可能。但是，我理解你了，真心真意地理解你。我们都不是普通人，不管怎么羡慕、怎么嫉妒，终究无法像他们那样无所顾虑地生活。如果你接受了这个‘我不是人’的设定，剩下的事情就能想得通了。”

他伸出手，握住了池莲的手：“所以，虽然我还不能完全原谅你，但是，你始终是我妈妈，把我养大的妈妈。”

池莲的眼泪流了出来。她把头靠在冯斯的肩头，冯斯伸出手温柔地抱住她，就像是童年时代的场景重现，只不过两人的位置互换了一下。那一瞬间，冯斯真希望自己能忘掉过去一年中的一切痛苦烦忧，全身心地回到童年，回到那段没有魔王、没有天选者、没有守卫人、没有阴谋和欺骗的童年。

那时候，母亲的怀抱，就像天堂一样。

几天之后。

冯斯在庞大的首都国际机场里四处乱转，有一种自己是一只被扔进迷宫的小白鼠的感觉，逐渐炎热起来的天气让他满额头都是汗。

当又一次找错方向之后，他停了下来，把手伸进行李包里，神不知鬼不觉地创造出一瓶可乐。他把这瓶还在冒着凉气的冰镇可乐拿出来，仰脖灌了几口，发出一声满足的叹息。

“看来你还缺一个能指点方向的附脑，路痴。”身边忽然响起熟悉的女声。

姜米！

冯斯慢慢扭过头来。没错，真的是姜米。姜米手里也拖着一个行李箱，看样子也是来赶飞机的。

“啊，您老的出现真像夏日里的一盒万金油……”冯斯说，“不过你怎么会出现在这里？”

“你不是要出门去旅行散心吗？”姜米说，“我买了和你同一航班的机票。”

“首先，‘旅行’这个词，是那些天天对着我捏造的鸡汤流眼泪的小清新用的，我这叫‘旅游’。”冯斯说，“其次，我不记得我跟你说过我要去旅游，更没有和你说过目的地和航班。”

“你忘了我是个业余黑客吗？”姜米耸耸肩，“要搞到你的订票记录什么的还不是分分钟的事情？”

“你连我都黑？”冯斯嚷嚷起来，“你能不能给我保留一丁点对这个世界的信任？”

“不能。”姜米答得干脆利落，“再说了，是你自己太笨。就算你要用我的名字和生日做密码，也稍微多加一点变化行不行？我甚至都没有用上暴力破解的技术就直接硬猜出来了……”

冯斯搔搔头皮：“算你狠，我服。不过，你为什么要陪我一起出去旅游呢？”

“不要用那种广场舞大妈、夕阳红旅行团的词儿！”姜米狠狠敲了一下冯斯的脑袋，“那是旅行！旅行旅行！”

“好好好，旅行就旅行！”冯斯宽容地说，“但你还没有回答我的问题。”

“我听说，旅行途中总有艳遇，”姜米歪着脑袋，“我最近有点不甘心当单身狗，想要试试旅行途中是不是真的能找到个把看得入眼的英俊旅伴什么的。”

冯斯哈哈大笑起来，笑了半天，他才缓缓停住：“那我真心祝你如愿以偿。来，拿着。”

姜米接过冯斯递过来的东西，看了一眼：“巧克力？”

“试试看，这次绝不是山寨货了。”冯斯说着，拉起姜米的行李箱。刚走出两步，他又停下来了。

“还是你带路吧，”他咕哝着，“我确实需要一个能指路的附脑。”

与此同时。

云南，矿区，地下河。

地下水电站的重建工作仍然没能展开，因为资金始终难以到位，人们甚至传说矿区可能会被废弃。所以，此时此刻，整条河道里只有一个人。

那就是冯斯的祖父——淮南王刘安。

只是，魔仆已经死去，力量也都被冯斯所吸取，空空如也的地下再也没有两只绿色的眼睛等待着他，称呼他“小安”了。

“你死之前，我没有觉得；你死之后，我才发现，一个人还是怪寂寞的。”刘安自言自语着。

没有了魔仆，自然也就没有了桌椅和红酒。刘安的手里拎着一瓶在矿区随手买来的便宜白酒，直接坐在了地上。在他的身前，地下河依然奔腾不息，发出震耳欲聋的声响。

“古人说‘不废江河万古流’，但你的年龄其实比我还小，现在生态变化那么快，你又能继续奔流多久呢？也许过几年就会干涸，永远消失。”刘安看着河面上翻滚碰撞的浪花，“千秋万岁，万古永恒，终究不过是一场幻梦而已。身与名俱灭，才是真正的天道。”

他摇晃了一下手里的酒瓶，自嘲地笑了笑：“反正尝不出一丁点味道来，既然陪我喝酒的朋友已经不在了，又何必再摆出喝酒的姿态呢？与其溺于人也，宁溺于渊。”

他站起身来，随手把酒瓶往河里一扔，转身离开了。酒瓶在奔涌的河水中沉浮了几下，很快就消失无踪。

图书在版编目（CIP）数据

觉醒日. 4 / 唐缺著. — 北京：北京联合出版公司，2016.8

ISBN 978-7-5502-8202-5

Ⅰ. ①觉… Ⅱ. ①唐… Ⅲ. ①长篇小说－中国－当代 Ⅳ. ①I247.5

中国版本图书馆CIP数据核字（2016）第167878号

觉醒日. 4

作　　者：唐　缺
责任编辑：丰雪飞
版式设计：刘珍珍
封面设计：天行云翼·宋晓亮

北京联合出版公司出版
（北京市西城区德外大街83号楼9层　100088）
北京鹏润伟业印刷有限公司印刷　新华书店经销
字数306千字　700毫米×980毫米　1/16　印张18.5
2016年8月第1版　2016年8月第1次印刷

ISBN 978-7-5502-8202-5
定价：29.80元
